江西竹枝词

孔煜华　孔煜宸　编注

學苑出版社

图书在版编目（CIP）数据

江西竹枝词/孔煜华,孔煜宸编注. -北京:学苑出版社,2008.9

ISBN 978-7-5077-3120-0

Ⅰ. 江…　Ⅱ. ①孔…②孔…　Ⅲ. ①竹枝词-作品集-中国②竹枝词-注释-中国　Ⅳ. I222.8

中国版本图书馆 CIP 数据核字(2008)第 120295 号

责任编辑: 李　耕

出版发行: 学苑出版社

社　　址: 北京市丰台区南方庄 2 号院 1 号楼　100079

网　　址: www.book001.com

电子信箱: xueyuan@public.bta.net.cn

销售电话: 010-67675512、67602949、67678944

经　　销: 全国书店

印 刷 厂: 河北新华印刷一厂

开本尺寸: 880×1230　1/32 开本

印　　张: 12.25

字　　数: 320 千字

版　　次: 2008 年 9 月第 1 版

印　　次: 2008 年 9 月第 1 次印刷

定　　价: 38.00 元

前　言

1996年，我师从江西师大王东林教授学习江西地方史，开始接触江西地方文献和古籍，在领衔导师许怀林教授的指点下搜集整理和研究江西竹枝词，从此，我与竹枝词结下了不解之缘，到毕业时已搜集到1949年以前的竹枝词作品1000多首，硕士论文的主题亦是对江西竹枝词的初步探索。徜徉在这块璀璨的园地里，我感到受益匪浅，快乐无穷，两位老师的教导之恩，更是没齿难忘。

毕业后，我在工作之余仍关注着全国和江西竹枝词的发展及研究动态，运用和推广竹枝词，并注意搜求古近代和现当代江西竹枝词。我用竹枝词向学生介绍民间传统节日和民俗民风，以配合近年来中学普遍开展的文明史教育，收到较好的效果，并写了《发挥竹枝词在文明史教学中的作用》一文，在《闵行教育》2005年第5期上发表。2005年，我将当年从广州孙中山文献馆抄来的《吴城竹枝词》108首推荐给江西永修县有关领导，他们视为至宝，立即派人到广州将原件复印回来，成了永修县开发吴城旅游的重要历史资料，至今还一直挂在"永修人民政府网"的旅游观光栏目中。改革开放以来，人们写作新竹枝来讴歌社会主义建设的新成就，当代竹枝词层出不穷。鉴于古老的竹枝词和现当代竹枝词都成为新时期的文化教育和经济建设服务，将它们汇编成集，岂不是一件颇有意义之事！

我所做的工作与上世纪80年代以来全国各地竹枝词搜集、整理和研究的热潮不契而和。20多年来成都、北京、上海、安徽、广州、宁波、云南、三峡、湖北等地的地方性竹枝词集和《中华竹枝词》等全国性竹枝词集相继出版，更是鼓舞、鞭策着我加紧对江西竹枝词进行整理。

今将我和孔煜宸辑校的江西竹枝词汇编成册出版，书中对竹枝词作者作了简要介绍，对疑难字词、重要人名地名和典故作了简要注释，并附《江西竹枝词简介》。希望这本书能为竹枝词的进一步研究和利用提供平台。

关于本书的编注，有以下几点说明：

一、我们所说的“竹枝词”是狭义的竹枝词，仅限于原作者在题头中标明了“竹枝词”字样或在诗文中自谓为“竹枝”的作品。其他如棹歌、渔歌、衢歌以及纪咏地方风土历史的杂咏、纪事诗等广义上的竹枝词未包括在内。

二、我们所说的“江西竹枝词”，是指以吟咏江西为内容的竹枝词，不论其作者是否江西籍人。江西籍作者吟咏外省的竹枝词不包括在内。

三、本书在编排上以1949年中华人民共和国成立为界，新中国成立前的作品称古近代竹枝词，新中国成立后的称现当代竹枝词。在此基础上依题名，将作品按地区归类编排，题名未标明区域的，依内容所示地区归类。在地区的划分上，按历史上形成的江西各地在地理、人文方面的异同，分为省会、赣北、赣东北、赣西北、赣中、赣南六个地区。如果一组竹枝词的内容涉及多个地区，则归入“综合”。

四、归入各个地区内的古近代竹枝词，以县为单位，按作者写作该作品的时代先后排列；不详的，参考作者生卒年、主要活动时代、科第和作品出处、版本排列。现当代作品按江西省行政区划（截至2006年3月）分市编排，同一个市的作品，按我们接触作品的顺序随机编排。

五、所收作品均注明出处，未注明出处的，系在本书首次公开发表。明显衍文、误字经删改，不出校记。异体字一般不予保留。底本字迹模糊、无从订补的，以“□”代之。

在编注过程中我们得到了江西省诗词学会和九江、萍乡市诗词学会有关领导及相关人士的大力支持，得到了国家图书馆、江西省图书馆、九江及景德镇图书馆地方文献和古籍部门的帮助，也受到了许多竹枝词作者与爱好者的关注和支持，我所在的学校对教科研大力扶持的态度和为此提供的宽松氛围，也与本书的出版不可分割，在此一并表示衷心的感谢！

编著这本书是我们多年的愿望，虽竭尽心力而为之，但也深感学识浅薄，因此书中存在若干不足和纰谬之处，敬祈专家和读者批评指正。

孔煜华

2008 年 1 月

目　　录

古近代江西竹枝词

【赣西北地区】

【赣中地区】

现当代江西竹枝词

江西竹枝词简介

竹枝词原名竹枝，源出川东、鄂西，本是一种可以唱和的民间歌谣，后逐渐发展、演化为文人诗。使竹枝词实现这一转化的人物首推中唐诗人刘禹锡。他在贬谪处夔州（今四川奉节县），为当地流行的联歌《竹枝》作新词九首，歌咏三峡风光和男女恋情，也曲折地流露出遭受贬谪后的心情，赋予竹枝词以新的内容，影响极大，他人争相效法，竹枝词遂盛行于世。宋元以后，竹枝词的创作获得较快发展，至清达到鼎盛，可以说大江两岸、岭南塞外，无处没有竹枝之音。

在长期的发展中竹枝词形成了自己独特的风格，它形似七言绝句，但形式灵活多变，对平仄和对仗的要求不严格，语言通俗，不避俚语，因而更便于表达作者的思想，反映各种社会现实。

在内容上，它日益丰富，“无论通都大邑或穷乡僻壤，凡举山川胜迹、人物风流、百业民情、岁时风俗，皆可书写”（丘良任《竹枝叙事诗》唐圭璋序，暨南大学出版社1994年版），由此竹枝词逐渐发展为以纪咏风土为主的诗歌形式。

大量的地方性竹枝词保存和蕴含了丰富的社会史料，可以对史实起佐证、补充、纠误之用，可以给史学工作者提供一个新角度的史料来源。这正是竹枝词的价值所在以及我们研究竹枝词的意义。

赣鄱大地，人杰地灵。在中国历史发展的各个阶段和各个方面都写下过光辉的篇章，在竹枝词方面也不例外。根据我们目前搜集整理的结果，江西1949年前的古近代竹枝词有1000多首，它们反映了从元末至民国后期，特别在清代中晚期江西不同地区的土俗风情和社会经济生活，内容丰富，史料价值高。

最早的篇什是元代安福人周霆震的《城西放歌》。最晚的作品为1946年12月16日江西《知行报》上登载的署名为“非菲”的《靖安竹枝词》。总体而言，元明时期的作品很少、清代很多，尤以乾隆、嘉庆、道光三朝最盛，占了全部古近代竹枝词总数的60%以上，民国时数量又有明显下降。江西竹枝词的这种时段分布特点和全国趋同，可能成于如下几个原因：

1. 竹枝词的发展有一个渐进的过程，元、明两代的竹枝词创作虽较唐、宋出现飞跃，但远不及清代繁荣。再加上较之清代，时隔久远，屡经兵火，元、明作品能存流下来的可能性相对较小。

2. 清初大兴文字狱，文人学子不议时政，而纪咏风土成为他们转移才情的选择之一，此类作品相对增多。同时，在统治者的倡导之下，清代江西各地都曾大修府县志，盛况空前，修纂者们本着详近略远的宗旨，对本朝作品大加收集，特别是一些内容与本地有关的文学作品。竹枝词正是以其纪咏风土的特点，受到修纂者的青睐。得益于他们的努力，许多零散出现的竹枝词作品得以保留。

3. 随着新文化运动的兴起，白话文逐渐取代文言文，许多古老的文学体裁都逐渐淡出历史舞台。竹枝词虽以其独特的艺术形式（小型化，不受格律限制）顽强地生存下来，但是在新体诗的冲击下，它的作者群也越来越小。

从目前搜集的情况看，江西1949年前的古近代竹枝词在地域分布上遍及清代14府州。其中，南昌地区的作品最多，而赣南地区的作品相对较少，赣西北、赣北、赣东北及赣中四个地域分布较均衡。

作者共72人。从籍贯上看，除8人不详外，外省籍作者只有17人，其余都是江西本省人。从身份上看，一半以上是有较高

“功名”的人，包括进士 16 人，举人 14 人，各种贡生 11 人，但更多的是秀才、布衣。从地位上看，近一半作者是各级官员，他们当中不乏一些高官名士，如查慎行、姚鼐、蒋士铨 3 位著名作家、诗人，胡俨、苏祐等朝廷高官及雷维翰、谢阶树等 7 位县级以上官员，但更多的是县级及县级以下官吏。

还有一些地方名士，他们或教书为业，如德安刘鹏程、浮梁郑凤仪，或过隐居生活，如安义熊荣，均在县志中有载。另有一些作者是普通人，对于他们个人的情况很难了解，有文集留存者，我们或可以从中推知一二，少数则生平不详。

总之江西竹枝词的作者群是一个成分复杂、来源广泛的群体，上至高官名士，下至平民百姓，既有进士举人，又有秀才布衣，他们所写竹枝词“其佳者概能取民间感情之神髓，而内之诗中，故虽身为文士，实不啻民众之代言人。”（马稚青《竹枝词研究》，《津逮季刊》一卷二、三期。1932 年 6 月，1934 年 1 月）

一千多首古、近代竹枝词，涉及江西社会发展的方方面面。以下从时政史料、农渔业史料、手工业史料、商业史料、人口流动史料五方面略述一二。

一、时政史料

元末周霆震《城西放歌》，记录了元末“周寇”领导的农民起义军攻打吉安府城的一次战役。所谓“周寇”当指永新人周安。县志记载，此人于元至正十二年（1352）率部众加入红巾军，曾参与攻克袁州（今宜春）等城的战役，后领兵还据永新，屡与元军作战。二十一年冬与陈友谅所部联合攻兴国。二十四年降附朱元璋，仍守永新。次年反叛，兵败被杀。《城西放歌》之十所记，“记得壬辰血乱流，血流又到丙申秋。凶徒恶党还知不，莫要轻来打吉州。”与《永新县志 · 人物》（新华出版社 1992 年版）载周安曾在“至正十六年，发兵万余攻吉安”。的时间地点相合，因元至正十六年正是丙申年。因此，《城西放歌》所记录的应该就是元至正十六年（1356年）周安率其部众攻打吉安，失败而退一事。

该组竹枝词及其序言详细记录了官军与“周寇”一万四千人五天战斗的全过程。其第十一首记载：“莫道孤城铁作关，云埋贼阵血未殷。强梁多在莼村死，战马才余八匹还。”对战争的惨烈程度和死伤情况，作了更为生动和详细的反映，而县志简略的叙事方式使其记载没有也不可能做到这一点。

清前期文字狱大兴，竹枝词涉及时政的很少，中期以后渐松，一些作品开始有所涉及，当时鸦片走私猖獗，吸食之毒流弊中国。陈文瑞《西江竹枝词》对当时的情况有记载：“泰西鸦片偷关卖，灯榻横陈客对尝”。民国三至六年的德安知县吴宝炬在他的竹枝词中说：“近来处处闹钱荒，剜肉忍痛为补疮。市票吃亏新谷押，屯田缴价要英洋。”“公债厉行按户抽，瘦狗也刮三斤油。整整五元实难凑，不要实收两脱头。”是对当时社会政治混乱，百姓难以应付政府无理征费要求的真实记录。另外，民国时期还有一些关心时政，对黑暗现实颇为不满的人用竹枝词阐发心声，民国三十六年江西《知行报》上登载有署名为非菲所作的《靖安竹枝词》八首，则是从战后到处疮痍、民不聊生的角度，对“执政者”乘战乱鱼肉、残害百姓的暴行给予了尖锐的抨击。

二、农渔业史料

康雍乾时期，江西的社会生产逐渐恢复，山区获得了全方位开发，到处是被垦辟的梯田，出现了许多生机勃勃的山村。《龙泉竹枝词》八首之一说：“吉州西上是龙泉，万点青山万户烟。最喜丰年人乐业，白云坳里总开田。”周壎《龙泉竹枝词和杜西田明府韵》说：“厥民惟隩隩多泉，羃䍥层峦万井烟。谁解农夫上山去，长镵白柄劚梯田。”龙泉县山区，人民因地制宜，开辟梯田，增加收成。

江西棉花种植以赣北九江府为重点，所产棉花主要运往江浙一带棉纺织业发达地区。李天英《龙城竹枝词》（今九江彭泽县）

所谓“木棉如雪满江乡”，“共道近来花价好，明朝苏客又开装”正是对这一情况的生动写照。另外，周孔从《官溪竹枝词》有“一望野田新绿遍，栽禾不敌种棉多”的描述。“官溪”在修水县，说明棉花在赣西北一些地方亦有种植。

烟草的种植到清中期已遍及江西境内三、四十个县，陈文瑞《南安竹枝词》所谓“前月芭菇户户收”即是对乾嘉时期赣南大余等地烟草种植盛况的反映。靛蓝是又一项获益较大的经济作物，谢阶树《宜黄竹枝词》对此亦有反映：“一年辛苦奈饥何，我有肥田不种禾。今岁种烟钱满屋，种蓝尤比种烟多。”注曰：“仙乡农家择肥田种烟草及靛花，以其出息倍于种谷也。虽各乡有厉禁，而利之所在，趋之若鹜。每岁仍计田中所出之数粜谷以还，田东亦不能奈谁何也。”甘应鸿《东溪竹枝词》所反映的赣西北武宁山区蓝靛种植情况是：“金风袅袅挹清飔，百顷青蓝一望遥。”看来栽种面积亦不小。这是利益的驱使，是商品经济意识的反映。

种蔗熬糖，在赣南、赣东一带很普遍。南安府蔗与糖的生产都很突出，陈文瑞《南安竹枝词》之四所谓“牛车又辗蔗浆流”“烧残松火甘饴熟”写的就是碾浆熬糖的情景。赣东的东乡县亦是甘蔗的一个产区，徐景辉《东汝竹枝词》说：“蔗浆倒啖味可饶，剥叶偏将活火烧。沃釜煎成香扑鼻，卖糖萧起一肩挑。”亦是写熬糖、种植与加工同步发展。

清代江西茶叶的种植和生产以赣东北的铅山等地和赣西北的武宁、修水最著名，竹枝词对此多有记述。程鸿益《铅山竹枝词》说：“狮江妇女趁新茶”，雷维翰《铅山竹枝词》也说：“插秧歌趁采茶歌”、“春茶熟后春风起”，处处不离一个茶字。赣东北的昌江流域亦产茶。查慎行《昌江竹枝词》说：“谷雨前头茶事新，提筐少女摘来匀。”郑凤仪《浮梁竹枝词》说：“毛竹编篱松径遮，雨前同出摘山茶。”程孁《河口竹枝词》说：“云鬟翠袖当炉生，活火工烹活水茶。”则是写烹茶之事。有些妇女，还抛却家中劳作，开起了茶馆。程鸿益《铅山竹枝词》说："千盘茶绕代香熏，一日青蚨二百文。抛却女红入尘市，桑鸠啼遍不曾闻。"看来他们收入不菲。

赣西北的情形不亚于赣东北。方瑛的《霞洑竹枝词》（写今九江武宁县）说："女伴招邀步水涯，提筐共说采新茶。夜来贮得烘笼满，处处当炉制雪牙。"可见那里的茶业生产亦很普及。遗憾的是，江西竹枝词中还没有发现对"河红"、"宁红"等江西名茶的明确记载。

赣北庐山云雾茶在唐代已有些影响，宋代生产获得了进一步发展，明代炒茶技术逐渐传播开后，带来了饮茶的革命。《江州竹枝词》之九说："匡庐山上采茶归，云雾迷空尽湿衣。学得北源新焙法，江南嫩甲雨前肥。"反映出九江也不落后，跟着学习新方法。

江西境内有鄱阳湖等大小湖泊、赣江等众多河流，渔业是这些地区百姓的一项生计。九江的鱼苗生产在宋代已经兴盛，至清代，依然是鱼苗的重要产地。渔民每年5月至7月，依靠着长江的天然赐予，在长江边缘捕捞天然鱼苗，到入伏前结束。《江州竹枝词》之六说："关上人家不种田，湖生春水望苗船。纤鳞一网银花乱，换得丛兰好卖钱。"关上，指九江钞关以西，九江钞关就设在九江府西门外，府城往西约5里的官牌夹一带是鱼苗集中产地。明朝人陆琛说："今人家池塘所蓄鱼，其种皆出九江，谓之鱼苗，或曰鱼秧。南至闽广，北越淮泗，东至于海，无别种也"（许怀林《江西史稿》第525页，江西高校出版社1993年版）。直到人工孵化鱼苗技术在各地应用之后，九江鱼苗捕捞业才自然地衰落。

鄱阳湖边的吴城出银鱼，赖学海《吴城竹枝词》有相关内容："阵阵黄沙下渚矶，秋风秋水出银鱼。可怜密网犹羁汝，曝向秋白似丝。"（编者注：原手抄本此句只有六个字）注曰："近港出银鱼，最佳圆身细目，谓之本湖鱼，渔人连网晒之，然近渚矶者辄有细沙，便劣。”《吴城竹枝词》还有对渔民冬日下水时穿长及腰深的皮靴的记载。

南昌城的东湖亦是渔区，渔民在长期的实践中也总结出了一套捕鱼法，熊荣（乾隆时人）的《南州竹枝词》第四十五首的注中说：“东湖渔人，每清晨引小舟往返水面，以椎击榔，声如急鼓，节奏相应，鱼闻，惊伏不动，以器取之，如俯而拾，亦巧于制物也夫。”此外，赣西北宜春地区白天撒网捕鱼，傍晚鸬鹚捕鱼；赣东北山溪中使用的捕鱼方法等，在竹枝词中也都有生动的描述。

三、手工业史料

江西竹枝词对清代手工业的反映主要表现在制瓷、造纸和纺织上。

景德镇是全国制瓷业的中心，浮梁人郑廷桂的三十首《陶阳竹枝词》三分之二写的是景德镇制瓷业，不仅极其明了地反映了清代御窑管理方式上的变化和匠役制度的改变，同时，对瓷业工人的来源、窑帮的构成、制瓷所用原料的采制、瓷器的销售等有关瓷业的各个方面多有反映，一部《陶阳竹枝词》几乎可以当做一部清代景德镇制瓷要览来读了。

清代江西造纸业较发达，在竹枝词中亦多有反映。铅山是著名的纸产地，当时该地纸张的生产之法在程鸿益的《铅山竹枝词》中有记述“未成阴竹取为丝，三代还须九洗之。煮罢锃锅舂野碓，方才盼到下槽时。”“双竿入水搅纷纭，渣滓清虚两不分。掬水捞云云在手，一帘波荡一层云。”这两首竹枝词实际包括了手工造纸全过程。

而在其他一些有林业资源和清澈山溪水之地，造纸作坊也很普及，安义熊荣的《西山竹枝词》对西山（位于今南昌市西部）当地人造土纸之法有极为详尽的描述，虽然他们“所造之纸，不可临书作券，只以作钱供冥用”，但是其造纸之法却因《竹枝词》

得以详尽保留。

纺织业在清代以夏布最为著名，形成了几个中心区域，东南部以宜黄为中心。《宜黄竹枝词》对当地的夏布生产作了生动的描述。称该地所产夏布按纱的粗细分为四等，薄者如蝉翼，细嫩光洁，穿起来很凉爽，外地商人争来购买。而缉苎之工艺与辛勤，在《宜黄竹枝词》中亦有记载，该竹枝词同时还反映出宜黄的夏布远销山西等北方区域，是该县百姓一项大的收入来源。

赣西北山中亦产苎麻，是夏布的另一产区。竹枝词中反映出武宁县山里人缉苎，用苎丝换棉花御冬。而万载等地的夏布生产在竹枝词中却未见反映。

随着棉花种植在江西的推广以及社会需求量的增加，棉纺织业有了一定程度的发展，这在齐廷胜的《西江竹枝词》中有所反映："几畦种得木棉花，深巷寒机纺水纱。万缕闺情浑似织，鸡鸣布好是生涯"。

金溪县浒湾刻书业是清代江西木刻印刷业的典型，它始于明代，清代康熙以后进入鼎盛时期，在全国都享有盛誉。陈文瑞的《西江竹枝词》中有一首说："汗牛充栋浒湾书，帝虎差讹况鲁鱼。新刻时文标利试，多刊小说傲虞初。"反映出当时浒湾刻书业除刊刻一些为应付科举考试作样本和参考的"时文"外，更大量的是刊刻流行小说，因为它们的读者多、销路好。由于生意兴隆，日夜赶刻，有时不免会出现"帝虎"不分，"鲁鱼"混淆的刻写错误。从诗中还可看出乾嘉时，清政府对该地刻书业的政策还放得比较开，可以"多刊小说"，到同治时，情形就没有这么乐观了，浒湾书铺街上立起了《禁书碑》，明令禁止刊刻《水浒》、《西厢记》、《红楼梦》等所谓"淫词小说"。

四、商业史料

封建社会的商业总体而言是对农业的补充。九江西邻的瑞昌县，虽在长江岸边，却偏离交通要冲，境内多山，相对冷僻些，人民的生活情况也有所不同。《瀼溪竹枝词》之十说："锄得山田数亩忙，朝春才足半年粮。秋来更拟为商去，桐子新收满竹筐。"说明当地土瘠民贫，光靠种田难以维持生计，不得不在农闲时候做点生意，大概包括出卖些山货，如桐子等。他们到哪里去做生意呢?《瀼溪竹枝词》第十一首说："江流豫楚画鸿沟，问渡船争向马头。种罢山田过江去，秋来禾熟到家收。"马头，指马头镇，在瑞昌北部长江岸边，是过江码头。看来他们大都是去江对岸今湖北武穴一带做买卖，那里是一个物资交流的中心，当然另有些人可能是去做工。

另一方面，农业和手工业的发展促进了商业的繁荣。景德镇的瓷器，河口的纸张、茶叶大量外销，备受关注，而赣北棉花的运销也值得一提，当地所产棉花主要运往苏州、松江二府，商人们又从那里运回成品棉布来倾销，获利更大，彭泽人欧阳云的《彭泽竹枝词》之六："盼到秋收八月场，木棉花落客开装。输他贱买苏松去，贩布苏松价倍偿"所说的正是这一商业基本规律。

除了民间的这些物资交流外，漕船返回，搭运商货，亦促进了南北物资的流通。翟金生的《豫章景物竹枝词》中有这样的记述："粮艘六百运漕忙，春去冬来不改常。一自回空鳞次集，各行买卖陡高昂。"清代江西漕船600艘，频繁航行在江湖上，是一项沉重的负担，但是漕船回来，商货涌进，使南昌的市场交易陡然"热闹"起来。

四大名镇之一的吴城镇的繁荣，是清代江西商业繁荣的表征之一。吴城镇地处赣江、修河入鄱阳湖处，控扼了江西全省物资出省的北方通道，地理位置优越，依赖着江西商业航运的发展而逐渐繁荣起来，约在清中期，达到极盛。当地传有"嘉庆到道光，家家喝蜜糖，狗不吃红米饭，十八年洪水没上砧"的民谣。赖学海的《吴城竹枝词》对此有生动反映。赖学海是广东顺德人，同治四年时已在吴城客居了四十年，他的一百一十八首吴城竹枝词，以一个市民的眼光关注市民的日常生活，通过对一些看似琐碎的事情的记载，从侧面反映出当时吴城的繁荣情况。如作者用大量篇幅写吴城的妓业，诸如妓院、妓女装束、名妓、妓业行话及妓业习俗等。民间妓院的兴盛是伴随着商业应运而生的，是商业繁荣的附生物。《吴城竹枝词》之十一对此有一个总的概括："书生白面女红颜，古语如规未可删。莫怨金钱随地尽，只缘志满便贪闲。"注曰："相传刘诚意谶云：两水夹一洲，此地赆钱此地休，白面书生无用处，红颜女子不知羞。此或出于附会，要亦适中其病。"

吴城的码头搬运业也很兴盛。《吴城竹枝词》记载了把头之间的激烈竞争。一个小小的吴城镇就有十八个"把"，说明从业者之众，如果没有充足的业务量，没有那么多商货和过往驻足的船只，那么多挑夫何以生存。因此，这亦从一个侧面反映了吴城当时货物吞吐量之大，人员过往之多。

五、人口流动史料

闽广人口的大量迁入是清代江西人口变化最重要的特征。康、雍、乾三朝，有大量客籍人，主要是闽粤人，迁入江西的赣南、赣西北等地。吉安府龙泉县靠近赣南，那里的情况就很典型。

龙泉县令杜一鸿在《龙泉竹枝词》中的吟咏与此相印证："赁土开荒客籍繁，年年棚下长儿孙。辛勤满叶仓箱咏，闽广湖湘共一村。"可见这些闽广客籍人已在此地长期开垦，安家落户，逐步向着土著衍化。并获得当地官府认可。

赣西北是客籍人的又一去处，他们在那里搭棚居住，开荒垦山，被称为棚民，有专门的户籍。严思浚《袁州竹枝词》记录了棚民在那里的生存情况："杉皮屋子竹篱笆，闽广侨居便作家。少妇采茶三月艳，鬓云斜插一枝花。"所谓"杉皮屋子竹篱笆"正是"棚民"这一称呼的由来。

通过以上五方面的分类介绍，可以认为江西古、近代竹枝词至少具有以下特点：

一是作品的可信度高，可与正史、地方志书相印证。江西竹枝词的作者绝大多数是本乡本土的文化人，即使其中有些人以后在外地为官，但都对自己生于斯养于斯的故土极为熟悉。有些作者是外乡来江西任职的地方官，工作要求他们掌握该地各方面的情况。有些作者是外地来赣客居之人，他们大都在客居地生活了很长时间，已融入当地社会。他们了解江西，热爱江西，从各自的角度，以不同的视野观察江西而记下的竹枝词毫无疑问可以用来以诗证史。特别是许多竹枝词后都附有作者的按语，对作品所涉及内容进行补充和解说，其中更是保留了不可多得的材料。

二是某些竹枝词作品还能补正史、地方志书之不足。如谢阶树在《宜黄竹枝词》第八十首中关于“神冈出空心面，其细如发，中灌以脂膏，人家或以当饭”的描述就是一例。能制作细如发丝的空心面尚已不易，且还“灌以脂膏”则更难想象，可惜地方志书中未见有记载，今天我们只能从这首竹枝词中窥见一斑。

三是作品内容丰富，涉及面广。除对社会生活、生产各方面情况有全面反映外，江西竹枝词还描写各地山川形胜、风光景致、人物古迹、土特物产、气象物候、岁时风俗、方言俚语、民间传说等，可以给从事不同课题研究的人员提供他们各自需要的材料。笔者曾给从事溺婴研究和庙会研究的朋友提供过有关竹枝词，得之者亦为竹枝词特有的价值与魅力而惊喜，大有相见恨晚之感。

四是作品的地域性和针对性强，是个案研究的好材料。一般一组竹枝词专记一地的景、物、人、事，如《丰城竹枝词》、《庐陵竹枝词》分别记丰城、吉安二地的人文盛景。有的作品专记某地某一方面的专门内容，如《龙泉竹枝词》专记清代龙泉县山区开发的情况。王序、王之锋的《洑洲竹枝词》专记武宁县修河中一个岛屿——洑洲的蔬菜生产和销售情况。《陶阳竹枝词》三十首虽然不是全部，但大部分写的是清代景德镇陶瓷业。有的竹枝词专记某地发生的某一专门事件，如周霆震的《城西放歌》。这些地域明确、内容又有针对性的作品可为个案研究提供参考资料。周銮书前辈就曾在他的《景德镇史话》一书中，大量引用《陶阳竹枝词》说明清代景德镇制瓷业的盛况，许怀林老师曾在《江西史稿》中引用《龙泉竹枝词》说明清代龙泉县林木业的情况。

新中国成立59年来，江西竹枝词在继承传统的基础上有了新的发展，尤其是在改革开放以后，更呈现出一派欣欣向荣的景象。我们在这次选编过程中作了一个粗略的统计，到目前为止，发表在各报刊和诗集中的现当代江西竹枝词共500多首，作者有50多人。人们运用竹枝词这一古老的诗歌形式，讴歌江西人民在党的领导下进行社会主义建设所取得的重大成就，讴歌在这块红色土地上出现的新事物、新气象，讴歌江西灵山秀水在新时期呈现出的新面貌、新风采。同时，用犀利的笔调抨击了贪污腐败等丑恶现象和封建没落的腐朽思想。内容十分丰富，涉及社会生活的方方面面。作者面也很广，既有诗坛宿将，又有市县官员，但更多的是基层干部、教师、员工和工人、农民。可以说竹枝词所具有的广泛的社会性、质朴的民间性以及鲜活的艺术性，在这一时期有了更好的发挥。

当代江西竹枝词的繁荣和发展，是改革开放带来的新气象，也是与江西省诗词学会的提倡和促进分不开的。江西省诗词学会主办的刊物《江西诗词》，不仅多年来先后发表了许多竹枝词作品，还曾发表专文论述和推介竹枝词。江西省诗词学会的一些领导人，还亲自创作竹枝词，并在刊物上发表。这些举措对全省竹枝词的创作无疑是一个很大的推动。值得一提的是，近些年来萍乡市竹枝词创作很活跃，涌现了许多新作者，2006年萍乡诗词学会编印出版了一本《楚萍竹枝词》（作家出版社出版），其中江西竹枝词有267首，作者共27人。萍乡已经成了令人瞩目的竹枝词之乡！

编　者

2008年1月

古近代江西竹枝词

［省会地区］

竹 枝 词

（明）胡 俨[1]

湖上问郎歌竹枝，　湖中莲艇便轻移。
却言郎度潇湘去，　折得荷花空泪垂。

船头烟暝浪花飞，　船里风来雨湿衣。
独棹兰桡下莲渚，　迎郎不见又空归。

（《续修四库全书·江西诗征》）

东湖[2]竹枝词

（清）沈 澜[3]

女儿踏春鹤觜[4]靴，　双双作对戏湖波。

---

① 胡俨：明代南昌人，字若思，号颐庵。洪武二十四年会试乙科授华亭教谕，永乐初擢翰林检讨，同解缙等直内阁，寻迁国子监祭酒，任《太祖实录》、《永乐大典》、《天下图志》总裁官，洪熙元年加太子宾客致仕。有《颐庵集》。

② 东湖：在今南昌城中。古时的东湖周广五里，分北湖、东湖、西湖三个区，统称为东湖，为南昌风光胜地。今湖区面积缩小。《水经注》称东太湖。

③ 沈澜：清浙江乌程人，字维涓，号泊村，又号法华山人。雍正十一年进士，官江西瑞州知府。著有《双清草堂诗》、《鹤征后录》等。

④ 觜：音 zuǐ，同“嘴”。

瞥见鲤鱼动水去，　问郎几日到江沱。
南塘[1]塍[2]口柳阴齐，十里黄鹂不住啼。
青竹抢门夫婿住，　寻花同上万金堤[3]。

蒲叶圆荷出水长，　缺瓜艇子傍南塘。
西山[4]载得猫头笋，　好配鲜鳞下桂姜。

荡子浮梁[5]买茶去，　绣帏空镤锦钱苔[6]。
侬心恰似湖心水，　四角周围不遣开。

跃龙桥[7]下春水深，　跃龙桥外碧峰沉。
日暮菱歌四面起，　清江女儿愁人心。

也似西湖二月天，　桃鬟倚水斗娇妍。

---

① 南塘：指东湖南端的一片水域。汉代曾在其上筑堤，以通南路，兼遏江水，谓之“南塘堤”。

② 塍：音 chéng，亦写作塖，田畦，田间的界路。

③ 万金堤：即南塘堤。沿堤旧皆植柳，名万柳堤，亦称万金堤。

④ 西山：在南昌城西，清南昌府辖地，今分属于南昌市湾里区和新建县。《水经注》作散原山，《豫章记》作厌原。为道书第十二洞天。今为南昌著名风景名胜区。

⑤ 浮梁：县名。在今景德镇市北，唐高祖时从鄱阳县分立始置县。初名新昌，玄宗时改名浮梁，从唐至清一直辖有景德镇，解放后在区划变更中成为今景德镇市下辖县，自古盛产茶叶，白居易《琵琶行》有“前年买茶浮梁去”。

⑥ 绣帏空镤锦钱苔：“镤”，一同“锁”。“钱苔”，苔藓类植物的一种，雌雄异株，常见于肥沃的水稻田和湿润的庭园。

⑦ 跃龙桥：南昌城内古桥，横跨东湖，旧名高桥，以地近徐高士（孺子）宅故名。明万历间增筑石栏，改名跃龙桥。今桥已不存，仅留有一条“高桥巷”。

酒旗飘堕垂杨外，　只欠钱塘药玉船①。

双井诗派徐师川②，　湖边卜筑数亩廛③。
旧日昌奴何处在，　舞衫歌扇抛荒烟。
昌奴，师川婢也。

黄园林子柑橘香，　南崖高卧白云长。
小妓莲花唱水调，　满湖风雨春茫茫。
唐陈陶④结隐于此，有水调词。

（《南昌诗征》民国二十四年铅印本）

东湖竹枝词

（清）李安民⑤

水拍平堤草拂烟，　嬉春却趁养花天。

① 药玉船："药玉"，以药煮石而成，色泽如玉，故名。今称"料玉"。"药玉船"即以药玉制成的酒杯。苏东坡《十二月三日点灯会客》诗："试开云梦羔儿酒，快泻钱塘药玉船。"

② 双井诗派徐师川："双井诗派"，宋文学流派"江西诗派"的别称。江西诗派以黄庭坚为首，黄为修水双井人，故有此称。"徐师川"，宋枢密徐俯，字师川，南昌人，自号东湖居士，黄山谷从甥，有忠贤之名。

③ 廛：同廛（音 chán），古代指城市中的房子。

④ 陈陶：唐诗人。字嵩伯，自称三教布衣。大中时游学长安，后隐居南昌西山。工乐府，《陇西行》写征戍之苦，为世传颂，后人辑有《陈嵩伯诗集》一卷。

⑤ 李安民：清人，生平不详。

泥沟拾得沙棠片[①]，传是军门旧画船。

（《南昌诗征》民国二十四年铅印本）

东湖竹枝词

（清）靳 椿[②]

髻绾芙蓉藕色裳，自摇桂楫趁鸳鸯。
侬家生小花洲住，只采湖菱不采桑。

（《南昌诗征》民国二十四年铅印本）

东湖竹枝词

（清）万廷莘[③]

两岸年年种官柳，折柳插门风雨生。
郎向丁坊[④]贩酒至，与侬欢喜过清明。

丁坊乡出美酤，其村中井乃甘泉也。

---

① 沙棠片：沙棠，木名。沙棠片，这里指用沙棠木制造的船的残骸。

② 靳椿：清人，生平不详。

③ 万廷莘：南昌县人。乾隆十八年举人，甲戌明通，历任山西怀仁、广西兴安、宣化等处知县。

④ 丁坊：地名。位于南昌县向塘街西四公里。明天启年间，丁箭白开作坊酿酒，酒味香甜醇郁。据传曾上贡皇上，因而畅销国内，人称丁坊酒，村遂易名为丁坊。

艾虎[1]蒲人[2]长命幡，鬓风吹落替人钱。
侬向门边撒盐米，拦街争看旱龙船。

道士以纸钱向人索资曰替人钱。旱龙舟过，妇女争裹盐米压之。

（《南昌诗征》民国二十四年铅印本）

东湖竹枝词

（清）蔡 绶[3]

已过江南樱笋天，鲫鱼上市雨如烟。
两间破屋澹台墓[4]，游女来施香纸钱。

侣鸥阁上看西山，白发尚书去不还。
何似榆溪徐处士，扁舟来往水云间。

---

① 艾虎："艾"，草本植物，茎、叶可用来杀虫或防治植物病害。"艾虎"，用艾做成的虎。旧俗端阳节佩戴艾虎，谓能辟邪除秽。

② 蒲人："蒲"，音 pú，水生植物名，可以制席，嫩蒲可食。"蒲人"，用蒲扎成的人形，是旧俗端阳节辟邪除秽之物。

③ 蔡绶：字眉山，号秋圃正笏子。清代南昌县人，善承家学，博览群书，贯通经史，乾隆四十八年中举（其时已六十八岁），钦赐国子监学正，乾隆六十年加翰林院检讨。年八十一卒。著述有《秋圃文稿》、《渔洋诗选》、《眉寿堂集》等。

④ 澹台墓：即澹台灭明墓，在南昌东湖。澹台灭明，字子羽，今山东省贵县人。他是孔子的学生，貌丑，但品行端正，孔子有"以貌取人，失之子羽"之说。孔子死后他南游至楚，友教士大夫，后定居南昌，为南昌文化启蒙作出了重大贡献，相传死后葬此。清康熙五十八年（1718 年）学使王思训立石碑，题为"先贤澹台子之墓"。

侣鸥阁，熊文举①别业也，与徐巨源②榆溪相近。

（《南昌诗征》民国二十四年铅印本）

东湖竹枝词

（清）汪 轫③

杏红袖口蝶双飞，　墙上家家摘紫薇。
孤艇桥头横暮色，　背篮人卖鲫鱼归。

（《南昌诗征》民国二十四年铅印本）

东湖竹枝词

（清）蒋士镛④

剪绿花朝挂树红，　杏花村里雨濛濛。
家家打豆忙惊蛰⑤，　小妇厨前唤炒虫。

---

① 熊文举：字公远，号雪堂，南昌新建县人。明崇祯进士，授合肥县令，因功擢吏部主事，后迁稽勋司郎中。入清，擢右通政，两任吏部左、右侍郎，因病致休，后又起补吏部左侍郎兼兵部右侍郎，卒于官。时汉官无尚书，他已位居极品。著述甚丰，有《江雁草》、《耻庐集》、《雪堂全集》等存世。

② 徐巨源：号世溥。明末清初南昌人，明代诸生，明亡后屡征不就，隐东湖榆溪，有《灵迹记》存世。

③ 汪轫：清乾隆年间江西武宁县人。初困南昌，无所知名，后其诗受太守称赏，始声名大噪，“一时才流无不倾倒”，时有江西四子之说。后以例贡任吉水训导，卒于官。

④ 蒋士镛：字禹笠，清江西铅山人，著有《旋山堂诗》。

⑤ 惊蛰：二十四节气之一。约在每年农历二月，阳历3月6日前后，这时天气转暖，渐有春雷，冬眠动物将出土活动。中国大部分地区进入春耕春种季节。

惊蛰家家炒豆曰炒虫。

（《南昌诗征》民国二十四年铅印本）

东湖竹枝词

（清）刘爵谌①

春到流莺不惜声，　花开半隐笑相迎。
夜阑人寂孤鸢宿，　金鼓铿訇②出旧茔。

湖上有古池，深丈许，中石砌一方堆若古墓，时作金鼓声。相传建安王半隐园③也。

（《南昌诗征》民国二十四年铅印本）

东湖竹枝词

（清）杨　垕④

仆本蜀人，乍谐傒语⑤，偶为迁客，颇爱吴歌。一顷平湖，浓

---

① 刘爵谌：字创埜（音 yě），清代江西建昌（今南城）人，著有《毅堂诗钞》。

② 铿訇：音 kēng hōng，形容声音响亮。

③ 建安王半隐园：即明建安简定王之宫殿。其址在南昌城内高士桥东。简定王名朱觐錬，为宁靖王朱奠培第四子。后传至六世，明亡国除。府第旁有园数亩，多古木奇石，人称半隐园。

④ 杨垕："垕"，厚的古字。字子载，乾隆十八年拔贡，年三十二卒，著有《耻夫诗钞》、《芳悦录》。

⑤ 傒语："傒"，我国古代东北地区民族名。南北朝时，南朝人讥笑与京师发音不同的语言为傒语。当时南齐胡谐之是南昌人，其家人发音不正，被嘲为傒语。本文中的"傒语"，当指南昌话。

淡不宜西子，数间破屋，寂寥差比杨雄①。登楼从此销魂，箜篌月冷，佳日那堪回首，葭琯②尘飞。若乃竹枝，原属土风，尊前肠断，异乡岂无同调？天末愁深，云停出峡巴船，水调歌头三叠乱，风送负盐溪女，青衣江上数声低。寻鹿苑以嬉春，连天芳草，登龙沙③而送别。半夜啼鹃，种菜圃荒，恨同乡之人④去。入山路滑，惜选佛之场空。虽才愧汉廷，身亦青城樵牧，况地无徐孺⑤门分，白社⑥烟云，不过绿蚁初酣，偶凭猿笛⑦，敢谓红牙⑧低按，尽付旗亭⑨。

路转疏林返照红， 野花寂寂草茸茸。
梁王宫殿无人识， 一片寒云起暮钟。

苑起长春燕燕飞， 家家帘幕捲斜晖。

---

① 杨雄：即扬雄。西汉文学家、哲学家、语言学家，成帝时为给事黄门郎，王莽时校书于天禄阁。官为大夫，后以事被株连，坠阁自杀，未死。汉书有传。家中一向孤贫，晋左思《咏史》之四有“寂寂杨子宅，门无卿相舆”之说。

② 葭琯：音 jiā guǎn，即“灰琯”，古代候验节气变化的器具。把葭（初生的芦苇）茎中的薄膜制成灰，放在十二乐律的琯（玉管）内，置琯于木案上，当某一节气至，则相应律管内的灰即自行飞出。

③ 龙沙：指南昌城北龙沙冈。其处沙洁白高峻而逶迤若龙形，连亘四、五里，古为南昌一景，并有“北沙过城出圣人”之谶。今不复见。

④ 同乡之人：指宋代名士苏云卿。苏原籍四川，《江城名迹记》载其为“蜀之广汉人，逸其名，字曰云卿，与宋丞相张浚友善。”他学识渊博，南宋绍兴间来南昌，在东湖南岸结庐独居，种菜为生，这就是南昌有名的“苏圃”。

⑤ 徐孺：指徐稚，字孺子，东汉南昌人。家贫，以耕种为业。桓帝时，因不满宦官专权，虽屡为陈蕃等大臣举荐，终不为官，时称“南州高士”。

⑥ 白社：徐孺之墓在南昌城南，其地名白社。现多指隐士所居之处。

⑦ 猿笛：即“猿臂笛”。用猿臂骨制成的笛，据说其声清圆，胜于丝竹。

⑧ 红牙：又称红牙板，调节乐曲板眼的拍板或牙板，多以檀木制成。

⑨ 旗亭：酒楼。

画船箫鼓不知处，　二月踏青人未归。

南唐李后主筑长春苑湖上。

并马寻春说往年，　梳妆台[1]畔养花天。
娄妃[2]为爱秧歌好，　留得城东数亩田。

永和门内有田数亩，相传娄妃爱秧歌，宁庶人[3]为辟田于此。

孺子亭[4]前算子桥[5]，分龙时节[6]雨潇潇。
方塘[7]旧是将军宅，　时有居人来射雕。

一道裙腰草色斜，　望云堤[8]畔月笼沙。
侬家织就鸡鸣布[9]，　夜半湖头闻轧鸦。

杏花村前雨乍深，　读书台畔老龙吟。

---

① 梳妆台：指东湖杏花楼。相传为明宁王朱宸濠妃子娄素珍的梳妆台。

② 娄妃：江西上饶人，明天德年间宁王朱宸濠的妻子，据说很有才学见识。宸濠谋反，她曾屡加劝谏，但宸濠不听。起兵之日，宸濠要娄妃随军，娄妃未从。闻宸濠兵败被俘，乃投江自尽。

③ 宁庶人：对明宁王朱宸濠的贬称。他乃明朝宗室，袭封宁王。正德十四年（1519年）起兵叛乱，分兵陷九江、南康、围攻安庆，声言直取南京。为王守仁所败，被俘，历时仅四十三日，次年被处死，宁王封号被废。

④ 孺子亭：南昌名胜，为纪念徐孺子而得名。在东湖跃龙桥附近。

⑤ 算子桥：南昌古桥。在孺子亭附近，今桥已不存，仅留有一条算子桥街。

⑥ 分龙时节：指夏季。夏季降雨常出现两地相隔很近却一晴一雨的现象，古代迷信说是龙造成的。

⑦ 方塘：指东湖古迹半隐园（原为建安王府）中的古池。

⑧ 望云堤：指东湖堤。

⑨ 鸡鸣布：指妇女勤于纺绩，夜间浣纱，次日凌晨就能织成一整匹布。这样的布称“鸡鸣布”。自南朝开始，豫章鸡鸣布在全国就很有名。

阿侬漫唱洪州曲， 恐有歌声出墓林。

瑟瑟秋风响佩环， 中秋月色出门看。
轻罗小扇人如蝶， 千步红桥一夜寒。

茅店霜清月满衣， 提筐少妇採菱归。
低头不觉寒塘[1]近， 惊起一双鱼翠[2]飞。

（《续修四库全书·江西诗征》）

南昌竹枝词

（清）姚 鼐[3]

南昌南去尽山溪， 白石清沙不见泥。
一到鄱阳风浪黑， 行人那更出江西。

城边江内出新洲， 南北湾湾客缆舟。

① 寒塘：即南塘，在东湖南部。

② 鱼翠：翡翠鸟的别名。清屈大均《广东新语》：“一名鱼翠，……羽长寸余，雄赤为翡，雌缥青为翠，合之色碧，是曰翡翠。”

③ 姚鼐：字姬传，安徽桐城人，清乾隆二十八年进士，官刑部郎中，记名御史。清散文家，“桐城派”主要作家。著有《惜抱轩全集》等。

莫上滕王阁[①]前望，青天无地断江流。

（《惜抱轩诗集》上海会文书局民国三年石印本）

西山[②]竹枝词

（清）熊　荣[③]

西山古号厌原，绵亘数百里，当洪州[④]之太白[⑤]，方阳面新邑[⑥]，背隶龙津[⑦]，道书第十二洞天，代多隐君子，其间土瘠民勤，桑麻鸡犬犹有隆古之遗。爰采近俗，缀为竹枝，随忆随书，语不铨次。子曰“小人怀土”。予固小人，未免土风之掺耳，并不敢附于杨枝词、浪淘沙[⑧]之末，倘里中诸君子见而和之，则又不无抛砖之助也，快何如之，幸何如之。

乾隆癸巳又三月厌原山人自记

---

① 滕王阁：在今南昌市赣江之滨。唐永徽四年（653 年）高祖子滕王元婴为洪州都督时建。上元二年（675 年）洪州牧阎伯屿宴群僚于阁上，王勃省父过此，即席作《滕王阁序》成为传诵千古的名篇。阁废而复修过多次，现阁为 1983 年重建。

② 西山：参见第 4 页注④。

③ 熊荣：字对嘉，江西安义县龙津人，恩贡，后屡试不第，隐居西山，著有《谈诗管见》、《云谷诗钞》。乾隆三十年（1765 年）作此竹枝词。

④ 洪州：州名。隋开皇九年置，治豫章（今南昌）。南宋兴隆元年升为兴隆府。唐、宋时为道、路治所。后人作为南昌的别称。

⑤ 太白：即金星。金星早晨见于东方称启明，黄昏见于西方称太白。这里是指西山在南昌的西面。

⑥ 新邑：指新建县城，当时在南昌西南部。

⑦ 龙津：安义县地名。今安义县城所在地。

⑧ 杨枝词、浪淘沙：指宋柳永、苏轼的词作。柳词婉约，代表作《雨霖铃》有名句“扬柳岸，晓风残月”。苏词豪放，代表作《浪淘沙·赤壁怀古》有名句“大江东去，浪淘尽，千古风流人物”。

厌原叠嶂出穹苍，　对峙匡庐南斗傍。
中有神仙一十二，　丹砂留得几人尝。

《太平寰宇记》：西山本名南昌山。郦道元《水经注》作敬原山。《豫章记》作厌原山。《道书》云：西山得道十二神仙。施肩吾诗：若教西山得道者，连余便是十三人。

大球山接小球山，　山势嵯峨霄汉间。
怪道白云无去处，　朝来飞出暮飞还。

《江西通志》：大球山在府城西南七十里，山形雄峙，宛若狮蹲，与小球山相连。

莫向游帷观里看，　逍遥山上秋风寒。
绣襦甲帐偶然事，　那有仙人吴彩鸾[1]。

① 吴彩鸾：传说为唐代女仙，仙人吴猛的女儿。一日游西山，与寓居紫极宫的书生文萧相遇，产生爱情。文萧贫不能自给，彩鸾便书写唐韵，卖钱资助文萧，如是者十年。后此事稍为人知，他们便各跨一虎，陟峰峦而去。

逍遥山，在南昌府城西南八十里，道家第四十福地，有许旌阳①玉隆宫②。山旧名游帷观，即旌阳故宅。相传旌阳尝以五色帷施黄堂谌母③祠，及仙去，锦帷飞还故宅，民因立观。《云仙杂记》：文箫与彩鸾相遇于游帷观，鸾歌曰："若能求伴上仙坛，应得文箫驾彩鸾，自有绣襦并甲帐，琼台不怕五更寒。"忽有仙童持天判至曰："彩鸾以私欲泄④天机，谪为民妻一纪"，乃同归钟陵⑤。"

千峰万壑拥柴门， 瀑挂檐前水绕村。
夹径有花篱有竹， 侬家不愧小桃源。

西山无主峰，叠嶂四出，折处辄有溪有田，居人依水结庐，以耕以钓，修然世外，有卒世足未履城市，目不接官长者，奚必问津武陵以求异境哉？

硗⑥田半亩种槎了， 短彴横溪一径斜。
妾本桃花岭下住， 生来不见有桃花。

《本草》：慈姑亦名槎了草。郭义恭《广志》：独木之桥曰榷，亦曰彴⑦。《通志》：桃花岭，隶新建桃花乡。少宰熊文举⑧记云：桃花岭在西山，四面如桃花，不与众山连属，最为秀倩。

---

① 许旌阳：即许逊。东晋道士。字敬之，汝南（今属河南）人。学道于吴猛，后举孝廉，曾为旌阳（今湖北枝江北）县令。感晋室纷乱，弃官东归，周游江湖。传说他曾飞剑斩蛟，并在南昌西山举家拔宅飞升。宋代封为神功妙济真君。世称许真君或许旌阳。

② 玉隆宫：即玉隆万寿宫。许逊在西山飞升之后，里人于其地建许仙祠，南北朝时改名游帷观。宋朝升观为宫，改现名。江西万寿宫有多处，此是根脉所在。

③ 谌母：（谌音 chén）传说中的女仙，相传许真君曾师从于她。

④ 泄：音 píng，原意为涉水过河，这里指涉及天机。

⑤ 钟陵：南昌县在唐宝应元年（762 年）曾改名钟陵，贞元中仍改名南昌。

⑥ 硗：音 qiāo，土地坚硬而瘠薄。

⑦ 彴：音 zhuó。

⑧ 熊文举：参见第 8 页注①。

小姑十五学蒸茶，　伶俐应教阿母夸。
作妇时多作女少，　明年归去好当家。

茶性最喜云雾，山人依岩傍壑，家家植数百株或千余株，每谷雨前后，日间采摘，夜来蒸焙，男妇操作，举室骚然。

新梳小髻学盘鸦①，　梅子黄时雨似麻。
五月菖蒲堪作剑，　满山都是鹿葱花。

萱草一名鹿葱，五月间花开烂熳，山人采以作菹②食。

竹根茆茹③火烧枯，　一片荒畬④带月锄。
乞得山棚⑤真种子，　近来也学种苞芦⑥。

西山出竹木，延袤不过三十里，自新之梅岭，以迄安之架溪村等处，其余俱是旷土，一向任其荒秽，近来随处开垦，种苞芦、芋、粟，岁收不减粮田。

笋尖茅蕨荐春盘，　风味山家真个酸。
觅得雉雏饶五色，　阿儿戏作凤凰看。

山中土瘠民贫，风俗俭约，食无兼味，款客不过蔬笋增一脔⑦，即为盛馔，至蟹螯、熊白、玉脍、驼峰⑧生平几不识为何物。

---

① 盘鸦：古代童男女双髻如丫形的一种发式。

② 菹：音 zū，酢菜，腌菜。

③ 茆茹："茆"，音 máo，通茅，即茅草。"茹"，音 rú，相牵引之貌。"茆茹"，这里当指茅草的相互牵连的根。

④ 畬：音 shē，指刀耕火种的田地，亦指用刀耕火种的方法种田。

⑤ 山棚：在山区耕作生活的棚民。多为外来移民。

⑥ 苞芦：指玉米。

⑦ 脔：音 luán，切成块的肉。

⑧ 蟹螯、熊白、玉脍、驼峰："蟹螯"蟹首上像钳子一样的双足，其中肉质鲜美。"熊白"，熊背上的白脂，旧时列为珍味。"玉脍"（脍音 kuài），精而细切的鱼肉。"驼峰"骆驼背上的肉峰，旧时列为名菜。

翠袖红妆八月天，　玉隆宫里拜神仙。
笑看铁树开花未，　不知蛟龙系几年。

每岁七月下浣①，里中即禁屠宰，家家食素。八月朔②，玉隆万寿宫③进香，祝旌阳圣诞以祈福，有尽室行者，好事辈或三五十人结一会，宝盖珠幢，极其华丽，小部铙吹④，衣冠络绎，亦山中之盛事也，由来已久。相传真君镇蛟，谶云：若要江西败，除非铁树开花卖。

东风吹火一层层，　二月烧山远寺僧。
拉得小姑依槛望，　蜿蜒恍惚是龙灯。

烧山有二利，一则除其阘闶⑤，不藏恶兽，一则灰烬过雨，泽尽归田。故正二月间，取次焚烧，因风纵火，万仞垂空，村中远望，酷似龙灯。

娇花宠柳艳阳天，　湘水罗裙一色鲜。
小妹阶前学踢毽，　凤头鞋子跃金莲。

山中儿女子，每于岁暮无事之时，以指大小布，裹钱一枚，纳鸡毛五六匹于眼中，用线缚定，钱重毛轻，以便腾踢，如打毬蹴鞠之戏，较多少为胜负。其能者乃以一足立案头，一足悬空，连踢数百毽不堕落，微有凌风舞掌之势，踢罢，掠鬓整衣，不喘不汗，亦绝技也。

村后村前是一乡，　侬居山北母山阳。

---

① 下浣：唐代制度，官吏每十天休息洗沐一次，后因称每月上、中、下旬为上、中、下浣。

② 朔：月球运行到地球与太阳之间，与太阳同出没的时刻称为朔。朔发生在夏历每月初一。

③ 玉隆万寿宫：参见第15页注②。

④ 小部铙吹：铙吹原为军乐，即铙歌，为鼓吹乐的一部。“小部铙吹”，以及后文中“短部”、“一部”等皆为演奏该种乐曲章节繁简的不同。

⑤ 阘闶：即阘冗（音 tà rǒng），繁杂的、多余无用的东西。这里指山上的荆棘杂草。

分明咫尺如千里，　隔个峰儿不相望。

山中无大村落，或十家或五家，极多亦不过数十家，依山结屋，半在深坳，鸡犬虽闻，庐舍各不相望。

黄源水入象牙流，　乌柏丹枫两岸秋。
霜乌夜深栖不定，　和烟啼向乱山头。

《通志》：黄源在箫峰下，萦流六十里，合蜀水入象牙潭。

竹坞枫林一径分，　泉峰交映水边村。
阿侬家近常绿寺，　夜夜钟声梦里闻。

新建洪崖乡有常绿寺，齐始安王遥光建，唐武德间改为洪井，又改翠岩寺。

暑气山中六月平，　从无香汗染桃笙①。
莫教褪尽芙蓉褥，　怕有轻寒中五更。

桃笙，《吴都赋》："桃笙象簟②，韬于筒中。"注："桃笙，桃枝簟也，吴人谓簟为笙。"

雨丝风片拂花溪，　一带春山碧草萋。
日唤哥哥行不得，　鹧鸪相对尽情啼。

《本草》：今俗谓鹧鸪啼曰"行不得也哥哥"。《罗浮志》：遇暖则相对而啼，谓之山鹧。

---

① 桃笙：竹名。节高而皮软，篾青可以织席。这里指用桃笙竹篾编成的席子。

② 簟：音 diàn，供坐卧用的竹席。

乱峰排闼[1]小桥东，　修竹参差不计丛。
二月南风一夜雨，　钉头菇子满山红。

二月间疾风暴雨，山中偏长竹菇，鲜红可爱，味亦甘脆。

古木缠藤一径阴，　筼筜[2]谷口翠森森。
画眉声里停针坐，　花气扑帘春又深。

山居多依林坞③，老树扶疏④，琅玕⑤锁碎，春三二月时，鸟语和鸣，花香烂熳。

树头啄木响丁丁，　树下枫人忽现形。
村里小儿日卓午，　蛛丝八尺网蜻蜓。

啄木，一名䴕⑥，《本草》：此鸟啄裂树木，取蠹食，故名。《禽经》云：䴕志在木；鹈志在水。枫人稽含南方草木状，枫木岁头生瘤，一夕遇暴雷雨，其瘤暗长三、五尺，谓之枫人。

岁岁烧畲辟草莱，　蔓菁[7]种罢种芸苔。
却笑菜根咬不尽，　园中几见踏羊来。

《本草》：芸苔即今油菜。《启颜录》：有人常食蔬，忽食羊，梦五脏神曰："羊踏破菜园。"今山中有卒世不知羊肉为何味者，虽不免为大方所鄙，其淡薄亦正自可风。

---

① 排闼："闼"，音 tà，原意为门。"排闼"，指推门，这里指山朝两边分开。王安石有"两山排闼送青来"之句。

② 筼筜：音 yún dāng，大的竹子。

③ 林坞："坞"，四面高中间低的山地。坞中长满林木又称林坞。

④ 扶疏：树木枝叶繁茂貌。

⑤ 琅玕：音 láng gān，竹子的美称。

⑥ 䴕：音 liè。

⑦ 蔓菁：音 mán jīng，即"芜（音 wú）菁"，草本植物，直根肥大，质较萝卜致密，有甜味。根和叶作蔬菜，亦可作饲料。

村里村连山里山，　琅玕万户绿成湾。
豹皮箨[①]子迎风解，　放出当门玉笋班。

东坡云“无竹令人俗”。山居差强人意，山山积翠，户户垂阴，每谷雨前后，新笋出林，东风解箨，碧玉纤筠[②]，幽清可爱。

悬崖置屋似盘蜗，　岚气朝飞一缕斜。
路转峰回郎记取，　清溪尽处是儿家。

“山穷水尽疑无路，柳暗花明又一村”，山中确有是境，彼以桃源为寄托之辞者，毋乃所见之不广欤？

钓绿[③]樵青[④]过此生，　乱头粗服旧相盟。
珍珠一斛郎无有，　辟妒何须黄鸟羹。

《山海经》云：黄鸟，食之不妒。

春溪一道锁横矼[⑤]，　峡口奔雷雪浪撞。
鱼狗伺鱼游水面，　飞来飞去日双双。

《本草集解》：鱼狗即翠鸟也，能水上取鱼，溪中常有。

朔风吹雪满香闺，　竹几烟消冷怒猊[⑥]。

---

① 箨：音 tuò，俗称“笋壳”。刚出土的竹笋外包有黄色带斑纹的壳。
② 筠：音 yún，竹子的别称。
③ 钓绿：钓鱼。
④ 樵青：打柴。
⑤ 矼：音 jiāng，石桥。
⑥ 竹几烟消冷怒猊：“竹几”，又称竹姬、竹夫人，古时消暑时用。编青竹为长笼，或取整段竹中间通空，四周开洞以通风，暑时置床席间作支撑用具。“怒猊”，发怒的狮子。这句是在描写冬日严寒。

斗室围炉烧榾柮[①]，温暾差胜辟寒犀[②]。

冬日山人掘地为炉，剉[③]树枝薪本，昼夜焚烧，以当兽炭[④]，合家团圞[⑤]，坐向煖[⑥]畅，周身汗出如注，虽雪深三尺，未觉其寒。

飒飒秋风门外过，万山高髻拥青螺。
笑郎采得金樱子，不似车前用处多。

《本草》：金樱子能涩精。车前主治强阴益精，令人有子，收妇人产难。

雏婢堂前浮芥舟[⑦]，小儿壁上弄蜗牛。
戏取斑鸠笼内养，看他化作黄褐侯。

《本草》：斑鸠春分化为黄褐侯。

洪崖[⑧]井内冰如镜，罗汉岭头雪作堆。
惯是山深春不到，梅花正月也难开。

《水经注》：散原山西北五六里有洪井，飞腾悬注，其深无底，旧说洪崖先生之井也。有洞居水中，明宸濠[⑨]尝戽[⑩]水，见底有五井，各方广四尺许。罗汉，亦西山峰名。

---

① 榾柮：音 gǔ duò，木块。

② 温暾差胜辟寒犀：暖意还算能抵御严寒的侵袭。辟寒犀：犀角名，据说可驱除寒气。

③ 剉：同“锉”（音 cuò），折断的意思。

④ 兽炭：做成兽形的炭，亦泛指炭或炭火。《晋书·外戚传·羊琇》：“琇性豪侈，费用无复齐限，而屑炭和作兽形以温酒，洛下豪贵咸竞效之。”

⑤ 团圞：（圞音 luán）团聚。

⑥ 煖：此处当音 xuān，同“煊”（音 xuān），温暖。

⑦ 堂前浮芥舟：在堂前低凹处注水，浮小草为舟的游戏。

⑧ 洪崖：西山名峰之一，一名伏龙山，一名灵官峰，相传为古洪崖先生得道处。洪崖先生，道教传说中的人物，得道后居西山。还有人说他是黄帝之臣伶伦，尧时已有三千岁。

⑨ 宸濠：指朱宸濠。参见第 11 页注③。

⑩ 戽：音 hù，用人力汲水灌田的器具，又名戽斗。

山厨那得有青精，　细剪新蔬瓦缶盛。
更喜沿溪安水碓，　无劳纤手捣香粳。

山人缚茅屋溪傍，装碓①其间，叠石作坝，堵水以舂，不假人力，昼夜旋转，以之熟米，精凿非常。

蜗牛庐倚碧山腰，　花径松溪十里遥。
一夜风雷潜启蛰②，　陡然春水欲平桥。

山高涧浅，暴雨一过，波涛汹涌，其涸亦可立待。语云“易长易退山溪水”，信然。

山云片片欲侵衣，　墙角嘉宾款款飞。
泽发欲蒸花上露，　教人多摘野蔷薇。

《本草》：嘉宾，瓦雀也。野蔷薇开白花，篱落处处有之，蒸成香露，可以泽发。

峰分六六径三三，　向背阴阳各自谙③。
为爱冬来好曝背，　家家门户对东南。

山中筑室，多坐北朝南，依山为屏障，冬避朔风，兼能向日。

绕庐四面是高丘，　不用镃基④不买牛。
郎制笭箵⑤侬织箪⑥，一家生计在刀头。

---

① 碓：音 duì，舂谷的设备。地碓以人力为之，利用水力的称水碓。
② 启蛰：惊醒了冬眠的动物。
③ 谙：音 ān，熟记；熟悉。
④ 镃基：（镃音 zī）锄头。
⑤ 笭箵：（笭音 líng；箵音 xīng，又读 xǐng）打鱼用的竹编盛器。
⑥ 箪：音 dān，竹制或苇制的盛器。

山中无田可耕，无桑可蚕，居人制一切筐筥①箕帚之属，货卖以自给，男妇操作，昼夜不宁。笭箵，渔具也。箄，甑②箄也，所以蔽甑底。

夕阳低挂小桥平，　几点如星猎火明。
山后山前三五寺，　夜来处处有钟声。

山中井里寥落，精庐相望，夕阳过岭，钟磬之声，彼此相应。

阶前芍药烂猩袍③，　四月抽林竹笋高。
五月石榴开过后，　山禽将子啄樱桃。

笋至四月，解箨④松苞，渐成新竹，语云“清明出土，谷雨上林”。

山深到处有山精，　不怕腰悬五岳形。
蜮⑤解射人狐善媚，　劝郎采药莫孤行。

《抱朴子》曰：修道之士，栖隐山谷，须得五岳真形图以佩之，则山中魑魅虎虫，一切妖毒皆莫能近。

缑岭⑥遥连鹤岭⑦斜，萧疏烟树暗藏鸦。
薝蔔五月无人采，　绕径年年开白花。

《通志》：缑岭在西山，隶新建游仙乡。《水经注》：鸾冈西有鹄岭，王子

① 筥：音 jǔ，圆形的竹筐。
② 甑：音 zèng，蒸食炊器。
③ 烂猩袍：尤言鲜艳红色外衣，“烂”，明亮。“猩”，鲜红色。
④ 箨：音 tuò，俗称“笋壳”。参见 20 页注①。
⑤ 蜮：音 yù，古代相传为一种能含沙射人、致人于病的动物。
⑥ 缑：音 gōu。
⑦ 鹤岭：一名鹄（音 hú，即天鹅）岭，西山有名的峰峦。

乔①控鹤所经过也。薝蔔即栀子花。

山城回互抱山溪，　荒径无人叫竹鸡。
一片泉声飞石溜，　娟娟花坞夕阳低。

《本草》：竹鸡，一名山菌子。言味美如菌也，南人呼为泥滑滑，因其声也。

黄茅盖屋白云巅，　增过三年漏不穿。
陋劣相安看比户，　夜深风雨正酣眠。

山中朴陋，艰于陶瓦，家家缚茅盖屋，编竹为篱，每岁秋间增添几束，三年后，则无庸矣。

生计逢凶剧可怜，　十家厨灶九无烟。
劝郎好置千金产，　莫买青山只买田。

山中田少，居人籴米以炊，每逢凶岁，米价昂贵，所置箕帚之属又不售，故人多菜色。

藤萝挂壁绿斓斒②，　一片幽香谷有兰。
笑是白云常入户，　与郎觌③面不相看。

山云舒卷无时，常白昼入户，伸手不见其掌，少焉开霁，天清气爽。

万叠青山拥翠峦，　萧峰高出碧云端。
旌阳母墓前头是，　寄语游人莫乱看。

---

① 王子乔：神话人物。有关传说颇多，一说名晋，字子晋。相传为周灵王太子，喜吹笙作凤凰鸣声，随浮丘公往嵩山修炼，三十余年后，在缑氏山顶升仙而去。事见《列仙传》。

② 斓斒：（斒音 bān）同“斑斓”。

③ 觌：音 dí，见，相见。

徐世溥①《西山灵迹记》：由洪崖而进为紫清诸峰，迤逦西北折，许母冢在焉，嵚嵌碕礒②，险不可升。山人尝有窃墓者，秋霁，缒③棺而上，亭午始至半山，霹雳交作，树木皆鸣，送者骇眩，而棺已在山下，自是过者必式云④。又相传有青鸟尝经其地，偶布指南⑤，少顷黄蜂交螫，几不能逃。

大萧山上云千叠，　小萧山下月一团。
不见仙人乘彩凤，　黄花翠竹暮烟寒。

《水经注》：散原有二崖，号曰大萧、小萧，言萧史⑥所游萃处⑦也。

不用朝来转桔槔⑧，　石泉清洌鉴毫毛。
家家一枧通茶灶，　信是山高水更高。

山泉多出石壑，居人以大竹作枧⑨，刳去其节，屈曲相承，直注突釜，不用则移去，无汲引之劳，而用之不尽。“山高水更高”，山中谚语也。

延袤百里瓮中天，　只有青山那有田。
几亩溪头硗确⑩地，不堪蛟水又年年。

山中多蛟患，出必迅雷暴雨数十百丈高。岩水逆流而上，山岳崩颓，偶有所触，虽万钧巨石无不裂碎，傍山之田，壅塞乌有。

---

① 徐世溥：参见第8页注②。

② 嵚嵌碕礒：“嵚”，音 qīn，山高峻貌；“嵌”，山石如张口貌；“碕礒”，音 qí yǐ，石不平整貌。

③ 缒：音 zhuì，系着绳子上下。

④ 式云：重复上面的故事。

⑤ 指南：布谷鸟的叫声。

⑥ 萧史：相传为秦穆公女儿弄玉的丈夫。据说他吹箫能招来孔雀和白鹤。他教弄玉作凤鸣，便招来了凤。后来，他们乘凤而去。

⑦ 游萃处：（萃音 cuì）游览到过之处。

⑧ 桔槔：音 jié gāo，俗称“吊杠”，一种原始的提水工具。

⑨ 枧：音 jiǎn，通水器。

⑩ 硗确：音 qiāo què，同“墝埆”，土地坚瘠。

双村对面不为遥，　隔个清溪长板桥。
过访不须频问路，　儿家门首有芭蕉。

山中地寒，蕉性不耐，种者绝少。

祷雨须从禅悟院，　祈梦要到罕王山。
禅悟老龙能作雨，　罕王夫人梦不悭①。

禅悟院在缑岭东，有深岩，祷雨辄应，相传许旌阳谶云：老龙寄在禅坞内，留与西江救旱灾。《通志》云：盖山西十里为罕王山，上有庙，其神乃汉昭烈曾孙刘获②。后塑夫人三位，祈梦多应。

秦人洞倚碧山隈，　水净沙明闭绿苔。
世盛如今谁晦迹，　石门寄语不须开。

徐世溥《游记》：洞口容两人，稍进可容十余人，沙石明净，石门闭不可开，窥之绿草萋然，父老云：世治则石门闭，乱则自开，以待隐者。

踯躅篱边三月红，　微寒四月楝花风。
山中大半无耕种，　岁岁空劳叫郭公。

《格物论》：杜鹃一名山石榴，一名山踯躅。二十四番花信风③终楝花。郭公，布谷鸟也，喜催耕。

过桥柳絮随流水，　出寺钟声带暮霞。

① 悭：音 qiān，吝啬、欠缺、节省之意。梦不悭，有求必应之意。

② 汉昭烈曾孙刘获："汉昭烈"，指三国蜀昭烈帝刘备。刘获被封为罕王，曾在西山筑寨以居。传说其妃（一说其母）在此以山果度人入梦，多灵验，人称"梦娘娘"。

③ 花信风：应花期而来的风。按小寒至谷雨共八个节气，一百二十日，每五日为一候，计二十四候，每候应一种花信。例如：小寒，一候梅花，二候山茶，三候水仙；……谷雨，一候牡丹，二候酴醿（音 tú mí），三候楝花。见焦竑《焦氏笔乘》卷三。

高树根头茅盖屋，　不成村落两三家。

山人多倚树筑室，谓其可以垂阴。

五梅山上五云煸，　古寺高僧日闭关。
只有钟声留不住，　随风夜夜到人间。

五梅山在安邑依仁乡破袋岭之东，孤耸万仞，予高祖学恃①亮海公记略云：五梅，西山之北峰也，俗呼五名山，去豫章城五十里，屏障五龙诸邑之东，苍然高出，与匡欧②相鼎峙，若宾主伯仲然。

山花烂熳笑春风，　山妇妆梳个个同。
只要髻头常热闹，　一枝斜插映山红。

映山红即山石榴。

风雨池边风雨寒，　飞涛十丈出烟峦。
西山自有玉帘水，　不数黄岩是巨观。

《豫章记》云：去洪井六七里，有风雨池，山桥水出，激著树木，星散远洒，如风雨焉。洞则瀑布水状如玉帘，欧阳修品为第八泉。《庐山志》：开先瀑布③，历黄岩而下。

芒鞋草笠去烧畲④，　半种蹲鸱半种瓜。
郎自服劳侬自饷，　得闲且摘苦丁茶。

蹲鸱，芋也。苦丁茶生深林或石穴中，性寒凉，能解暑热，煎之积五六

---

① 恃：音 tuán。通“团”。

② 匡欧：指庐山和云居山。后者在今九江市永修县境内，世传战国时楚国大将欧岌遁入此山修行，后得道于此，因而又称欧山，唐代后期，改为现名。山巅真如禅寺是佛教曹洞宗著名寺庙。

③ 开先瀑布：在庐山南麓秀峰景区。李白诗：“日照香炉生紫烟，遥看瀑布挂前川，飞流直下三千尺，疑是银河落九天。”即指此瀑。

④ 烧畲：参见第 16 页注④。

日不坏色，不变味。

比邻松竹自相依，　　绕壑穿林一径微。
闻道春泥留虎迹，　　教郎无事早些归。

太平之世，虎不咥①人，然亦间行村落，荐②食豚犬，俗谓之巡山虎，每当泥泞，踪迹满路，相看畏人。

登楼一望蔚苍苍，　　万壑千峰就里藏。
闻得夜来阿母说，　　西山尽处是棠冈③。

《通志》：棠冈乃西山尽处也。

当门瀑水分三叠，　　压屋苍松只两株。
碧嶂丹崖看不厌，　　尽堪写作辋川④图。

辋川，王维所居别业。西山之胜，有过之无不及，惜无好事者为之图绘耳。

山南山北子规啼，　　草满门前花满溪。
却笑春闲无一事，　　坐看新燕啄香泥。

子规即杜宇，一名谢豹，山中间有，春暮长啼，哀音惨切。

蒲柳萧疏白露团，　　侵晨独起怯衣单。
七月秋风不为早，　　八月秋风已觉寒。

---

① 咥：（音 dié）咬。

② 荐：（音 jiàn）屡次；接连。

③ 棠冈：即棠冈山，西山尽处。地在新建县仪凤乡，距南昌约百里，旧有棠冈书院，今废。

④ 辋川：（辋音 wǎng）水名。在今陕西蓝田南，源出秦岭北麓，北流至县南入灞水。唐诗人王维曾置别业于此，著有《辋川集》。

山谷中多风，穴深数十丈，人不可迩①，每届秋时，飘忽淜滂②，激飏熛怒③，侵淫溪谷，寒气逼人。

庭无耜耒④室无桑，　学得为箕⑤昼夜忙。
可惜不将黄竹子，　殷勤织作女儿箱。

砍竹为箕，山中世业。古乐府：江干黄竹子，堪作女儿箱。

云盖山头木阴阴，　金钟湖下水深深。
妾意似山长不动，　郎如流水本无心。

云盖山距南昌府城西五十里，下有龙寿禅院。金钟湖在天宝洞上，周广三丈，唐武后赐天师万振金钟玉磬，后遗湖中，湖有石榻尚存。

林间啼鸟叫钩辀，　贪看□□□⑥下楼。
忽向檐前收野蜜，　教郎下次领甜头。

钩辀格磔，鹧鸪声也。野蜂作蜜，常至人檐下，以桶柜收之，酿成任人割取。

晓妆含笑拂多罗，　户外新莺宛转歌。
小榻风微轻捲幔，　马头山上白云多。

《御览纂文》：多罗，粉器。马头山在安邑依仁乡架溪村之阳，与金钟山邻接。

---

① 迩：音 ěr，近，接近之意。
② 淜滂：（音 píng pāng）风击物声。
③ 熛怒：（熛音 biāo）形容风的疾速。
④ 耜耒：（音 sì lěi）即耒耜，古代耕地翻土的工具。
⑤ 箕：音 jī，一些竹编盛物器具的通称，如簸箕、粪箕等。
⑥ □□□：原本此三字模糊不清。

蒲人艾虎颤钗头，　鸭子家家竞献酬。
盘上任教堆角黍[1]，　却愁无处看龙舟。

山中旧俗，端阳家家门首插艾数株，挂菖蒲其上，内人剪纸虎同艾叶拴髻，或以蒲根刻葫芦、方胜[2]作肩坠，清晨饮雄黄酒，食大蒜，谓可辟百毒，随以鸭子交相馈遗。架溪村人采新箬裹糯米为粽子，芳香可喜。

鱼云片片淡无痕，　一树秋风叶满门。
牛背阿儿端坐稳，　数声羌笛过前村。

山中牧儿，吹短笛坐牛背上，过桥渡水不惊不仆，极其安适。

阿郎服食好长生，　每日山头采药行。
寄语认苗须仔细，　莫将钩吻作黄精。

《本草》：钩吻一名野葛，似黄精，有大毒，食之杀人。《神仙芝草经》云：黄精宽中益气，使五脏调良，肌肉充盛，骨髓坚强，其力倍增，多年不老，山中人多采取蒸曝，以充果饵。

经年咬尽韭萍齑[3]，　那有明珰[4]与火齐[5]。
鸠拙相安[6]荆布[7]好，使君不见伯鸾妻[8]。

山中风俗俭朴，酸齑苦菜，有极不可口者，而甘之如饴，妇人首无妆

---

① 角黍：即粽子。黍，音 shǔ。

② 方胜：形状像由两个菱形部分重叠而成的一种首饰，后借指这种形状。

③ 齑：音 jī，切碎的菜或肉。

④ 明珰：古时女子的耳饰。

⑤ 火齐：宝石。

⑥ 鸠拙相安：鸠是一种鸟，不善营巢，取别的鸟巢居之，虽拙而安处。

⑦ 荆布：旧时对人称自己妻子的谦词，表示贫寒之意。

⑧ 使君不见伯鸾妻：汉梁鸿，字伯鸾，家贫好学，不求仕进，与妻孟光共入霸陵山中，以耕织为业，夫妇相敬有礼。这里是将含辛茹苦的农妇比作伯鸾之妻。

饰，鹑衣①百结，相处晏然，但不足以当登徒②之顾耳。

峰腰折处辄为家，　山店荒凉酒莫赊。
任是客来无外敬，　到门一盏雨前茶③。

茶为山中土产，香味俱佳，石髓④新烹，云烟袅绕，连啜数杯，真令人风生两腋，飘飘欲仙。“客来无外敬”，山人谚语也。

猎罢高岩耿玉绳⑤　村前赌酒夜呼朋。
角弓抛掷韩卢⑥去，　扶得归来醉懵腾⑦。

山人善猎，每深秋月夜，挟弓纵犬，度壑登峰，彻霄围杀，归则烧獐炙兔，呼朋引类，赌酒搏拳，以相笑乐。

细竹娟娟净有香，　偶然结实米盈房。
提筐捋⑧取聊充馔，　却笑侬家半凤凰。

竹实不常有，今年三月，山溪箬竹忽开紫花，结实如麦房，山人提筐捋取，日可二三斗，一家终有收贮四五石者，其色青，以之作饭，芳香可食，亦太平之吉兆也，不可不志。

愿从茅屋老巾綦⑨，　淡饭粗茶乐有余。

---

① 鹑衣：用鹌鹑尾秃之相形容破旧的衣服。

② 登徒：即登徒子。宋玉有《登徒子好色赋》，后因用登徒子指好色的人。

③ 雨前茶：用采自“谷雨”前的细嫩芽尖制成的茶叶。

④ 石髓：原指石钟乳。亦借指石钟乳上滴下的水，或石上漫流的山泉水。

⑤ 耿玉绳：明亮的星光。“玉绳”，星名，也泛指星光。

⑥ 韩卢：战国时韩国的良犬名。

⑦ 懵腾：蒙胧迷糊之状。

⑧ 捋：音 luō，用手把物顺势脱下。

⑨ 巾綦：（綦音 qí）即綦巾，原指苍艾色女服或围裙，这里泛指粗鄙的衣服。

莫道只谙蔬笋味，　社中割肉也曾贻。

山人不肉食，买一脔必数十里外，夏时并不可得，唯令节神会及春秋二社①则村村屠宰，合家大饷。

经过谷雨莫蹉跎，　枝上枪旗②取次多。
阿姊背篮随阿妹，　低声学唱采茶歌。

每谷雨前后，山中妇女多出采茶，坐丛边唱懊侬③歌，宛宛可听。

掺④刀运腕疾如风，　刻画纤筠字字工。
春蚓秋蛇随处有，　看来不数米南宫⑤。

山业各有分段，主人操巨刀于竹上勒记年月及其姓字，腕运如飞，字画遒劲工整。

绿萝初长柳初长，　二月花开七里香。
辟蠹旧传应不谬，　教郎折取向书房。

山矾，三月着花，细小而繁，香馥远甚，故俗名七里香，又称之邓花。沈括《笔谈》云：古人藏书辟蠹用云香，谓之芸草，即今之七里香也。

天宝洞头水似帘，　金龙玉简就中潜。
等闲若许游人入，　直到南门觅老髯。

《通志》：天宝洞，西山最胜处，洞门有石泉，状如水帘，宋尝潜使投

① 春秋二社：指春社和秋社。古时春、秋二次祭祀土神，一般在立春、立秋后第五个戊日。这一天宗亲四邻要准备酒、肉，先祭神，后分飨。

② 枪旗：由带顶芽的小叶制成的茶叶，为茶中上品。

③ 懊侬：懊恼、烦闷。

④ 掺：音 shǎn，持、握。

⑤ 米南宫：即米芾（音 fú），北宋书画家。徽宗召为书画学博士，曾官礼部员外郎，人称米南宫。其行、草书用笔俊迈豪放，与蔡襄、苏轼、黄庭坚合称“宋四家”。

金龙玉简于此。世传有人捕鱼生米潭，一石门焕然明彻，不觉行入，见白髯翁曰：此非汝所宜来。渔人遽出登岸，入水已三日矣。或云此即天宝洞南门也。

邻姬相约去游山，　一任春风吹绿鬟。
不是祈嗣即乞梦，　大家贪得一回顽。

山中妇人好祈嗣乞梦，每春秋佳日，陟岭登峰，不辞险远。

朝来纵猎陟[①]崔嵬，　射得伊尼傍晚回。
角上细看缨络少，　不从伪汉囿[②]中来。

伊尼，鹿也。伪汉陈有谅常聚鹿数百，自跨一角苍鹿，缀琴珠为缨络，挂于角上，缕金为花鞍，群鹿皆饰以锦绣，明太祖平南昌，悉放其所蓄鹿于西山。

浓云恶雾日氤氲[③]，　四月阴晴迥不分。
开取箧笥[④]看旧服，　无端坏却石榴裙。

山中云雾日积，四月尤甚，一切鲜衣美服，经史图籍，虽藏什袭[⑤]，多为所毁。

柳丝渐减葡桃碧，　枫叶新添玛瑙红。
却笑西风好气力，　吹将秋色满林中。

---

① 陟：音 zhì，升，登。

② 伪汉囿：元至正二十年陈友谅在江州（今江西九江）称帝，国号汉，后人称为伪汉。陈友谅，元末参加红巾军，一度势力强大，是朱元璋的劲敌，后为朱元璋所败，中箭而亡。“囿”，音 yòu，古代帝王畜养禽兽的园林。

③ 氤氲：音 yīn yūn，气或光色混和动荡貌。

④ 箧笥：音 qiè sì，竹编的小箱子。

⑤ 什袭：亦作“十袭”，把物品一重重地包裹起来。

抱村跨涧，树木森森，霜露即降，乌桕丹枫，烂如锦绮，山中秋况，故自可人。

珠幡宝盖水沉香， 短部铙吹①大道傍。
八月真人朝圣母， 争看车驾出黄堂。

揭傒斯②《仙茅述》云：旌阳师事谌母③于丹阳之邑，黄堂之圩，母授以道要，旌阳感之曰："吾必岁朝母"。母曰："吾即从此逝矣，去汝居南五十里，吾有飞茅在焉，汝能得茅处，即祠我。岁八月一至足矣。"已而母仙去，旌阳还，得茅，而地亦曰黄堂，因建祠祀母，岁如期往朝之。旌阳仙去，其徒岁八月四日具幢盖、仪卫、鼓乐奉旌阳象朝母，如其存时，以为常。

邻姬元夜恰相逢， 不看鳌山④看火龙⑤。
一部铙吹随小夥⑥， 到门十棒鼓冬冬。

山中元夕，家家门首堂户燃灯如昼，十数家合扮龙灯一条，傍晚先向神庙上香，然后归游村落，穿门入户，大锣小鼓，欢声动地，彼此酬答，往返彻宵。

一泓秋水漾枫溪， 绕岸参差长蒺藜。
闲看儿童飞堶⑦戏， 浪痕多少较高低。

山中小儿，以瓦砾横飞水面，善者连点三四痕而后没，拙则掷去即落，

① 短部铙吹：参见 17 页注④。
② 揭傒斯：元代文学家，字曼硕，江西丰城人。官至翰林侍讲学士，卒谥文安，有《揭文安公全集》。
③ 谌母：参见 15 页注③。
④ 鳌山：旧时元宵灯景的一种。把彩灯堆叠成山，像传说中的巨鳌形状。
⑤ 火龙：点亮的龙灯。
⑥ 小夥：（夥音 huǒ）一小伙人。
⑦ 堶：音 tuó，瓦石。

两痕不能起也，谓之飞堉戏。

小楼昨夜过东风，　二月山花烂熳红。
行到槛[1]前轻折取，　一双玉手露春葱。

山中春日，花开满径，香风扑鼻，随处可采。

秋菘[2]春韭及时良，　不尽山蔬喜饱尝。
更有葛[3]根堪渍粉，　斸[4]来也得备凶荒。

岁凶，山人挖葛根细捣，取其汁浆用水漂澄，渍粉作糊以充饥，大者每株可得粉一二升，活人不少，年丰则无人取。

闲携长椠[5]过山腰，　十月龙孙[6]未有苗。
巧向竹根寻稚子[7]，　夜来酌酒倩侬烧[8]。

山人巧于斸笋，冬日未出土时，长椠一过，取如探囊，亦异事也，拙者竟日遍锄，不获一株。

紫阳山上紫阳宫，　斗大石坛耸碧穹。
可惜白云遮五老[9]，　朝朝对面不相逢。

紫阳山在新之桃花乡霞溪村，三峰并出，俗谓之三尖岭，又呼名山，以

---

① 槛：音 jiàn，栏杆。

② 菘：音 sōng，蔬菜名。叶阔大，色白的叫白菜，淡黄的叫黄芽菜。

③ 葛：植物名。茎皮纤维可织葛布或作造纸原料；茎和叶可作牧草。块含淀粉，供食用，亦可入药；花可解酒毒。

④ 斸：音 zhú，大锄。引申为挖、掘。

⑤ 长椠：（椠音 qiàn）一种用木削成的长形板片，用来插入土中探寻冬笋的有无。

⑥ 龙孙：笋的别称。

⑦ 稚子：指冬笋。

⑧ 倩：音 qìng，请；央求。

⑨ 五老：指庐山五老峰。

朱紫阳①曾至其地。中峰有石坛，祀邓真君②，前明宗室乐安王③建。峰高插天，与匡庐对峙，隐相抗衡，若不相让。

拨径分云认石坛，　洪崖④去后久荒寒。
祇⑤今唯有山头月，　曾见先生跨彩鸾。

《豫章书》：西山中，伏虎山北岩右有洪井，井上有石坛，坛北里许有五春臼，坛南二里有鸾冈，相传为洪崖先生炼丹捣药及乘鸾憩息故址。

西山美菜称罗汉，　二月春风岭上生。
却笑陈氏⑥不知味，　无端烹作玉叶羹。

《广舆记》：罗汉菜，西山出，叶如豆苗，以醯⑦盐少许腌藏，历久不坏，味极佳。《名迹记》：友谅既亡，有宫人小春逃于民间，嫁蒲亭彭本清，尝言陈氏宫中事，后庭数百人皆锦衣玉食，用极奢侈，又友谅喜食玉叶羹，以西山罗汉菜及丰城曲江金花鱼为之。

西山半是仙人居，　十二洞天载道书。
觅得人参与枸杞，　管教脱屣昆仑墟⑧。

西山，道书第十二洞天。千年人参、枸杞，食之可以仙去。

---

① 朱紫阳：即朱熹，号晦庵，别称紫阳。南宋哲学家、教育家，是集理学之大成者。

② 邓真君：指邓思瓘，号紫阳，江西临川人。传说唐开元中应召使神兵以却西戎，其时天上雷霆隐见。后感虎驾云车仙去。

③ 乐安王：明太祖朱元璋的曾孙朱奠壏，景泰二年封。

④ 洪崖：道教传说中的仙人。参见第21页注⑧。

⑤ 祇：音zhǐ，仅仅，只的意思。在这个意义上，本字应为“衹”，但古人又往往写作“秖”、“祇”、“祗”。

⑥ 陈氏：指陈友谅。参见33页注⑧。

⑦ 醯：音xī，醋。

⑧ 昆仑墟：传说中神仙聚集的地方。

自来生长在山家，不解描鸾祇浣纱。
莫笑阿侬真蠢拙，年年业得是桑麻。

山中不务华饰，妇人唯解绩麻、司中馈①而已，命之刺绣，则壅肿不堪瞩目，且竟日不能成一花一鸟，以习未惯也。

闲云爱傍岭头栖，涧底幽禽不住啼。
贪着夜来明月好，茅房几个断桥西。

山高障月，不得其地，即皓魄当空，竟夕不能把玩。

重重芳树绿阴交，几个鸦儿次第巢。
郎欲延年兼却疾，好从谌母乞仙茅。

《仙茅述》：茅在黄堂祠前，剪而复生，如扬州琼华不易其处②。茅具六味，能致六养，咸能养气，辛能养节，酸能养筋，滑能养胃，甘能养肉，苦能养血。人得茅煮而饮之，可以已疾厉，和荣卫，延年却老。

高山嶜嶜③水鳞鳞，野鸟欢呼不畏人。
家有渭川一千亩，从今休笑阿郎贫。

史渭川千亩竹与千户侯等④。山人粮田虽少，竹山家有十数障，此其所以自给也。

---

① 司中馈：谓妇女在家主持饮食等事。

② 扬州琼华不易其处：琼华，即琼花。一种珍贵的花。相传扬州后土庙有琼花一株，为唐时所植，至宋，两次移植禁苑，都“憔悴无华”，送回庙中，又都“敷荣如故”。所以说它“不易其处”。

③ 嶜嶜：（嶜音 yà）参差貌。

④ 渭川千亩竹与千户侯等：典出《史记·货殖列传》：“齐鲁千亩桑麻；渭川千亩竹……此其人皆与千户侯等。”

新竹砍来堪作纸，　镬[1]中日煮烂如麻。
细帘揭出石槽里，　玉版层层湿井花。

山人四月间，竟将新竹砍伐五尺长，截断，掘塘山趾，受水浸渍，越三月拾起曝干，谓之竹麻，以刀细细分劈于旷野中，以巨镬筑高甑，容可三四百石，纳竹麻其中，参以石垩[2]，煮七日夜，揭出逐一揉软，付长流水中洗去石垩，转成大团，复纳甑中，罨[3]四五日，以石盘捣烂，置槽桶中，用水搅开，注滑浆少许，使不粘滞，以细帘捞揭，层累痕板。

西山煮竹旧相传，　不用临书只作钱。
一陌[4]造成归火化，　笑郎何事日欣然。

西山所造之纸，不可临书作券，只以作钱供冥用，俗谓之火纸，以之取火甚便，他纸不能及也。

初成湿纸薄如肤，　大半分劳乞小姑。
焚罢兰膏[5]不了事，　一层层揭费工夫。

新成之纸五六寸长一截，重重叠累，其薄如肤，触手即破，妇女端坐，逐层掀启，日夜不辍。

烟岩云壑一重重，　古寺高盘出乱峰。
怪是老僧偏起早，　醒人惯打五更钟。

山寺晨钟极早，晓梦未回，铿然在耳。

葛丝分劈乱如麻，　绩罢还教上纺车。

---

① 镬：音 huò，无足的鼎，也指锅。
② 石垩：（垩音 è）石灰的别名。
③ 罨：音 yǎn，掩覆。
④ 陌：音 mò，钱一百文。
⑤ 兰膏：古时用泽兰（一种多年生草本植物）炼成的油脂，可燃灯，有香气。这里指晚上照明的灯、烛。

纤手织成蝉翼薄， 含风细软比轻纱。

山妇制葛布，极其纤细，虽叠雪香罗，不是过也。

茱萸十月满山红， 天外人家一径通。

不道振衣[1]千仞易， 笑看鸡犬白云中。

藏器[2]曰：茱萸，南北总有，入药以吴地者为好，山中甚广，八九月间结实似椒子，嫩时微黄，至熟则深紫。

（《西山竹枝词》清乾隆十三年刻本）

---

① 振衣：抖去衣上的尘土。

② 藏器：即陈藏器，唐代药物学名著《本草拾遗》的作者。

南州[①]竹枝词

（清）熊　荣

西昌先辈陈士业②《江城名迹记》，间尝读之，于城内外遗踪故址，源源委委，考证详悉，一二好古之士久已奉为拱璧，而每恨风俗缺如，数十年以前未之见，数十年以后不可知，爰以目之所接，耳之所聆，不揣鄙陋，谱为南州竹枝词一百首。打油钉铰之讥③，知不免焉，然官此者从而悉其利病，游历者因之察乎人情，好事者得以资乎谈助，则无稽之言，即以当民风之采也，可不韵，庸何伤。

乾隆癸巳四月厌原山人自记

谷鹿洲前秋水平，滕王阁上秋风生。
妾家旧住昌门外，夜夜楼头秋月明。

---

① 南州：古代对豫章郡的一种雅称。如汉徐稚是豫章人，人们称他为“南州高士”。

② 陈士业：即陈弘绪，字士业，江西新建县人。明末以荐授晋州知州，后因事谪为湖州府经历。入清后未仕，终于家。有《江城名迹记》等著作传世。

③ 打油钉铰之讥：“打油”，指“打油诗”，传说为唐代张打油所创而得名。此类诗词句多为俚语，通俗易懂，通常由无能者所为。“钉铰”，指洗镜、补锅、锔碗等，旧为落魄、家贫者为之。后因以“打油钉铰”来讥讽文词浅陋、作者低能。

郦道元《水经注》：赣水又径谷鹿洲①，旧作大艑处。《北堂书钞》云：豫章城西南有艄艫洲，去度支步②可二里，是吕蒙作艄艫大艑处。滕王阁在府城西，临章江③，唐显庆四年，滕王元婴都督洪州时建。《名胜志》云：汉郡城周十里，开六门，西曰皋门、昌门。陈士业《江城名迹记》：明高皇帝定洪都，命都督官朱文正增拓旧城，建七门④，西曰章江，以在江滨故名，旧曰昌门。

郎居南浦大堤前，　妾住东湖垂柳边。
七月采菱秋水上，　周遭认得阿郎船。

《方舆胜览》：江西隆兴路有南浦，在广润门外。《名迹记》：府城西，章江门外石堤，明成化间巡视大理卿夏时正因江水啮岸，迫于城濠，捐官银，伐石修砌，未竟。成化十三年，知府祝澣⑤继成其迹，北起龙兴观南至南浦桥。东湖在府城内，《水经注》：东太湖十里，二百二十六步，比与城齐，南缘迴折至南塘，水通大江，匝湖多植杨柳。乾隆已丑岁，新城陈君讳守训，又于两岸增种，间以桃李，春时花飞絮起，红绿争妍，烂如锦绮。

羡鱼亭下柳阴垂，　几个红楼贮阿谁⑥。
借取东湖作明镜，　朝来水上照蛾眉。

---

① 径谷鹿洲：“径”，经过。“谷鹿洲”，又称蓼洲，一名艄艫（音gōulù，船）洲，为吕蒙造大船处。其地在今南昌城西抚河桥西南一带。吕蒙：三国名将。从孙权攻战各地，任横野中郎将。后随周瑜、程普等大破曹操于赤壁。鲁肃死，代接其军，袭破蜀将关羽，占领荆州。不久病死。

② 度支步：《水经注》：“赣水西北径度支步，晋度支校尉主府处。”在古南昌城西五里。

③ 章江：即赣江。赣江由章、贡二水汇流而成，因章水发源最远，故又独以“章”名。还有一种说法是，唐初赣江名为豫章江，后因代宗讳豫，凡豫章上书者去豫只称章，章江之称便由此而来。

④ 七门：南昌城墙至明代改建为七门：东曰永和门（又名澹台），东南曰顺化（又名琉璃），南曰进贤（旧名抚州），又南曰惠民（旧名寺步），西南曰广润（旧名紫步），西曰章江，北曰德胜。

⑤ 澣：音huàn，“浣”的异体字。

⑥ 阿谁：何人。

亭在东湖上，宋吏部尚书徐忠愍公禧建。黄山谷诗有“紫髯将军不复见，空余丛桂绿婆娑”之句。亭今废。

秋江漠漠暮烟寒，　鸦尾船儿万斛宽。
半逻[1]抛侬只管去，　片帆飞出凤凰滩。

鸦尾，南昌舟名。凤凰滩在章江中。明布政使陈文烛雨中登滕王阁诗“春深草色同鹦鹉，江远涛声到凤凰”。

湖中荷叶小于钱，　水上鸥雏个个眠。
两桨如飞新霁后，　杏花村口打鱼船。

村在郡庠[2]东，明洪武中黄德文尝构小隐居其中，朱善有记。昔之居是村者，只黄、陈二姓，今则阛阓[3]错处矣，村人多以打渔为业。

红叶高秋映夕曛，　琉璃门外是平原。
就中谁识城隍墓，　印土山门久不存。

相传省城隍神为汉将军灌婴[4]，墓在琉璃门外印土寺。

积翠楼头起暮烟，　韦公堤下舣[5]渔船。
夜来坐听南塘曲，　五两[6]风高月正圆。

---

① 半逻：逻，边缘之意。半逻，离岸不远。

② 庠：音 xiáng，古代公办学校名。

③ 阛阓：阛（音 huán），市区的墙；阓（音 huì），市区的门。后用以指市肆、街道。这里借指居住在一个地区的许多不同的姓氏。

④ 灌婴：汉初大臣，从刘邦起义，并随从入关灭秦，屡立战功。汉朝建立，封颖阴侯。史料及今日的主流说法，南昌城为灌婴所筑，旧址在今南昌市东南方的顺化门外，东起隍城桥，西至兴福庄，周围计十余里，为南昌最早的城址。

⑤ 舣：音 yǐ，船靠岸。

⑥ 五两：古代的候风器。用鸡毛五两（或八两）系于高竿顶上而成。

积翠楼在章江门外。韦公堤即南塘堤①，在郡城西南斗门外。《水经注》：汉永元中，太守张躬筑堤以通南路，兼遏江水。唐刺史韦舟重修，故又名韦公堤。唐陆龟蒙有《南塘曲》。五两，《淮南子·若続之候风》注：続，候风之羽也，楚人谓之五两。

芳草长堤一径斜，　井边高树暗藏鸦。
闲看高士桥头水，　雨过时常泛落花。

桥跨东湖，以近徐孺子②宅故名，俗呼高桥。

鱼罾③高挂夕阳红，　卖酒人家深巷中。
梧叶乱飞过鼓角，　物华楼上起秋风。

物华楼在府城南洗马池④，宋治平间，知洪州程师孟建，王安石寄程诗云“千里名城楚上游，江山多在物华楼”。

崇梵坊头湖水流，　蜿蜒新甃⑤豫章沟。
长林背郭乌争宿，　日暮飞过引越楼。

崇梵坊在永和门内，以近马祖⑥道场故名。傍湖民居，春夏多被水害，旧浚豫章沟以泄城中之水，自沟塞而患如故。乾隆丁亥，新城陈君捐赀伐石，逐一开浚，自今贡院西北隅，屈折至毛家桥，长逾数里，费过万金，自是水患少息，城中惟东北多是空地，林木葱蔚。引越楼即澹台门上谯楼⑦。

---

① 南塘堤：参见第4页注①。

② 徐孺子：参见第10页注⑤。

③ 罾：音zēng，鱼网。

④ 洗马池：相传灌婴当年常到城外一处绿草如茵、风景如画的水池旁濯马，后人因称其处为洗马池。现只存地名，为南昌市中心地带。

⑤ 甃：音zhòu，用砖石修砌井、沟。

⑥ 马祖：名道一，唐禅宗僧人。俗姓马，后世亦称马祖道一。曾在福建、江西等处传授禅法，从学者甚众，后形成派系，称“洪州宗”。

⑦ 谯楼：古时城门上所筑用来瞭望的楼。

木犀花发露漙漙[1]，城上秋风城下寒。
碧李青瓜刚罢市，鸡头菱角又堆盘。

《本草》：丛生岩岭间，谓之岩桂，俗呼为木犀，其花有白、黄、红三种。

石亭公馆倚章江，南浦秋风折暮幢[2]。
客子入城争市酒，夜深灯火认吴舣[3]。

石亭公馆即章江驿，汉建安中，孙策遣虞翻与太守华歆交俉④即此处，后改驿于广润门之南浦亭，今为南浦驿。

花径阴多古木稠，妾家旧住北湖头。
那堪湖水年年溢，辜负春光不下楼。

古东太湖，今分为三湖，曰东湖、曰西湖、曰北湖，每春夏水溢，居人多闭楼中，无楼者构版而楼，北湖最高，居者且然，而东西两湖之患可想矣。

云鬓雾髻簇双鸦，妆束时兴称内家[5]。
清梦乍回香气烈，夜来争买茉莉花。

《本草》：茉莉性畏寒，不宜中土，弱茎繁枝，初夏开小白花，秋尽乃止，花夜开，芳香可爱。城中鬻花人⑥，摘其蓓蕾，贯以竹丝，傍晚市之，闺阁晚妆争买围髻，花在髻上始开，芬芳竟夕。或合面脂，或蒸取液，以代

---

① 漙漙：（漙音 tuán）露水很多貌。

② 幢：音 chuáng，仪仗用的一种旗帜。这里指用作标识、广告之类的旗帜，如“酒旗”等。

③ 舣：音 shuāng，小船。

④ 虞翻与太守华歆交俉：汉建安四年（199 年）孙策起兵攻占浔阳，欲谋取豫章，派虞翻（孙策手下功曹）到南昌章门外石亭公馆与豫章太守华歆会面，策动华歆归降。

⑤ 内家：原指皇宫。因宫中佳丽重妆束，且式样华丽，这里借指追求华丽妆束的风气。

⑥ 鬻花人：（鬻音 yù）卖花人。

蔷薇，无不可。贵极，一钱止得一朵。

城上春风起绿蘋，　江头杨柳欲迷津。
少年日上环漪阁，　争看鱼船捩①柁人。

环漪阁即滕王阁，明崇祯间巡抚解学龙拓其临江者而新之，额曰环漪阁。鱼船，吉州大舟名，管柁都是妇人。

将离阶下殿②春芳，　樱笋厨空梅子黄。
闻道鲥鱼新上市，　青铜三百买丁坊③。

将离，《韩诗外传》：芍药，离草也。董子云：芍药一名将离，故将别赠之。《诗·郑风》：伊其相谑，赠之以芍药。唐《辇下岁时记》：四月十五日，自堂厨④至百司厨⑤，通谓之樱笋厨。鲥鱼，《本草》释名宁源，曰：初夏时有，馀月则无，故名。初上市，人争买之，价倍凡鱼。丁坊，南昌村名，出好酒，故城中酒之佳者，名丁坊。

百雉⑥城头叫鹧鸪，　望云门首落金铺。
乌遮塔在天王殿，　还有从前旧址无？

德胜门，旧名望云门。金铺，门上环纽也。《西京赋》："排玉户而飏金铺。"《名迹记》：乌遮塔，在望云门外天王院，俗讹为乌遮塔。旧传隋仁寿中，分布舍利于五十州，建置宝塔，此其一也。初到院日，有大头乌前遮，故名。罹建炎⑦兵盗，塔毁基存。

---

① 捩：音 liè，原意为扭转，这里指掌控。

② 殿：原意为行军走在最后，这里引申为最后。芍药初夏开花，亦可看做春天最后开花。

③ 丁坊：参见第 6 页注④。

④ 堂厨：政事堂的公膳房。朝会后宰相百僚进膳的食堂。

⑤ 百司厨：百官公署的食堂。

⑥ 雉：音 zhì，古代计算城墙面积的单位，长三丈、高一丈为一雉。

⑦ 建炎：高宗宋赵构年号（1127－1130）。

夜半呕哑拨橹声，　菜佣郭外听鸡鸣。
青菘碧蒜红芦菔[1]，　不到天明已入城。

隔江扬子洲人，多种菜为生，而萝卜尤美，常五更问渡，重门一启，而蔬满市矣。

朝来暖雨过迴廊，　啄破香泥燕子忙。
闺里不知春渐去，　碧栏干外柳丝长。

城中人爱种柳，门有空地必植数株。每到春时，嫩绿含烟，婆娑可爱。

娇莺啼破一帘春，　城北城南礼佛频。
山远云浓秋水淡，　路傍应有断肠人。

城中妇女，春秋佳日，每借参佛为名，三三五五向诸尼庵随喜[2]，红裙翠袖，触目如云。

小院春深闭绿苔，　东风墙角海棠开。
每干齿颊思回味，　买得街头谏果来。

青果，一名谏果，《本草》云：其味苦涩，久之方回甘味。王元之作诗，比之忠言逆耳，乱乃思之，故又名谏果，人多不解吃。语云：村人不吃橄榄，良然城中妇孺无不酷嗜，不可谓不知味也。

居邻闹市酒垆[3]边，　数米量盐彻晓眠。
寒具过门儿欲买，　朝来乞取数文钱。

《刘公佳话》云：《晋书》有饭食名寒具者。后□[4]《齐民要术》及《食经》检得是今所谓环饼。

---

① 芦菔：萝卜。
② 随喜：到庙中各殿堂舍钱。
③ 垆：酒店安置酒瓮的土墩子，用作酒店的代称。
④ □：原文缺一字。

洪州名胜数东湖，　细柳新荷水面铺。
更有红桥依翠槛，　清风明月任踟蹰。

湖岸柳，故旧有大者十围，荷则自青原彭方伯①命种，今五六月间，花开烂熳，香闻十里。

新妇初来拙起居，　阿姑休笑不相如。
调羹剂茗②非难事，　祇③怯操刀破巨鱼。

东湖鱼美，取之不禁，鬻不尽者，以自供庖，妇人伺中馈，击鲜固自不免。

新颁凤凰喜初晴，　巷静饧④箫故作声。
却笑阿儿忙不了，　元宵刚过放风筝。

饧，干糖也。古时卖饧之人，吹箫以自表，今则不以箫而以锣。省中正月，竞放风筝，其制式有铁鹞，有蛱蝶，有蜘蛛，有仙鹤，有凤凰，有美女，争奇斗异，观者目不暇给，更喜放夜游，另以轻丝引灯其上，望之错落如星。

兔园册子种鱼经⑤，　博得蜻蚨万选青⑥。

---

① 彭方伯：即彭家屏，字乐居，一字青原，河南夏邑人，康熙六十年进士，乾隆六年由湖南按察使擢江西布政使，后署江西巡抚。

② 调羹剂茗：制作饭食和茶饮。

③ 祇：参见第36页注⑤。

④ 饧：音 xíng，又读 táng。

⑤ 兔园册子种鱼经："兔园册子"即《兔园策》。唐李恽（唐太宗子）命僚佐杜嗣先仿效应试科目的策问，制成问答题，引经史解释，编成此书。因起汉梁孝王的兔园为名，称为兔园策。唐代作为启蒙课本。"种鱼经"即《养鱼经》。中国最早的养鱼专书，相传是春秋末范蠡撰，原书已佚。现在古养鱼专书有明黄省曾撰的《鱼经》，亦名《养鱼经》。

⑥ 博得蜻蚨万选青："蜻蚨"，即"青蚨"。晋干宝《搜神记》十三："南方有虫，又名青蚨……取其子，母即飞来，不以远近。虽潜取其子，母必知处。以母血……子血涂钱，每市物，或先用母钱，或先用子钱，皆复飞归，轮转无已。"后因称钱曰"青蚨"。"选"，这里念 shuā，古钱币单位。

十岁小儿工心计，　　筭[①]缗[②]终日耐铜腥。

肆中小儿甫及十龄，解会计，通贸易，握筭平权[③]，丝毫不爽，是亦习惯使然也。

琢钉戏[④]罢簸钱[⑤]来，　握手楼头酒一杯。

不向城南骑竹马[⑥]，　香柑买向阿谁猜。

琢钉，儿戏也。《世说》：孔融被收[⑦]，儿大者九岁，小者八岁，二儿故琢钉戏，了无遽[⑧]容。今市儿犹解顽此。簸钱，亦儿戏也。王建《宫词》：簸钱盈得两在筹。赌柑，城中小儿买柑一枚，令猜瓣数多少，剖验，以中否为胜负。

红妆十五戏藏钩[⑨]，　笑语喧阗不解愁。

---

① 筭：音 suàn，通“算”，计算用的筹。

② 缗：音 mín，古代指成串的钱，一千文为一缗。

③ 权：秤锤。

④ 琢钉戏：清周亮工《书影》卷三：“金陵童子有琢钉戏：画地为界，琢钉其中，先以小钉琢地，名曰签；以签之所在为主，出界者负；彼此不中者负，中而触所主签亦负。”

⑤ 簸钱：簸钱是女孩常玩的游戏之一，游戏者每轮握铜钱四五枚于掌中，拈起一枚抛出，趁其未落，将手中余钱撒下，并拨弄、翻转、归拢，然后抬手将那枚抛出的钱币压到归拢好的钱币一起，并用手覆住。此过程如不能一次完成，中途可抛接铜钱多次。覆住之后要其他参与者猜铜钱正、负面朝上的各有几枚，以结果对错定胜负。此游戏关键在于手指拨弄铜钱的速度要快，令人眼花缭乱而做出错误判断。

⑥ 竹马：竹马是男孩常玩的一种游戏，他们用一根竹竿当马，骑于胯下，后头着地，前面用手把牢，指挥着它奔跑或停止。后又出现一些比较复杂的以竹或纸等扎为马头形的竹马。

⑦ 孔融被收：孔融，字文举，东汉末鲁国人，献帝时为北海相，官至太中大夫。善诗文，为“建安七子”之一。自恃高门世族，对曹操多所非议，后为操所杀。“被收”即被抓入狱。

⑧ 遽：音 jù，惶恐，窘急。

⑨ 藏钩：古代的一种游戏。参与者分成二班，各自将钩或其他东西藏起，让对方寻找，找到者胜。

七岁小儿学劈蔗，　提刀却立大街头。

劈蔗，城中小儿，三五辈共买一柘①，植立地上，不用手扶，从空劈下，随刀所止，分截得之。

曲突②承尘晓未妆，　买来粔籹裹餦餭③。
阿姑生小娇痴惯，　不点空心懒下床。

粔籹，即环饼。宋玉《招魂》：粔籹蜜饵，有餦餭些。言以蜜和米面煎作粔籹，捣黍作饵，又有餦餭，众味甘美也。餦餭，饴也。城中儿女，清晨必啖饼饵数枚，然后起栉④，妇人亦然，谓之点空心。

玉脍金齑⑤座上盈，　哥窑⑥盘子缕金觥⑦。
惯将一席穷山海，　不数东坡玉糁羹⑧。

城俗竞尚奢华，饮食饕餮⑨，席分满汉，器必金玉，海错山珍，纷纶狼籍，每席约费制钱三四千文，次亦不下千文，豪则豪矣，恐亦难为极盛之继也。

---

① 柘：即蔗。

② 曲突：弯曲的烟囱。

③ 粔籹裹餦餭：粔籹，音 jù nǚ，古代一种环形饼；餦餭，音 zhāng huáng，干的饴糖。

④ 栉：音 zhì，梳头发。

⑤ 玉脍金齑：谓精美的食物。“玉脍”，即鲈鱼脍，因色白如玉故名。“金齑”，指姜、蒜、葱、韭等辛味作料的细末。

⑥ 哥窑：宋代著名瓷窑之一。相传南宋时有章姓兄弟二人在浙江龙泉烧窑造瓷器，兄名生一，所烧者称哥窑；弟名生二，所烧者称弟窑。哥窑瓷薄胎，色黑如铁，釉面有疏密不同的纹片。今对其窑址有争议。

⑦ 觥：音 gōng，古代酒器。

⑧ 东坡玉糁羹：典出苏轼《过子忽出新意，以山芋作玉糁羹，色香味皆奇绝，天上酥陀则不可知，人间绝无此味也》诗：“香似龙涎仍酽白，味如牛乳更全清。莫将北海金齑脍，轻比东坡玉糁羹。”“糁”，音 shēn，谷类磨成的碎粒。

⑨ 饕餮：音 tāo tiè，传说中的一种贪食的恶兽。这里借指食物之多。

东风原上野棠开，　罗袜生香破绿苔。
拉得邻家诸女伴，　永和门外踏青来。

永和门，即澹台门，又名坛头门，为仙人黄紫庭①台坛址。

湖边野店绿阴居，　一幅招帘款款书。
渔子无钱贪酒醉，　乞将一斗换双鱼。

东湖渔者，晚售不去，则以换酒，酒家脍为饮者下酒，而获利转多。

日暮谯楼画鼓挝②，　修仁坊口酒旗斜。
金波夜夜劝郎醉，　莫向城南恋野花。

修仁坊，在佳山庙。《名迹记》：洪州酒之佳者，曰双泉，曰金波。望仙门外丁家山，亦南州之狭斜③也，市儿日暮，往往游之。

白藤轿子暮纷纷，　百和龙涎④袖里薰。
只有香风来扑面，　回头不见石榴裙。

城中日暮，短巷长街，肩舆络绎，当门一过，粉香脂气，水沉山麝⑤，芳馥袭人，要不知其何往。

白团扇子合昏花，　昼出湖头学浣纱。
门外柳丝堪系马，　绿阴深处认儿家。

城内卖笑之家，多居幽僻，人迹罕到，车马虽稀，而门前不甚冷落也。

---

① 黄紫庭：黄仁览，字紫庭，东晋人，传为许逊女婿，曾为青州从事，有道术，一日出拜父母后，所携竹杖化为青龙，乘之而去。

② 挝：音 zhuā，击；打。

③ 狭斜：指狭路曲巷，后也称娼妓所居为“狭斜”。

④ 龙涎：香料名。

⑤ 水沉山麝：沉香和麝香。

薰风帘额正清和，　梅雨新晴谷雨过。
脱尽春衣披雾縠①，　杏黄裙子拽轻罗。

城内人未寒已裘，未暑已葛，以此夸其积殖。生事②不给，则尽在赁钱家矣，虽寒犹葛，虽暑犹裘。此固一时之弊俗，亦可以验其生理。

碧玉芳年未破瓜③，　不堪秋思乱如麻。
小窗寂寞闲无事，　爱向阶前灌菊花。

《谈苑》：吕仙翁④有诗与张洎言："功成当在破瓜年"。俗以破瓜为二八字。晋《乐府》："碧玉破瓜时，情为郎颠倒。"城俗喜种菊，家家植数十本，其种类若御袍、黄太师、红绿芙蓉、赤金盘、紫牡丹、白西施，参差不一，秋间五色如云，掩映庭户。

金凤搔头⑤紫玉簪，　间含鸡舌⑥恣娇憨。
清香夜满芙蓉帐，　笑买新橙置枕函。

九、十月间，新橙。闺人竞市数十枚，堆盘列案，以当清供，余布枕席。韦苏州云"燕寝凝清香"，其风致可想，村妇却不解此受用。

新妆学得称时宜，　不用涂脂懒画眉。
短袖轻衫长半臂，　玉簪斜插一枝儿。

闺中少妇，近爱雅淡，珠翠金银，多摈不御，靓妆素服，丰韵天然，非嫌脂粉污颜，而生来肤丽，亦正不须点染也。

---

① 縠：音hú，绉纱一类的丝织品。

② 生事：指生计。

③ 破瓜：旧时文人拆"瓜"字为二八字以纪年，谓十六岁，诗文中多用于女子。亦谓八八六十四岁，本词原注中"功成当在破瓜年"即指此。

④ 吕仙翁：即吕洞宾，名嵒（一作岩），字洞宾，号纯阳子，唐末道士。道教会真道尊为五祖之一，通称吕祖。又传为道教八仙之一。

⑤ 金凤搔头：指金步摇。妇女头上的首饰。

⑥ 鸡舌：香名，即丁香，可治口气。

日暮轻风过画楼，　晚妆无力怯梳头。
莲花细步当门立，　不道无端值冶游[1]。

市阛，妇女每于薄暮倚门小立，以舒幽闷，谓之望街，而侠少故为冲闯，近今几闭置而不敢出矣。

高楼广厦锦衣坊，　细葛迎风自在凉。
戏把红糖瓜顶纳，　金匙玉碗酌琼浆。

伏日买赣瓜一枚，割截其顶，纳饴其中，酌而饮之，甘凉直沁肺腑。虽醴泉瑞露[2]，迥不可及，家相效法，习以为常，不自知其享用之已过也。

年来典尽嫁时衣，　小妇城中生计微。
几欲移家村落去，　稻花丰稔诸鱼肥。

贫家妇为店户刺袜、锁鞋、糊纸锭自给，虽日有所获，而米珠薪桂，终难为生。

柳梢莺语隔帘闻，　宝髻新梳燕尾分。
绣罢鸳鸯闲纵目，　望仙门外塔穿云。

望仙门即抚州门，绳金塔[3]在其外。

苔心菜甲比珍馐，　爱取时新是贵游[4]。
最怪韭芽刚迸土，　寸长也剪卖街头。

---

① 冶游：原为春天或节日男女外出游玩，后专指狎妓。

② 醴泉瑞露：甘美的泉水。唐太宗贞观六年避暑九成宫，得泉而甘，因更名醴泉，还要魏徵撰写了《九成宫醴泉碑铭》。宫在今陕西省麟游县。

③ 绳金塔：始建于唐天佑年间，相传建塔时掘地得铁函一只，内有金绳四匝，古剑三把，金瓶一个，盛有舍利子三百粒，塔因此得名。现存塔体建于清康熙五十二年（1713 年），是南昌市最高古建筑物。

④ 贵游：无官职的王公贵族。

市人爱食时新一切蔬果，贵者则取，贱者虽可口，亦不复买，非特口厌粱肉，亦隐示其体之清贵，可笑也。

鸭儿唼喋[①]乱新荷，　取次[②]鸣榔向绿波。
急响乍惊鱼戢戢[③]，　挺叉沉网闹盘涡。

榔，船后横木之近舵者，说见《矩斋杂记》。东湖渔人，每清晨引小舟往返水面，以椎击榔，声如急鼓，节奏相应，鱼闻，惊伏不动，以器取之，如俯而拾，亦巧于制物也夫。

紫极宫高压市垣，　取途直向惠民门。
风流佳话神仙迹，　别有当年写韵轩[④]。

紫极宫，在惠民门外，内有仙女吴彩鸾写韵轩。元虞伯生[⑤]《集轩记略》云隆兴紫极宫写韵轩，高据城表，面西山之胜。

南关市口酒旗风，　夜夜寒鸦上井桐。
十井豫章谁赋得，　只今人说有胡公。

南关在进贤门外，明祭酒胡公俨[⑥]之居相去不远。先生尝赋豫章十景，各五言律一章，曰西山远翠，曰南浦飞云，曰徐亭烟柳，曰苏圃春疏，曰铁柱仙踪，曰洪涯丹井，曰滕阁秋风，曰东湖夜月，曰章江晓渡，曰龙沙夕照。后人用其题绘屏障，属和者甚众。

浣花池上暮烟浓，　莫向城头觅旧踪。
昨日芙蓉园里过，　如今哪见有芙蓉。

---

① 唼喋：音 shà zhá，水鸟或鱼类聚食貌。

② 取次：陆续不断。

③ 戢戢：（戢音 jí）鱼动口貌。

④ 写韵轩：人们称吴彩鸾书写唐韵处为写韵轩，参见第 14 页注①。

⑤ 虞伯生：虞集，元代学者、文学家，字伯生，号道园。祖籍仁寿（今属四川），迁江西崇仁，官至奎章阁侍书学士，诗文在当时号为大家。

⑥ 胡公俨：即胡俨。参见第 3 页注③。

浣花池在永和门内，宗伯李太虚凿。芙蓉园，在府城东北，明嘉靖中，瑞昌府奉国中尉朱多煃构。煃，字用晦，工五、七言诗，熟选体。

桃花几树夹柴门，　芳草斜阳郭外村。
内闸乍开春涨溢，　艾溪湖口水沄沄①。

《名迹记》：湖水出水关桥，置内外闸，湖强则直放而西达于江，江湖俱强，则闭外闸，使章江不得侵入，乃开内闸，引湖水达濠，绕广、章、德、永四门而过之，东归蚬子湖、艾溪湖，以达于江。

苏公亭子水中央，　几板红桥百尺长。
十二栏干随处曲，　风荷袅袅弄清香。

苏公亭在湖中，与百花亭相望，近葺长桥，红栏翠槛，屈折蜿蜒，半道棕亭，小唯容月，水面芙蕖②，迎风送媚，旖旎动人，虽六桥烟柳，不是过也。

残山剩水绕秃垣，　高士坟荒有墓门。
古碣③几年沉白社，　野烟蔓草自黄昏。

汉高士徐稚墓，在进贤门望仙寺东，滨濠隧。郦道元《水经注》云赣水又历白社，西有徐孺子墓。《寰宇记》：墓道在郡城南十里，号曰白社。

八尺龙兴观侧坟，　脱簪风格至今闻。
当年谁表贤妃墓，　却忆青原彭使君。

---

① 沄沄：水流汹涌貌。
② 芙蕖：荷花。
③ 碣：音 jié，圆顶的碑石。

宁庶人①妃娄氏，瘗②德胜门外，后为民居，蔇菆③难寻马鬣，乌睹金蚕④。大方伯青原彭公，讳家屏，特表而出之，封土立碑，躬亲享祀，□沙居士蒋莘畲⑤先生，为缀《一片石》传奇。是皆足以发潜德之幽光，垂芳徽于不朽者矣。

水操台上暮云横，　列岫亭边春草生。
古冢啮江⑥看已尽，　龙沙依旧偃高城。

水操台，在德胜门外，明崇祯间都御史解公建，每岁秋月练兵于此。列岫亭在府城北，对西山。《水经注》云：赣水又北径龙沙、西沙，甚洁白，高峻而陁有龙形，连亘五里，中旧俗九日登高处也。昔有人于此沙得故冢刻砖，题云：西去江七里半。筮言其吉，卜言其凶⑦，而今此冢垂没于水，所谓筮短龟长也。

匡吾王府久荒凉，　秋雨梧桐不可当。
玉陨香消云已散，　教人空自忆霓裳。

《名迹记》：匡吾王府，建安镇国将军朱多某之居，家有女优⑧，可十四、五人，歌板舞衫，缠绵宛转。生曰顺妹，旦曰金凤，皆善海盐腔⑨，而

---

① 宁庶人：指明朝宁王朱宸濠。参见第11页注③。

② 瘗：音yì，埋、埋葬。

③ 蔇菆难寻马鬣：（蔇，音jì，草多貌；菆，音zōu，剥掉皮的麻秸之类。鬣，音liè，马胫上的长毛）形容荒凉杂乱，人迹罕至。

④ 乌睹金蚕：（金蚕，用金属铸成的蚕，古时一种殉葬品）指见不到娄妃的坟墓。

⑤ □沙居士蒋莘畲：指蒋士铨，字莘畲（音yú），通常写作心馀，江西铅山人，清戏曲作家、文学家，乾隆进士，任翰林院编修。不求仕进，主讲书院，晚年隐居南昌。曾将娄妃事迹写成杂剧《一片石》、《第二碑》、《采樵图》三部。

⑥ 古冢啮江：（冢音zhǒng，啮音niè）江水侵蚀古墓。

⑦ 筮言其吉，卜言其凶：“筮”，音shī，用蓍草占卦。“卜”，指用龟甲占卜。“凶”，同凶。

⑧ 优：指优伶。古代以乐舞戏谑为业的艺人，后亦用以称戏曲演员。

⑨ 海盐腔：戏曲声腔、剧种。南戏四大声腔之一。

小旦彩鸾，尤有花枝颤颤之态。

爆竹声多满四邻， 花钱门榜一翻新。
晓簪华胜①趋时样， 宜称频频问哪人。

城俗新岁竟尚花钱，用五色锦笺，巧样镌透，中缀天官②相，高粘堂户，谓可招福，兼足壮观。贫者资力不逮，亦必用赫蹄③红纸，凿天官赐富四字，贴于门楣，陋不可言，自以为闹热，转相规效。又喜揭④春联，庭阶堂户，焕乎一新，至文与字之工拙弗问也。

华堂新障⑤揭三星⑥，折取梅花置瞻瓶。
争向街头买柏叶， 春光爱得是常青。

除日，乡村人拗⑦柏枝沿街唤卖，人家竞市，同腊梅插瓶中，以当雅玩，而新年光景在目矣。

笼纱蜡凤斗时兴， 看罢龙灯又马灯。
花鼓双鬟歌宛宛， 鳌山⑧五采结层层。

城中元夕，灯制新奇，不胜枚举，而花鼓差胜⑨，选十三四岁小孩，极姣丽者，包巾裹髻，身背小鼓，唱凤阳歌，靡靡动听，然每为恶少所苦，不得从容鉴赏，可恨也。

夜深膜拜灶神前， 镜子胸怀去悄然。

---

① 华胜：（华音 huā）同“花胜”。古代妇人的首饰。
② 天官：道教信奉的三官之一。传说天官能赐福于人。
③ 赫蹄：（赫音 xì）小幅薄纸。
④ 揭：即“揭贴”，张贴之意。
⑤ 障：这里指屋内用来遮隔视线的布帷或屏风。
⑥ 三星：旧俗称福、禄、寿三神。
⑦ 拗：音 ǎo，弯曲折断。
⑧ 鳌山：参见第 34 页注④。
⑨ 差胜：算是好的。

卜得今年多吉利，嘉音发在阿谁边。

响卜之法，相传已久，唐人王建有《镜听词》言之详悉，今城中妇女间于元夕以此占其休咎，亦多奇验。

甲煎沉檀[①]满室香，火蛾灯市夜辉煌。
元宵团子胡麻馅，玉碗分来喜乍尝。

元夕，城中大户，取糯米作团，弹丸大，馅以麻、蜜或椒盐，宽汤煮熟，糁以红丝、胡桃肉、瓜子仁，制造精巧，举家分食，谓之吃元宵。小户则不自制，计口向街头买取。

火珠明月夜成堆，人海人山唤不开。
却出进贤门外去，司空庙里看灯来。

城中鳌山之胜，近来各庙虽有，而黄司空庙[②]为最，人争趋之，昏钟一动，蜂屯蚁聚，络绎不绝，日间唯内眷得往，男子慨不许。首事人以巨瓮数十，置酒其间，欲强入者，亦不甚斥，但以酒灌之，不极醉不止，故恶少亦畏不敢前。

如洞重门扃[③]未曾，大家前去打商灯[④]。
不贪几束红绫采，只要人前个个称。

元夕，城中文士，三五敛费，预买纸笔等项，以为给赏，布席街头，隐括字谜，或成语、或四书，列写灯窗，分为三等，采亦如之，令人猜射，谓之打商灯，中者领采，称谢而去，是固文人之乐趣，而亦太平之盛事也。

---

① 甲煎沉檀：甲香、沉香和檀香。

② 黄司空庙：南昌古庙。在古城进贤门外，祀南朝陈司空黄法氍（音qú），附祀吴丹阳太守聂友。今不存。黄法氍（音qú），字仲昭，今江西乐安县人，南朝梁、陈时的军事将领，陈时北伐有大功，封义阳郡公，殁赠司空。聂友，字文悌，今江西南昌人，三国吴丹阳太守，神明正直，东晋追封为“英明惠烈王”。

③ 扃：音jiōng，从外面关闭门户用的闩、钩等。

④ 打商灯：猜灯谜。

角黍堆盘射小弓[①]，　香罗如雪叠轻风。
戏看竞渡城头立，　压鬓榴花照眼红。

省城三面滨河，故立睥睨[②]可观水嬉。榴花插鬓，虽不甚雅，而闺妇爱戴，以其多子也。

跃龙桥上萃[③]红妆，　八月中秋夜未央[④]。
贪取宜男争抱柱，　吉占差胜佩雄黄。

跃龙桥，即高士桥，明万历初，范使君涞以近两邑学宫，故易其名。每岁中秋之夕，城中妇人争来抱柱，以祈嗣续，随意数之，双则为男，单则为女，无不灵验。三更以后，红衫翠袖，环佩铿然，令人目眩，然多为恶少唐突，败兴而归，今则来必翼以家人或迟至漏尽，要不知其风之所自起也。《千金方》云：妇人觉有妊，以雄黄一两，绛囊盛之养胎，转女成男，取阳精之全于地产也。

明湖一片长薪荷，　翡翠鸳鸯水面多。
妾在杏花楼下住，　朝朝听得采莲歌。

杏花楼，《名迹记》云在东湖旁。今废。

古庙灵风飐刹幡[⑤]，　上蓝寺里暮钟昏。
抠衣[⑥]却上临湖阁，　望见城头月一痕。

上蓝寺，即永宁寺，今名佑清寺，在崇梵坊。临湖阁，《名迹记》：在东湖旁，宋向巨源建。今废。

---

① 射小弓：以小弓箭射盘中角黍，中者得食的游戏。
② 睥睨：音 pì nì，指城墙上的小墙。
③ 萃：音 cuì，草丛生貌，引申为聚集。
④ 未央：未尽。
⑤ 刹幡：佛寺的旗幡。
⑥ 抠衣：（抠音 kōu）古礼，见尊长时，提起衣服的前襟，以示恭敬。

百尺高楼柳四垂，　黄花小女学调脂。
风铃忽向檐前度，　知是谁家养鸽儿。

城中人家爱饲鸽，百十为群，足系风铃，飞时故故作声，遥闻数里。

双双凤子入楼台，　婪尾春从四月开。
官道门前日卓午[①]，　小郎争唤卖花来。

崔豹《古今注》：蛱蝶大者为凤子。合璧芍药，一名婪尾春，以其殿春，故有是名。

选佛场边蔓草多，　娉婷市口树婆娑。
城东一带游人少，　刺眼藤梢挂绿萝。

选佛场，即今之永宁寺，马祖[②]常阐化于此。而浴室寺[③]，亦其遗址，今则蓬蒿满地，佛龛风露，求把茅之盖不可得，目观颓零，殊堪太息。娉婷市，在寺侧，寺为南平王钟传[④]故宅，傍乃其侍儿所居，后因以名市。东首为芙蓉园，林木阴翳，城中惟东北居人独少，地多荒秽，途中芒梢碍目，棘刺钩衣，殆难措足。

裁云燕子受风低，　唤雨春鸠屋上啼。
欲览江头好风景，　望江亭在府城西。

《名迹记》：望江亭，在府城东湖之西，临城上，唐观察史韦丹建。

秋水弥漫日夜流，　远山重叠乱云浮。

---

① 卓午：正午。

② 马祖：参见第43页注⑥。

③ 浴室寺：传为马祖沐浴处。唐大历间马祖在此建道场。

④ 南平王钟传：钟传，唐上高县末山人，初以负贩为业，唐末王仙芝起义，江南大乱，他在众人的推拥下，率万人自称高安镇使。因镇压起义有功，被僖宗擢为江西团练使，后又拜镇南节度使、检校太保中书令，封颍川郡王，又徙南平王，割据江西达三十余年。

数声画角[①]城头出，　却上西江第一楼。

明景泰间，都御史韩雍，因滕王阁旧址，筑而广之，额曰西江第一楼。

大安古寺至今传，　劫火江城几变迁。
偏是宗风长不泯，　香炉留得赤乌[②]年。

大安寺在城北，有铁香炉，识云："赤乌元年造"。高八尺许，容水数十斛，虽亢旱不涸，清彻夺目，以之煎茗，甘香较美于井泉，寺僧间酌以饷人，而品味者，亦甚宝贵之。

剪烛铺毡小榻前，　枭卢[③]一斥任回旋。
漏声催促争归去，　拔下金钗不欠钱。

近来赌风之盛，不独男子，妇人亦然，卜昼卜夜，往往如是，甚而男女混席，恬不为怪，乡落固未有此也。

整日重门闭不开，　春花秋月任徘徊。
夜来欲解相思渴，　买取西山白露来。

厘[④]居者多闭门以避喧杂，客至剥啄[⑤]，然后使人徐启。白露，西山茶之佳者。

朝来困顿掩荆扉，　典尽簪环不典衣。
釜任生鱼尘满甑，　阿郎裘马自轻肥。

城俗爱整衣冠，虽衾裯不具，厨灶无烟，而车骑雍容，被服闲雅，盖舍

---

① 画角：古管乐器，形如竹筒，本细末大，以竹木或皮革制成，因外加彩绘，故名。发声哀丽高亢。古时军中多用之，以警昏晓。

② 赤乌：三国吴大帝孙权年号（238－251）。

③ 枭卢：古时一种博戏的两种彩胜名。么为枭，最胜；六为卢，次之。后又用来泛指赌博。

④ 厘：通"嫠"，寡妇。

⑤ 剥啄：象声词，指敲门声。

此则左支右诎，益难为生。

揽秀楼头落日红，　浴仙池在子城[1]东。
祇今不见神仙浴，　唯有垂杨带晚风。

揽秀楼，在布政司之左，明万历三十四年，布政使陆长庚王佐筑建，俯瞰雉堞[2]，苍翠四围，长江如带，城内之巨观也。胡祭酒俨云：豫章洗马池在子城东南隅，旧传为浴仙池。

绳金宝塔[3]碧空蟠，　洞户玲珑八面看。
一望侬家齐目断，　第三层上倚栏干。

塔在进贤门外，乾隆庚五岁，忽为雷火焚倒，其顶堕地，不仆不毁，中得唐尉迟敬德[4]铁篆[5]一纽，袈裟一袭。修甫竣功，复为焚毁，如是者再，方复旧观。凡上塔纵观，须臻绝顶，而物色宜在第三层，附近居人、井灶，无不毫发毕览。

厌原落日照纱窗，　津步昏烟隐暮舠。
一片渔歌秋水阔，　压江亭下走章江。

《水经注》：西行二十里曰散原山，叠嶂四周，杳邃有趣，又赣水又径郡北为津步。压江亭在滕王阁，阁初建时，夹以二亭，南曰压江，北曰拱秀。

春朝无事踏花行，　户外高墉[6]一带横。

---

① 子城：大城所属的小城，即内城或附在城垣上的瓮城或月城。

② 雉堞：城上排列如齿状的矮墙，作掩护用。又称“堞”，也称“女墙”。

③ 绳金宝塔：参见第52页注③。

④ 尉迟敬德：即尉迟恭，字敬德，今山西朔州人，隋未从军，骁勇善战，归唐后，随李世民、并助其得帝位。晚年信方术，杜门不出。

⑤ 铁篆：即“铁券”，亦称“铁契”。自汉至明，中国帝王颁赐给功臣，授以优遇和免罪特权的凭证文书。以铁为之，便于久存。

⑥ 墉：音 yōng，城墙。

粉堞延斜千百雉[①]，　不知那是灌婴城[②]。

《榆墩集》："东关外延袤数里，自菩堤寺至窑湾，灌将军故城址也。"

鹤岭鸾冈远莫攀，　沦漪湖水绿迴环。
等闲不尽登临兴，　却向城隅陟假山。

《水经注》：鸾冈，洪崖先生乘鸾所憩泊也。鹤岭，王子乔控鹤所经过也，俱在西山。《名迹记》云：德胜门外龙兴观，旧有假山高数丈，可以登陟。

几翻回向[③]就尼师，　南海皈依旧有期。
一炷心香齐膜拜，　莲花座下乞慈悲。

城内外少妇爱奉佛，常结观音会，一年三进香，三年一回向。每岁圣诞，但命尼僧、僧人上表达诚而已，回向则必延高僧向尼庵中建斋[④]七日或五日，临期亲来瞻礼，自晨至午，裙钗毕萃，参佛后，到处随喜[⑤]。而少年子弟，每乞和尚方便以为交亲，藉以物色。

日落竿头晒网归，　系船枯柳靠柴扉。
不堪六月鱼虾贱，　笑是侬家生事微。

五、六月间，鱼至下午，即鬻不去，东湖人家，依网罟[⑥]为生者，常苦之。

斗大孤城津步东，　万家烟火接胡同。

---

① 雉：音 zhì，参见第45页注⑥。

② 灌婴城：参见第42页注④。

③ 回向：指佛教徒把他们所修的一切功德，都总结回归，投向于他们所期望的众生普遍成佛的目的。

④ 建斋：一种佛事活动，主要内容是请僧人念经礼佛，并提供膳食，招待僧人，施舍饿鬼。

⑤ 随喜：参见第46页注②。

⑥ 罟：音 gǔ，网的总名。

五更忽听钟声急，　大吏仓皇祝反风。

东湖钟鼓楼，高可十寻①，七门遍览，悬巨镛②一，重六百钧③，声闻数里，昼夜命吏伺守，城内外失火，楼上先知，吏即急击其钟，官属仓皇出救。

鸣鸾路上野云屯，　寝殿长春也不存。
伯业④久荒仙仗香，　故宫禾黍那堪论。

鸣鸾路，南唐中主李璟建都御道。长春殿，亦李主所建。璟割淮南后，金陵对岸，即为敌境，因迁都豫章。

芳草葳蕤⑤布绿茵，　苏翁⑥旧圃傍湖滨。
紫茄白苋时常有，　无复当年卖菜人。

苏翁圃在湖上，即今之憇云庵也。盖云卿尝隐此种蔬卖菜自给，而人莫之知。

半亩湖边水竹居，　侬家生计近何如。
老翁抱瓮甘劳力，　稚子操竿解钓鱼。

沿湖两岸，俱是空地，而居人多以种菜为业，灌溉享湖水之便，无事桔槔。

夜半钟声梦里飘，　琉璃佛像喜光昭。
总持寺左澹台墓，　珍重居人戒采樵。

南唐徐铉延庆寺碑云：晋元宗即位之岁，郡人耕于东湖之隅，获琉璃佛像，高三尺，状殊异，守臣上启，诏立寺处之。澹台墓，《名迹记》载在府

---

① 寻：古代长度单位。八尺为一寻。

② 镛：音 yōng，大钟。

③ 钧：古代重量单位。三十斤为一钧。

④ 伯业："伯"，古指领导一方的长官。"伯业"这里指李璟在南昌建的宫殿。

⑤ 葳蕤：音 wēi ruí，草木茂盛枝叶下垂貌。

⑥ 苏翁：参见第10页注④。

城总持寺左。

南州女儿爱烧香，　浅碧殷红时世妆。
不待五更侵早起，　延春观里拜旌阳。

白居易歌“时世妆，时世妆，出自城中传四方”。八月初一，许旌阳圣诞，城内外妇女侵早争去上香，其披发腰裙，莲花细步，沿途跪拜，顶踵俱瘁，多是祈保夫病及翁姑年命，诚似可鉴，而靓妆华服，藉此为游玩者，正复不少。延真观，即今之万寿宫①。

处士园中柑子黄，　西风潇飒起严霜。
劝郎莫讶秋衣薄，　三月明年早采桑。

南唐处士陈陶隐居东湖，辟小园种蔬、茹、柑、橙，卖以自给。

博山炉子玉连环②，　铁柱宫中见一斑。
愧把羞囊求古董，　粉孩③也买阿儿顽。

万寿宫两庑及门首内外，皆为市儿横据，布席搭篷摊，卖古董及一切小儿戏具，四时游人络绎不绝，而八月尤多。

霸气消除碧血枯，　万金堤④水冷秋菰⑤。
战场夜夜飞磷火，　折戟沉沙定有无？

---

① 万寿宫：此“万寿宫”在南昌城内，一名“铁柱宫”。晋建，祀许旌阳。唐咸通中额曰“天柱观”，宋大中祥符二年赐名“景德观”，政和八年改“延真观”。诗中“延春观”当指此。

② 博山炉子玉连环：“博山炉”古代常见的一种熏炉，上面有高而尖的盖，盖上雕镂有象征海上仙山的博山而得名。“玉连环”，我国古代即有的一种智力玩具，亦称“九连环”。

③ 粉孩：漂亮的小泥人。

④ 万金堤：参见第4页注③。

⑤ 菰：一种多年生宿根草本植物。其基部嫩茎称“茭白”，可作蔬菜；顶部果实称“菰米”，可煮食。

江西山纵水横，历征往纪，间有战争，元末陈友谅图霸，明武宗之纪，宁庶人倡乱，□□□□□□□□□，则江城内外，固亦蹀血之区也。

梅尉峰①头宿雨晴，　度支步下晚潮生。
放怀却上秋屏阁②，　渔火江烟照眼明。

过章江，西去二十里有梅岭，梅子真得道处也。刘大刀建亭其上，额曰："梅尉飞仙处。"《水经注》：赣水北出际，西北历度支步，是晋度支校尉立府处。步，即水渚也。秋屏阁在城北，宋曾子固云豫章楼阁，可尽西山胜览者，惟秋屏耳。

小阁斜连万柳堤，　比邻三五断桥西。
西阳挂屋人过市，　手挽笭箵卖蛤蜊。

近来市人口不择物，鱼虾弗论，一切虾蟇、鳅鳣、蛤蜊③之属，不待其时，街头竞市，恣杀生灵，仁者应有尽物之慨。

斜阳一抹柳含烟，　六月湖波漾白莲。
习习晚风苏圃外，　绿阴吹出钓鱼船。

东湖渔船，多系柳阴，当午不出，必待夕阳既落，或晓日初升，然后发棹。

南门久已废松杨，　不见城中旧日樟。

① 梅尉峰：当指西山梅岭。梅尉，即梅福，字子真，又字德源，号云星，汉代寿春（今安徽寿县）人，西汉成帝年间任南昌县尉。民间传说他后来弃官学道，隐居西山，炼丹济人，以至得道成仙。

② 秋屏阁：在古南昌城北。宋曾巩说："见西山正且尽者，惟此阁耳。"康熙年间巡抚宋荦重建于北兰寺内。

③ 虾蟇鳅尯蛤蜊：虾蟇，音 há má，即"蛤蟆"，青蛙和蟾蜍的统称；鳅鳣，音 qiū shàn，指泥鳅和黄鳝。鳣，此处音 shàn，通鳝。蛤蜊，音 gélí，生长于浅海泥沙中的有壳动物，肉味鲜美。

劫火几经名几易，笑将踪迹问檀郎①。

《水经注》：城之南门曰松杨门，门内有樟树，高七丈五尺，大二十五围，枝叶扶疏，垂阴数亩。

百花桥畔百花洲，一个孤亭水面浮。
翠槛玲珑穿柳浪，却看飞絮出楼头。

百花桥在东湖北岸，地名百花洲，宋绍兴间，张澄建亭，匾曰“讲武”，以习水军，今改为公廨。每大比揭晓后，或大员过此，士者必燕欵②其间，其地水光掩映，古木扶疏，栏槛低昂，轩窗迴互，足为省会之冠。

鸣蝉嘒嘒③绿依依，岸柳萧疏已十围。
湖水净深明似镜，荷根甘脆鲫鱼肥。

《水经注》云东湖水至清深，鱼甚肥美。今湖水为城中沟渠积秽所污，虽不甚清，而鲫鱼味极佳，价倍常鱼。

将军节钺④几时休，帝子⑤衣冠也不留。
只有临章亭⑥上月，夜深犹解照江流。

临章亭在南浦亭之东。

银管朝来学吃烟，自家敲火镜台前。
小溪误取瞢腾醉，不脱罗衣困顿眠。

---

① 檀郎：晋代潘岳是美男子，小名檀奴。因以“檀郎”为美男子的代称，亦为夫婿或所爱慕的男子的美称。

② 燕欵：饮宴款待。“燕”通“宴”；“欵”，“款”的异体字。

③ 嘒嘒：（嘒音 huì）拟声词。

④ 节钺：（钺音 yuè）符节和斧钺，古代授予将帅，作为加重权力的标志。

⑤ 帝子：皇帝的儿女。这里是指唐高祖子李元婴。

⑥ 临章亭：在古南昌城广润门外，唐建。

城中女子喜吃烟，银管乌丝，风流俶傥①。小溪，闽中地名，出高烟，今烟之顶上者，名小溪。

万贯腰缠百宝装，　青春不爱喜为商。
郎舟一去投书渚②，　妾意迷离上女墙③。

投书渚在城西石头渡，晋殷洪乔投书于此。

胜地空传李太虚，　天池诸迹近何如。
阆园④久已成乌有，　莫问当年宋版居。

李太虚宗伯于永和门内建阆园，有古石堂，浣花池，天池诸迹。甲戌，自华亭归，得宋版书一船，构一阁庋⑤焉，署曰宋版居。

（《南州竹枝词》清乾隆刻本）

---

① 俶傥：（俶音 tì）同“倜傥”，意为卓异、豪爽、洒脱不拘。

② 投书渚：在南昌赣江西岸。晋殷羡（字洪乔）赴任豫章郡守时，都城中人托他带去上百件函书，走到石头津，他将这些函书通通投入水中，说：“沉者自沉，浮者自浮，殷洪乔不能作致书邮！”从此，这里便称为投书渚。

③ 女墙：参见第61页注②。

④ 阆园：（阆音 làng，又读 láng）在南昌永和门内，原为明弋阳王旧邸。

⑤ 庋：音 guǐ，置放，收藏。

豫章[①]景物竹枝词

（清）翟金生[②]

豫章省旧号洪都，　江界山形接楚吴。
编得竹枝词几首，　民风土俗一番摹。

十三府属足田畴，　分野星辰应女牛[③]。
庐阜[④]插天彭蠡[⑤]阔，山川秀丽古雄州。

鄱阳湖水绕千村，　中有南昌故郡存。
闲上章门[⑥]翘首望，　西山一线划青痕。

滕王阁下水泠泠，　一望汪洋入窈冥[⑦]。

---

① 豫章：江西省的别称。楚汉之际始置郡，治南昌（今市）。汉武帝时辖境相当于今江西省，后逐渐缩小到今南昌及周边地区。该组竹枝词写的是今南昌市辖区。

② 翟金生：字西园，又名文虎。清安徽泾县人。嘉庆间秀才，以教塾馆为业。好学善诗，酷爱金石。率家人竭三十年精力，制成五种规格泥活字十万余个，印刷了自著《泥版试用初篇》和江西黄氏《仙屏书室初集诗录》等书，为世人所称道。他在诗中自谓曾“小住章门”（即南昌），因写有不少描写豫章的诗。

③ 女牛：织女星和牵牛星。

④ 庐阜：庐山。

⑤ 彭蠡：鄱阳湖。

⑥ 章门：即南昌古城的章江门，参见第41页注④。

⑦ 窈冥：深远难见貌。

不见三王①词赋客，　仙人馆②作接官亭。

沙津万顷望无穷，　七省封疆此路通。
来往客官停阁下，　红黄旗号舞江风。

门通广润几经过，　街上书坊此最多。
土垄一堆高几尺，　相连总镇凤皇坡。

雉堞周围有七门，　七门何处最为尊。
红桃绿柳春三月，　市步门③中戴相园④。

省坦七路向江村，　热闹街头进惠门。
洗马池⑤中香粉店，　夜来灯火月无痕。

江上名洲号百花⑥，　一花不见亦繁华。
东西湖内亭台满，　半作僧房半作衙。

---

① 三王：关于滕王阁，王勃有序并诗，其后王绪为赋，王仲舒为记，韩昌黎称为“三王”。

② 仙人馆：滕王阁附属建筑，为清康熙年间所建。后滕王阁几次毁于大火，而此亭无恙，时人以为有神仙呵护。

③ 市步门：南昌古城在宋代有十六门，其中名称带“步”字的有宫步、寺步、紫步、井步、仓步、观步六门。明代七门，均无“市步”之称（参见第41页注④）。是否为读音相近的“寺步”之误，待考。

④ 戴相园：清乾隆进士戴均元（字修原，号可亭，江西大庾人）官至内阁学士兼礼部侍郎，拜太子少保，为当时在朝作高官的“江西四戴”之一，此园是否与他有关，待考。

⑤ 洗马池：参见第43页注④。

⑥ 江上名洲号白花：参见第66贞第2首竹枝词作者原按。

斩蛟传说许仙翁[①]，　报德酬恩万寿宫[②]。
不比香烟虚受者，　人间血食自无穷。

城楼改换几朝经，　梅福[③]祠堂草尚青。
指点游人寻古迹，　望仙门外望仙亭。

孺子坟前古树阴，　东湖环绕碧沉沉。
跃龙桥畔亭犹在，　为问陈蕃[④]何处寻。

一湖水绕万株杨，　贡院门前荫碧苍。
更爱闱中千树桂，　风来满号袭天香。

北兰古寺[⑤]出新城，　题壁诗章半扑尘。
只有诗人宋牧仲[⑥]，　三椽构得号绵津。

步出新城水气腥，　春来满眼草青青。

---

① 许仙翁：即许逊。参见第15页注①。

② 万寿宫：此万寿宫当指南昌城内的万寿宫，参见第64页注①。

③ 梅福：参见第65页注①。

④ 陈蕃：字仲举，东汉豫章太守，敬佩徐孺子才学，喜欢与他畅谈，至深夜为止。为此专备一榻，供徐孺子留宿用。陈蕃还向桓帝推荐徐孺子，桓帝准奏，召徐为官，但徐不肯出任。

⑤ 北兰古寺：在南昌城德胜门外，南岳怀让禅师道场，后废，清康熙间重修。

⑥ 宋牧仲：即宋荦，清商邱人，康熙二十七年（1688年）起任江西巡抚，凡十四年，其间在北兰寺建绵津诗屋、秋屏阁、烟江垒嶂堂、列岫亭等建筑。

一坏荒冢娄妃墓①，痛谏宁王死不醒。

螺墩②造作最玲珑，十二花种塑更工。
镇日风涛喧四座，一庵妙在大江中③。

南浦云深野径迷，居人都唤烂江西。
一朝雨过晴三日，水气淋淋满路泥。

三村西竺大庵堂④，柳护长堤水绕廊。
风景四时何日好，茶花红过桂花黄。

朝朝锣响鼓声挝，忙杀南新两太爷⑤。
四十八衙谁第一，宁王府⑥作学台衙。

贪狼绘壁警居官，大小衙门总一般。
唯有臬司⑦前不画，监囚曾被夜吞完。

① 一坏荒冢娄妃墓："坏"，音 pēi，土丘。娄妃（参见第 11 页注②）死后，镇压宸濠叛乱的王守仁将其遗体葬于南昌德胜门外赣江边。

② 螺墩：在古南昌城惠民门外赣江中的杨家洲上，一名罗家墩。

③ 一庵妙在大江中：螺墩上有茎草庵，明万历间建。

④ 三村西竺大庵堂：指西竺庵。旧名毗卢寺，明天启三年建。旧址在南昌抚河桥西南三村洲上。

⑤ 南新两太爷：指南昌县令、新建县令。

⑥ 宁王府：明太祖朱元璋的第十七个儿子朱权被封为宁王，藩封地原在大宁（今锦州、承德一带），后改封南昌。朱权将当时江西布政使司衙门改为宁王府。朱权五世孙朱宸濠袭封宁王，因起兵谋反，兵败被杀，宁王封号被废，宁王府也改作他用。

⑦ 臬司：（臬音 niè）明清时期的"按察使"，主管一省的司法。

上元端午闹喧哗， 大庙巍峨四八家。
更有神人涂黑脸， 满城都叫瓦爹爹[①]。

白沙百丈过城墙， 来自老爷庙地方。
往往天阴闻鬼哭， 秋风萧瑟杀人场。

湖心亭内供空王[②]， 二月忙过九月忙[③]。
人影衣香环渡口， 满城妇女去烧香。

泥神端节满街抬， 爆竹轰天不惜财。
直似雷鸣如电闪， 臬司衙首蓼花隈。

神舆[④]一过疾如雷， 多少亲朋着力抬。
有病不延医服药， 只求菩萨捉魂来。

四乡土产好兼多， 夏布[⑤]精于细葛罗[⑥]。

---

① 爹：音 zhē，方言，对父亲的称呼。

② 空王：佛教泛指诸佛和菩萨。

③ 二月忙过九月忙：指佛教节日活动。中国农历二月十五日为佛涅槃节，二月十九日为观世音菩萨圣诞，二月十一日为普贤菩萨圣诞，九月十九日为观世音菩萨出家日，九月三十日为药师佛圣诞。在这些佛教节日里，各寺庙都要举行庆祝法会。

④ 神舆：抬着神像的轿子。

⑤ 夏布：中国传统手工麻织品，质地轻薄，坚牢耐用，挺爽透气，吸湿易干，江西以万载所产最为有名。

⑥ 葛罗：葛：一种植物，其茎皮纤维可织葛布。用蚕丝和棉等其他纤维交织而成的丝织物也称葛。

瓷器花尖油锡箔[1]，年年装载过黄河。

出处何如聚处齐，南丰桔子泰和鸡[2]。
鄱阳菱芡东乡芋，都是佳肴价却低。

火药局边红苋迟，恰同上市白鳞鲥[3]。
满肩多是江乡味，卧听街头卖荸荠。

日事沤麻聚水渍，一泓匀白细添纹。
造成绨绤[4]终朝苦，也抵江南纺织勤。

剖竹蒸皮趁水捞[5]，新昌万载载来劳。
归行发客通南北，取用虽多价不高。

高朋胜友满茶坊，有事邀来话短长。
每到二更留半闸，玎冬[6]门外卖清汤[7]。

---

① 花尖油锡箔："花尖"，江西特产土纸，多用于祭祀焚烧。"油锡箔"，即金锡箔纸，用银锡箔涂上金油制成，祭祀神佛时焚烧用。

② 泰和鸡：即著名的武山鸡。产于泰和县武山西岩江陂村，是我国珍贵的观赏、药用鸡。白毛乌骨，俗名乌鸡。

③ 鲥：一种江海回游性鱼类。每年春末夏初成群结队由海入江，逆水而上，至江西湖口县，大部分鱼群向左游入鄱阳湖生长育肥，秋末冬初再经长江返回大海。鲥鱼鳞粗而亮，色白如银，古时有"银光鱼"之称，肉质细嫩，味道鲜美，为名贵时令佳肴。

④ 绨绤："绨"，音 chī，细葛布；"绤"，音 xì，粗葛布。

⑤ 剖竹蒸皮趁水捞：古代用竹造纸的一道工序。

⑥ 玎冬：象声词。挑担流动卖清汤者摇动的手锣声。

⑦ 清汤：馄饨之类的小吃。江西清汤比一般馄饨略小，以鲜肉馅居多，食时汤水颇丰，故名。

东湖茶室一峰泉，　岁岁开从六月天。
浪说武彝[①]兼龙井[②]，一壶要卖百文钱。

挑出青帘酒馆多，　挥拳满座笑呵呵。
花猪美肉黄鱼鲊[③]，还要胡椒细拌和。

粮艘六百运漕[④]忙，春去冬来不改常。
一自回空鳞次集，　各行买卖陡高昂。

二月街头唱采茶[⑤]，村童扮作髻双丫。
土音方语无腔调，　笑杀吴姬与楚娃。

梁园[⑥]子弟日奔波，处处笙竽笛管和。
除却僧庵与道观，　拦街闲戏又偏多。

---

① 武彝：即“武夷”。山名，在福建崇安县西南，所产武夷岩茶，为全国名茶之一。其中大红袍被誉为乌龙茶“茶中之圣”。

② 龙井：浙江杭州西湖所产龙井茶。

③ 鲊：音 zhǎ，经过加工的鱼类食品，如腌鱼、糟鱼之类。

④ 运漕：即执行漕运任务，漕运是指将朝廷所征粮食运往指定地点的水路运输。

⑤ 采茶：即采茶戏，江西主要地方戏曲之一。

⑥ 梁园：指剧场、戏园。

老表[1]相呼是总名，　横推母党笃亲情。
每逢朔望[2]称恭喜，　红帽长衫始出行。

洪都[3]天气竟如何，　似比江南暖意多。
时在初冬悬纸帐，　饥蚊犹傍耳吟哦。

家家收割满仓箱，　最爱田畴两熟粮。
简朴衣冠风气古，　不徒肥美胜他乡。

我来寻胜足忘疲，　阅历年深略记之。
不会吟诗歌一曲，　任人传唱任人嗤。

（《逊敏堂丛书》清咸丰元年活字本）

---

① 老表：本意是指表亲，后演变为江西人的代称。民间传说，朱元璋与陈友谅争夺天下，一次战败逃到九江江矶寺，受到寺僧的照顾，死里逃生。他向寺僧许诺：异日得了天下，一定重谢！到京城只要说“江西老表来了”，我一定出迎。后来九江一带遭灾，江矶寺僧受托到京城找朱元璋请求减免赋税，朱元璋果然实践前言。自此“江西老表”的称呼便流传开来。

② 朔望：“朔”，夏历每月初一；“望”，夏历每月十五日。

③ 洪都：江西省旧南昌府（治今南昌市）的别称。因隋、唐、宋三代曾在此置洪州，又为东南都会而得名。

西江[①]竹枝词

（清）齐廷胜[②]

屏风九叠[③]碧云齐，俯看浔阳九派[④]低。
有客小孤山[⑤]下过，仙人催赴大江西[⑥]。

刚望司空庙[⑦]过来，逢人都道看灯回。
蓼洲[⑧]镇日官盐店，爆竹拦街打不开。

棉布青衫袖口红，厨前小妇鬓飞蓬。
想因种豆忙惊蛰，趁冻虫时叫炒虫[⑨]。

才过江南樱笋天，长堤一望草如烟。

---

① 西江：唐人多称长江中下游为西江。如唐朝元稹《相忆泪》诗："西江流水到江州，闻道分成九派流。"后文人雅士用作对江西的美称。从内容上看，该组竹枝词主要涉及的是南昌地区。

② 齐廷胜：清人。生平不详。

③ 屏风九叠：庐山有九叠屏。李白《庐山谣寄卢侍御虚舟》诗："庐山秀出南斗傍，屏风九叠云锦张"。

④ 浔阳九派：九派：九条支流。据说古代长江流到浔阳一带分成九道支流，又称九江。唐权德舆《送孔江州》诗："九派浔阳郡，分明是画图。"

⑤ 小孤山：在江西彭泽县与安徽望江县交界的长江中，今属安徽。

⑥ 仙人催赴大江西：传说王勃写《滕王阁序》的头一天还被风阻在彭泽马当，是仙人助他顺风，使船一夜走了六、七百里，即时赶上了滕王阁的盛会。

⑦ 司空庙：见第57页注②。

⑧ 蓼洲：即谷鹿洲，参见第41页注①。

⑨ 炒虫：南昌一带习俗，惊蛰家家炒豆，叫炒虫。

娄妃墓[1]下游春女，香纸多抛白打钱。

一路莺花弄百娇，钟楼[2]连接状元桥。
只今粉黛轻烟散，门锁枇杷影寂寥。

灌婴城[3]上放风筝，仰面贪看别绪生。
安得身飞双翅去，郎边欢笑过清明。

东湖春暖鲫鱼鲜，竹子穿排作钓船。
郎自撑篙侬打桨，斜阳来往绿堤边。

立夏西邻六七家，共烹双井雨前茶[4]。
免儿当昼垂帘卧，好旁纱窗学绣花。

上市时鱼脍又鲜，一枝红艳插花妍。
唤郎沽取丁坊酒[5]，烂醉江乡四月天。

---

① 娄妃墓：参见第71页注①。

② 钟楼：钟为唐南平王钟传所铸，舍于龙兴寺，后寺毁于火，钟亦烧损。南唐节度使林二肇重铸。明洪武中都指挥宋晟迁于东湖之旁，建楼置其上，俗呼钟鼓楼。

③ 灌婴城：参见第42页注④。

④ 双井雨前茶：双井，江西修水县杭桥乡有双井村，这里是宋代著名诗人、书法家黄庭坚的故乡。所产茶叶名双井茶，品质优良，为江西名茶之一。

⑤ 丁坊酒：参见第6页注④。

羽衣仙子下瑶池[①]，　一种风流透玉肌。
自化鹤归空洗马，　月明长忆凤箫吹。

麦饼花糕点蔗霜[②]，　赣南风味似东乡[③]。
丰城豆豉[④]辜坊面[⑤]，剪韭炊来美又香。

竞上螺墩买画桡，　彩舟齐唱夺龙标。
沿河一带佳人艇，　十二花神下碧霄。

虎缀钗头艾叶新，　榴花妒煞绮罗身。
丁东锣鼓街前过，　看旱龙船[⑥]哪避人。

人立香风藕色衣，　鸳鸯惊起一双飞。
百花洲上菱歌满，　日暮船儿不放归。

---

① 羽衣仙子下瑶池：这首诗讲的是洗马池旧传为“浴仙池”的故事：有个少年，见美女七人脱彩衣到池中沐浴，少年戏藏其中一位仙女的彩衣，其他诸仙女浴毕穿衣，化白鹤而去，独失衣仙女留下，随至少年家，二人结为夫妻，三年后还其衣，亦化鹤飞去。

② 蔗霜：蔗糖。

③ 赣南风味似东乡：赣南，指江西南部赣州市一带；东乡，在江西东北部。两地都盛产甘蔗，制糖业发达。

④ 丰城豆豉：丰城，县名（现已改市），在江西省中部。豆豉，用黄豆经霉制而成的佐料佳肴。

⑤ 辜坊面：“辜”坊，南昌县地名；“面”，指面条。

⑥ 旱龙船：又叫采莲船，民间灯会节目之一，在陆地上表演。表演者一般为两人，一女立于扎制的彩船之中，手提船舷，模拟船行船摇的姿态；一男扮成梢公，除了配合模拟撑船姿态，还要即兴打歌，这是旱龙船最引人之处。

写韵仙姬[①]去紫都，几楹风雨碧苔芜。
五更生怕琼台冷，甲帐和郎解绣襦。

长惯章门折柳枝，滕王阁上立移时。
问郎何日归南浦，莫学商人轻别离。

四裙掀起露纨襦[②]，铁柱宫[③]前伴小姑。
无那双翘弓样窄[④]，拜山步步倩人扶。

一轮明月照高桥[⑤]，兜着花鞋逐队邀。
不暇摸青[⑥]寻斗叶[⑦]，宜男须数柱条条[⑧]。

几畦种得木棉花，深巷寒机纺水纱。
万缕闺情浑似织，鸡鸣布[⑨]好是生涯。

晚风蟹舍掉霜初，任是莼鲈[⑩]总不如。

---

① 写韵仙姬：即吴彩鸾。参见第14页注①。

② 纨襦：音 wán rú，洁白光亮的丝织短衣。

③ 铁柱宫：即南昌城内万寿宫，宫左有井，中有铁柱，许旌阳所铸，以镇蛟螭之患。唐咸通中额曰铁柱观。

④ 无那双翘弓样窄："无那（那音 nuò）"，无奈，无可奈何。这句是指旧时缠足妇女的小脚走路不方便。

⑤ 高桥：即纪念徐孺子的高士桥。

⑥ 摸青：一种民俗，中秋之夜偷采别人园中瓜果蔬菜取乐而不受罚。

⑦ 斗叶：纸牌古时又叫"叶子"，斗纸牌因又叫"斗叶"。

⑧ 宜男须数柱条条：指南昌求子习俗"八月十五抱桥墩"。参见第58页第2首竹枝词作者原按。

⑨ 鸡鸣布：参见11页注⑨。

⑩ 莼鲈：指莼菜羹和鲈鱼脍。常用来代指味美之物。

等待西山冬笋出，　几分香味配烧猪。

寒恋重衾睡思加，　梦回闻卖腊梅花。
料知花价逾真蜡，　背到�篮[1]不肯赊。

福字新书彩色笺，　家家治酒作团年。
阿孩易博心欢喜，　一挂青铜压岁钱。

时节杯盘馔整齐，　擘开仙脯捣香齑。
端阳鹅过中秋鸭，　莫笑阿侬是腊鸡。

云鬟斜亸[2]佩明珰，　催赶敷林看闰[3]忙。
人自看侬侬不觉，　一心两眼看儿郎。

（《进贤县志》清光绪二十四年补刊本）

---

① �篮：竹篮。

② 亸：音 duǒ，下垂。

③ 敷林看闰：“敷林”地名，在南昌县莲塘镇南约 50 公里。“看闰”，南昌旧俗，闰岁正月，扮童男为传奇中人物，在旗帜锣鼓仪仗的簇拥下，由人抬行于乡村，谓“迎闰”，观者数万人。此俗敷林二十三、二十五、二十八日尤甚。旧志中还载有《看闰词》。

新建[1]杂诗十二首

（清）邱兰标[2]

序：自瑞金量移[3]兹邑将五年矣，舟中舆上偶有得句，谓为竹枝词可也，谓为太平谣可也，既以自箴，都用自愧，为削而存之。

西江最数秋屏阁[4]，　摺叠西山立面前。
算是四时如画里，　游人枉只赏秋天。

杰构因仍帝子洲[5]，　频劳星节驻丹邱[6]。
四番白玉盘行菜，　一曲吴歌定远侯。

章水迤西沙岸湾，　鸡笼双峙号名山[7]。
每当春涨高峰见，　喜见江城第一关。

---

① 新建：县名。在赣江下游，滨临鄱阳湖，县人民政府驻长堎镇。过去县治曾长期附于省城南昌之内。

② 邱兰标：字香祖，江苏溧阳人。康熙五十九年（1720 年）举人，乾隆十一年（1746 年）任新建县令。曾在瑞金为官。

③ 量移：官吏贬至远方，遇赦酌量移至近处任职。

④ 秋屏阁：参见第 65 页注②。

⑤ 帝子洲：典出《滕王阁序》“临帝子之长洲”。“帝子”，指唐高祖李渊之子李元婴。“长洲”，指滕王阁所在之地。

⑥ 星节、丹邱：“星节”，即“星使”。古代天文家认为天节八星主使臣持节，宣威四方，因称皇帝使者为星使，“星节”与此义同。“丹邱”，即“丹丘”，神话中神仙之地，昼夜长明，这里借指滕王阁。

⑦ 鸡笼双峙号名山：指新建县城西北十里的鸡笼山。两山并峙枕赣江上，盘旋耸秀，奇石灿然，明《一统志》载系“江西第一山”。

游帷观①里谒虚清，　点石成金②事有名。
莫怪一官为令长，　神仙也复不公卿。

泰山未朽大夫松，　蜀相祠堂③古柏浓。
忽见旌阳④手栽柏，　五株苍骨蜕神龙。

厌原⑤民俗好敦庞，　独以桑麻耀此邦。
春绿满山茶子树，　梦中犹认是绵江。

绵江，瑞金水名。

伏龙山⑥势郁盘盘，　虎豹当关行路难。
五稔不闻⑦樵采慄⑧，敢滋苛政猛同看。

草洲弥望绿初匀，　两邑春农刈采频。
一道檄驰⑨湖上宿，　关心何日不艰辛。

---

① 游帷观：见第15页《西山竹枝词》第三首作者原按。

② 点石成金：刘向《列仙传》载许逊晋初为旌阳令，能点石成金以补赋税。

③ 蜀相祠堂：三国蜀汉丞相武乡侯诸葛亮祠堂。在四川省成都市区西南，古柏森森，环境幽雅，今为全国重点文物保护单位。

④ 旌阳：见第15页注①。

⑤ 厌原：西山原名。

⑥ 伏龙山：即西山洪崖。参见第21页注⑧。

⑦ 五稔不闻：五年没有收成。庄稼成熟称“稔”（音 rěn），谷一熟为年，故亦称年为稔。

⑧ 慄：恐惧。

⑨ 檄驰：（檄音 xí），古代官府用以征召、晓喻或声讨的文书。檄驰，骑马传送檄类文书的使者。

过信分风夙有神，　蛟鼋骄气害生民。
谁从敷浅原[①]前望，　彭蠡潴时禹绩陈[②]。

山水清奇高士多，　愿言仲举后来过[③]。
办将一榻非难事，　若个清踪卧薜萝[④]。

当官鞅掌[⑤]凛毋欺，　饮水空矜矢四知。
未罄家赀作生活，　细思俸禄即膏脂。

自惭庸吏百无功，　人道吾犹有古风。
戆直冒师长孺[⑥]节，　孤怀不愧祖梁公[⑦]。

（《新建县志》清同治十年刊本）

---

① 敷浅原：古地名。一说指今江西德安，一说有指今江西庐山，一说指庐山前平原，另有指今安徽大别山脉的尾间。从后句来看，这里是指庐山。庐山汉阳峰上有“禹王崖”，相传为大禹治水时登高察看鄱湖水势的地方。

② 彭蠡潴时禹绩陈：彭蠡即鄱阳湖；潴，音 zhū，水停聚的地方；禹绩：大禹治水的功绩。

③ 仲举：即陈蕃，字仲举，参见第 70 页注④。

④ 薜萝：这里指隐士的住处。

⑤ 鞅掌：公事忙碌。

⑥ 长孺：即汲黯，字长孺，濮阳（今河南濮阳西南）人。西汉武帝时官至主爵都尉，以主张正义，救世济贫，戆直敢谏而为世人所景仰。

⑦ 梁公：指唐名臣狄仁杰。狄死后封梁国公，故称。北宋大将狄青出身贫寒，发达之后阿谀之人说他是狄仁杰之后，他说：“一时遭际，安敢自比梁公。”

安义[①]上元竹枝词五首存一

（清）朱景超[②]

红灯簇簇锦为艖[③]，　四郭元宵胜赛多。
箫鼓声中齐拍唱，　望郎歌又送郎歌。

（《安义县志》清同治十年刊本）

竹枝歌二首

（明）游　潜[④]

荷叶团团莲子香，　子鱼[⑤]风引藕丝长。
船头花开照人面，　船尾阿侬愁断肠。

木兰船[⑥]高水满湖，　南风冉冉锦平铺。

---

① 安义：县名。在江西省南昌市西北部。县人民政府驻龙津镇。为南昌市下辖县。处于修水支流潦水流域。明置县。

② 朱景超：清代湖北汉阳人，余不详。

③ 艖：音 chā，小船。

④ 游潜：字用之，江西丰城人，明弘治举人，官宾川州（今云南宾川县）知州。著有《梦蕉存稿》、《梦蕉诗话》、《博物志补》。

⑤ 子鱼：有多种说法。根据诗意疑为凤鲚（音 jì），又叫凤尾鱼、烤子鱼，鲚的一种，春末夏初，集群由海溯江产卵，形成鱼汛，产卵后又返回海中。

⑥ 木兰船：木兰木所造的船，木兰又名杜兰、林兰，状如楠树，质似柏而微疏，可造船。

卖酒谁家杨柳岸，　小姬十五惯当垆[①]。

（《明诗纪事》丁签卷九，清光绪刻本）

丰城[②]竹枝词

（清）陈文瑞[③]

五更火炬遍街衢，　来往相看一语无。
虔祝平安多利市，　三王庙与上天符。

朝罢神祠谒祖堂，　里闾戚党拜年忙。
殷勤果酒频留客，　盘饤[④]泥桃叫煮汤。

一队龙虾几蝍蛆[⑤]，　两三狮子十双鱼。
但逢晴夕皆灯节，　正月将残二月初。

沿江砥柱石根牢，　赣吉袁临[⑥]水势高。
守护堰堤平泛滥，　社公[⑦]田祖[⑧]太心劳。

---

① 垆：见第46页注③。

② 丰城：原为县名，1988年改设市。今隶属宜春市。在江西中部，市人民政府驻剑光镇。东汉置富城县，晋改丰城县，赣江斜贯。

③ 陈文瑞：江西铅山县人，乾隆五十四年（1789年）恩贡，历任新昌、丰城训导，义宁州学正，著有《瘦松柏斋集》十一卷。

④ 饤：音dìng，堆叠果品，也指器皿中堆叠的果品。

⑤ 蝍蛆：音jí jū，指蟋蟀或蜈蚣形状的彩灯。

⑥ 赣吉袁临：指江西赣州、吉安、袁州（今宜春）、临川等地。

⑦ 社公：古指土地神。

⑧ 田祖：古指农神，即神农氏。

才击谯楼警夜梆，　预期侵早达章江。
莫嫌鸦尾船身小，　却便风来稳系桩。

四二粮艘万米箩，　安丁名目索金多。
贱售楂枣红萝卜，　珍重黄芽菜数窠。

白洲春雪李初开，　斗酒双柑日几回。
落路口边花事好，　和根挑入市城来。

近郭无田少服耕，　投竿撒网了浮生。
欹斜瓦屋荒芜院，　米汁浆纱一桁[1]晴。

纺车移傍读书灯，　共命同功再寝兴。
抽便成丝弹越起，　香名藻思[2]此堪凭。

补衣棉线捣衣砧，　炊米燃糠剧费心。
地下横财谁与铸，　且教糊纸做冥金。

眼前突兀眼前空，　木石迁移十稔中。
可念旧时梁上燕，　多情曾恋主人翁。

六只红船六幅旗，　巡查奸宄镇河湄。

---

① 桁：音 nàng，这里指搭起的晒衣架。
② 藻思：做文章的才思。

沂[①]沿樟树三江口，百里洪涛好护持。

银鱼纤小玉生芽，上市鲜鲥价倍加。
最是乡谈风味好，曲江茶叶[②]筿塘瓜[③]。

花猪黄犬竞充庖，觅向遥村及近郊。
听鼓出城常失晓，多因更点不曾敲。

低田高亩日安排，水旱无忧夙愿谐。
两岸仓廒[④]连月上，肯烦催欠役官差。

村村秋稼望如云，总铚[⑤]平收主佃分。
更有纳租升斗计，和将秕穲送东君[⑥]。

不用湘裙窄称身，衣红裤绿项圈银。
龙舡福会[⑦]梨园戏，又约中秋看赛神[⑧]。

竹杖芒鞋乞丐衣，垂髫风趣转头非。

---

① 沂：音 yín，河岸。

② 曲江茶叶："曲江"，地名，在丰城县东北十里，浜江，产茶。

③ 筿塘瓜："筿（音 xiǎo）塘"，地名，在丰城县东三十里，所产"雪瓜"为当地佳品。

④ 仓廒：贮藏米谷的仓库。

⑤ 铚：音 zhì，割下的稻穗。

⑥ 秕穲：音 bǐ yàn，不饱满的稻谷。

⑦ 龙舡福会：（舡，音 xiāng，又读 chuán，即船），一种民间传统节日，又称"龙船节"、"龙舟节"，意在消灾祈福故称福会。主要内容是龙舟竞渡、拜忏祈福及戏剧演出，江南地区多在春月举行。

⑧ 赛神：一种民俗活动，又称赛会，用仪杖、箫鼓、杂戏等集会设祭酬神。

几番阳戏[1]酬神愿，　渐看身如瓠白肥[2]。

华光福主[3]庆长生，　户户雄鸡试割烹。
还忆半宵巫鼓闹，　上元前后送舡声[4]。

典尽衣衾耐岁寒，　强偿私债敢求安。
僧尼几辈年香送[5]，　斗拜新正请法官[6]。

一路花红撒纸钱，　嫁娘啼过似堪怜。
鬓梢袖底钗相换，　未入郎家早结缘。

乌云北上日西衔，　一道长堤石齿巉。
风利何曾堪夜泊，　急催行客早抽帆。

---

① 阳戏：即傀儡戏，用以酬神赛愿。此为高安旧风俗。今称木偶戏。

② 瓠白肥：即瓠（音 hù）肥。《史记·张丞相列传》："〔张苍〕身长大，肥白如瓠。"后以瓠肥喻白胖。

③ 华光福主：对"华光菩萨"，或"五显灵官"、"马王爷"等能为人消灾保福之神的尊称。

④ 上元前后送舡声："上元"，即正月十五元宵节。"送舡"，"龙船节"最后的仪式，即卸去龙船上的饰物，将请来附在龙船上的"神灵"送走。

⑤ 僧尼几辈年香送：一年伊始，信佛的人到寺庙给大大小小的僧尼送礼。

⑥ 斗拜新正请法官：农历新年正月，请道士到家念经祈福。"斗拜"，虔诚祷拜。"新正"，农历新年正月或正月初一。"法官"，对道士的尊称。

飞篁堕地笋攒园，　甘战修真古迹存①。
白鹤远翔丹灶冷，　水云淰淰望仙门②。

孟家蝉鬓落江南③，往事重提最不堪。
毕竟金花何处去，　一泓澄碧祷风潭④。

小江口过大江湾，　市汉遥遥列阛阓⑤。
丰富两条春涨合⑥，扁舟安稳下矶山⑦。

相连形势验三洲⑧，拔翠龙山⑨踞上游。

---

① 飞篁堕地笋攒园，甘战修真古迹存：甘战，字伯武，东晋丰城人，投于许逊门下。逊异其才器，凡奥文秘诀都命他掌管，逊斩蛟、斩蛇这些重大活动，他无不参与其事。许逊升仙后，他回到丰城，布德行惠，乡人感之。后来也上升为仙，宋封他为“精行真人”。靖安县西北丹仙观是他的故宅。丰城南白鹤观是他得道处。据说，在他飞升之日有风篁（竹子）一枝坠地复生，每因风而啸，韵若管弦，后人于其地建飞篁观。

② 望仙门：丰城县城墙有大小七门，此门为其中三小门之一。

③ 孟家蝉鬓落江南：指宋高宗建炎三年隆祐太后为避金兵追击，从建康转移到南昌、赣州之事。隆祐太后姓孟，元祐七年（1092年）册立为哲宗赵煦皇后，靖康之变后垂帘听政，扶高宗赵构登上皇位，被尊为隆祐太后。

④ 毕竟金花何处去，一泓澄碧祷风潭：指隆祐太后在金兵追击下逃离南昌，途经丰城曲江，以金花投潭祈风的传说。后此潭便称为金花潭。

⑤ 阛阓：泛指市区的房屋。参见第42页注③。

⑥ 丰富两条春涨合：指从丰城南部北流的丰水，富水汇合后注入穿县而过的赣江。

⑦ 矶山：在鄱阳湖中。

⑧ 三洲：丰城县北小港之外有杨林、牛宿、金鸡三洲。谶云：“三洲相连，必出状元”。状元指王季友，名徽，号云峰居士，唐开元二十四年（736年）进士，为江西省历史上第一位有记载的状元，因耻与李林甫之流为伍，回乡授徒隐居。

⑨ 龙山：在万载县治后，龙江经其下，山势连延，为县之镇。

旧令尹传新令尹，　彩筵频迓孝廉舟。

西来山下水青青，　香火因缘仗佛灵。
善女善男浮艇过，　目连演剧血盆经①。

水绕行宫殿外趋，　新堤平直旧堤纡。
此中涡洑燃犀②烛，　老蚌依稀夜抱珠③。

千寻文笔耸猴尖④，　牛斗光芒剑影铦⑤。
陶九⑥舍人先送喜，　斗门祠⑦里乞灵签。

龙泉深隐太阿从，　恰遇张雷识两龙。

---

① 目连演剧血盆经：“目连”，释迦牟尼十大弟子之一，全名摩诃目犍连。西晋竺法护翻译的《佛说盂兰盆经》说他为救生母脱离饿鬼道而设盂兰盆会，备五味百果邀各路有道者前来相救。“目连救母”的故事遂广为流传，并发展为宗教剧目。《血盆经》：全名《目连正教血盆经》，又名《女人血盆经》。讲女人因生育流血而受苦，目连问佛该如何办，佛说要念《血盆经》，但《血盆经》不见于《大藏经》，现多认为该经为伪造。

② 燃犀：典出《元和郡县图志》卷二十八：“温峤至牛渚，燃犀照诸灵悟”，借用为洞察奸邪的意思。

③ 老蚌依稀夜抱珠：典出成语“老蚌生珠”，原意是称誉人有贤子，这里借指洞察和惩除奸邪后继有人。

④ 千寻文笔耸猴尖：丰城县南七十里有猴峰，尖秀耸拔，一名猴尖，因其下有学宫，又称文笔峰。

⑤ 牛斗光芒剑影铦：（铦，音 xiān，锐利。）指龙泉，太阿剑的故事，详见 91 页注①。

⑥ 陶九：元末徐寿辉农民起义军副将，明代时被民间尊为神。据传他能附人言祸福，皆灵验，民因祀之。

⑦ 斗门祠：即斗门庙。在丰城县南石闸之上，为水口之镇。

千里有缘知不断，　延平津上定相逢①。

（《瘦松柏斋外集》道光三年刻本）

竹　枝　歌

（明）敖　英②

东岸桃花红欲飞，　西岸杨柳青不稀。
两家春色各自媚，　谁在中流荡桨归。

（《明诗归》卷三，清初积秀堂刻本）

---

① 这首词讲龙泉、太阿剑的故事：相传晋代大臣张华见天上牛斗二星之间有紫气，便问精通天象的南昌人雷焕所举何事，雷焕说剑光彻天，当有宝剑在丰城。张华便补雷焕为丰城县令，寻找宝剑。雷焕上任后，在丰城狱屋中掘地四丈多深，得一石函，光气非常，中有双剑，并有题刻，一曰龙泉，一曰太阿。到了晚上，牛斗二星间的紫气便不复再见。雷焕派人送一剑给张华，留一剑自佩。后来张华被诛，失剑之所在。雷焕死后，剑传给儿子华，华为州从事，持剑行经延平津，剑忽然从腰间跃出堕入水中。使人入水寻找，不见剑，但见两龙各长数丈，蟠萦在一起，入水者非常恐惧，赶紧返回。很快，光彩照水，波浪惊沸，再也找不到剑了。人们以为，那两条龙便是龙泉、太阿二剑所化。

② 敖英：字子发，号东谷，清江（今江西樟树市）人。正德进士，授南工部主事、迁祠部郎，出督陕西、河南，历任藩臬，以四川右布政使致仕。他当时就盛有诗名，人称之为“敖清江”。著有《绿雪亭杂言》、《心远堂稿》等集。

吴城[①]竹枝词

（清）赖学海[②]

自叙

吴城，江西一镇耳，地无五里，山复占之，然当湖上之冲，利泊舟，故商贾萃焉，人家高下半山居，高者畏风，下者畏水，而民恋而不去者，则利之薮也，其俗逐末利而鲜盖藏，善周旋而重乡里。千金之家，亦复时有辄不旋踵而遂空，语者归咎于刘诚意[③]之谶[④]，岂其然乎？岂其然乎。

余客此久，得交其地之贤士大夫，至于担夫樵子皆目而识之，於以得其风土人情，闲尝无事以韵语编之，俗不成诗，澁[⑤]不可歌，因命之曰词。古人纪俗有竹枝词，亦漫曰“竹枝词”，然声非竹枝也，聊亦云尔。顾念半生作客，一事无成，余发如此种种矣，犹挟策走他乡，每一归家辄闻新语，则懵然以问人，而于此地情事若无不悉焉，则此生之身事可知矣。词成得一百一十八首，叙而存之，以志感云。

时同治四年　月　日　　　　顺德赖学海虚舟

---

① 吴城：镇名。在江西省永修县东部，原属新建县，新中国成立后划归永修县。当赣江及修水入鄱阳湖处，旧与河口、景德、樟树并称江西四大名镇。现设有国家级鄱阳湖候鸟自然保护区。

② 赖学海：字虚舟，广东顺德龙山乡人。生于清道光年间，卒于光绪十九年（1893年）。平生好读书，不治举业，惟致力于诗。客居吴城四十多年，足迹遍及吴城各阶层、各个角落。著作有《虚舟诗草》、《雪泥诗话》等。

③ 刘诚意：即刘基。字伯温，明初大臣，浙江青田人。元末进士，曾任江西高安县丞等多处地方官。至正二十年（1360年）至应天（今南京），劝朱元璋脱离韩林儿，独树一帜，并为筹划用兵，参与机要。明初任御史中丞兼太史令，封诚意伯。有《诚意伯文集》等。

④ 谶：音 chèn，预言；预兆。参见第95页第一首竹枝词作者原按。

⑤ 澁：涩。

入境何缘俗便知，　请听随地竹枝词。
半生闲作吴山[①]客，　漫把俚歌说土宜[②]。

江南西道吴城镇，　楚尾[③]吴城一砺[④]垂。
郁郁葱葱腾旺气，　卜年三百有人知。

唐分豫章郡为江南西道，后人遂呼曰江西。吴城初属南康，后改属南昌新建。陈有谅曾屯兵于此，明太祖望其上有异气，以问刘诚意，诚意曰，“无他，此地当有三百年旺气耳”，土人相传如此。

守贫惟得事吟哦，　老去人情识渐多。
唱个竹枝难入拍，　恐于时世未能和。

世态频移似转丸，　短长三度变衣冠。
兢兢学得时兴样，　道肖偏云怪不瞒。

镇语自谦辄曰“怪不瞒”，肖衣冠之制频年屡异，至于尖帽笼头，炫华竞丽而盗贼遂起。

沧桑何必定千秋，　耳治还经与目谋。
看取令公祠[⑤]外水，　频年沙涨起新洲。

令公庙前横起一洲，父老云昔所未有，余初至洲甚狭，今乃无涯矣。

---

① 吴山：吴城初名。

② 土宜：这里指地方风物。

③ 楚尾：由“吴头楚尾”而来。今江西省北部，春秋时为吴、楚两国接界之地，因称吴头楚尾。吴城地处赣北属楚，因有“楚尾”之说。

④ 砺：磨刀石。

⑤ 令公祠：即令公庙，在吴城望湖亭西南。建于南唐，奉祀唐将张巡（亦称张睢阳），明太祖朱元璋敕封为“忠烈灵祠”，后人称“令公庙”。原庙在抗战中毁。张巡在安史之乱中死守睢阳，拖住叛敌大军，为朝庭平叛赢得了保贵的时间，后壮烈牺牲。

钉住长流挂死蛇，　两泉[1]双夹一洲斜。
后河绕过前河去，　三里无多四里些。

地形为死蛇挂钉，盖一洲长出，南缀丁家山也。

无城何事号吴城，　父老传闻亦未清。
不是阿公粘告示，　无人知到六坊名。

呼地保曰阿公，镇分六坊而不著榜额，惟于告示上时见之耳。

断山红似赤霞城，　崩岸墙高雉堞平。
漫说周遭围战舰，　周郎曾此旧屯兵。

或言周瑜治兵于此，战舰四绕如城，故曰吴城。余尝周步细观，见四周断山峭削如墙，顶平如堞，吴城之名或者以此。

旧时名胜未凋残，　一日无如午后闲。
携手望湖亭[2]上去，　石栏干畔看庐山。

望湖亭，镇中胜区也。

望湖亭说望夫亭，　野语由来是不经。
果见逆流三十里，　女坟湖草向谁青。

俗谓望湖亭乃陈友谅妾梳妆楼，于此望夫水战，望湖乃望夫之讹，友谅败死，妾亦投水，其尸逆流至昌邑，不知宋已有此亭，可知野语之谬。

---

① 两泉：指赣江和修水。

② 望湖亭：吴城名胜，在赣江、修水汇流处。始建于晋太康元年（208年），亭高数丈，飞檐翘角，气势雄伟。该亭曾毁而复修过多次，现亭为20世纪90年代初重修。

书生白面女红颜，　古语如规未可删。
莫怨金钱随地尽，　只缘志满便贪闲。

相传刘诚意谶云：两水夹一洲，此地赒钱①此地休，白面书生无用处，红颜女子不知羞。此或出于附会，要亦适中其病。

司空②博物岂曾非，　听命妖巫俗未违。
夜半乍惊闻警唤，　街头一哄叫魂归。

张华《博物志》：豫章之俗有病不延医，而听命于巫，吴城之俗尤甚。家有病辄倩③巫者，致像偶于堂，率众叫噪，手执铁叉，且摇且唤，谓之叫魂，夜半闻之，颇甚惊人也。

东坡行后已千年，　广济祠④闻石弩⑤传。
欲向井边寻故事，　又登三十有三天。

东坡泊吴城，洲中拾得石弩一段，置广济祠中，作《石弩记》，祠后有井，即龙井也。今存令公庙，前阶石计三十三级，俗谓之三十三天也。

但家人把最蛮乖，　把争曾穿热铁鞋。
却被老年人客笑，　不曾当得县中差。

任肩挑者各有分地，谓之“把”，镇有十八把，但家把其一也，专昇行李谓之“散骡”。凡把，皆当官船牵缆差，但家以散把不与。初，有与争是

---

① 赒钱：（赒音 wàn）赚钱。

② 司空：官名，工部尚书的别称。这里指西晋大臣、文学家张华，他在惠帝时曾任司空之职，后因事被诛。

③ 倩：此处读 qìng，请，央求。

④ 广济祠：按苏轼《顺济庙石砮记》，应为“顺济庙”，全称是“顺济龙王庙”。位于吴城望湖亭后，建于宋大中祥符六年（1013 年），传说为许逊斩蛟处。

⑤ 石弩：按苏轼《石砮记》应为“石砮”。“弩”是用机栝发箭的弓，“砮”是石制箭镞，可能是作者笔误。

把者，讼久不决，乃为约：烧铁靴使红，能穿者得把。但家人穿之，肉灼而死，遂得把也，其人最蛮。

货郎分设庙西东，　新客来看万寿宫①。
七十六行轮演戏，　坊前重叠挂长红。

镇中商贩杂色计七十六行，盖修脚、挑水之贱皆兴焉，递年皆于万寿宫演戏，曰整规。

箨芦②抽笋真心子，　纸竹悬灯假马儿。
莫怪骂人为客作，　唱来都是古人诗。

俚俗骂人曰“毬③心子”，曰“假马儿”，曰“客作”，其来已古。《野客丛书》云江西俚俗骂人曰“客作儿”，按陈从易寄荔枝与人诗曰“橄杬为下背④，枇杷客作儿”也。《清异录》云：江右多菘菜粥，笋者恶之，骂曰心子菜，盖笋如菌菜也。

五显⑤夫人亦大奇，　一千年事有谁知。
至今人说樊家婿，　可见妆奁⑥出嫁时。

昔樊家女自言为五显神所聘，因盛自装饰，无疾而卒，至今递岁神出游，至樊氏门，必驻轿，云岳家也。

---

① 万寿宫：此宫在吴城后河豆鼓街上。建于清初，嘉庆、道光年间均加修葺。规模宏大，除正殿祀许真君等道教神仙，还有玉皇阁、湛母阁、观音堂、天花宫、龙王殿等，香火旺盛。抗战中被毁，今存遗址。

② 箨芦：箨，俗称“笋壳”，参见20页注①。这里借指带壳的竹笋；芦，即芦苇，去叶嫩芽称芦笋，可食用。

③ 毬：土语骂人的粗话，发音与“必”相似。

④ 橄杬为下背：当为“橄榄为下辈”。陈从易解释该诗句时说：“橄榄初涩后甘，下辈也。”见《能改斋漫录》。

⑤ 五显：亦称“五圣”、“五通”，旧时乡村中供奉的神道。本是兄弟五人，唐末已有香火，庙号“五通”。宋代加封至王。因其封号第一字为“显”，故又称“五显公”。

⑥ 妆奁：（奁音 lián）本指梳妆用的镜匣，后泛指嫁妆。

石栏干绕万家塘[1]，四季名花不断香。
道是孤坟谁氏者，土堆隆在水中央。

万家塘中有土堆隆起，云是坟墓，周堤树四季名花，堤外为沟堑，周以石栏，颇极雅观。

凤凰山接磨盘山，一道情城缥渺间。
便到陇心双股里，几人掉臂出情关。

江湖上说垄堪疑，风月无边亦可知。
千古香姑名字在，情窝独占想当时。

镇有九垄，双股垄，其一也，以山势言之，又曰香姑垄，昔有女子名香姑，风流放诞，因以名垄，遂为妓薮，又曰江湖上盖风月之窝也。

八门深入见人家，古木寒云伴岁华。
不是武陵溪畔路，一般流水有桃花。

丁家山在镇之南，其中八门，屋宇齐整，流水桃花，渺然幽致。

遭逢伪汉避干戈，父老相传或未讹。
一十八年无网户，松门从此出鱼多。

松门山[2]港内多鱼，相传明太祖与伪汉相持十八年，居民徙避，无打鱼者，故蕃息云。

马家坪过万家坪，二姓而今已替陵[3]。

---

① 万家塘：在今吴城鄱阳湖候鸟保护区管理局内。
② 松门山：在吴城镇鄱阳湖中。
③ 替陵：即陵替，衰落的意思。

闲上狗头山上望，　青莲庵近不闻经。

青莲庵在狗头山下，前即马家坪也。

巷名十八数条条，　高下行来步步娇。
谁筑球场油洒地，　葡萄架度七星桥。

镇有十八巷，居民或难悉数。七星桥及葡萄架多油栈，油常沾洒地下也。

地邻仓巷路三汊，　市远村连朴不华。
个里人家风雅甚，　竹篱茅舍祀梅花。

仓巷口有屋，绕以竹篱，匾曰梅花庙，未知所祀何神，内是人家，造次不敢入视，乱后①，匾已去而篱笆依然，其对为太子庙也。

青山莽莽白云深，　一塔巍巍止暮禽。
苦口劝人收白骨，　至今人识老良心。

白骨塔在响云洞天观后，吴城司马冯子良先生创建，题曰："青山白云"，措赀贮钱店生息，递岁雇工捡拾，塔满则为大冢以埋之，盖善举也，出入皆绅士经手，关白于官而已。

雷祖②坛边好种瓜，　家家门口有桃花。
满山枸杞无人摘，　留着春来好放芽。

雷祖坛即响云洞天，侧近皆蔬圃，多桃树及枸杞。

临渊一网遂千斤，　皮裤撑船若有神。

---

① 乱后：指太平军进驻吴城之后。

② 雷祖：即雷神，亦称"雷公"、"雷师"，中国古代神话中司雷之神。道教谓轩辕氏（黄帝）"得道升天"为雷神，可以为天"代言"，"主天之灾福，持物之权衡；掌物掌人，司生司杀"，固多立坛供奉。

谁道无鱼不食饭，　雨中携手会东邻。

潭薮①多鱼，渔人日举一、二网辄获千斤。俗有无鱼不食饭之谐，谓风雨不得鱼则不能举火也。渔人冬日下水，所著皮靴若裤，其长及腰，不能屈身，而彼或著以撑船，了不觉苦。

阵阵黄沙下渚矶，　秋风秋水出银鱼。
可怜密网犹羁汝，　曝向秋白似丝②。

近港出银鱼，最佳圆身细目，谓之本湖鱼，渔人连网晒之，然近渚矶者辄有细沙，便劣。

掺掺③不是养蚕娘，　莽灌从中亦有桑。
除却梳头无一事，　自椎豆豉渍生姜。

居人不解蚕桑，女工亦少，家有豆豉姜，客至辄以点茶。

一场微雨丈三泥，　乡下人来铲地皮。
时听筛锣寻物事，　狗婆猪女及秧鸡。

雨后街道泥泞，晴时乡人辄铲以壅田。狗婆猪女秧鸡，皆失物拈帖④中语也。

悭⑤廉只有是饔飧⑥，白虎青龙恰两盘。
碗底劝君休尽食，　好留一啖与儿孙。

盘餐颇俭，仅青菜豆腐，谑曰“青龙白虎汤”，饭毕，碗底留少许曰“儿孙饭”，狼藉溲缸中，最为恶习。

---

① 薮：这里指湖泽。
② 曝向秋白似丝：原手抄本只有六个字。疑为“曝向秋阳白似丝”。
③ 掺掺：音 shān shān，形容女子手的纤美。
④ 失物拈帖：一种以辱骂窃贼、发泄愤怒为目的的失物启事。
⑤ 悭：参见26页注①。
⑥ 饔飧：音 yōng sūn，早餐和晚餐。

抚州船泊抚州滩，　抚建乡祠[①]在此间。
欲强路人呼建抚，　口头无奈改来难。

二府[②]套外曰抚州滩，抚建会馆正临其上，以抚字在前，建昌人不悦，用是不和，虽复残陋，不乐修建也。

野语无根也自传，　草茅供奉帝王尊。
冬瓜为作明皇枕，　模样如今不复圆。

冬瓜甚巨而扁，俗传明太祖尝于此野宿，以瓜代枕，圆溜不安，因曰稍扁便佳，故至今瓜扁也。

上街头接下街头，　微雨新晴滑似油。
十八把人挑货至，　劝君行步莫轻浮。

镇中挑夫分十八把，肩物往来，殊不避人。

建昌县里旱田多，　瓜果绵绵满后河[③]。
却笑髫头萝卜似，　怕经白马庙[④]前过。

镇中瓜菜多来自建昌县，其人多髫头，人多笑之为建昌萝卜头也。或欺人，人骂曰："汝莫过白马庙！"盖神灵彼所畏也。

淡红衫子异香薰，　小立门前日未曛[⑤]。

---

① 抚建乡祠：抚州人和建昌人共同在吴城设的乡祠和会馆。建昌，指今永修县。

② 二府：明、清两代对知府的副职"同知"的俗称。

③ 后河：吴城后河为修水。

④ 白马庙：在吴城万寿宫旁，祀许旌阳部将"际真护法白马懿王"董晋。

⑤ 曛：暮、昏暗。

恐怕错招人荡路， 出来先自要穿裙。

良家妇以拖裙自表异妓家，则否游妓馆曰“荡路”。

三级堂今有几家， 鱼盐已断一生涯。
问君记得平头否， 恐被人欺老扎瓜。

三级堂乃银、钱、盐三行合立，盐章变后①，只剩银、钱两行而已。镇中初通行瓜银，其样色略如元丝锭子，盖瓜州盐课也。道光年间已无此课，惟存瓜名而系之以平，如西瓜、广瓜、杂瓜是也。而粮食行所用老杂瓜平最细杂，省笔书作“札”，咸丰以后，并瓜名不存，唯通行“札”纹而已。

月底平分大小时， 过端生怕被人欺。
案头写帐休轻易， 记得明朝是比期。

行肆交易帐银半月一付曰“比期”，由银店过付曰“过帐”，登之于簿，曰“写帐”，至夜，银店互相核算，长短相值则已，或帐有所该，即以现宝纹送去曰“过端”，又谓十四为小月底，三十为大月底。

一桁闲轩压水低， 匡庐面目与窗齐。
闲从司马分风月， 都似飞鸿印雪泥。

鸿雪轩在望湖亭侧，甲寅②毁于兵，冯子良先生集同人复创，置其诗板于东，偏为藏诗阁，旧有联云：闲从司马分风月，都似飞鸿印雪泥。

上轿行将到那坨， 亲家相请打牌多。
做来好梦知多少， 莫被人家打过河。

---

① 盐章变后：清代盐法因循明代的“纲法”，即民制，商收，商运、商销，盐业之利尽归于盐商。道光十三年（1833年）一度改行“票盐制”，即于场区适中地点，设局收税，无论何人，只要照章缴纳税课，即可领票运盐，在限定的地域和时间内自行贩卖。所谓盐章改变即指此。后因阻力重重，半途而废。

② 甲寅：清咸丰四年（1854年），太平军攻入吴城。

土语“那一坨子”，言那一处也。牌家四人共局，则一人闲，谓之“做梦”。过邻家窃客曰“打过河”。凡儿女拜契，父母相呼为亲家。

似花如玉一团团， 红烛高烧看万仙。
细雷玉纤频点将， 旁观痴作梦中缘。

镇人喜斗牌，局之巨者曰万仙阵，曰老万仙，逢幺俱将，妇女亦然。

堂前声重鼓隆隆， 失物迎来二令公。
忽报暗中原物在， 夜偷人怕老爷聪。

失物者多迎二令公于堂，鸣鼓隆隆，往往原物复得。二令公者，张令公也，像有三，大像不可升，升其次像耳。

胸中茅戟列森森， 红粉分明似绿林。
四大寇今谁更在， 还传欢喜是观音。

昔日有名娼曰熊玉秀、龙女子、接引子、欢喜子，谓之四大寇，后皆沦落失所，而欢喜子独存，然鬓已秃矣，人言其是观音生，谓无天癸①也。

严寒阴雨打牌天， 小盒随身是好烟。
轿到门前扶扛出， 裙边掏出八文钱。

妇女喜邀聚打牌，随身各有小银盒，贮官记烟，不吸主人烟也。妇人雇轿，其值最廉，近者八文，远者二十四文而已，男子则否，妓则每出例值二百文。

绿叶成阴眨眼间， 我来刚值好花残。
胭脂巷口寻颜色， 共说陶家黑牡丹。

陶家女要妙而不甚白，人谓之黑牡丹，所居在胭脂巷，乃十八巷之一也。

---

① 天癸：中医学名词，指人体中具有促进生长发育和生殖功能的一种物质，亦指女子“月事”。

三更才动二更深，　爆竹连天响欲沈。
上庙出方须仔细，　盐包坭[①]裹在街心。

元旦日上庙曰出方，多以盐包实坭置路上以插香，甚碍行人。

拒客何须闭户为，　插门名帖满街飞。
衣冠簇簇皆成队，　忽地相逢打一围。

元旦日多闭户不纳贺客。

深巷人家门却开，　麻糖攒盒[②]一堆堆。
入门笑请端元宝，　送个清清吉吉来。

人家皆设攒盒以款贺客，劝客点心曰端元宝，举青果赠人曰清清吉吉。

花钱[③]悬户过新年，　何物铺陈好敬天。
豆腐一方茶一撮，　更搀青菜冽清泉。

元旦供神以清水漾豆腐、青菜，别器贮茶叶及米少许。

初二家家互豁拳[④]，　十番罗鼓响渊渊。
堂前耐著衣冠坐，　恐有人寻见面年。

初二日重贺曰拜见面年，以初一日多不相见也。

暖风迟日出方天，　到处花团与锦团。

---

① 坭：同“泥”。

② 攒盒：装点心果品的盒子。

③ 花钱：即“厌（音 yà）胜钱”，钱币形式的吉利品或避邪品。原为铸造的，这里是纸作的。

④ 豁拳：（豁音 huá）“划拳”、“猜拳”，饮酒时助兴的游戏。

日暮醉归娇龋齿[1]，粉光围住一红圈。

妇女择良日互相延请曰请出方，村妇醉归，面红粉白，巾拭嘴旁，肉色独异，殊可哂②也。

一堂欢哄接财神，元宝茶香攒盒新。
吉语学来犹未惯，捉将圆眼笑看人。

正月初到妓院曰做财神，妓家烧爆竹相迎曰接财神，点茶以青果曰元宝茶，举攒盒中物奉客各有吉语，惟至圆眼则笑而不致辞。

丁家山里迎神会，初九游人逐队行。
便到八门[3]何所见，四边一派响舆声。

正月初九丁家山为迎神之会，游人最盛。

五显遨游到令公，一样神标祭赛同。
少女避人还忍笑，门前合掌太匆匆。

自十一起至十五止，令公与五显之神轮日出游，迎神者于门外插小红旗曰标。

龙船小住向神标，二令公来要酒浇。
拍手小儿歌苋菜，一般锣鼓似春潮。

木作龙船，满插纸像，随神遍历有标所，龙船辄住唱迎神之曲，小儿学其调为戏曰：樊家垄的韭菜，汤家垄的苋菜，其声酷肖也。令公像有三，二令公喜酒，到处以酒灌之，常至满腹。

米糕团裹桂花糖，邻馈元宵白似肪。

---

① 龋齿：本意为“蛀牙”、“虫牙”，这里借指牙齿。
② 哂：音 shěn，笑，讥笑。
③ 八门：参见第 97 页第 4 首竹枝词作者原按。

亦有一般人样子，　捏来居与送生娘。

十五以粉圆相馈送曰送元宵，亦有捏作儿形者取生子之意。

鼓声渐渺龙灯散，　眼倦归来月满身。
又见邻家送生子，　阿婆妆扮似佳人。

有艰子嗣者，朋辈于元宵之夕以男子作妇人妆曰阿婆，复以一人作阿公，打十番锣鼓而送儿样粉元宵以往，曰送生子。

元宵已罢送龙船，　八姓相从博岸[1]边。
归去更休回首望，　未曾收将怕神颠。

龙船游街已遍十五夜半，八姓首事相率送于博岸上焚之，举火即行，不语不顾。十六则巫者率徒执响叉沿街呼噪，谓之收将，谓连日将神像出游，恐有神将在外为祟也。

怪来春夏多淫雨，　此俗由来不补天。
渐渐点完元旦烛，　一齐收去旧花钱。

元旦所陈之烛，祀神毕即灭之，元宵始竟其跋[2]。所挂花钱是夕亦撤焚去。

前河[3]水渐没洲高，　剗子[4]还休夜过河。
细雨乍晴风乍热，　满街人唱卖芦蒿。

春水渐涨，前河没洲，撑剗子船人以艰于往返，不复归宿。盖剗子多对河叶家洲人也，地产蒿芽甚佳，俗谓见庐山者始可食，故曰庐蒿，出二

---

① 博岸：宽阔的岸边。
② 跋：这里指烛根。
③ 前河：吴城“前河”为赣江。
④ 剗子：疑指“划子”，即小船。“剗”现简化为“刬”，音 chǎn，同“铲”；“划”音 huá，两字字义也不同。这里的“划子”按字义可理解为船头如铲形的小船。注者到吴城询问老人，当地称小船为“划子”，没有 chǎn 音。是笔误还是当年读音失传，待考。

三月。

狗头山上风筝地，　寒食清明风更长。
蝴蝶不闻花底语，　半空何事响郎当。

狗头山平而不甚高，放纸鸢者多，于是喜作七蝶衔筝。

垄上花园花已残，　来过陇背寺三间。
白头道士清闲甚，　雷祖坛边种牡丹。

雷祖坛在香姑垄背，旧有牡丹甚巨，今枯。

白米微硫细若尘，　椒盐黄豆拌来新。
待将立夏来过秤，　要把肥猪罚瘦人。

立夏食米粉蒸猪肉，拌以豆末，甚适口，是日，人互相秤，有轻于旧者，罚肉一斤。

荒祠三尺倚荆丛，　社庙传云老聂公①。
日暮团围摇扇立，　看人点将野田中。

聂公神四月二十六出游，庙后有小社公庙，云是老聂公，至二十八日抬神像至此，尽力颠摇良久，即有一人飞附轿杠，口吐白沫，谓之点将，盖谓神降之也，升至庙中，道士以水喷之而醒，授以红色一百文，多傍近菜佣习此，以骗此百钱，非必神降也。

端午天时渐热时，　香包巧绣穗红丝。
街头配把芭蕉扇，　画采描花赐小儿。

端午以扇与香包赠小儿。谓葵扇曰芭蕉扇。

---

① 聂公：古代吴城人信奉的河神，为聂三、聂四、聂九兄弟三人。庙在距吴城中心区一里多路的赣江边，过往竹木排，都要上岸到庙中上香，求保平安。

接神户户与家家，　三百神标耀彩华。
独有一般红不称，　枯鱼头插石榴花。

五月初一至初五，令公与五显出游，如正月迎神，插小旗曰标，盛时通镇神标有三百之多，今不及此数矣，供神例有乾鲤鱼，腊月所腌至此乃食也。

后河河畔看龙船，　双桨凌空浪拍天。
是否神龙惟见尾，　听来锣鼓亦阗阗①。

后河亦有龙船，即以驳船小艇或置物作尾而无首。

苏州新办彩灯来，　明角编珠八宝堆。
队队十番声调别，　大王庙畔接神回。

神像出游至大王庙，置之至夜以彩灯迎之。

端午中秋放假天，　游人逐队笑相牵。
画眉地近香姑垄，　草浅松高好弄拳。

画眉地在香姑垄南，四面长松，中间浅草平坡，端午中秋放假，工人多聚此耍拳。

早田收稻及良辰，　一片黄埃入望匀。
竟砍豚肩②催打酒，　请将亲友共尝新。

早禾既熟，选日开镰，请亲友尝新。

红裙队队进香回，　雷祖坛当诞日开。
粉额半粘神地土，　响云洞里叩头来。

---

① 阗阗：（阗音 tián）象声词。形容锣鼓声音很大。
② 豚肩：本意为猪的前腿根部，这里泛指猪肉。

六月廿四，雷祖诞日，妇女进香，额上多沾泥土。

黄脸孩儿锦绣绷， 铜丝铁杖一层层。
徽州朝奉①妆台阁②，引得满街人看灯。

以孩子扒故事曰台阁，徽州人善为之，多于五月端节作之。宋有朝奉郎，明太祖至徽州，父老出游皆自称朝奉郎，太祖曰："有劳你朝奉的"，今沿其称。

食瓜还子③问瓜人， 个里原来足苦辛。
为说今年时岁好， 醵钱④演戏答田神。

叶家洲人多种瓜为业，瓜熟则演戏，曰西瓜戏，买食者要还子。

丁家山上女工妍， 玉手团纱分外鲜。
惊道露从今夜白， 满筐如雪卖新棉。

丁家山出佳絮，女子皆解弹纺。

披发齐腰缚布裙， 叩头三步叩真君。
年年七月逢三十， 烛树香林彻夜焚。

八月初一为许真君诞，七月底进香者不断，至晚亦有披发执香三步一叩

---

① 朝奉：宋代官名，有朝奉大夫和朝奉郎之分。这里用作对富人的尊称。

② 台阁：即"抬阁"，亦称"扮故事"。汉族民间舞蹈形式之一。多在节日舞队行进中演出。将高数米的铁杆立于桌上，或竖于车上，或绑缚于人的肩背上，由数名幼童扮成戏曲故事中的人物，绑缚铁杆上，一般分二、三层，再用衣饰和各种道具将铁杆隐饰起来，上层表演者似立于下层表演者的伞尖、扇沿、花瓶之上。演员轻轻舞动，造型生动精巧、表演惊险玄妙。

③ 食瓜还子：大板瓜子为吴城特产，远近闻名。瓜熟时节，瓜价很廉，但食瓜后要将瓜子交还，是为一俗。

④ 醵钱：（醵音 jù）凑钱；集资。

至庙者。

野田道士不衣冠，　铙鼓参差调带酸。
行入四宫齐叩首，　系腰黄布一般般。

乡下进香人百十成群，道士领之，悬黄布香袋，曰“四宫进香”。

武陵会馆尽祠堂，　八月秋凉好进香。
衫袖半肥缨帽瘦，　满街锣鼓接姑娘。

黄、李、卢三姓祠堂皆武宁人会馆也，卢氏奉姑婆，夸是宋朝妃子。

短日看看十月中，　都营旨蓄①御残冬。
何能更插元宵爆，　只有梳头食饭功。

俗语云十月中只有梳头食饭工，镇内女工只有插爆引②一务。

中秋人尽爱团圆，　白藕蹲鸱③各一盘。
开著门儿拜明月，　西瓜灯好要人看。

中秋人家喜镂西瓜灯。

宋家巷里邓家园，　十月山头发水仙。
为问私门④头髻上，　可曾悭到腊梅钱。

宋家巷昔有宋氏为观察⑤者，巷中房舍皆其业也，后转属邓氏，巷名如

---

① 旨蓄：贮藏的美食。
② 插爆引：生产爆竹的一道工序。
③ 蹲鸱：大芋头。因状似蹲伏的鸱鸟得名。
④ 私门：此处指暗娼。
⑤ 观察：清代对道员（州、府官员）的尊称。

旧，园则为邓，其中房室多蹴①与私门子，园中有腊梅及水仙。

有客迎风踏雪来，　热情融透掌中杯。
浅斟低唱过天色，　髻上蓬蓬开腊梅。

雨中饮酒斗牌曰过天色。

笑他穷鬼扮财神，　白竹为鞭纸作巾。
金锭托将原不用，　混来城市强干人。

腊底②，丐者竹鞭纸帽托币锭以求乞，曰扮财神。

红线长穿压岁钱，　暗颁儿女嘱休喧。
阿爹今夜做皇帝，　待出辞年人拜年。

避债曰做皇帝。

二鼓才敲夜未晞③，　管行笼烛送将归。
为郎端出封缸酒，　消夜还应腹已饥。

夜间点心或饮数杯曰消夜。封缸，佳酒也。

乞有佳名道接钱，　高声谰语坐堂前。
三三五五谁家妇，　不白还娇尚少年。

乞妇成群，每至客堂漫讨，辄谓乞钱曰接钱。

嫚骂搥门乞已奇，　与钱立刻不容迟。

---

① 蹴：音 cù，原意为踢或踩、踏。这里引申为很随便地将房子卖或租给了别人。

② 腊底：腊月底。

③ 晞：破晓、天明。

画墙毁瓦将求食，　此理原无却有之。

一种恶丐，嫚骂搥门，最为难忍。

明月闻歌倍有情，　终宵陇上照人行。
可曾听著鸡三唱，　此地由来不五更。

香姑垄上少闻鸡报，非熟睡即沈醉也，更夫亦不报五更，达曙止听二更三更而已。

半开处子全开妇，　茉莉由来属女郎。
一串金钱花一串，　买来枕畔送人香。

茉莉花颇贵，一朵值一钱，妓女送客辄除花相赠，曰送尔闻香，人言处子戴者花仅半开。

脸堆明月鬓堆云，　蝴蝶双飞额上分。
阿引日前新出相，　房中拖出洒花裙。

额上短发分贴两边曰抹蝴蝶子，女曰阿引，言引子也，未留客曰相公，初留客曰出相。

枕边含笑语沈吟，　泥得郎君一寸金。
唤匠打成黄练子，　围裙系住颈中心。

妓喜着围裙，多以金银作攀颈练子。

烟名官记亦寻常，　曾度香唇分外香。
噙著赛银娇龋齿，　半传狮鼻半吹郎。

诸妓襟头皆有小银盒，贮官记烟以待亲客，条丝烟以官记号者为佳，烟管佳者曰赛银。

两面力牵两便船，　要他老几自含酸。

良宵未必千金值，　笑尔闲花罅[①]毬钱。

“老几”，轻轻之辞，犹言夫已氏也[②]。费而不惠曰毬。昔有妓人谓之两面刀，使两客争夕，各许千金而皆却之，于是两客乐输过于所许。

青楼供奉白迷神，　鸡血涂濡纸满身。
明白入他迷局里，　不曾迷者是何人。

九才子一书[③]谓妓家所供是白迷神，即是盗跖[④]，要是戏言，以余所见，为像不一，亦有以纸钱涂鸡血满沾其身者，颇怯人观。

汗逐歌声满脸潮，　蒲葵扇子道芭蕉。
偏生澎断琵琶索，　瞬目教郎替一摇。

谓葵扇曰芭蕉。

飘然送客转身回，　姊妹灯前笑语开。
二百五钱何足数，　亏他驼若一刀来。

谓不俊曰二百五，不知何谓。妓索借曰“开斧”，受借曰“驼刀”。

罚跪如呼热赶郎，　覆将茶碗地中央。
请君朔望休闲荡，　就打茶围要在行。

一种客常至妓家闲荡，此家无饮席，俟其去，覆其茶碗于地喝曰跪著，谓之罚跪，有席则释之，去其碗曰起。至妓家无饮席曰荡路，又曰打茶围。

---

① 罅：音 xià，瓦器的裂缝。引申为缝隙、夹缝。

② 夫已氏：犹言某甲、某乙，那个人。

③ 九才子一书：指作者被称为第九才子的《捉鬼传》（又有《斩鬼传》、《平鬼传》、《钟馗捉鬼传》等多种名称和版本）。作者为清初小说家刘璋，题名“樵云山人”。

④ 跖：春秋战国之际人。《荀子·不苟》说：“盗跖吟口，名声若日月，与舜禹俱传而不息；然而君子不贵者，非礼义之中也。”《庄子·盗跖》说他率“从卒九千人，横行天下，侵暴诸侯”。

按《北里志》，客诣举举，赋诗曰："洞中仙子多情思，留住刘郎不放归"。举举先未相识，不甘其题，因曰："阿谁留郎君勿乱"，道即赓其韵曰："怪得犬惊鸡乱飞，羸童瘦马老麻衣，洞中不许闲人入，留住青蚨热赶归"，客面热而去。后举举见其同游，辄笑问热赶郎在否。

法把条条瘦且长，　纷纷人客送姑娘。
夜深料得无人见，　便捉琵琶也不妨。

谓火把曰法把，席散，诸妓多泥客送还家。

帘动风吹胆亦惊，　私盐包子太多情。
刚刚瞒着人丢扇，　又听衙前炮炮声。

小子弟荡妓而有所畏惮者，曰私盐包，小私曰丢扇子，妓有歌谑之曰：二炮一响，私盐包唬得胆战心慌。盖诸妓曲皆近分府衙①，炮声易闻也。

漫说姑娘可是孤，　相公曾否像宫无。
大门子笑小门子，　戏把将无妬②妓居。

妓曰姑娘，戏旦曰相公，皆其家自呼之，乃有强为之解者，曰姑娘者，孤娘也，无专配故曰孤。相公者，像官也，如无阳故曰宫，非真无阳也，故曰像宫。妓曰大门子，私妓曰小门子，戏班所住曰把。

聂公祠里去焚香，　演戏标名半女郎。
合掌低头含笑诉，　听来都愿早从良。

诸妓演戏酬神多于聂公庙。

辣子流郎实有徒，　敲门轻点勿声粗。
须知好便招人妬，　恐被邻家打闭炉。

---

① 分府衙：当指二府衙门，即同知（知府的副职）衙门。
② 妬："妒"的异体字。

无赖而强曰辣子，游手曰打流郎，因娼挟客曰打闭炉。

头子姑娘席少阑，　琵琶带着不曾弹。
碗前架箸君休怪，　留得心儿在此间。

诸妓告席架箸碗间，辄曰：莫怪我身不在此，心在此。

东家引子善开刀，　西舍头儿会食敖。
堪笑伙儿贤样子，　脱身还信第三遭。

俗谓女曰引子，借事索客财曰开刀，称差役曰头儿，妓隐语谓客曰伙儿，谓不俊曰贤样子，私门子中每以脱身哄客至再至三而人不悟也。

把前冷落笑今优[①]，　派扇谁从买酒筹。
就使偶然抛一网，　扯辫那个是门楼。

饮戏把中者先于通班，皆有所赠，谓之派扇。则班中人皆来敬酒，始为豪客。把中置席求客，辗转相邀以博缠头曰打网。把中隐语谓大客为门楼子，台上方演戏，门楼子于台下执辫以示所昵，见之即卸妆下台，知有所呼唤也。此皆道光年岁盛事，咸丰年间无复此举。

歌馆全生蔓草悲，　厂名依旧尚腌皮。
晚来步上山头望，　无复闲人斗画眉。

腌皮厂，腌牛皮之所，侧旁皆妓馆，今成白地，其后即响云洞天，午饭后客多笼画眉、百灵鸟于此采青，今亦无。

棕绳厂后半人家，　南曲支分北里花。
好是江州白司马，　花厅闲坐听琵琶。

---

① 优：俳优、优伶，古代以乐舞戏谑为业的艺人。后亦用以称戏曲演员。

棕绳厂旧多妓院，地近分府衙。

团山顶上有门关，粉面杂披玳瑁班。
此貌亦应能入画，白云轻抹米家山。

团山顶乃琐妓所居。

龙头高占令公祠，香火如今亦已稀。
功在回澜鸿额在，英风长忆岳钟琪[①]。

令公庙香火最盛，俗谓庙基正座龙头，有“功回澜”额，乃岳将军书。

神道由来设教良，冥冥中定有分张。
负心最怕惟东岳，不敢胡行到庙旁。

居人最畏东岳神[②]，其庙森肃，寻常不敢辄入。

邮佛禅林气像新，曾闻兴讼为争神。
若教七祖[③]能传钵，肯把南华[④]卖与人。

邮佛禅林在令公庙后，主僧不肖，因卖之，复兴讼也。

团山脚下有荒祠，岁祀春秋费有司。
不是圣朝崇节义，宸濠旧事有谁知。

一门七义祠在团山脚下，宸濠反时，叶氏一门七人殉难，今入祀典。

---

① 岳钟琪：清大将。字东美，号容斋，四川成都人。康熙末率军入西藏平乱，师还，累擢四川提督，川陕总督，任宁远大将军。他以汉人而握重兵，为清代（太平天国以前）所仅见。著有《蕫园诗集》。

② 东岳神：又称泰山神，是上天与人间沟通的神圣使者，具有主生，主死的重要职能。

③ 七祖：指佛教禅宗七祖，一说指青原行思，一说是南岳怀让。

④ 南华：南华寺，禅宗六祖慧能长期说法处，在广东曲江。

汉朝废帝怜昌邑[①]，肯把元封换此洲。
满目湖山犹故国，更无人问海昏侯[②]。

昌邑故海昏[③]地，汉昌邑王贺入为帝，既废，为海昏侯，人因呼其地为昌邑。吴城亦海昏地，县城在后河，界连建昌[④]，明末沈为湖，今水涸渔人犹或见县堂之脊有二梁，一红一黑。云镇中地名千英秀巷内旧有坟，云海昏县尹葬此，今已漫灭，旁有小庙。

榻得彭梅拟障纱，疏枝冷蕊郁槎枒。
想来定是三军气，吐作离披石上花。

彭雪琴[⑤]侍郎克复湖口，重修望湖亭，置酒落之，工人于地得古碑，无复字形，其剥落之势绝肖梅树，即席间染酒作指头花，风格甚苍，镌置亭后，人多榻取作屏障。

斜日犹高午饭余，行行耐取骨筋舒。
眼前认得千英秀，扁担如林杂臭鱼。

---

① 昌邑：地名。在南昌市新建县赣江东岸，距吴城镇约20公里。

② 海昏侯：指汉昌邑王贺，即汉武帝孙刘贺。汉昭帝崩，因其无子，迎刘贺为帝。在位二十七日，以淫乱无道的理由被太后废除，另迎武帝曾孙刘病已为帝，即汉宣帝。元康三年（前63年）宣帝封贺为海昏侯。

③ 海昏：古县名。汉高祖六年（前201年）由“艾”析出，属豫章郡，辖今永修、武宁、奉新、靖安、安义五县地，县治设今吴城镇芦潭西北数里。南朝宋元嘉二年（425年）并入建昌县。

④ 建昌：县名。东汉和帝永元十六年（104年）析海昏西南设建昌县，故城在今奉新县西。刘宋元嘉二年（425年）并海昏、建昌两县为建昌县，县治设今永修县艾城街附近，为永修县前身。民国三年，因与四川省建昌道同名，改名永修。

⑤ 彭雪琴：即彭玉麟，“雪琴”是他的字。湖南衡阳人。清末湘军将领。咸丰三年（1853年）随曾国藩创办湘军水师，是清镇压太平天国革命的重要将领之一。授兵部右侍郎，加太子少保，有廉直名。光绪九年（1883年）擢兵部尚书，以衰病辞。爱梅，写有大量咏梅诗。

午后，千英秀巷口多鱼摊，谚云不蔫不臭不卖。至千英秀也，巷口扁担密排，盖挑夫多聚于此待货。

秋日诸坪戏似麻，　游人看戏亦看花。
章家坪里迟偏好，　留着空枱[1]唱采茶。

夏秋之交，诸坪演戏酬愿，章家坪戏本寥寥，而搭枱最早，拆枱最迟，夜间多于枱上唱采茶戏，谚有云：豆豉坪快得好，章家坪迟得好。

蹉跎牢落此中游，　回首无端四十秋。
闲把韵言编俗语，　不堪传唱入歌喉。

老人峰见少年时，　傲气凌空不自知。
此日满头生白发，　向来面目恐非宜。

（《吴城竹枝词》同治四年抄本）

① 枱：同“台”。

［赣北地区］

江州[①]竹枝词

（清）江　皋[②]

江流千里自萦迴，　山势横江面面开。
只有匡庐峰影怪，　阴云积雪绕城来。

五柳柴桑[③]叶叶新，　千株万树自开春。
居人不识陶征士[④]，　击鼓祠前拜土神。

① 江州：古州、路名。今江西省九江市的古名称之一。西晋元康元年（291 年）分荆、扬二州置江州，治豫章（今江西南昌市），其后徙治今九江境内的柴桑城、半州城、湓口城等处。隋置寻阳县，定治于今九江市区。明改为九江府，清因之。明清辖境相当今九江市浔阳区、庐山区、瑞昌市和德安、彭泽、湖口等县地。

② 江皋：号磊斋，安徽桐城人，清顺治十八年（1661 年）进士，曾任瑞昌知县，有德政于民，升任九江府同知，历四川提学，兴泉副使。

③ 五柳柴桑：指九江，它是东晋诗人陶渊明的故乡。陶渊明，一名潜，字元亮，自号五柳先生，私谥靖节，浔阳柴桑（今江西九江县马迴岭一带）人。曾任江州祭酒、镇军参军、彭泽县令，后弃官归隐。长于诗文词赋，《桃花源记》、《归去来兮辞》、《闲情赋》等都很有名，有《陶渊明集》。

④ 陶征士：即陶渊明。颜延之《陶征士诔》：“有晋征士，浔阳陶渊明，南岳之幽居者也……。”“征士”指曾经朝庭征聘而不肯受职的隐士。

司马[①]风流旧擅场，琵琶亭[②]子竟全荒。
于今大有商人妇，弹断哀弦总不伤。

大孤小孤[③]双髻螺，彭郎[④]终日慎风波。
女儿港[⑤]口帆初落，撑过矶头好放歌。

甘棠湖[⑥]水碧于烟，湖南孤亭[⑦]一笠悬。
可惜柳香花暖日，总无人上月明船。

关上[⑧]人家不种田，湖生春水望苗船。
纤鳞一网银花乱，换得丛兰好卖钱。

---

① 司马：指白居易。中唐著名诗人。字乐天，晚年号香山居士。太原（今属山西）人，贞元进士。元和年间任左拾遗及左赞善大夫。后因直言朝政，得罪权贵，被贬为江州司马。其长篇叙事诗《长恨歌》、《琵琶行》自古妇孺皆知。

② 琵琶亭：始于唐代，为纪念诗人白居易而建。原亭在九江城西龙开河口，即《琵琶行》诗所写“浔阳江头夜送客”处，久废。现亭在九江长江大桥头，1988 年九江市人民政府重修。

③ 大孤小孤：大孤，即大孤山，一般称为鞋山，在鄱阳湖中。小孤，即小孤山。苏轼诗有“大孤小孤江中央”句。

④ 彭郎：即彭浪矶，在小孤山对岸。苏轼诗有“舟中贾客莫漫狂，小姑前年嫁彭郎”句。

⑤ 女儿港：在鞋山北面，西距九江市区三十五里。曾是鄱阳湖上重要的港口之一。其水发源于庐山，北流二十五里入鄱阳湖，水涨可容舟百余。

⑥ 甘棠湖：古在九江城南，现在九江城内。原名景星，后人为感念唐江州刺史李渤德政，改名甘棠。湖周十余里，面积千余亩，朝辉夕阴，匡庐倒映，景色优美。

⑦ 湖南孤亭：指甘棠湖中的烟水亭。其址相传为三国周瑜点将台。上有“浸月亭”，为白居易所始建。

⑧ 关上：“关”，指九江钞关。古九江钞关署在城西滨江。“关上”，指钞关署上游一带地方。钞关，明清内地关税的一种。最初用大明宝钞交税，故名。

锁江楼[1]控大江流，　岸脚层层拥石头。
一夜西风潮迹上，　商船欲泊使人愁。

郎住鄱湖东岸边，　妾家湖口隔江烟。
石钟山下潮头险，　双桨摇船浪拍天。

匡庐山上采茶归，　云雾迷空尽湿衣。
学得北源新焙法[2]，　江南嫩甲[3]雨前肥。

荒祠谁祀九江王[4]，　兵甲曾传古战场。
为语行人莫惆怅，　汉家陵阙久凄凉。

白头僧久住庐山，　赢得诗肠冰雪间。

---

① 锁江楼：在市区东面长江岸边。建于明万历年间，有江天锁钥楼和文锋塔。后（亦在明代）九江发生强烈地震，楼及楼前的铁牛坠入江中，塔得以幸存。近年市政府重修楼阁，重铸铁牛，恢复了锁江楼的风采。

② 北源新焙法："北源"，地名，在安徽歙县，明代其地所产"北源茶"为贡品，亦称"北源松萝"，系仿"松萝茶"制法炒制而成的名茶。"新焙法"即是指这种炒制的散茶造法，为隆庆间安徽休宁县松萝山僧人大方所创。今日造绿茶多类此。

③ 嫩甲：指茶树的嫩芽。

④ 九江王：指英布。汉初诸侯王之一。曾坐法黥面，故又称黥布。秦末率骊山刑徒起义，后随项羽救赵，封九江王。楚汉战争中归汉，封淮南王，汉初举兵反，被杀。

莲社①几人能断酒，相携时过虎溪还②。

（《德化县志》清同治十一年刊本）

楚　谣③有序

（清）徐世溥④

浔阳至驿左为钞关⑤，榷使⑥临江丈船，士人楚行者，类⑦以小舟载衣至龙开河⑧易舟乃行，不然则榷使概以为商矣。楚经流寇数扰之余，方麦熟耘稻时又苦旱，沿途据所见闻，兼用方言联成绝句，随地里风物以纪游踪，亦竹枝词之类也。

不是商船莫上关，　新河写换客如山。
武昌只索钱三贯，　双桨单装任往还。

一舟只载一人不附他客谓之单装，新河即龙开河也。

龙开斜去到龙平，　上水犹看百里程。
风顺蟠圹还咫尺，　神鸦接食莫频惊。

① 莲社：指晋代高僧慧远在东林寺所结白莲社。专修念佛法门，誓愿往生西方净土，因掘池植白莲而得名。

② 相携时过虎溪还：指“虎溪三笑”的故事。相传慧远一心修行，送客不过虎溪。一天，慧远送好友陶渊明、陆修静出寺，因谈兴正浓，不觉过了虎溪。这时山上的神虎突然吼叫警告，三人惊觉，相顾大笑，欣然道别。

③ 楚谣：楚地的歌谣。“楚”，古国名，西周时立国，建都丹阳（今湖北秭归东南）。后疆土扩大到长江中游乃至更大的范围。徐世溥这组竹枝词共有12首，我们选了与江西有关的三首。

④ 徐世溥：即徐巨源。参见第8页注②。

⑤ 钞关：参见119页注⑧。

⑥ 榷使：征税的官吏。

⑦ 类：大抵；都。

⑧ 龙开河：参见第331页第三首龙开河诗原注。

自南湖[1]入楚谓之上水，因从所发以为名也。蟠圹[2]有吴王庙，神鸦接食。

弄舟原不论风潮，　下水南风便北摇。
梅子雨前梅熟后，　纷纷打鼓赛鱼苗[3]。

楚人率以网舟随风上下，漉鱼子初出者，谓之鱼苗，杜诗云“白小群分命[4]”，殆指此。

（《榆溪诗钞》清康熙刻本）

瀼溪[5]竹枝词

（清）江　皋

瀼水潺潺碧一湾，　孤城遥在乱峰间。
数家茅屋平临水，　烟里柴门昼不关。

人世蒿莱满县庭，　四时墙角野花馨。
虚堂吏散闲无讼，　当案南山日日青。

---

① 南湖：即九江甘棠湖。湖今与长江已不通航。徐世溥为明末清初人，那时出江口可能还未淤塞，因称自“南湖入楚”。

② 蟠圹：同该竹枝词中的“龙平”，均为湖北地名。

③ 鱼苗：九江的鱼苗生产在宋代已经兴盛，至明清依然是鱼苗的重要产地。渔民每年5月至7月，在长江边捕捞天然鱼苗，行销淮河以南各地。

④ 白小群分命：杜甫有《白小》诗，其前二句为：“白小群分命，天然二寸鱼。”

⑤ 瀼溪：（瀼音 ràng）发源于瑞昌西北大、小瀼山之间，东南流入湓水。

自种堤边柳渐生，　绕城时听棹歌声①。
成阴亦有江南意，　烟雨新添画里情。

元结草堂②更何处，　土人相问不知名。
我来为颂舂陵句③，　一日溪边几度行。

白龙泉④绕石根流，　说有神仙住上头。
记得昨年求雨处，　掀翻石底掘龙湫。

邱壑深藏不著名，　玉华仙洞⑤少人行。
坡公亭⑥子王乔寺⑦，墨竹奇葩别样情。

---

① 绕城时听棹歌声：瀼溪原来有一个大弯道在瑞昌县城南面半里处蜿蜒流过。1970 年因防汛需要，已将河道南移取直，远离城区。

② 元结草堂：元结，唐代文学家，字次山，号曼叟，河南（今河南洛阳）人。天宝进士，曾参加抗击史思明叛军，立有战功。后任道州刺史、容管经略史。他曾在瀼溪之畔结庐窝居，自号“瀼溪浪士”，撰有《瀼溪铭》。结庐处在今瑞昌市区南苍城墩。

③ 舂陵句：元结有《舂陵行》诗，受到杜甫推崇。

④ 白龙泉：在瑞昌市区北面二公里桂林乡六合村蔡家山腰部，高 2 米，宽 1 米，为瑞昌名胜之一。

⑤ 玉华仙洞：即玉华洞，位于瑞昌市白杨乡韩氏岭北麓。洞口宽丈余，洞内分中、东、西三楼，可攀缘而上。为瑞昌市著名溶洞之一。

⑥ 坡公亭：瑞昌市区西北十多里处有山高一百八十多米。宋元丰年间，苏轼题诗于石，以墨洒竹，世名东坡墨竹。后人因作亭以记其事，因名亭子山，合名“苏亭墨竹”。

⑦ 王乔寺：在瑞昌市高丰镇乌石河南岸斗笠顶山的半山腰上。洞高宽各三十五米，泉清石奇，风光独特。相传东周列国时，周灵王少太子晋，微服遨游四方，来到斗笠顶山下王村居住，化名王子乔。人因称此洞为“王乔洞”，亦称“王乔寺”。参见第 24 页注①。

马脊羊肠[①]郁万山，　旧多山鬼出人间。
洞国更有逋租[②]处，　时引渔郎棹不还[③]。

野猱私恃穴居情，　战血曾膏碧草生。
近说探丸人尽散，　共驱黄犊趁春耕。

柳絮花飞寒食[④]春，　朱幢绣毂[⑤]一时新。
梨园争唱丁公会[⑥]，　肯竭仓箱媚鬼神。

锄得山田数亩忙，　朝舂才足半年粮。
秋来更拟为商去，　桐子新收满竹筐。

江流豫楚画鸿沟[⑦]，　问渡船争向马头[⑧]。
种罢山田过江去，　秋来禾熟到家收。

---

① 马脊羊肠：瑞昌西部多山，与武宁县连界处有马脊、羊肠二山。

② 逋租：（逋音 bū）逃租。

③ 时引渔郎棹不还：借《桃花源记》中渔人入桃花源的故事，反映了当时民众逃避压迫的社会现实。

④ 寒食：节令名，清明前一天（一说前二天），旧俗是日禁灶火吃冷食。

⑤ 朱幢绣毂：（幢音 zhuàng，毂音 gū）红色的车帘；华丽的车轮。

⑥ 丁公会：旧在瑞昌县城附近丁公祠举行的寒食节庙会。丁公祠祭祀唐武宗时被贬为江州刺史的杨嗣复。他是湖南宏农县人，官至中书门下平章事，封宏农县伯。受宦官谗言降为刺史，后以吏部尚书召还，途死岳州。任江州刺史时有旧宅在瑞昌丁溪，明代于其地建祠祭祀。此后在县城他处又增建两祠，为有别于他处，丁溪之祠便称为“丁公祠”。

⑦ 江流豫楚画鸿沟：长江从瑞昌市境北缘流过，流长 14.5 公里。隔江与湖北省武穴市相望，以长江中心线为界。这里的“豫”，是指古代的“豫州”，瑞昌对岸的湖北黄岗地区一带曾为豫州地。

⑧ 马头：指瑞昌北境长江岸边的集镇码头街。今名码头镇。

溪藤造纸白如霜，　一幅横铺匹练长。
难觅辋川书画手[①]，　强输官帑[②]抵逋粮[③]。

（《瑞昌县志》清同治十年刊本）

德安[④]竹枝词

（清）刘鹏程[⑤]

城中无日不招魂，　才见南门又北门。
信是神灵肥庙祝，　牲牢酒食餍[⑥]晨昏。

曾记南乡谷熟时，　家家负贩聚街逵[⑦]。
日斜偿罢茶烟费，　赢得担头酒一鴟[⑧]。

驿路苍茫水势连，　朝朝送客县门前。
憎他失业滨湖子，　也向侬乡驾渡船。

---

① 辋川书画手：指王维。参见第28页注④。
② 官帑：（帑音 tǎng）指国库。
③ 逋粮：拖欠的粮食。
④ 德安：县名。在江西省九江市西南部，京九铁路纵贯。县人民政府驻蒲亭镇。
⑤ 刘鹏程：德安人。咸丰八年岁贡，毕生教书为业，门下人才辈出。
⑥ 餍：音 yàn，饱，吃饱。
⑦ 逵：四通八达的大路。
⑧ 鴟：音 chī，古时盛酒的用具，大者一石，小者一斗。初用皮革制成，后为瓦器。

近城十里五麻行，　一样庄头两样偿。
价值低昂经纪手，　不由乡户不由商。

（《德安县志》上海古籍出版社1991年版）

秋日行车山道中作田家竹枝词十六首

民国·吴宝炬[①]

轻便笋舆[②]出翠微，　成群小鸟背人飞。
家家谷熟忙不了，　稚子守门半掩扉。

田家之乐乐如何，　打稻声中大有歌。
穗吊黄金遍地是，　秋成争比往年多。

谷豆芝麻贮满篝，　靠天吃饭更何求。
盈仓纵为完粮卖，　尚有一田好芋头。

斗风扬谷满头灰，　好趁晴干草上堆。
堪笑乡村年少妇，　袒胸忙里乳婴孩。

夕阳鸦背晚来秋，　平畈草肥好放牛。

---

① 吴宝炬：湖北来凤县人，字慈荫，号毅谙，又名国寿，土家族，生于清同治十二年（1873年）。湖北将弁学堂毕业，辛亥革命时曾任江阴军政府参谋总长兼北伐副司令，民国三至六年任德安知县。有《红桂坡诗集》。

② 笋舆：用青竹皮编织的小轿，形同竹椅。

野老呼童山雨至，　稻场谷子赶忙收。

稻未全收地又犁，　毛镰才放短锄携。
娃娃也觉无闲空，　手执竹蒿笑赶鸡。

抛却工夫走进城，　单方几味手中擎。
行经药店复屠店，　口称买肉待医生。

天子丰年受赐多，　老人好话记心窝。
要知粒粒皆辛苦，　匾谷别存莫喂鹅。

一家饱暖谢苍天，　谷米今年不值钱。
田角新栽矮子糯，　收来磨粉做汤圆。

近来处处闹钱荒，　剜肉忍痛为补疮。
市票①吃亏新谷押，　屯田缴价②要英洋③。

祖宗遗留几亩田，　证书管业必亲填。
可怜目不识丁字，　愿送册书④二百钱。

---

① 市票：指市面上流通的纸币。

② 缴价：向政府缴纳田租。

③ 英洋：即“鹰洋”，亦称“墨洋”或“墨银”，旧时墨西哥的银元。汉语“鹰”与“英”同音，故亦写成“英洋”。曾流通于南北美洲及日本、东南亚各国，鸦片战争后大量流入中国。1905 年墨西哥停铸鹰洋，在中国市场上渐为自铸银元所代替。

④ 册书：原指诏书或史册，这里借指代笔者。

公债厉行按户抽[①]，　瘦狗也刮三斤油。
整整五元实难凑，　不要实收两脱头[②]。

催征新税十分严，　雷厉风行掣火签[③]。
官出于民民出土，　诛求太过人何堪。

官家诀窍是贪残，　不会做官莫做官。
敲骨吸髓官棍子，　官场几个有心肝。

膏血谁教不吸干，　仅先记过犹从宽。
小民堪剥只管剥，　何必爱民甚爱官。

同是国民当慨然，　急公好义务争先。
身家性命知谁有，　遑论卖儿卖女钱。

（《德安县志》上海古籍出版社1991年版）

① 按户抽：按户摊派。

② 不要实收两脱头：贪官中饱私囊。

③ 掣火签：（掣音chè）明代后期，孙丕扬任吏部尚书，创掣签法以示选拔官员不容情面。其法用竹签若干预写所选的机关地区及姓名等，杂置筒中，当堂随手掣取，如抓阄（音jiū）同。清代沿用此制。从这首词来看，清末在催征新税的过程中亦使用此法。

湖口[1]竹枝词

（清）周仁楝[2]

沙洲圆处水湾湾，　帆落潮生日往还。
一自状元[3]归去后，　不堪重问幞头山[4]。

惜竹轩[5]头正稳眠，　宫亭湖[6]上水如烟。
风流不见秦淮海，　神女于今梦亦捐。

---

① 湖口：县名。在江西省九江市西北部，长江南岸，西滨鄱阳湖，邻接安徽省。县人民政府驻双钟镇。因其地在鄱阳湖口，故名。

② 周仁楝：湖口人，字焕廷，别字东谷。乾隆二十二年（1757 年）进士，官至刑部河南司员外郎。

③ 状元：宋状元马適，字志达，湖口人，以母故守制，终于家。传说当时有谶曰："沙洲圆，出状元。"建隆三年（962 年）沙洲始圆，马適果状元及第。沙洲，在幞头山右钟子矶湾鄱阳湖中。

④ 幞头山：在县城南二里，与上石钟山相连，峰峦秀拔，状若幞头，故名。马適祖父良俊死后葬于幞头山。

⑤ 惜竹轩：在杭州西湖。典出秦少游夜宿鄱阳湖梦见仙女的故事：秦少游（即秦观，北宋人，工诗词，是"苏门四学士"之一）南迁时，舟宿宫亭庙下，见湖月光彩特异，忆起昔时在西湖惜竹轩所见景色与此相像。其夜梦美人自称"维摩散花天女"，以维摩像求赞。少游爱其画，谓非吴道子不能作。天女戏赠诗曰："不知水宿分风浦，何异秋眠惜竹轩。闻道诗词妙天下，庐山对景可无言？"少游于是为维摩像题了赞。醒来后，他将梦中景象默记出来。

⑥ 宫亭湖：古湖名。原专指今江西星子东南鄱阳湖的一部分。因傍庐山下宫亭庙得名。其后亦泛指鄱阳湖全部。

家住江南黄叶矶[①]，弄潮西去爱鱼肥。
琴洲[②]尾上摇轻橹，犹唱山前白鹭飞。

重碇[③]危墙[④]住碧湾，江航叶叶出江关。
雨风祝得鱼儿涌，纵金伐鼓赛神还。

（《湖口县志》清同治十三年刊本）

湖口竹枝词

（清）潘锦江[⑤]

黄牛洑[⑥]畔春水生，白虎塘[⑦]坳春草平。
停船多傍女儿港，掉[⑧]过鞋山烟月明。

龙华寺[⑨]畔夜维舟，江水青青汉水流[⑩]。

---

① 黄叶矶：查湖口志书未见“黄叶矶”的记载，从下文“弄潮西去”来看，似在县东柘矶一带。

② 琴洲：在湖口县西北大江中。

③ 碇：船停泊时沉入水中用以稳定船身的石块，用处如后来的锚。

④ 危墙：高耸的船帆。

⑤ 潘锦江：湖口人，字凤台，别字蕢浦，乾隆四十八年（1783年）举人，拣选知县。

⑥ 黄牛洑：即文昌洑，在湖口双钟镇西南部鄱阳湖滨。初名射蛟浦。相传为许逊斩蛟处。又相传汉武帝南巡时亦在此射过蛟。

⑦ 白虎塘：在文昌洑上。

⑧ 掉：摇也。

⑨ 龙华寺：在湖口县城大岭下，后改名起云古刹，咸丰三年毁。

⑩ 江水青青汉水流：指鄱阳湖与长江交汇处水分清浊的奇观。鄱阳湖水清，由赣江、修水、鄱江、信江等江河汇总而来，因称“江水青青”；长江西来，经过武汉，合汉水东流，浊浪滚滚因称“汉水”。

月下东风齐笑语，　伊鸦柔撸上江州。

五月黄梅雨浃旬，　龙舟挝鼓竞前津。
花棚近说红船好，　狼籍钗钿趁会人。

怀苏亭①上瞰江烟，　壁立危岩千仞悬。
可惜钟声鞺鞳②后，　更无人上水师船。

皂湖分榷九江关③，　贾舶凉秋几往还。
一霎鲤鱼风信起④，　落帆仍在状元湾⑤。

（《湖口县志》清同治十三年刊本）

---

① 怀苏亭：在湖口石钟山上，为怀念苏轼而建。苏轼于元丰七年（1084年）乘小舟察看石钟山后写有著名的《石钟山记》。

② 鞺鞳：音 tāng tà，像钟鼓的声音。《石钟山记》中有此形容词。

③ 皂湖分榷九江关：皂湖，在湖口县城西南部鄱阳湖边，水与大湖相通，今名造湖。明清时期九江榷关移驻湖口，设在县城内或附近，史料中未见“皂湖分榷九江关”的记载，此说何来，待考。

④ 鲤鱼风信：夏季的风，民间有春鲶夏鲤之说。

⑤ 状元湾：即马家湾，在石钟山南鄱阳湖滨，因状元马適而得名。参见第129页注③。

庐山竹枝词

民国·罗惺予[①]

庐山无主自成峰[②]，远近高低各不同[③]。
从古名人仙佛地，而今多属富家翁。

迩来[④]避暑喜高山，银盏金杯一担挑。
纵费银元千百颗，富家原不惜毫毛。

士女如云满路旁，儿童跳舞着西装。
名区古刹都寻遍，惹得山僧日日忙。

乡间五月正农忙，才了栽秧趁热场[⑤]。

---

① 罗惺予：即罗大全，字惺予，号钝庵（1857－1932），江西九江县人。清光绪戊子年（1888年）举人，青年时期即加入同盟会。辛亥革命时积极参与领导了光复九江的革命活动。孙中山就任中华民国临时大总统时，被聘为临时参议院咨议，参与制定临时约法。晚年致力于地方公益事业，曾参与筹办南浔铁路等重大经济建设事务。著有《钝庵诗钞》，林森为之作序。该集当年因故未能印行，1983年始由其孙辈印行于世。印行时未将“庐山竹枝词”录入。这八首庐山竹枝词是从罗惺予曾孙罗南强保存的《钝庵诗钞》原稿复印件中录得。

② 庐山无主自成峰：庐山汉阳、五老等几大高峰，高度相差仅一百多米，又各具特色，难分仲伯，因有“庐山无主峰”之说。

③ 远近高低各不同：宋苏轼《题西林壁》诗有“横看成岭侧成峰，远近高低各不同”句。

④ 迩来：（迩音 ěr）近来。

⑤ 热场：指庐山避暑旺季。

共说庐山钱好赚，　裹衣包米上高岗。

坐轿人安抬轿劳，　轿工意气两轩[①]豪。
一朝赚得铜几百，　夜半呼人买酒肴。

牯岭街头百货充，　商家招待日匆匆。
惟有纸烟销得快，　人人横嚼[②]口吹风。

上山阴雨下山晴，　车水农人恼恨生。
独羡瑶台琼室客[③]，　朝朝麻将不停声。

我来古刹借僧房，　一榻枯吟百虑忘。
早起登高东首望，　红霞飞照满山光。

（《钝庵诗钞》民国原稿复印件）

① 两轩：即“轩轩”，扬扬自得貌。
② 嚼：这里作“玩味”解，指抽烟。
③ 瑶台琼室客：指在庐山避暑的富人。

龙城[1]竹枝词

（清）李天英[2]

清声远上海门关[3]，九派江流去不还。
两岸人家春树外，县城斜对小孤山。

谏草烺烺[4]达帝居，班班玉笋[5]百年余。
而今犹见流风在，十户人家九读书。

铜鼓喧阗鹤焰腾，凤凰山[6]上月初升。
采茶歌罢东风起，吹出鳌山太子灯。

社坛[7]分肉醉颜酡[8]，社酒沉沉社话多。
尽说去年好菜麦，不知今岁又如何。

---

① 龙城：彭泽县在隋代有一段时间曾改名为龙城县。彭泽：县名，在九江市东北部长江南岸，邻接安徽省。县人民政府驻龙城镇。

② 李天英：四川人，字纫兰，别号约庵。少年时即客居彭泽。清乾隆时孝廉，能文章，工书法，所作《龙城竹枝词》流传全县。

③ 海门关：彭泽县北耸立江滨的彭浪矶与对岸小孤山绝壁相对，有“海门第一关”之称。

④ 谏草烺烺：“谏草”，原指谏书的草稿，这里借指谏书或奏章。“烺烺”，华彩貌。明张居正《熊襄愍公传跋》有“烺烺近百言，多非疏中所有也”句。

⑤ 班班玉笋：比喻才士众多。

⑥ 凤凰山：在彭泽县城西部，又名西山。

⑦ 社坛：祭祀土地神的场所。

⑧ 颜酡：（酡音 tuó）饮酒脸红。

东邻西舍任招呼，　各插腰镰过小孤。
相约明朝打草去，　趁他春水未平湖。

家家新饲马头娘[①]，　十五女儿学采桑。
浴得土蚕抽茧重，　他年添作嫁衣裳。

垂柳垂杨绕屋斜，　客来蒸菜味偏嘉。
残春若肯过寒舍，　更吃河豚煮荻芽。

火前忙杀野人家[②]，　姑摘粗枝妇摘芽。
吩咐奶侬囊载去，　一升稻子一升茶。

一路烟村布谷鸣，　家家打麦趁新晴。
山南山北黄云乱，　满耳彭彭白白声。

官粮不欠是神仙，　大麦才收又种棉。
好在邻家新酒熟，　三三五五迭猜拳。

五月鲥鱼不上竿，　网船鳞次白杨滩[③]。
北风一夜吹潮过，　先到琴堂[④]献宰官。

---

① 马头娘：中国古代神话中的蚕神，为马首人身的少女。这里借指蚕。

② 火前忙杀野人家：描写山里人家焙茶的繁忙景象。

③ 白杨滩：地名。据彭泽县水产局有关人员分析，可能在今马当镇长江边。那里因马当矶突入江中，江水回流，是鱼类集中觅食之处，历来是彭泽重要的鱼产地。附近又有杨柳村，似乎可作佐证。

④ 琴堂：州、县官的衙门。

台阁[①]儿童别样新，　先期洒道更清尘。
一声萧鼓人如市，　知是城隍[②]又出巡。

木棉[③]如雪满江乡，　一岁能储两岁粮。
共道近来花价好，　明朝苏客[④]又开装。

荞麦花开蟹正肥，　黄芦江上渐飞飞。
我侬好向方湖[⑤]去，　捕得尖团[⑥]籴米归。

大家腊八煮新粥[⑦]，　黑豆盐浆盛一盂。
绕膝小儿啼索母，　先翁供过又先姑。

狄公祠[⑧]外白云横，　一树茶花凋复生；
上巳重阳[⑨]两时节，　如何人不祭渊明。

官桥数里柳花香，　烟雨蒙蒙绿万行。

---

① 台阁：见第108页注②。
② 城隍：古代神话所传守护城池的神。
③ 木棉：即棉花。
④ 苏客：江苏的客商。
⑤ 方湖：位于彭泽县境西部，为全县第二大湖泊，盛产鱼虾。
⑥ 尖团：尖脐和团脐，蟹的代称。脐指蟹的腹部，雄尖雌圆，故有尖脐、团脐之称。
⑦ 大家腊八煮新粥：大户人家在腊月初八煮熬掺有花生、红枣、芝麻等八样东西的粥吃，名为“吃腊八粥”，是源于佛教节日（释迦牟尼成道日）的一种民俗。
⑧ 狄公祠：狄公，指狄仁杰，唐武则天时曾任彭泽县令，有德政，民间建祠祀之。祠在黄岭旧县街附近，今已不存。
⑨ 上巳重阳：上巳（巳音sì），农历三月三日；重阳，农历九月九日。

陶令归来谁种得，　至今犹念李公[①]棠。

（《彭泽县志》清同治二十年刊本）

马当[②]竹枝词

（清）高炳驯[③]

参差山市聚桥头，　中隔横桥水一流。
南北两街春报赛[④]，　管弦都上绿扬洲。

晓梳云髻自家家，　黄插春田两鬓花。
手挽筠篮过桥去，　莲花洲上采芹芽。

石头矶上水容与[⑤]，　丝网斜牵夕照初。
昨日河豚才下市，　楝花[⑥]风里出鲥鱼。

---

① 李公：乾隆时彭泽县令李公泰。他再三请求上级批准由官府负责在县城西北的柳州植柳，后人念其功绩，将此柳比作召公之甘棠，故曰“李公棠”。

② 马当：镇名，在彭泽县北部长江之滨，因马当山而得名。

③ 高炳顺：彭泽县马当人，清嘉庆二十一年（1816年）举人。曾任浙江龙游、汤溪等县知县，道光辛卯科同考官（副主考）。

④ 报赛：为报恩德而举行的祭祀酬神活动。

⑤ 容与：闲暇自得貌。

⑥ 楝花：苦楝树的花，每年春夏之交开放。

昭明宫殿如来室①，暮鼓晨钟响六时②。
一角青山江上冷，潇潇风雨子安祠③。

（《彭泽县志》清同治二十年刊本）

彭泽④竹枝词

（清）欧阳云⑤

三面清山环县城，千秋地主有渊明⑥。
桃花流水杳然去李白句，绕郭秋香丛菊清。

一角西山石镜函⑦，人家倒影碧巉巉。
明湖⑧千里风帆绕，杨柳洲围雪佛岩⑨。

---

① 昭明宫殿如来室：指马当英烈庙。相传庙址原为梁昭明太子萧统栖隐之地，唐贞观间因立庙祀之。宋时大旱，乡人遍祷不应，一夜梦萧统告曰："今得请于帝，雨将至矣。"醒来果雷雨大作。朝廷因赐庙号为"英烈"。

② 六时：古时分一昼夜为十二时，昼夜分言，则谓六时。常以指白日。

③ 子安祠：唐代王勃祠。王勃，参见第76页注⑥。

④ 彭泽：参见第134页注①。

⑤ 欧阳云：字石甫，彭泽人。清同治时官户部员外郎。著有《亦吾庐诗草》四卷。

⑥ 千秋地主有渊明：指陶渊明曾为彭泽县令。

⑦ 一角西山石镜函：彭泽县城西有西山（又名凤凰山）和镜子山。参见134页注⑥。

⑧ 明湖：指彭泽县城附近的马湖。

⑨ 杨柳洲围雪佛岩：杨柳洲指彭泽八景之一的"柳洲凝雾"——洲在县城西北，杨柳蓊郁，青连十里。参见137页注①。雪佛岩：相传元至正年间四月八日大雪，在县城至马湖间的一座石山上，雪花贴石壁现出白衣观音像，蔚为奇观，于是在山上建观音阁祀之。山因此名为观音山，又称雪佛岩。

大姑[1]醉倒湖中央，　小姑[2]却立对镜光。
一自小姑来嫁后，　满城高髻学新妆。

彭郎矶[3]侧郎车来，　彭郎矶下郎船开。
郎心可似矶头水，　流出矶头还复回。
倾城赛会鼓冬冬，　赤日当天故鬼雄。
见说神灵曾显佑，　烧香忙杀叩头虫。

明封城隍神为显佑伯。

盼到秋收八月场，　木棉花落客开装。
输他贱买苏松[4]去，　贩布苏松价倍偿。

高山向往我思存，　数仞宫墙气象尊。
怪底读书岩[5]下路，　广文夫子[6]闭闲门。

三贤祠[7]畔柳青青，　官去官来知几经。

---

① 大姑：指大孤山。

② 小姑：指小孤山。

③ 彭郎矶：在彭泽县城附近长江南岸，与小孤山相对，即苏轼诗“小姑前年嫁彭郎”者。

④ 苏松：指现在江苏、上海一带地方。

⑤ 读书岩：彭泽县城凤凰山下有幽深岩洞，宋代彭泽县尉石振建六角亭于岩下，携其子就读于亭，如是人称此处为读书岩。岩上曾镌有黄庭坚所书“读书岩”三字。

⑥ 广文夫子：指生活清贫的儒学教官。

⑦ 三贤祠：在彭泽县丫髻山下，祀晋陶渊明、唐狄仁杰、宋赵昂发三位县令，清咸丰三年毁于太平天国战火。赵昂发，字汉卿，宋末昌州（今北京昌平、密云一带）人，中进士后被派为彭泽令，为政宽严有度，深得民心。后升任池州通判，正值元兵攻城，率民众奋勇守城，竟至城陷，慷慨赴义。后谥忠毅侯。

公道一条来去路，　当街同出惠民亭[①]。

马当矶下白鸥闲，　小艇乘风日往还。
谁信此间天下险，　吕梁洪水太行山。

王郎[②]年少特文雄，　时至江神偶助风。
毕竟文章关命达，　后来愁杀陆龟蒙[③]。

江汉朝宗此合流[④]，　个中清浊不相投。
天教领取西江水，　分半回流聚渡头。

（《亦吾庐诗草》清光绪二年刊本）

---

① 惠民亭：在彭泽县城西门外大江边，邻镜子山，近考棚，早废。

② 王郎：指王勃。参见第 76 页注⑥。

③ 陆龟蒙：唐文学家，字鲁望，江苏人。隐居松江甫里，多所论著。举进士不第。好放游江湖之间，自号江湖散人、甫里先生，又号天随子。后朝廷以高士召，不至。有《笠泽丛书》、《甫里集》等。他曾在彭泽马当山建“鲁望亭”为讲学之所，并写有《马当山铭》，是描绘马当山水险恶的代表作之一。

④ 江汉朝宗此合流：长江合汉水奔腾入海，在江西湖口与鄱阳湖合流。湖口古属彭泽，因有此说。

[赣东北地区]

鄱阳[①]竹枝十一首

（清）蒋士铨[②]

小巷乌衣旧姓王[③]，　翰林门第比金张[④]。
今人苦说前朝盛，　十八坊前剩几坊。

灵芝门[⑤]是旧宫门，　秋草寒烟泣艳魂。
王府[⑥]山头菜花满，　人家寥落似孤村。

---

① 鄱阳：县名，即今波阳县。在江西省东北部鄱江流域，西临鄱阳湖，北邻安徽省，县人民政府驻鄱阳镇。建县历史悠久，明清为饶州府治。1957年改名波阳县，2006年复称鄱阳县。

② 蒋士铨：江西铅山人。乾隆二十二年进士，曾任翰林院编修。清戏曲作家、文学家。

③ 小巷乌衣旧姓王：“旧姓王”以及下句的“翰林门第”均指清雍正间波阳人王传家族，王传官至日讲起居注官、翰林院侍读学士、国子监祭酒，大受雍正恩宠，受赐御书匾额和诗扇及大“福”字，死后特旨颁奠。

④ “金张”：指汉代金日磾和张汤家族。自武帝至平帝，金家七世为内侍；自宣帝、元帝以降，张家为侍中、中常侍者十余人，后因以金张为功臣世族的代称。

⑤ 灵芝门：古代鄱阳县城有六门，西北一门名“灵芝”，门外有芝山。

⑥ 王府：鄱阳藩封自晋始，然虽有鄱阳之号，明以前，惟萧梁鄱阳王恢实封至鄱。至明代，仁宗第七子朱瞻墺于正统元年徙封鄱阳。他的二儿子祁镔于正统九年被封为鄱阳王。瞻墺的其他子孙受封的名号虽不系于鄱阳，但他们生居死葬悉在鄱阳，故鄱阳的王府很多，这里指何处，抑或全指，待考。

山头芝草不重生，　止水亭[①]荒面面春。
寒食纷纷踏青去，　了无麦饭祭孤臣。

大龙桥下水迢迢，　小龙桥畔柳萧萧。
不及门前月波好，　儿家移住会龙桥[②]。

接官亭下系浮梢，　方物传来一水遥[③]。
满载冰瓷夸大贾，　青花样子是官窑。

板桥风雨画桥烟[④]，　系虎桥头墓碣悬[⑤]。
不解陶公一抔土，　残碑三郡草芊芊[⑥]。

湖堤明月罢弹筝，　春水桃花不进城。

---

① 止水亭：在鄱阳县芝山下“止水”池畔。宋江万里罢相后凿池芝山后圃，名曰止水，人莫解其意。及元兵陷城，他赴池而死。江万里，字子远，号古心，都昌人。官至左丞相。死谥文忠。

② 大龙桥、小龙桥、会龙桥：大、小龙桥均在鄱阳县城内澹津湖（亦名市心湖）上。会龙桥无考。

③ 方物传来一水遥：“方物”，指景德镇瓷器，“水”，指昌江经景德镇到鄱阳，与乐安江汇合为鄱江，入鄱阳湖。这条水路是当时景德镇瓷器运销的重要通道。

④ 板桥、画桥：板桥在城外，旧五十四都；画桥在城外东湖上。东湖今在城中，有东湖十景之说。

⑤ 系虎桥头墓碣悬：系虎桥即东湖桥，通城东荐福寺。唐僧慈济常带着老虎往来东湖，有时将虎系于此桥，故名。桥头有陶侃墓。

⑥ 不解陶公一抔土，残碑三郡草芊芊：“陶公”，指陶侃。陶侃字士行，鄱阳人，东晋著名政治家、军事家。官至太尉，封长沙郡公，拜大将军。今鄱阳县第一中学校园内，有陶侃衣冠冢。“残碑三郡”，指陶侃墓有三处。清同治十年《鄱阳县志》对此的解释是：“则侃墓他郡亦有之，姑存以俟考。”

岁岁祓除[①]思太守，　年王庙[②]里纸钱轻。

水阁窗明背讲堂，　里湖花暖睡鸳鸯[③]。
范公堤[④]剩黄茅屋，　更有谁家游冶郎。

浮洲寺[⑤]下丽人行，　荐福寺[⑥]前春水生。
几队红妆一声桨，　小舟摇到伴鸥亭[⑦]。

帆樯一字估舟排，　正午开头尚未开。
日暮新桥[⑧]箫鼓沸，　张王庙[⑨]里赛神来。

依影孤如双港塔[⑩]，　郎身远似喻坊船。
三十六湾团转路，　湾湾相望不团圆。

（《忠雅堂文集》清嘉庆间刻本）

---

① 祓除：（祓音 fú）古代习俗，为除灾祛邪而举行的一种仪式。通常于岁首在宗庙、社坛中举行，而尤以农历三月上巳日即三月初三在水边祓除最为流行。

② 年王庙：在鄱阳县城南云津巷，祀太岁神，始建于宋代。

③ 里湖：指澹津湖。

④ 范公堤：即东湖堤。在鄱阳县城附近东湖上，唐刺史李公复筑堤以捍江，明嘉靖年间巡道范轸重筑石堤。

⑤ 浮洲寺：在鄱阳县东湖上，宋治平二年建。

⑥ 荐福寺：在鄱阳城外荐福山上，建于唐开元年间。内有唐颜真卿、宋黄庭坚手书石刻嵌于壁间。著名的“荐福寺碑”（唐李北海撰文、欧阳询手书）原来就立在寺前，后被雷电击毁。

⑦ 伴鸥亭：在鄱阳县东湖上，康熙二十三年建。

⑧ 新桥：在鄱阳县东湖堤上。

⑨ 张王庙：即忠靖王庙，祀唐忠臣张巡，在鄱阳县永平关外。张巡，参见第 93 页注⑤。

⑩ 双港塔：“双港”，镇名，在鄱阳县城西北 30 公里处，塔在昌江北岸龙王山上，1998 年毁于特大洪水。

题夏营独角坊[①]竹枝词

（清）张 直[②]

独脚门坊一字宽，　遗踪留得到今看。
居人指与行人说，　三百年前父子官[③]。

（《万年县志》清同治十年刊本）

瑞洪[④]竹枝词

（清）宋鸣琦[⑤]

瑞洪湖水长如沟，　舟人知喜不知愁。
来舟挂帆向东去，　侬船偏逐水西流。

---

① 夏营独角坊：夏营，地名，在江西省万年县。万年县，在江西东部，乐安江下游，明置县，以万年山得名。独角坊，即夏瑜夏伋父子“世美坊”。

② 张直：江西万年县人，嘉庆六年举人，年七十授宁都学正。

③ 三百年前父子官：指夏瑜、夏伋父子。明代万年县夏营人。夏瑜字廷献，领乡荐，授教授之职，凡历五任，所至有声。深器儒家子任汉，抚教如己出。后任汉登第，为江西左布政，亲至夏宅，序家人礼，为文以祭瑜墓。夏伋，字时敏，号勉庵。宏治间授广西平乐府推官，后改广东南雄。操履坚定，所至有声。

④ 瑞洪：镇名。在余干县西部，邻进贤县。地处信江下游鄱阳湖畔。

⑤ 宋鸣琦：字步韩，号梅生，又号云墅，江西奉新县人，乾隆五十二年（1787年）进士，历任礼部仪制司主事，校勘四库书书籍官，祠祭司员外郎、四川知府、广西盐法道，并教任试院文、武考试提调官、监试官等职。有《心铁石斋存稿》遗世。

湖边青草带春泥，　泥外潮痕与草齐。
不求湖水有长落，　只愿湖水平长堤。

近市人家屋数重，　门前杨柳弄回风。
钓船空向树边系，　却笑无鱼供醉翁。

昔来湖光面面圆，　今来牵缆过汀前。
世途险易本如此，　把酒狂歌休问天。

（《心铁石斋存稿》卷十三清道光刻本）

陶阳竹枝词

（清）郑廷桂①

竹枝词咏土风也，吾昌南镇②，自唐宋来，以其为陶家而有事也，故称陶阳，近时风土古迹多改替湮失，因就所知者作陶阳竹枝词三十首存之，以俟采择。

观音阁又焕衰题，　新起文昌更整齐。
不作江南雄镇辨，　侬家世籍隶江西。

石埭山③观音、文昌二阁近时新修，其下通衢，旧有“江南雄镇”坊，人多疑镇向隶江南，有欲作文辨之者，吾族自宋初即世居镇南门。

---

① 郑廷桂：清乾隆间浮梁县文人，曾补辑《景德镇陶录》。余不详。

② 昌南镇：景德镇的前身。东晋时称新平镇，因在昌江之南，故又称为昌南镇，从唐代至清代为浮梁县下辖的一个市镇。因瓷业兴盛，在南朝、隋、唐时已很负盛名。到宋真宗景德年间更名景德镇，天下咸称“景德镇瓷器”，而昌南之名遂微，从此景德镇的名字便一直延续下来。

③ 石埭山：（埭音 dài）又名石咀头，景德镇旧至浮梁县必经之地。

御窑榷理[①]属江关，　派役常川一例删。
呈样运瓷仍照旧，　半年厂课两回颁。

国朝崇尚节俭，乾隆初年间裁去驻厂官员，以九江关使榷陶务，并革向派差役，悉照市价采买，分两季给发工食银两。

衙门观察改同知，　三炮还同开府仪。
更有巡厅管窑务，　移来桃墅驻防司。

巡道行署改饶州府同知衙门，景德分司本桃墅市司改移，驻镇兼管窑务。

蚁垤蜂窠[②]巷曲斜，　坯工日夜画青花。
而今尽是都鄱籍[③]，　本地窑帮有几家。

镇坯房皆矮屋，工作多都鄱并客籍人，本地还少业窑者。

坯房挑得白釉去，　匣[④]厂装将黄土来。
上下纷争中渡口，　柴船才拢槎[⑤]船开。

中渡过河西，多有坯房匣厂，又为柴槎码头，争渡者日夜不息。

---

① 榷理：收税。

② 蚁垤蜂窠：蚁垤：蚂蚁做窝时堆在穴口的小土堆；蜂窠（音 kē），蜂的巢穴。借指街巷的狭小和不平。

③ 都鄱籍：都昌县和鄱阳县人。

④ 匣：装瓷坯入窑烧制的容器。

⑤ 柴船才拢槎船开：“柴”，指松柴，用松木锯成段、片，自昌江、南河曳水至镇，又称水柴。“槎”（音 chá），即槎柴，多是树枝、树杈等。从各乡镇装船抵镇，因而又称船柴。清代松、槎分烧。水柴拥燎，火势持久，多烧细瓷。船柴不如水柴，多烧粗器，因分柴、槎二帮，有柴窑、槎窑之称。

天宝桥边水碓舂， 麻村老土胜提红[①]。
安仁[②]船载余干不[③]，同府同帮货不同。

提红，不名。麻村，在邑东，产老土，向胜提红，今多用余干提红，每以安仁小船载来货卖。

修模手法最明公， 旋转车檠较紧松。
大小一般千万个， 家家样子不相同。

凡做坯必先修定模子，另有修模工，模子定，则无大小参差之异，做坯、修模皆用檠旋转挖捏。

码头柴槎各分堆， 伙计收筹记数来。
窑位客行催要紧， 后先三日一回开。

烧窑多以三日为度，柴槎两帮各有挑柴码头，客行把庄催讨瓷器谓之催窑位。

巧样瓷名尚脱胎， 金边细彩暗炉开。
寿溪[④]不是侬家卖， 昨日新窑试照来。

近年瓷器尚脱胎细彩[⑤]。寿溪不，细瓷所用。陶家买不砷[⑥]，必以少许先烧，谓之试照。

---

① 麻村老土胜提红："麻村"，景德镇地名。"老土"、"提红"，不同质量的瓷土，制瓷的主要原料。

② 安仁：古县名，始建于宋，即今余江县，与余干县相邻。

③ 不：（音 dǔn）俗称瓷石原矿经粉碎淘洗后制成的土块为"不子"。

④ 寿溪：在镇东六十里有寿溪坞，产瓷土。

⑤ 脱胎细彩：脱胎，指薄胎瓷细薄如纸，几乎用釉制成，故称为脱胎瓷。细彩，指精心制作的粉彩瓷，雍正时开始盛行。

⑥ 砷：同"釉"。

青窑烧出好龙缸，　夸示同行新老帮。
陶庆陶成齐上会，　酬神包日唱单腔。

大龙缸最难烧，满窑人亦都鄱两帮，每岁陶成，窑户多演包日戏酬神。

鸡缸花草九秋描，　仿古时将圆琢[1]烧。
一自包青充贡御，　无人知有燋煌窑。

圆琢，总名。厂制旧六窑，一曰燋煌，坯上釉漏再上釉入窑，今搭烧民间包青窑[2]。

九域瓷商上镇来，　牙行[3]花色照单开。
要知至宝通洋外，　国使安南[4]答贡回。

御厂所制瓷器，大半备以回贡，故大内颁样烧造，然镇瓷通商天下，迄今来镇贩者络绎不绝。

轻灵手段补油灰，　估得明堆又暗堆。
好约提篮小伙伴，　黄家洲[5]上走洲来。

镇小本生理有油灰行[6]、估堆[7]行，并提篮卖零瓷者，谓之走洲人。

---

① 圆琢：圆器、琢器，这里借用为瓶、琢、罍器的总称。

② 搭烧民间包青窑：御窑厂的贡品常常搭烧于实行“包青”制的民窑，所谓包青制指入窑之瓷坯包烧熟，未烧熟之瓷不收柴钱，并入窑重烧。

③ 牙行：旧时为买卖双方说合交易并收取佣金的居间商行。

④ 安南：今为越南。

⑤ 黄家洲：为一市场，方圆约一公里，是昌江码头通向市区的必经之路。小贩们在这里摆瓷器摊。

⑥ “油灰行”：专为外地客商选货、包装、搬运的行帮。

⑦ 估推：是以零散、破损的瓷器成堆出售，价格一般较便宜。因成堆出售，不易准确定价，因此称“估堆”。

鹅颈滩[①]头水一湾，驳船禾秆积如山。
瓷器茭成船载去，愿郎迟去莫迟还。

客商贩瓷，细者装桶，粗者茭草，故船载车运，籍以免破损。

土物音操土俗余，官窑原起大观初[②]。
漫言须辨瓷磁字，砶何从考字书。

镇俗操土音，登写器物多俗字，如不，砶字，皆不见于字书，又不独瓷、磁，官、观之当考辨。

秋寻野寺闲题石，春看桃花晓进城。
羡煞风流唐榷使，一篇心语署陶名。

乾隆间，唐隽公[③]观察为榷陶使，巡视之暇，游览山水，多留题咏，所书碑额名重一时，著有《陶人心语》。

环翠亭碑碧藓荒，隽公去后少商量。
难得鲸波老词客，重兴香火祀文昌。

厂内珠山[④]环翠亭，唐公重修书碑，后渐次荒颓，嘉庆间，道幕吴鲸波新葺门槛，移唐公所制文昌像祀之。

---

① 鹅颈滩：在昌江与南河交汇的上端，形如鹅颈，是从鄱阳湖沿昌江而上入镇的门户。

② 大观初：指北宋大观年间。当时宫廷在汴京设窑烧造青瓷，称为官窑。

③ 唐隽公：即唐英，字隽公，号叔子，清代督陶官。雍正六年（1728年）十月，唐以内务府员外郎奉命驻御窑厂协理筑务，其时年希尧仍为总理（景德镇御窑厂督理官）。乾隆元年（1736年），唐英继年任总理瓷务。

④ 珠山：在镇中心，是方圆数十里的小盆地中一座不太高的山峰。明朝初年，在这里设置御窑厂。

五月节迎师主①会，　六月还拜风火仙②。
龙缸曾读唐公记，　成器成人总靠天。

师主庙为晋赵万硕；风火仙，姓童名宾，本地人，皆陶神也。龙缸在佑陶祠中，唐公有记。

箭楼风景近何如，　牛背驮鸦下夕墟。
云影天光遗迹在，　此间犹有晦翁书。

里仁四图③箭楼口有“天光云影”四大字石刻，相传为朱子书，今虽寥落，字犹存。

灵隐庵④前洗心水，　借读人常傍佛龛。
种菜种瓜园一片，　午钟何处问和南⑤。

灵隐庵向常借读，今废为菜园，廿年之间圮废若此者甚多。

机关不露云垂地，　心境无暇月在天。
间诵岳王楹帖句，　阳山寺废几何年。

---

① 师主：晋人赵慨，字叔朋，曾在朝做官，相传是陶瓷工人的祖师，犹鲁班之于木工，制作和烧陶，要仗他庇佑。明洪熙元年（1425年），少监张善在御窑厂内建庙，称赵为佑陶之神。

② 风火仙：童宾，字定新，明代浮梁里村人。万历二十七年（1599年），太监潘相任江西矿使兼理景德镇窑务，监督制造大器青花龙缸，久未烧成，潘遂对窑工进行鞭笞以至杀害。窑工童宾非常愤慨，毅然纵身跳入火内，以示抗议。同窑的瓷工悲愤万分，决心烧好窑内瓷器，以示哀悼，第二天，果成。缸直径1米，高60多厘米，当时烧出这样大的器皿，是瓷器烧成上的重大成就。童投窑焚身后，瓷业工匠群起焚烧了税署和官窑厂房，潘逃走。后官府为缓和人心，在御器厂东侧为童宾建“佑陶灵祠”，并号之为“风火仙”。唐英曾写有《火神传》、《龙缸记》记载童宾事迹。

③ 里仁四图：“里仁”，乡名，在古浮梁县城西南。“图”，乡以下行政区划单位的名称。“里仁四图”是景德镇古朴而又典雅的风景地。

④ 灵隐庵：在里仁乡，距县城约三十里，创于明万历二十年（1592年）。

⑤ 和南：译自梵语，为相见时的礼貌语。意译为“稽首”和“敬礼”。

阳阜山①旧有寺，岳武穆公过此，留题楹柱，今寺废，山下虽有僧人募建小庵，已非故址矣。

沈玉塘②无水半弓， 菱花菱角缅清风。
伤心旧日尚书第， 鬼哭秋坟落叶红。

沈玉塘在薛家坞③，为薛尚书女尽节处，今惟野坟荆棘而已。

静夜王修咏素瓷， 鲁公唱和至今疑。
残阳古木荒凉甚， 待向云门访断碑。

马鞍山④，唐有云门教院，颜鲁公作郡，尝来游览，与陆士修唱和，陆有“素瓷传静夜”句，事载《云门碑记》，今考之《全唐集》，实王修诗，未知孰是。

横田古庙祀华光， 改替官衔事不常。
到底五王灵应显， 龙灯日夜闹朝阳。

---

① 阳阜山：即阳府山，在今景德镇市北郊，孤峰峭立，河侧泉石幽胜，地暖无积雪，物皆早秀，因名。

② 沈玉塘：唐代元和年间兵部员外郎薛仲佐有个侄子叫薛扆（音 yǐ），扆女名玉枝，年方十八，长得花容月貌。因“甘露之变”，在京为官的薛扆被害，并殃及家人，玉枝不甘抄家差役的凌辱，沉塘自尽，后此塘被人称作“沈玉塘”。

③ 薛家坞：在今景德镇市内，古代是一个山沟，今为居民区。薛仲佐府邸即在坞内，玉枝亦随奶妈住在薛家坞。

④ 马鞍山：其址在今景德镇市内人民公园至火车站一带，山已不存，只留有一个马鞍山路名。山旧有云门教院，中唐时大书法家颜真卿任饶州郡守时曾与当时名流陆士修、张荐、李崿、崔万、谢清等人一道到此院居留数日，留下了“五言月夜啜茶联句”的文坛佳话。

横田社朝阳门有华光祀①，即今五王庙，明夺为官署，后以神异还民祠，今龙灯极盛，能祈雨救旱，每岁元夕出灯，街市施放火爆，彻数日夜。

杨梅墩上古樟春，　白马茶庵旧迹新。
妙有刘侯起高阁，　水星未拜拜财神。

杨梅墩、白马茶庵久废，嘉庆辛未邑侯刘克斋先生倡建水星阁，外建财神殿，构茶亭，以存茶庵旧迹。

寺名景德几朝经，　长对南山不改青。
试问陶阳十三里，　谁寻两个兀然亭。

镇兀然亭，一在马鞍山，一在肇家建，为今东岳庙朝山，即缪宗周题诗处，然亭久废。景德寺在落马桥②下。

病起宫嫔瘦影婷，　泥金亲手写磁青③。
祇陀林④古僧人死，　谁晒淮王赛愿经⑤。

祇陀林有金书磁青纸经册一匣，为明王妃酬愿者，寺僧芳如，年八十余，常珍藏之，今已物故。

---

① 华光祀：又称“五王庙”，祀“五显灵官大帝华光大王”，建在珠山北侧横田社朝阳门。嘉靖二十年（1541年），曾一度将庙宇改为公署，但不久还是改为民祠。乡民祈雨、镇人祝陶成，都要到华光神像前祷告。元宵节要到此耍龙灯。

② 落马桥：其址在今景德镇市内中华南路的车鸡弄到爆竹弄之间这段路上，即红光瓷厂与红星瓷厂之间。相传元朝时，有位状元回乡，路过此桥，因马失蹄被摔了下来。从那时起这座桥便被称为落马桥。但据当地《刘氏宗谱》记载，早在唐代时，浮梁县令刘仲昭就在落马桥住。这说明落马桥之名起于何时还有待考证。

③ 磁青：指磁青纸。明代特制色笺，系用靛蓝染成，其色与当时流行的青花瓷相似，因而得名。纸色蓝黑，美如缎素，金银其上，经久不褪，古朴典雅。

④ 祇陀林：（祇音 qí）佛教语，指佛寺。

⑤ 淮王赛愿经：“淮王”指明淮王朱瞻墺。他是仁宗第七子，永乐二十二年封，宣德四年就藩韶州，正统元年徙封鄱阳。“赛愿”，谓酬神还愿。

里淳街上画眉啼，　三月灰窑利市齐。
拾翠人来翠云寺①，　酒旗斜指石亭西。

里淳街民多业石灰窑，春窑开市，各乡船纷集，每以翠云寺为游玩所。

晏族琉璃世业窑，　新平逸事记唐朝。
行人疏免家人役，　从此烟清市埠桥。

唐有晏鸿②者，市埠桥人，其族向业琉璃窑，以供应获罪，鸿官行人，不欲其族承匠籍，力疏罢免。

东岳殿前铜佛移，　古楼千佛葺何时。
拾遗谁补昌南志，　空向江头唱竹枝。

阳阜寺铜佛移祀东岳庙。镇市都千佛楼，近毁于火，镇人尚未修葺。乡先辈有吴姓者，忘其名，著有《昌南志》，今其书不传，是为里闬③逸事，尚待采风者搜补订之云。

（《浮梁县志》清道光十二年补刊本）

---

① 里淳街、翠云寺：旧址在今景德镇市内里村（翠云路、竞成路一带）。

② 晏鸿：唐乾元年间（758－760）登第，任利州司马，又擢升为行人（官名）。

③ 里闬：闬，音 hàn，指巷门或墙垣。里闬，这里指乡里。

浮梁[1]竹枝词

（清）郑凤仪[2]

山裹江城树裹树，　人家花里筑花樊[3]。
四时花向楼头见，　行到花边香隔门。

鸳鸯五览[4]水湝湝[5]，穿过城中锦绣街。
只少笙歌迎画舫，　也应呼作小秦淮。

十里清溪五里滩，　竹篙蓊水上滩难。
人声争共篙声急，　闲煞滩头把钓竿。

雾锁云连见几层，　桥门双塔[6]耸觚棱[7]。
游人竞上金鳌[8]背，　谁向鳌头独自登。

---

① 浮梁：县名。在江西省景德镇市北，县人民政府驻浮梁镇。唐天宝元年改新昌县置，元元贞时升为州，明初仍为县。1960年撤销，并入景德镇市，1988年复置县。

② 郑凤仪：浮梁人，号蓉裳，清嘉庆时优廪生。曾负笈游关中，摩挲金石，考古论今，以证典籍之伪缺，著有《陈仓寓稿》，主教浮梁绍文书院。

③ 樊：篱笆。

④ 鸳鸯五览：游来游去的鸳鸯交错可见。

⑤ 湝湝：（湝音jiē）水流貌。

⑥ 桥门双塔：在浮梁旧县城东南有震方塔和巽方塔。

⑦ 觚棱：（觚音gū）原指宫阙上转角处的瓦脊，这里指塔上耸起的棱角。

⑧ 金鳌：指“金鳌北稳”，浮梁八景之一，在古学宫前震方山，其形如鳌背涌出，明万历建塔其上，以映学宫。

碓厂和云春绿野，　贾船带雨泊乌篷。
夜阑惊起还乡梦，　窑火通明两岸红。

斑鸠呼妇踏春泥，　挑菜人来日欲低。
一带红云照茜袖，　桃花多半在城西。

毛竹编篱松径遮，　雨前同出摘山茶。
采茶歌罢茶将老，　鬓边斜插野茶花。

桑阴最少稻田多，　霉雨薰风节候和。
女不承筐男秉耒，　山均[1]水曲唱栽禾。

家住莲塘水树饶，　采莲何用荡兰桡。
莲花不见见菱叶，　空伴采莲人过桥。

旧传塘内不可舟，舟则火。

三潭倒印湖心月，　此地双溪夜月[2]寒。
爱月谁人多得月，　一般偏作两般看。

（《浮梁县志》清道光十二年补刊本）

---

① 均：音 yùn，音乐术语。中国古代以七音配十二律，每律均可作为宫音（七音中的第一音），以各律为宫所建立的音阶称为“均”。这里借指乐曲。

② 双溪夜月：浮梁八景之一。指穿越古浮梁县全境的昌江在清源观前（俗名道观咀），有西河水来汇，每月夜两溪水明齐见。

昌江[1]竹枝词

（清）查慎行[2]

浮梁县西山渐平，　浮梁县东水更清。
濛濛天气长如雨，　卧听前湾水碓声。

瓷石硠硠[3]转辘轳，　舂砂淘釉有精粗。
年来御厂添窑户，　不种山田另起租。

棕榈叶瘦芭蕉肥，　菜花半开桃李稀。
背山园圃蜜蜂出，　近水人家燕子飞。

谷雨前头茶事新，　提筐少女摘来匀。
长成嫁作邻家妇，　胜似风波荡桨人。

船头船尾不多高，　尽日争先走怒涛。
博得夜来春睡熟，　一篷烟雨半支篙。

小儿滩头水没矶，　几点雨著行人衣。
草烟迎岸翠扑扑，　牧笛未归鹅鸭归。

---

① 昌江：鄱江北源。在江西省东北部。源出安徽省祁门县，西南流经江西省景德镇市以后，到波阳县与乐安江汇合为鄱江，入鄱阳湖。

② 查慎行：清诗人。字悔余，号初白，浙江海宁人。康熙时举人，赐进士出身，官编修。有《敬业堂诗集》、《补注东坡编年诗》等著作行世。

③ 硠硠：（硠音 láng）水石撞击声。这里指粉碎瓷石的声音。

一绳飞界两山头，　积石排桩抵江流。
惊起野鸬鹚个个，　五更风浪网初收。

村杀山家[1]唱四时，　本乡歌好人少知。
爱他曲水如巴字[2]，　别与新词谱竹枝。

（《四库全书·敬业堂诗集》）

河口[3]竹枝词

（清）程　巎[4]

蚕市[5]初开三月三，卖花声度马头篮。
唤人相伴湔裙[6]去，春水桃花涨满潭。

---

① 村杀山家：村，粗俗、鄙野之意。山家，原指隐士，这里借指清高有学问的人。作者自谦语。

② 爱他曲水如巴字：古代风俗，于夏历三月上巳日（一般指三月初三日）就水滨宴饮，认为可拔除不祥。后人因引水环曲成渠，流觞取饮，相与为乐，称为曲水。这是一项高雅的活动，多为文人士大夫所为。这里是借指村歌高雅的一面。“巴字”，即“下里巴人”，指通俗的文艺作品。

③ 河口：镇名。在江西省东部信江上游与铅河交汇处。铅山县人民政府驻地。旧与吴城、景德、樟树并称江西四大名镇。以产“连史纸”、“河红”茶、竹器及木柳制品著名。

④ 程巎：（巎音 náo）铅山人，乾隆三十六年进士，曾任灵川、平南知县。

⑤ 蚕市：买卖养蚕器具的市集。

⑥ 湔裙：（湔，音 jiān，洗）古代的一种风俗。士女置敬神的食物酹酒洗衣于水边，以辟灾度厄。一般在正月进行。有孕妇期而不产者，也作“湔裙”之仪，以求易产。此诗所讲湔裙是在三月蚕市初开之时，大约所求与养蚕兴旺有关。

五色丝缠约臂环，　榴花红衬晓妆殷。
椅楼笑看飞蚨艇[①]，　争赴龙门第一关[②]。

蟹舍渔庄住隔河，　九狮排列[③]石嵯峨。
鸣榔[④]晚起渔舟唱，　半是吴歌半楚歌。

港过黄沙[⑤]湾复湾，　渔翁隐次石孱颜。
轻帆叶叶斜阳外，　一阵西风上玉山[⑥]。

上白沙连下白沙[⑦]，　竹篱茅舍几人家。
云鬟翠袖当炉生，　活火工烹活水茶。

（《铅山县志》清同治十二年刊本）

① 飞蚨艇：轻利之舟。亦作“飞凫”。一般指端午竞渡的龙舟。

② 龙门第一关：河口镇信江北岸有九狮山，其中一山壁立信江大王潭边，上有明代镌刻的“龙门第一关”五个大字，笔力雄健，蔚为壮观。

③ 九狮排列：九狮山由九座相连的红石山组成，状如九只雄狮伏于信江之滨，因名。全山面积约一平方公里，海拔八十米左右。

④ 鸣榔：击船舷作声，惊鱼入网。

⑤ 黄沙：港名，在河口镇附近信江岸边。

⑥ 玉山：地名。在信江上游，是否玉山县待考。

⑦ 白沙：指河口东南铅山河中的白沙洲，相传黄巢起义军曾在此与官军作战。

铅山[1]竹枝词

（清）雷维翰[2]

林泉有味是清闲，　隔断红尘屋数间。
记得三春风日美，　踏青争上凤凰山[3]。

麦秋天气好风多，　点点烟痕上绿蓑。
爱向先农坛[4]畔立，　插秧歌趁采茶歌。

仁寿门[5]前柳拂堤，　人家册里酒旗低。
春茶熟后春风起，　一路行人上紫溪[6]。

也学吴侬唱采莲，　南门城外水清涟。
荷峰倒影荷塘浸，　十里荷花当种田。

炎日当空影半舍，　火云遮断径三三。

① 铅山：县名。在江西省东北部、信江上游，邻接福建省。县人民政府驻河口镇。五代南唐置县，以铅山得名。

② 雷维翰：铅山人，道光二十年进士。官至湖北荆、宜、施道台，钦加盐运使衔。

③ 凤凰山：在古铅山县城（今永平镇）南部，古时下有山川坛、养济院。

④ 先农坛：在古铅山县城（永平镇）东郊。早废。

⑤ 仁寿门：古铅山县城东门。

⑥ 紫溪：古铅山县城南四十里有“紫溪驿”。

鼓声嘈杂人声闹，　诔雨同来石井庵[1]。

七夕曾分乞巧[2]瓜，　中秋送子又喧哗。
明年定卜兰芽茁，　不放寻常姊妹花。

晓起披衣思悄然，　开窗试望翠微巅。
鹅峰一角浓云积，　定卜今朝是雨天。

清流曲折小舟摇，　几赵风流[3]欠寂寥。
牧童不知怀往事，　隔溪犹唱郑家桥[4]。

十里梅溪[5]暮影微，　秋光红到蓼花矶[6]。
半江明月一声浆，　只有打鱼人未归。

山色千重水半湾，　大王渡口[7]路迴环。

---

① 石井庵：在古铅山县城北四里，巨石间有涌泉汇为井，可灌田数百顷。附近有佛祠，旧称石井院，为祷雨之所。后改称为资福院。

② 乞巧：旧时民间风俗，妇女于夏历七月七日夜间向织女星乞求智巧，谓之“乞巧”。乞巧时有一定的仪式，陈瓜果于庭中是其中之一。

③ 几赵风流：指宋代铅山县赵姓人家有多人中进士为官。如建炎年间有赵不迁、赵善麟中进士；隆兴年间有赵不迹、赵不迈、赵不遂三人同登癸未进士榜；乾道间又有赵不迪、赵不退中进士等。

④ 郑家桥：在古铅山县城西北五里。

⑤ 梅溪：在古铅山县城西北十里。

⑥ 蓼花矶：在梅溪河畔，具体位置无考。

⑦ 大王渡：河口镇北信江北岸“龙门第一关”（参见第158页注②）下有大王潭渡口。

小舟一叶轻如许，　撑过龙门第一关。

叶村洲[①]畔水沦漪，　三两渔翁唱竹枝。
打得鱼儿易新米，　一家生计是鸬鹚[②]。

雨后山光映黛眉，　旁罗[③]一苇绿杨垂。
舟人闲话前明事，　指点江头节妇祠[④]。

（《铅山县志》清同治十二年刊本）

---

① 叶村洲：在县北信江岸边。

② 鸬鹚：亦称“鱼鹰”，经驯化可使捕鱼。

③ 旁罗：今作“傍罗”，地名。在铅山县北部，西距河口十多公里。

④ 节妇祠：在旁罗，为傅岗妻祝氏而建。《江西通志》据《明书》记载，铅山傅岗死后，其妻祝氏因姑强行要她改嫁，竟赴河抱石入水而死。是秋大旱，邑令祷之不应，有人以祝氏节义事相告，邑令亲往祝氏死所祭奠，是夕大雨。祝氏死节处水深莫测，后涌塞城洲，呼为节妇洲。

铅山竹枝词

（清）程鸿益①

文昌胜会②拜先生，　半在乡居半在城。
最是鹅湖山③下路，　春风吹送读书声。

未成阴竹取为丝，　三代还须九洗之。
煮罢锽锅舂野碓，　方才盼到下槽时④。

双竿入水搅纷纭，　渣滓清虚两不分。
掬水捞云云在手，　一帘波荡一层云。

狮江⑤妇女趁新茶，　鬓影衣香笑语哗。
齐向客庄分小票，　春葱纤剔冻雷芽⑥。

---

① 程鸿益：铅山人，咸丰十年恩贡。

② 文昌：又名“文曲星”，中国古代神话以为主宰功名、禄位的神，后为道教所承袭。旧时多为读书人所崇祀，以为可保功名，常举行奉祀活动。

③ 鹅湖山：在铅山县河口镇东南十余公里。原名荷湖。后东晋人龚氏居山，在湖中养双鹅，育子数百羽，因更名为鹅湖，山亦以此为名。山麓有鹅湖寺。宋淳熙二年（1175年），朱熹、吕祖谦和陆九龄、陆九渊兄弟在该寺举行了历史上有名的“鹅湖之会”，代表理学三派进行了激烈的辩论。此后在鹅湖寺旁还兴建了鹅湖书院。

④ 此诗和下一首诗，讲的都是古代造纸工艺。

⑤ 狮江：铅山县河口镇信江岸边有九狮山，因以“狮江”泛指河口镇一带。今有狮江大道。

⑥ 春葱纤剔冻雷芽：“春葱”，比喻女子细嫩的手指。“纤剔”，精心挑拣。“冻雷芽”，春天茶树极嫩的芽。

千盘茶绕代香熏，　一日青蚨[①]二百文。
抛却女红入尘市，　桑鸠啼遍不曾闻。

阳村直下过洲村[②]，　多少煤船泊水门。
大义桥[③]边沽酒饮，　城头钟鼓扣黄昏。

神明终雪覆盆冤，　节妇洲[④]边活烈魂。
指点远山秋一抹，　霜天月夕淡眉痕。

爆竹声中过小年，　腊尘扫后换春联。
未偿酒债添诗债，　笑借儿童压岁钱。

（《铅山县志》清同治十二年刊本）

---

① 青蚨：参见第47页注⑥。

② 阳村直下过洲村：阳村在铅山县永平镇西南三十里杨村河边。洲村在永平镇西十里，亦在杨村河边。

③ 大义桥：在永平镇。

④ 节妇洲：参见第161页注④。

[赣西北地区]

袁州[1]竹枝词

（清）严思浚[2]

秀江桥[3]下水沦涟，馆驿楼前浪拍天。
艳说状元洲[4]夺锦，洲边人爱划龙船。

春花秋月坐相邀，姊妹欢呼出郭遥。
忽唤阿姨低笑语，送郎曾过湛郎桥[5]。

天寒乌鬼[6]下江迟，正值丹枫初落时。
一片夕阳齐挂网，家家又放野鸬鹚。

---

① 袁州：宜春古名。隋始置，因境内袁山得名。治宜春。至明初改为府，1912年废。境内最大河流为袁水。

② 严思浚：清人，生平不详。

③ 秀江桥：秀江，袁河的一段。从新田河（稠江）与袁河汇合处至分宜一段袁河，水澄深碧，莹澈如练，故又有“秀江”或“秀水”之称。横跨袁河，连接宜春城区南北的大桥名秀江桥。始建于唐代，初名广济桥，后更名广泽桥、永济桥、秀江桥。

④ 状元洲：在宜春市内袁河之中，现已辟为公园。旁有宜春大桥。状元，指卢肇，字子发，宜春人，唐武宗会昌三年（843年）中状元。前后任歙、宣、池、吉等州刺史。曾作《海潮赋》轰动一时。

⑤ 湛郎桥：在宜春市郊，唐代始建。

⑥ 乌鬼：鸬鹚的别称。明焦竑《焦氏笔乘·乌鬼》：“鸬鹚，水鸟，似鹢而黑，峡中人曰乌鬼。子美诗：‘家家养乌鬼，顿顿食黄鱼’，言此鸟捕鱼，而人得食也。”

以鸭毛绳牵，惊鱼入网，名野鸬鹚。

杉皮屋子竹篱笆，　闽广侨居[①]便作家。
少妇采茶三月艳，　鬓云斜插一枝花。

（《宜春市志》南海出版公司1990年版）

竹枝词·萍乡[②]

（清）胥绳武[③]

萍乡城小山环城，　萍乡乡远山纵横。
人家日在画图中，　多少青山不识名。

五隅[④]年例扮迎春，　忙煞城中城外人。
说道太平冒得事，　汉随恨去[⑤]跳傩[⑥]神。

---

① 闽广侨居：指从福建、广东来到宜春山区垦荒的“棚民”。

② 《竹枝词·萍乡》原有九首，这里只选其中六首。这组竹枝词是作者在萍乡当知县时写的。“萍乡”，市名，在江西省西部，邻接湖南省，浙赣铁路横贯。三国吴置县，传以楚昭王渡江得萍实于此而名。1960年设市。境内安源是中国工人运动发源地之一。境内产煤。

③ 胥绳武：字燕亭，山西凤台（今山西晋城）人，拔贡，乾隆间任萍乡知县。

④ 五隅：四面八方。

⑤ 汉随恨去：萍乡俗语，汉，“我”，恨，“你”，即我随你去。

⑥ 傩：一种古老的舞蹈，多用于驱鬼逐疫的仪式。后来还发展成为一种戏曲。表演时多带面具，动作一般都较简单原始，音乐大多以锣鼓伴奏，人声帮和。

湘东[1]水长好撑篙，　渡口船排半里遥。
各取小红旗子挂，　客来争问买鱼苗。

插秧刈稻费工夫，　闽广谁家要佃无。
议定批规汉自管，　秋来见贴拨新租。

村妇肩挑石炭还，　蓬头赤脚汗颜斑。
道旁一让行人俏，　不采山花插鬓间。

黄花渡[2]头黄花稀，　金鱼洲[3]嘴金鱼肥。
凤凰池[4]边看月上，　横龙寺[5]里探泉归。

（《萍乡山水诗词选》作家出版社2003年12月版）

① 湘东：萍乡地名，为萍乡市西部古镇。现设有湘东区。

② 黄花渡：古渡在湘东黄花驿。

③ 金鱼洲：即金鳌洲。在萍乡市西南萍水河中，长百余步，状如溯水之鱼。旧名金鱼，以其长而大，后改名金鳌。

④ 凤凰池：在旧县署前。宋宣和时知县郑强以民多目疾，谓地形如凤，凿二池以像凤目，疾遂免。

⑤ 横龙寺：在萍乡县西五里，宋时依岩结茅，明覆以瓦，景色幽绝。

豫宁[1]竹枝词

（清）夏之翰[2]

岭上云高天气清，　农夫先盼立春晴。
今年耕较去年好，　听得三更犬吠声。

谚云：立春晴一日，农夫不用力。又以元日早犬吠为丰年之兆。

窝丝双绺[3]战袍长，　白面儿童脂粉香。
金鼓声中莺语滑，　碧纱窗外月如霜。

俗以上元节办马灯，幼孩抹粉满装，沿村遍市唱“碧纱窗外月如霜”，戚友款以茶饵。

深林喜鹊噪高枝，　阿妹低声报姊知。
昨夜灯花重结蕊，　行人应是到家时。

远人在外者，闻喜鹊噪或灯花，则家中相庆，以为必至。

夜雨濛濛倩[4]插禾，　平畴一望晓风多。

---

① 豫宁：江西省西北部武宁县在晋隋时称“豫宁”，至唐才改用今名。境内多山。修水贯穿全境。

② 夏之翰：江西新建人，雍正十年举人。乾隆时被举荐不就，后借补湖南布政司库大使，旋告归。

③ 窝丝双绺：指儿童发式。“窝丝”，挽在头上的发髻。“双绺（音liǔ）”，两束下垂的头发。

④ 倩：这里用作男子的美称。

如何秧马[1]倥偬日，　老稚都讴情艳歌。

插禾时，秧歌悠扬可听，然多男女相感之词，有欲易之以勤劳劝勉者，卒不可夺，习俗使然也。

竹树笼葱石径斜，　春来处处放桃花。
远山明灭望烟火，　风景依稀似若耶[2]。

山居者，绕村种树，间以桃花，红烂绿薛，弥望如锦，饶有佳致。

溪山深处有精肴，　春日携筐采蕨苗。
莫道野蔬容易得，　穿云踏遍古藤桥。

（《武宁县志》清同治九年刊本）

霞洑[3]竹枝词

（清）方　瑍[4]

女伴招邀步水涯，　提筐共说采新茶。
夜来贮得烘笼满，　处处当炉制雪牙。

一镰腰挂度前坡，　麰[5]麦收成计插禾。

---

① 秧马：木制古农具。形如小船，前后翘起，在水田拔秧或插秧时，跨坐其上，脚蹬滑行，可减轻劳动强度。

② 若耶：浙江绍兴东南有若耶山，山下有若耶溪，相传西施曾浣纱于此。

③ 霞洑：即霞袱，地名。原为武宁县宋溪乡一个大的村庄，1971 年没入柘林水库之中。

④ 方瑍：武宁人，嘉庆元年岁贡，善士。

⑤ 麰：音 móu，大麦。

待到雨余塘水足，　桔槔声里杂秧歌。

日暮江船且罢桡，　布帆齐落泊滩腰。
群呼贳[1]取村中酒，　齐揭[2]龟壶[3]过小桥。

（《武宁县志》清同治九年刊本）

石　湖[4]　谣

（清）王子音[5]

序：石湖袤广百亩开，自明十九传祖良士公。其以石名者，乃破石之名也。环湖居者三百余户，资灌溉者千七百余亩，自良士公讫今三百余年，安安熙熙，世享太平，庶几乐土矣。子音生长湖上，追怀先泽，寄诸风谣，亦在湖言湖已尔。

侬家家世住蟠溪，　水满长湖柳满堤。
烟火江南图画出，　豳风[6]借作竹枝题。

东风吹裂满湖水，　雪点杨花水面萍。
昨日清明今谷雨，　良苗夹镜已青青。

---

① 贳：音 shì，赊欠。

② 揭：高举或肩扛。

③ 龟壶：一称龟榼（音 kē），扁圆形的酒器。

④ 石湖：即石湖塘，在武宁县城东南六十里，方广里许，多鱼，鲫为最。

⑤ 王子音：武宁人，拔贡，乾隆四十二年授州判，后在广西、直隶霸州等处为知县、营田等官。

⑥ 豳风：（豳音 bīn）《诗·国风》之一，共七篇二十七章，皆为两周时代豳地之民歌。这里借指民歌。

咸鱼麦饭倩栽禾， 四面平湖百藕歌，
别有前村秧马急， 鹭莺滩[①]下峭帆过。

麦笠摇风转辘轳， 咸茶淘饭打高呼。
不停昼夜分班代， 喜得秋来水满湖。

早谷初登治粟田， 不分旱涝趁秋前。
家家夜半炊晨饭， 我灌渠栽月在天。

柳阴昼啖苦甜荞， 可口休听婆饼焦。
记得那年湖水涸， 黄瓜菜粥也拦腰。

俗谓午馌[②]为拦腰一充。

摇㖞[③]也乐乐何遥， 日日杨堤夹岸招。
松树河头鸭足渡[④]， 夕阳牛背杂风谣。

五谷丰登合室欢， 杀鸡酹酒祭神坛。
今年还卜明年好， 愿得盈湖水不干。

（《武宁县志》清同治九年刊本）

---

① 鹭莺滩：在旧武宁县城东修河之中。修河，又名修水。鄱阳湖主要支流之一。源出江西西境铜鼓县，东北流经修水、武宁两县，折向东南，在永修纳潦河后，于吴城镇附近入鄱阳湖。

② 馌：音 yè，给在田间劳动的人送饭。

③ 㖞：音 wāi，“歪”的本字。“摇㖞”，指在船上摇橹。

④ 松树河头鸭足渡：原在武宁旧县城东六十多里的箬溪附近，后没入柘林水库中。

墉埠[1]竹枝词

（清）李维纲[2]

昔日西流近北侵，　湾传墉埠代相寻。
至今高岸桑田处，　掘得沈航十丈深。

连村正月早迎傩[3]，　装点儿童学舞戈。
金鼓磔禳[4]轮值后，　元宵灯花逐门过。

旧闻打虎擅墉田[5]，　曾惯长林列阵前。
近日太平无猛兽，　锳枪机伞漫留传[6]。

种豆桑阴产物华，　秋来争向酒筵夸。
红丝数缕杯中起[7]，　绝胜仙人嚼晚霞。

（《武宁县志》清同治九年刊本）

---

① 墉埠：在古武宁县城附近，具体位置无考。

② 李维纲：生平不详。

③ 傩：参见第165页注⑥。

④ 金鼓磔禳：（磔音 zhé，禳音 ráng）锣鼓声中，供上分裂的牲体进行祭祷，以消除灾祸。

⑤ 旧闻打虎擅墉田：旧时传闻打猎胜于耕作。“墉”应为“傭”。

⑥ 锳枪机伞漫留传：“锳”（音 tiě），同“铁”。“锳枪”，今日红缨枪一类的古代兵器。“机伞”，捕鸟兽的装置，地上有网，地下有陷阱。

⑦ 红丝数缕杯中起：当地所产封缸酒，其色殷红，醇香馥郁。

洑洲[①]竹枝词

（清）王 序[②]

胜似渔家水作田，　少风波处度年年。
闲来笑话生涯事，　几个滩头卖菜船。

荷畚[③]携锄破晚烟，　人家菜摘夕阳天。
阿侬晓起开门早，　趁卖清晨饭熟前。

一肩萝卜白于霜，　十字街头客解囊。
莫把小钱难籴米，　阿家要办过年粮。

（《武宁县志》清同治九年刊本）

洑洲竹枝词

（清）王之铎[④]

艾城[⑤]东下此分流，　一屿当心唤洑洲。
不种稻粱种蔬菜，　胜他农父四时收。

---

① 洑洲：在古武宁县城南一里修水河中，长里许，春涨秋月最佳，形如白鹭洲，为修水大观。现已没入柘林水库之中。

② 王序：武宁人，禀生。

③ 畚：音 běn，古代用草绳做成的盛器，后编竹为之，即畚箕。

④ 王之铎：生平不详。

⑤ 艾城：在修水下游旧武宁县东部，今属与武宁相邻的永修县。

人烟八九自成村，　节妇潭[1]澄水未浑。
束得菠芫[2]郎出卖，　小篱笆外饲鸡豚。

洲南侧有节妇潭，旧传戴氏妇沉此。

白萝卜换米盐回，　青芥[3]乘时也要栽。
更拟来春售嫩韭，　银鱼休贩入城来。

洲产萝卜最美，市中治春酒，竟尚嫩韭，珍于瑞洪银鱼。

柳绿桃红二月天，　潆洄洑水照鲜妍。
斜撑一道春光破，　可是儿夫卖菜船。

（《武宁县志》清同治九年刊本）

长墅源[4]竹枝词

（清）余绍曾[5]

千家星散住山乡，　板屋清阴竹树凉。

---

① 节妇潭：在县南洑洲侧，元戴复古妻投水而死处。旧县志记载，节妇未详其姓氏，由父亲作主嫁给流落武宁的戴复古为妻，后得知戴原来已有妻子，并作归计，她向动怒的父亲宛曲解释，并以奁具赠戴，饯以绝命辞，遂赴水而死。

② 菠芫：菠菜和芫荽。

③ 青芥：芥菜类蔬菜。

④ 长墅源：小河名。在武宁县东南部，发源于武陵岩下的横岩山东段冬瓜洞，于中潢入修水（中潢已没入柘林水库）。小河流域亦有长墅源之称。今为杨洲乡所辖。

⑤ 余绍曾：字香泉，武宁人，优庠生。

一幅桃源图画里，　避秦人自道羲皇。

年年春酒好盘桓，　炊黍蒸豚洽比欢。
野服不随时样改，　客来都是古衣冠。

老儒课读坐深山，　也有诛茆[1]屋几间。
古道夕阳人影散，　儿童三两抱书还。

黄梅时节雨初过，　四面阴浓碧树多。
谷里人家忙种豆，　山农齐唱楚声歌。

破落山门暮霭平，　忽闻户外雨风声。
薯苗好趁来朝插，　一夜并刀剪[2]到明。

大湖偃上月昏黄，　卖酒人家傍绿杨。
一缕炊烟莱[3]舍起，　晚风吹送玉芦[4]香。

山亭团坐好风清，　父老传闻试品评。
一线靖公崖[5]下路，　当年曾杀白头兵[6]。

---

① 诛茆：（茆音 máo）即诛茅，剪茅为屋。

② 剪：红薯苗是藤状的，上有许多叶和芽，须剪开成段，每段保留一定的叶和芽，插入土中即可生长。

③ 莱：音 róu，草名，也叫香莱、香薷。这里用作对茅舍的美称。

④ 玉芦：玉米。武宁方言。

⑤ 靖公崖：在旧县城东南三十多里。“靖公”亦称靖公上人，宋代人，与黄山谷友善，时相往复。

⑥ 白头兵：康熙十三年（1674 年）南瑞总兵杨富拥兵反清失败被杀，残部以白布裹头流窜于赣西北山区，人称其为白头兵。

一道寒流雪浪动，　两三间碓带云舂。
空山夜静无人籁，　响答回龙寺[①]里钟。

黄叶飞时天气清，　家家采厥趁黎明。
鸦锄掘尽厓[②]根土，　绝壑时闻坠石声。

锄犁蓑笠旧山家，　不学耕田学种瓜。
白发老翁年八十，　一生未到县官衙。

（《武宁县志》清同治九年刊本）

东溪[③]竹枝词

（清）甘应鸿[④]

饷妇[⑤]提筐陇上临，　泥鞋不惜路旁侵。
劝郎莫作游商计，　十亩耕耘尽是金。

不养春蚕不种桑，　苎丝[⑥]缉就喜盈筐。
客来交易新绵好，　留得三冬御雪霜。

---

① 回龙寺：武宁县回龙寺有多处，此寺在城东约五十里之长乐乡。
② 厓：音 yá，山边。
③ 东溪：古水名。在旧武宁县城东门外。源出双峤山，由北逶迤而南，绕东门循城而西，复南转入修水。乾隆时就已失其故道。
④ 甘应鸿：武宁人，道光二十八年岁贡，余不详。
⑤ 饷妇：送饭的妇人。
⑥ 苎丝：苎麻制成的丝，可供纺织和制渔网。

金风袅袅挹清飕[①]，百顷青蓝[②]一望遥。
塘渍靛红[③]售远客，茶球[④]又唱满肩挑。

（《武宁县志》清同治九年刊本）

豫宁竹枝词

（清）余森玉[⑤]

岩疆蕞尔[⑥]俗偏淳，本籍他乡互接邻。
水火叩门无尔我，年年忻度太平春。

如雷竹炮响声轰，双滚红龙上下腾。
此夜城乡同乐事，大家都戏[⑦]太平灯。

当空月朗正中秋，饼饵团圞乐未休。
供赏案头无异品，西瓜灯照绿杯浮。

---

① 金风袅袅挹清飕：“金风”即秋风。“挹”在这里可理解为“牵引”。“飕”同猋，义为光华、火花。这句描写的是一个秋高气爽，空气清新，满目光华的日子。

② 青蓝：制作靛蓝（一种蓝色染料）的植物。

③ 靛红：还原染料的一种。

④ 茶球：油茶树的果实，榨出的油称“茶油”，可食用，亦可作工业原料。

⑤ 余森玉：生平不详。

⑥ 岩疆蕞尔：岩疆，指武宁县是多山、石的地方。“蕞（音 zuì）尔”，小貌。

⑦ 戏：当地方言，称“玩”为“戏”。

白云深处路迢迢，　伐取新枝一担挑。
底事[1]行歌微带醉，　山棚饮我玉芦烧[2]。

（《武宁县志》清同治九年刊本）

官溪[3]竹枝词

（清）周孔从[4]

锄梨趁雨傍山阿，　牧竖骑牛踏水过。
一望野田新绿遍，　栽禾不敌种棉多。

（《义宁州志》清同治十二年刊本）

---

① 底事：意谓“何事”、“什么事”。

② 玉芦烧：玉米酿的酒。旧时多见于武宁北部山区，今已不见。

③ 官溪：此地名仅见于本词作者周孔从这首竹枝词和他另一首《游官溪》诗，其他资料尚未考证到。周孔从家在修水县城西郊一个叫“犀津”的地方，“官溪”是否此处的别称，待考。修水县，在江西西北境修水上游。汉为艾县，唐置分宁县，清改义宁州。1914 年改修水县。境内多山。所产“宁红”茶著名。

④ 周孔从：字监二，号白亭，义宁州（今江西修水县）人。乾隆七年进士，官至翰林院编修。有《白亭诗钞》、《玉堂应制》三卷传世。

分宁[1]竹枝词

（清）邹宏志[2]

南山峭壁[3]似衙排，　北牖青山[4]又跳来。
云雾晓看多变幻，　碧阴常待午余开。

才近清明断雪天，　那知寒袄竟相悬。
有时乍热穿荃葛[5]，　三日连阴又着棉。

土瘠山寒果未佳，　清芬哪得到冰牙？
碧桃味淡杨梅小，　可口除非是枇杷。

山田曲曲有高低，　雨后潺湲路不齐。
阡陌层层皆作堰，　碧波深处浴凫[6]鹥[7]。

（《义宁州志》清同治十二年刊本）

---

① 分宁：修水县在唐代曾称分宁县。

② 邹宏志：浙江乌程人，岁贡，康熙五十九年至雍正五年任宁州（治分宁）判。

③ 南山峭壁：义宁州治南面隔河有南山崖、挂榜山、狮子岩等山崖拱卫。

④ 北牖青山：（牖，音 yǒu，窗）指州治北面二百步的凤凰山。

⑤ 荃葛：鱼网一样的葛衣。

⑥ 凫：音 fú，野鸭。

⑦ 鹥：音 yī，鸥鸟的别名。

靖安[①]竹枝词

（民国）非　菲[②]

烽火连年百事灰，　穷乡到处是疮痍。
茫茫一片荒凉景，　断肠愁风草木悲。

改府开征只为粮，　乡镇保甲[③]费商量。
可怜百姓如仇敌，　无力完粮进狱房。

征粮未了又征兵，　怨声载道不公平。
无钱独子亦须要，　富力双丁买替身。

保障人身不自由，　高呼民主亦堪忧。
为派苛捐挨户捉，　人民空对泪双流。

民意机关[④]也为钱，几回竞选费周旋。
有钱商人亦出选，　无钱留学也徒然。

---

① 靖安：县名。在江西省西北部，修水支流潦河上游，县人民政府驻双溪镇。五代南唐置县。境内多山，富竹、木。

② 非菲：疑为笔名。生平不详。

③ 保甲：旧时户口编制单位。一乡（镇）辖几保，每保辖几甲，每甲辖若干户，设有保长、甲长，催征赋役。

④ 民意机关：指当时的国民代表大会。

兵役粮官大发财，　花天酒地也心开。
输赢百万还嫌小，　容易钱从百姓来。

兵祸连年不太平，　流氓罗汉[1]也翻身。
层级机关都不管，　逍遥法外害人民。

不堪回首话当年，　气数循环非偶然。
寄请靖安执政者，　济民莫惜库藏钱。

（南昌《行知报》民国三十五年十二月十六日第三版）

定江[2]竹枝词

（民国）佚　名

抗战军兴历八秋，　后方常犯杞人忧。
壮丁叫苦双丁避，　感慨前途万斛愁。

单丁弱小尽先抽，　富丁双丁讲报酬。
舞弊公文盈案牍，　几会彻底究根由。

---

① 罗汉：方言，指蛮横无理，危害一方的地痞类人物。

② 定江：河名。在江西铜鼓县东部，九岭山西麓。铜鼓县，在江西省西北境修水支流武宁水流域，清置铜鼓厅，1912 年改铜鼓县。因县城东有铜鼓石得名。境内多山。

邻村运米数无量，　逼死民伕较短长。
粮库派枪挨户捉，　快些前往赴黄冈[①]。

挑运军粮年复年，　库房称手费周旋。
民伕血汗流终日，　扣却劳资要找钱。

漫道长伕与短伕，　镇乡保甲亦糊涂。
可怜壮丁瘦枯骨，　都为汹汹屈膝奴。

军民合作总徒然，　乡镇包伕费万钱。
贴内职员[②]都玉食，　更须花酒吃香烟。

后方勤务设机关，　蹂躏平民视等闲。
摘菜捞鱼追鸭犬，　妇童空对泪潸潸。

生治奇昂附食增，　士兵偏向闾阎[③]征。
砍林烧炭挑柴卖，　剥夺民资有万能。

国难当头大发财，　运盐输帛贩玫瑰。
甲站派伕乙站换，　指挥民力用将来。

包米包伕吵壮丁，　一回数百要零星。

① 黄冈：地名。在宜丰县（西临铜鼓县）西北部，九岭山东南麓，距定江约二十多公里。

② 贴内职员：当局雇用的打手等工作人员。常狐假虎威，欺压百姓。

③ 闾阎：指里巷，亦指平民百姓。

帮忙好话须多说， 典质倾囊免酷刑。

松林砍尽继杉林， 旦旦伐之实痛心。
层级机关都不禁， 牛山濯濯[①]少飞禽。

太太们儿总角[②]垂， 脸涂粉脂逞英姿。
徐娘尚觉存丰韵， 卖俏偏教俩俩随。

（南昌《知行报》民国三十五年十二月一日第四版）

敖阳[③]竹枝词

（清）沈可培[④]

凌云凫舄辞金阙[⑤]， 绕县花光到锦江[⑥]。
政简讼闲还问俗， 楚歌水调听新腔。

久识刀圭[⑦]可驻颜， 剑池丹灶碧云间。

---

① 濯濯：（濯音 zhuó）无草木之貌。

② 总角：本指儿童束发为两角形，向上分开的样子，这里指类似的发式。

③ 敖阳：镇名。为上高县治，上高县位于江西省西北部赣江支流锦江中游。东汉置上蔡县，五代南唐改上高县。

④ 沈可培：浙江嘉兴人，进士，乾隆三十八年上高县令。

⑤ 凌云凫舄辞金阙：传说东汉时叶县令王乔尝化两舄（舄音 xì，同鞋）为双凫（凫，野鸭），乘之至京师，后因用来称地方官。金阙，指皇宫。这句的意思是，县官辞别朝廷前来上任。

⑥ 锦江：赣江下游支流，在江西省西部。源出宜春市西北慈化附近，东流经万载、宜丰、上高、高安等县，在新建县流入赣江。长 280 公里。

⑦ 刀圭：古时量取药末的用具，后亦指药物医术。

落花满径无人扫，　真诀何由问九还[①]。

敖岭在县北三里，敖真人[②]得道处，上有磨剑石，炼丹灶。

桑枣园芜织作虚，　前朝遗迹近何如。
关心水部勤民事，　传得蚕桑必读书。

洪武间，诏民立桑枣园，在上高者四十八处，园久芜。水部[③]黄公敬亭宰岳池[④]时，曾辑《蚕桑成法》一书训民，民以殷富。癸巳告归，得前郡守赵公世锡《蚕桑必读》一册，重刊以广之。

石虬古渡[⑤]李山人，　笔墨流传渐失真。
惟有痴翁痴似昔，　残山剩水等球[⑥]珍。

壬辰，余在都城得李双江山水小幅，笔墨疏秀，心窃爱焉。近阅县志，乃知双江上高硕隐也，平生遇合，自有定数，志以自庆。

袁州更漏[⑦]瑞州[⑧]春，物候能知气候新。

---

① 九还：道家“九转金丹”之说，谓烧炼金丹，九转为贵。

② 敖真人：道教仙人，佚其名，传为汉时上高县人。另宜丰“有敖仙观”，为南宋时建。

③ 水部：职官名，掌有关水道之政令。晋以后设水部曹郎，隋唐至宋以水部为工部四司之一。明清改为都水司。但相沿仍以水部为工部司官的一般称呼。

④ 岳池：县名，在四川省东部。

⑤ 石虬古渡：在上高县西，距县城约五十里。

⑥ 球：美玉。

⑦ 袁州更漏：南唐保大二年（954 年）袁州刺史刘仁瞻初建鼓楼，即敲鼓报时用的城楼，南宋嘉定十二年（1219 年），袁州知州滕强恕进行扩建，增加了铜壶等物。采用“铜壶滴漏”等仪器来报时、测时，与现代钟表相比，每天只差 20 秒。

⑧ 瑞州：州、路、府名。南宋宝庆初改筠州为瑞州。治高安（今市）。辖境相当于今高安、宜丰、上高等县市。元升为路，明改为府，1912 年废。有织绫、造纸等手工业。

一样茆岗龙洞水，　早潮晚汐更含神。

袁州鼓楼有古铜壶，瑞州府碧落山有春洞①，并见府志。上高茆岗龙洞，古志云：有泉流出，早晚黄浊，与潮相应。

婉转金沙涌大泉，　夕阳流影自澄鲜。
滥觞莫笑涓涓水，　留润黄村万顷田。

大泉窟在普润泉北，志云“源小可灌田”。甲午春，余自潮坑归，经其地，停骖洗耳，澄清澈底，中有三眼，平地涌出，有五色沙随泉上下。土人传：刘青田②引兵过此，千人饮之，不竭。

踏草行行锦水湄，　蒙山高并末山奇③。
天空云尽斜阳外，　好是文君④两撇眉。

一束旃檀⑤礼佛虔，相逢圣济叩禅关。
愿郎莫似无根石，　与妾常依夜合山。

圣济寺在蒙山麓，唐道明禅师开山，上高九寺之一。无根石在蒙山上，四面如空。有夜合山，两山壁立，嵌空玲珑，传闻夜合旦开。

雨后红桃烂漫开，　游人疑自武陵来。

---

① 春洞：在瑞州府城后碧落山。每遇立春日，阳气吹灰外出，以鸡鹅羽贮其中，到时就会飞舞而出。

② 刘青田：即刘基。参见第92页注③。

③ 蒙山、末山：上高县两座高山。蒙山在县南，最高峰白云峰高1千多米。末山在县西，今称九峰山，高798米，已建成为风景区。

④ 文君：指汉代卓文君，也泛指美女。

⑤ 旃檀：音 zhān tán，檀香。

元龙[①]遗墨今何在， 片片飞花点绿苔。

大王岭南有桃源山，峭然如屏，春月，万花烂漫，幸元龙号曰“人世仙境”，大书“小桃源”三字于石，今俱芜殁。

纽源烟柳舞晴丝， 草软花香日正迟。
忽听鲸音[②]云外转， 沧冈[③]僧饭午钟时。

沧冈法忍寺在蟠村，宋淳化三年建寺，有语录并郁堂诗存焉。

三狮吞吐浪花开， 马象休夸滟滪堆[④]。
漫放月沙洲畔棹， 昨宵春涨响奔雷。

三狮石在县东十里许，有上狮、中狮、下狮，为三狮潭，春江暴涨时极险。

东陂风信到梅条， 影落蚊塘冻欲消。
一夜春泉流不尽， 看飞香雪过莲桥。

天竺庵即东陂，前有蚊塘，水源澄泓，一方水利也。蚊塘上为蚊塘壁，又上为钟鼓坡，近分宜界。绕庵梅竹交加，塘水合东陂、阴陂水同至莲桥义江。

小溪一派泻烟鬟， 邛浪仇湖响玦环。

---

① 元龙：指幸元龙，字震甫，高安人。南宋庆元进士，初尉京邑，改知当阳县，擢通判郢州。因忤史弘远（当时南宋擅权大臣），被劾令致仕。按《豫章书》，以幸元龙为嘉泰间进士，鄂州通判，与此不同。著有《桂岩集》、《松桓集》传世。

② 鲸音：钟声。古时刻杵作鲸鱼形以撞钟，故曰鲸音。

③ 沧冈：即“苍冈”，在上高县南25里，相传许旌阳炼丹于此。

④ 马象休夸滟滪堆：滟滪堆原在长江三峡瞿塘峡口的滟滪滩上，是一处横亘江中回澜处的大礁石，春夏洪水暴涨时没入水中，为航行极险处。古代民谣有“滟滪大如马，瞿塘不可下”之说。1958年整治长江时已将滟滪堆炸掉。

竹树千重云万叠，　路深何处问香山。

永平离县百余里，境最幽绝，有小溪水出浮楼岭，带源水出弱坑，流为仇湖。邛郎陂古名邛浪，即永平名泉也。香山寺在浮楼岭东麓，唐大顺僧大机开山。

祇园绀碧①映蒙堂，　旧宅南平异姓王。
爱煞香庐峰下橘，　离离犹带洞庭香。

末山九峰寺，唐南平王钟傳②故宅。傳领江西日，客有以射覆③法求见傳，以历日包橘置袖中，令射，客云："太岁当头坐，诸神不敢当，其中有一物，犹带洞庭香。"蒙堂，元延祐道全禅师建。

画戟雕戈拥义师，　一朝鼙鼓靖仙芝④。
僧雏指点观遗像，　却笑当年搏虎时。

傳少好射猎，尝搏虎，既贵，悔之，乃画图戒子孙，今九峰寺有傳遗像。

仙姑洲⑤下柳飞绵，　罨⑥画溪山锁绿烟。
隔岸牧归牛背笛，　夕阳初下凤山巅。

仙洲牧唱，凤山晚照乃八景之二。

双桥飞跨饮江虹，　四面朱栏映碧空。

---

① 祇园绀碧：祇，此处音 zhī，又写作祗。祇园，全称"祇树给孤独园"，古印度佛教圣地之一，相传释加牟尼居此传教达二十余年。绀，音 gàn，原意为深青带红的颜色，绀碧，此处指祇园的光芒。

② 钟傳：参见第59页注④。

③ 射覆：古代游戏。将物件预为隐藏，供人猜度。

④ 靖仙芝：平定王仙芝起义。

⑤ 仙姑洲：在上高县西六十里，俗传有仙女经此。

⑥ 罨：音 yǎn，这里意为"敷"。

却笑黄姑[①]星渚鹊，　一年头得几回童[②]。

锦江中置跃锦、青阳二桥，北城南市行者称便。

水围界埠[③]石嵯峨，　楼阁家家俯逝波。
最是趁墟人散后，　一帘新境漾青螺。

傳桥西上路参覃[④]，　百尺层崖万丈潭。
底事行人还驻马，　白云堆里九龙庵。

界埠山路奇险，上逼悬崖，下临无地，所谓线路直与猿猱争者也。癸巳冬，余率属督夫铲平之，向之若悬溜者，今转为康庄矣。九龙庵在界埠桥南，行旅憩息之地。

山近浮楼足水泉，　避喧每爱小亭偏。
夜凉风定香何远，　开遍林塘并蒂莲。

浮楼岭秀拔如楼浮水面，小溪诸水出焉，林塘方广八十四亩，宋绍兴间，产双头莲，雷孚⑤有诗纪之。

烟锁杨林晓未开，　紫山看火去还来。
剧怜兹土蚕桑少，　枉费珍禽苦口催。

春暮，有鸟鸣，云："扎山看火。"盖催蚕妇谨蚕事也。邑此鸟甚多而民不蚕桑，谓：鸟言"栽禾驳工"，值三月早禾将莳，当换工插秧耳。杨林桥在县南七里杨里寺前。

---

① 黄姑星渚鹊：在天河边黄姑星附近架桥让牛郎织女相会的喜鹊。黄姑星即河鼓星，在牵牛星附近。

② 童：奴仆。戏指喜鹊为牛郎织女服务。

③ 界埠：在上高县城东三十里锦水南岸，是个繁华的集市。

④ 参覃：即"参谭"，连续不断貌。

⑤ 雷孚：江西宜丰人，为宋政和二年进士，历任上高、宜春知县，后适虔州（今赣州）通判，以朝散郎终任。子雷孝友是宜丰历史上官阶最高者，居相位。

石龙崱屴[1]起层楼，长夏萧萧飒似秋。
鼓吹若教添两部[2]，便宜身到广寒游。

石龙洞在县南五里虚，敞如屋，上起层楼。

不雨兼旬便郁蒸，上游形势若崚嶒[3]。
奇文能使甘霖应，更有何人似伯兴。

邑在高安上游，地形高上故名。夏月十日不雨，便忧旱。嘉靖时，邑大旱，翰林吴公伯兴作祈雨文祷于城隍，三日甘霖如注。

相见湾头云树连，不论旱潦自丰年。
劝郎莫爱金银岭，多买湖源数顷田。

相见湾在湖源邑，恒苦旱。惟湖源水自田底溢出，沮洳④不竭，旱亦倍收。金银岭在县西南，传有金银出此，故名。

章江秋老净寒烟，淡入秋容剧可怜。
何处嫣红偏似锦，芙蓉花放密村前。

义塘、利塘俱在密村乡，人环植芙蓉，深秋花放如霞。

游钓人犹说晋贤，雪泥鸿爪[5]自翩翩。
重阳谁载松湖酒，漉[6]向清溪醉石边。

靖节⑦幼住宜丰，后迁柴桑，其墓在义钧上乡，旧隶上高。太平兴国三

---

① 崱屴：音 zé lǐ，高峻连延貌。
② 两部：指演奏鼓吹乐时章节的不同，参见第 17 页注④。
③ 崚嶒：音 léng céng，高峻突兀貌。
④ 沮洳：低湿之地。亦用为低湿之意。
⑤ 雪泥鸿爪：往事遗留的痕迹。
⑥ 漉：音 lù，滤过。
⑦ 靖节：陶渊明。

年始割义钧乡入新昌①。醉石在邑北境，涌水桥下。

凌江栉比小船排， 载纸来从天宝街。
土物休虽粗俗甚， 曾随京使过临淮。

泉到斜陂万斛重， 熊家坊口响琤琮。
白沙翠竹横桥畔， 野碓无人水自舂。

末山泉出均陂，合蒙山诸水灌至斜陂，利甚溥。

绕屋清溪一道斜， 数声鸡犬认梅沙②。
秋来雪散惊何早， 处处山田乔麦花。

春雨如膏遍草莱， 劝农时廑③使君回。
青旗队队传呼近， 竹马欢迎五马来。

北城有五马坊。

蒙山出宝语全虚， 十七银坑苦役胥。
欲识前朝言利始， 遗民犹指庆元初。

谚云：末山出草、蒙山出宝。宋庆元六年，蒙山出银、铅，即其地置场，元至元十三年置提举司，大德时矿尽亏课，至正十年革。

曲尘④风起水生鳞， 樟树阴森万古春。

---

① 新昌：指宜丰县，在上高县西北，赣江支流锦江上游。三国吴置宜丰县，宋改新昌县。1914 年复改宜丰县。山区富木、竹。

② 梅沙：地名。在上高县南部。

③ 廑：同廑（音 qín），勤劳之意。

④ 曲尘：淡黄色。这里指春天。

波底潜蛟寒未起，　一潭新涨绿怜人。

樟树潭在金石书院东，下有潜龙。

炊烟百缕飏麻塘[①]，　山市渔樵闹夕阳。
久识太平真有象，　西郊草没赡军仓[②]。

（《上高县志》清同治九年刊本）

高安[③]竹枝词

（清）蔡家琬[④]

无穷暮霭照江隈，　几许渔舟一字排。
渔父卖鱼还贯酒，　竹蓝携取过桥来。

临流日日浣轻纱，　风景依稀似若耶[⑤]。
底事澄江生细浪，　一双画浆拨菱花。

村妇招邀赏令辰[⑥]，　山花满鬓晓妆新。

---

① 麻塘：地名。在上高县城西20多公里，今为上高县徐家渡镇麻塘村。

② 赡军仓：供应军粮等生活物资的仓库。

③ 高安：在江西省西北部锦江中游。汉置建成县，唐改高安县。1993年改设市。出煤、瓷土、石灰石。

④ 蔡家琬：又称二知道人，字石峨，号陶门，乾隆至道光间安徽合肥人，曾任江西候补知县，因服膺陶潜，自称陶门弟子。著有《陶门弟子集》、《陶门续集》等。

⑤ 若耶：参见168页注②。

⑥ 令辰：吉利的时日。

出游城市何愁远，　一辆田车坐两人。

沿江游女似穷源，　同看龙舟笑语喧，
自昔石榴裙最好，　而今变作石榴裈[①]。

（《陶门续集》清道光间刻本）

---

① 裈：音 kūn，有裆的裤。以别于无裆的裤（套裤）。

［赣中地区］

城西[①]放歌

（元）周霆震[②]

序：周寇[③]万四千人发永新[④]，水陆并下。八月二十九日，张录事出军。九月一日，府委官教授滕诣西昌参政所请师，征诸将赴援。录事无马，战不利。是夜急报三至，黎明驰檄促援兵。食时，寇焚高沙、敛陆[⑤]，录事军奔还。城内外大骇，或争走入城，或赴舟江浒，或散投村落，僵仆死伤，不可胜纪。贼骑掠太平桥[⑥]官地上，薄晚退屯，援兵暮集。初三日早合战，自辰至午，参政军扼上流，寇惊败走，衣装器仗填野。沿途民义邀击，擒获颇多。周寇奔还永新。当是时，郡城几殆。天也，国家之福也。歌竹枝以写之。

太平桥外吹血腥，　追奔黄粤蹶门丁。
昨日纵横官地上，　岂知恶极有天刑。

黄粤，全参政所招郡人。门丁，张录事所起在城民户。

---

① 城西：指吉安城西面。吉安，原名吉州，隋置，元改名吉安，自唐开始治庐陵。元以后辖境为赣江中游流域。

② 周霆震：生于元代，卒于明初，字亨远，号石田子，江西安福县人。两次考试不中，后专意诗文，记叙事实，感愤颇深。著有《石初集》。

③ 周寇：指周安，元末江西一支农民起义军的领袖，参见前文《江西竹枝词简介》第3页最后段。

④ 永新：县名，在江西省西部赣江支流禾水上游，三国吴设县。今为吉安市辖县。

⑤ 高沙、敛陆：吉安城西地名。

⑥ 太平桥：在吉安城郊，宋大中祥符年间建。

千金堕地不暇顾，　妻拏[1]咫尺愁相抛。
此时争门城内去，　悔不云山深结茅。

理问军中骑射精，　从来赏罚最分明。
疾驰赴援如风雨，　晚发河山夕到城。

水寨城关总寂然，　诸军号令夜分传。
火筒清晓三声发，　诸将齐驱勇向前。

敛陆池边晓树旗，　埋冤树[2]下夕僵尸。
皇天近日新开眼，　说与四方残党知。

惨淡秋云复血痕，　参差苏石[3]倚蟠根[4]。
古来此是埋冤树，　今日还栖战死魂。

大洲男儿身姓熊，　把头[5]削铁刃如风。
直前竞斩红旗首，　步战须还第一功。

斩头累累悬马鞍，　众中谁似林伯颜。
贼阵横穿来复去，　三军大捷唱歌还。

---

① 妻拏：（拏音 ná）牵引着妻子。

② 埋冤树：在吉安西郊官道侧。周霆震另有诗云“破家哀子立，饮恨泪彻泉”（见于《石初集》），说此树阅尽百姓受官府和富豪残害有冤无处申的痛苦，因称其为“埋冤树”。

③ 苏石：江苏太湖石。点缀园林多用此类石。

④ 蟠根：盘曲的树根。

⑤ 把头：（把音 bà）刀把儿。这里指手握刀把。

先锋破阵古来难，　好手齐推岳长官。
除却林奇谁与对，　交驰两马万人看。

记得壬辰血乱流，　血流又到丙申秋[①]。
凶徒恶党还知不，　莫要轻来打吉州。

莫道孤城铁作关，　云埋贼阵血未殷。
强梁多在莼村死，　战马才余八匹还。

参政遣军快阁下[②]，　寇来相遇吉塘桥[③]。
横阵江上四十骑，　居民墙屋免焚烧。

安坐辕门运六韬，　寇锋压境沸如涛。
收功一战民安堵，　始信将军定策高。

太守当年宪使除，　军须供给自纷如。
白发苍头宁自暇，　一宵暂向府中居。

录事张公老县贫，　一身阖郡事如云。
仓卒开城容万众，　从容行酒壮三军。

（《四库全书·石初集》）

---

① 壬辰、丙申："壬辰"，指元至正十二年（1352 年）。"丙申"，指元至正十六年（1356 年）。壬辰年周安率部众参加红巾军，屡与元军作战。

② 快阁：在泰和县东南，前临大江，旧名慈氏阁。因黄庭坚赋诗其上而名闻天下。泰和，吉安下辖县，紧邻府城之南。

③ 吉塘桥：在今吉安市西南十里永福乡，宋元祐年间建，凡十五敦，上覆以屋。明永乐二年坏，惟十二敦石存。

庐陵[1]竹枝词

（清）蔡家琬[2]

新春一样度流光，　何事人人喜欲狂。
试罢春灯还赛会，　道旁观者尚奔忙。

红云霭霭护城闉[3]，　五里桃花十里春。
莫讶成蹊[4]真个速，　看花人看看花人。

一雨兼旬不肯休，　文江[5]春水正悠悠。
莫教轻易缘流上，　十八滩头在上头。

共庆衢尊饮太和[6]，　谁云平地起风波。
江间浪拥街头涨，　始信传言不太讹。

几许龙舟往复还，　龙头龙尾更斓斑。

---

① 庐陵：今江西吉安市的古称，位于江西省中部。秦置庐陵县，东汉末设庐陵郡，隋初废庐陵郡设吉州。后立废更迭，辖区时变，元为吉安路，明清为吉安府，2000年改设吉安市。

② 蔡家琬：参见第190页注④。

③ 闉：音yīn，古代瓮城的门。亦指瓮城。

④ 蹊：小路。

⑤ 文江：赣江吉安段的别名。赣江在吉水县与永丰水合，缭绕清湖洲间，状若吉字，故名吉水。又两水交合如文字，故又名文江。

⑥ 共庆衢尊饮太和：“衢尊”：谓设酒通衢，任人自饮，比喻仁政。“太和”，太平。

榜人哪解离骚[①]意，　竞渡文江字水间。

门巷清幽地势斜，　湘帘深处有人家。
忽闻唤得声清远，　来买丝穿茉莉花。

有客江干几度过，　新凉天气逸情多。
习溪桥[②]畔黄昏后，　倚遍危栏听棹歌。

薄暮风吹细雨过，　平分秋色夜如何。
聚奎门[③]与金牛寺[④]，两处谁知得月多。

鲤鱼风里日焚香，　一片虔诚答上苍。
九月以来斋九日，　黄齑澹饭[⑤]过重阳。

城隅迤逦[⑥]巷交通，　最好风光是早冬。
一带城头饶丽景，　橙黄桔绿衬芙蓉。

白鹭洲[⑦]边红蓼汀，　清霜傲雪几回经。
柔姿零落惟蒲柳，　老树冬来处处青。

---

① 离骚：战国楚国大诗人屈原所作《楚辞》的篇名。对后世文学有巨大影响。

② 习溪桥：在吉安市内，建于唐天宝七年（748 年）。

③ 聚奎门：在吉安市西南。

④ 金牛寺：在吉安城南焕文门外，其处有金牛泉。

⑤ 黄齑澹饭："黄齑"，咸腌菜。"澹（音 dàn）饭"，味道清淡的饭。

⑥ 迤逦：亦作"迤逦"，曲折连绵。

⑦ 白鹭洲：在吉安市内赣江中，以形如白鹭得名，素以风景优美吸引游人。宋江万里知吉州军时，在洲上建白鹭书院，为全国著名书院之一。

凤船庙外树槎枒，　种自何人岁月赊。
破腊欲开春万点，　有谁来看古梅花。

江干事事总清幽，　几许闲人结伴游。
临路店中风味好，　丁坊美酒大鱼头。

自是相思草[①]味长，　雅人深致费猜详。
金筒[②]有火何曾灭，　底事亲持一瓣香。

有癖难忘苦亦甘，　澹巴菰[③]外且穷探。
街前无绔[④]公多少，　风味依然说岭南。

画里江城语不虚，　焕文门[⑤]外最清腴。
未知小李将军[⑥]笔，　写出山川妙境无？

山水之间日徜徉，　高峰壁立大河长。
文山永叔[⑦]流风远，　魂魄犹应恋故乡。

---

① 相思草：烟草。

② 金筒：铜质的烟筒。

③ 澹巴菰：即烟草。从英语 tobacco 直译过来。

④ 无绔：不着长裤。

⑤ 焕文门：古吉安城南门。

⑥ 小李将军：唐右武卫大将军李思训及其子昭道，俱以绘画著名，世称思训为大李将军，昭道为小李将军。此外，五代蜀李昇的画似李思训，人也称他为小李将军。

⑦ 文山永叔：文天祥号文山，欧阳修字永叔，这里当指此二人。

碑原没字待其人，五笑亭[①]中历几春。
多少游人游到此，却将片石当花茵。

传闻宋代永和窑[②]，玩具撩人逸兴饶。
踏遍郊原黄叶地，夕阳何处吊舒娇[③]。

主簿而今安在哉，真君山[④]下且低徊。
飞仙高阁今犹在，为俟空中白鹤来。

（《陶门弟子集》清嘉庆二十二年刻本）

① 五笑亭：在吉安青原山青龙脊上，始建者宋通判徐俯。

② 永和窑：即“吉州窑”，遗址在今吉安市郊永和镇附近。创烧于唐末，盛于南宋，衰于元，明时曾一度中兴，是中国陶瓷史上规模较大、延烧时间较长、产品独具特色的瓷窑之一。

③ 舒娇：相传宋时永和窑有一个工匠舒翁善为玩具，其女尤甚，号曰舒娇，所造垆瓮诸器，极为世重，几乎与哥窑等价。

④ 真君山：旧县志载，在庐陵县西北。相传宋时有蛟患，因祀许旌阳，蛟不为害，遂以名山。元皇庆间，郡人林浚为高安主簿，弃官学道于此，创飞仙阁。

龙泉[1]竹枝词

（清）杜一鸿[2]

吉州西上是龙泉，　万点青山万户烟。
最喜年丰人乐业，　白云坳里总开田。

双溪[3]溪水接罗湾，　百里沙滩九曲环。
估客船通南北岸，　浮桥横亘在中间。

秀洲[4]洲前多老树，　北乡寨上好杉山。
绞排出水下流云，　买得京滩细崽还。

一年佳节元宵前，　秧歌社鼓争喧阗。
东村只鸡西村酒，　资福寺[5]边焚纸船。

---

① 龙泉：旧县名，今为遂川县。在江西省西南部，井冈山东侧、赣江支流遂川江上游，邻接湖南省，县人民政府驻泉江镇。五代南唐保大元年（943 年）置龙泉场，宋建隆元年（960 年）南唐升龙泉县。1914 年改遂川县。为吉安市下辖县。

② 杜一鸿：江苏江阴人。进士。乾隆三十至三十六年、三十九至四十年任龙泉知县。

③ 双溪：遂川县西南有左溪河，西北有右溪河，在县城附近汇为遂川江。

④ 秀洲：在遂川县城西遂川江中。

⑤ 资福寺：有二，一在乡村，一在城郊三厢，这里指后者。宋建隆三年建，苏轼曾宿于此，有诗。

批山种竹满三年，　冬笋春苗好趁钱。
六尺簹笆坚似铁，　一床纸褥[1]软于绵。

油寮水碓杉皮篷，　篷下担油妇趁翁。
今年木梓[2]贱如土，　六月六日天无风。

野菊花开鱼袋洲[3]，　重阳个个出郊游。
要看胜地斯文会，　更上东山抱景楼[4]。

赁土开荒客籍繁，　年年棚下长儿孙。
辛勤满叶仓箱咏，　闽广湖湘共一村[5]。

（《遂川县志》清同治十二年刊本）

---

① 纸褥：纸做的坐卧垫身用具。参见第246页注③。

② 木梓：即乌桕，落叶乔木，种子可榨油，为工业原料。

③ 鱼袋洲：在遂川县城南门外旧儒学前，长二十余丈，外围隆起，中部凹陷，日光灿照如金鱼袋状，故名。

④ 抱景楼：在遂川城东银山（一名东山），宋景定二年建塔，乾隆二十四年建楼，邑之胜境也。

⑤ 闽广湖湘共一村：指从上述地方迁入的棚民，在此安居乐业。

龙泉竹枝词和杜西田明府[1]韵

（清）周　壎[2]

厥民[3]惟隩[4]隩多泉，幂䍥[5]层峦万井烟。
谁解农夫上山去，长镵[6]白柄劚[7]梯田。

石角丛丛细草湾，绝流编竹巧连环。
羡鱼结网殊多事，拍手松鲈在此间。

千方竹茧[8]来深谷，万石桐膏[9]出远山。
痎市[10]有期越三日，裹盐包饭赶圩还。

大姓人家寝庙[11]前，相高冠盖正纷阗。

---

① 杜西田明府：杜西田即杜一鸿。明府，唐以后对县令的尊称。

② 周壎：字伯谱，龙泉县人，清乾隆十七年进士，官知县，著有《泉邑物产说》。（壎，埙的异体字，音 xūn，又读 xuān。）

③ 厥民：犹言其民。

④ 隩：音 yù，又读 ào，水涯深曲处。指适于定居的地方。

⑤ 幂䍥：音 mì lì，覆盖分布貌。

⑥ 长镵：（镵音 chán）古代一种有弯曲长柄的犁。

⑦ 劚：同“斸”，见第 35 页注④。

⑧ 竹茧：山区竹类土产。一说即竹黄，春夏生于已经或即将衰败的竹枝上的一种菌类，民间作为药用。具体为何物，待考。

⑨ 桐膏：桐油。

⑩ 痎市：（痎，音 jiē，疟疾，有间日或三日发作一次的规律）定期举行的集市。

⑪ 寝庙：古代宗庙中的寝（衣冠所藏之处）和庙（接神之处）的合称，后亦指寻常寝处（住所），这里指后者。

太平士气归淳理[1]，　万轴缥缃上濑船[2]。

清明冬至一年年，　遍压松楸挂楮钱[3]。
故鬼未寒新鬼煖，　墓门莫任草芊绵。

杉皮稻梗屋如棚，　春霁排檐曝背翁[4]。
直到腊残不甚雪，　单衣还试五更风。

城南十里滟芳洲[5]，　不遣闺人事冶游。
风静更无鹦鹉唤，　马啼遥隔曝衣楼。

蛇豕当年事颇还，　喜游泰宇长儿孙。
年年领得输粮票[6]，　不见征徭更几村。

（《遂川县志》清同治十二年刊本）

---

① 淳理：质朴敦厚。

② 万轴缥缃上濑船：缥缃，帛类织物，古时常用以作书囊或书衣，后因以代称书卷。濑，音 lài，从沙石上流过的急水。这句是指大量书籍被用船装运到山里来。

③ 楮钱：（楮音 chǔ）祭祀时焚化用的纸钱。

④ 春霁排檐曝背翁：春天放晴，老翁在屋檐下晒太阳。

⑤ 滟芳洲：即鱼袋洲。参见第 200 页注③。

⑥ 输粮票：以粮食抵徭役的凭证。

东汝[1]竹枝词

（清）徐景烨[2]

乡隅僻陋道谁敦[3]，士习由来不足论。
犹幸天佣[4]今未远，文章节气旧规存。

春深戴月荷锄栽，美芋翻荷映绿苔。
我欲十年逢宰相，红炉一倩懒残煨[5]。

蔗浆[6]倒啖味可饶，剥叶偏将活火烧。
沃釜煎成香扑鼻，卖糖箫起一肩挑。

（《东乡县志》清同治八年刊本）

---

① 东汝：指江西省东乡县。东乡县始建于明代，大部分土地原属临川县东乡，故名。临川县临汝水，曾称“临汝”，故东乡县又有“东汝”之称。为抚州下辖县。

② 徐景烨：清代东乡人，余不详。

③ 道谁敦：道，封建伦理纲常。敦，督促。

④ 天佣：天道公平。

⑤ 红炉一倩懒残煨：火红的炉边一个男人正在懒散地烘烤剩余的芋头。

⑥ 蔗浆：甘蔗榨出的浆汁。

宜黄①竹枝歌

（清）谢阶树②

宜黄，自汉献帝建安中始置县，其后或分或并，至宋太祖开宝元年而后定。所居荒远，盖自古能文之士无问津者矣。乡先正如乐侍郎③父子著述称富，又苦放失，其存者大都什得二三。然至今文人学士读曾南丰④《宜黄学记》，又未尝不流连慨叹，想见其风教之美也。刘禹锡曰："山不在高，有仙则名；水不在深，有龙则灵。"予生长于斯，闻见最熟，爱其山虽多而不杂，水虽清而不激，风俗淳厚无浮嚣之气，龆耋⑤居游有熙皞⑥之观，泉甘土肥，草秀木异，如桃源鸡犬自成一村。爰比古竹枝词调谱，为诗百章，于谣谚之中寓劝惩之义，后之览者亦将兴起于兹焉尔。嘉庆十七年十一月叙。

宜黄风俗古无诗，　听我新声唱竹枝。
溪是瑶溪里瑶里，　吾家合住北山陲。

予家在城北北山之下，地名瑶里。

城中高岭与云齐，　城外平芜泛水低。

---

① 宜黄：县名。在江西省中部偏东、抚河支流宜黄水流贯。三国吴治县，以宜黄水得名。为抚州府下辖县。产烟草、苎麻、木、竹。

② 谢阶树：字子玉，号向亭，宜黄人。嘉庆进士，官至侍讲学士。著有《守约堂集》、《约书》、《沅槎唱和集》、《澧槎唱和集》等。

③ 乐侍郎：即北宋文学家、地理学家乐史。字子正，宜黄人。初仕南唐，入宋为平原主簿，举进士，官至职方员外郎。

④ 曾南丰：即曾巩。北宋文学家。字子固，江西南丰人。嘉祐进士，官至中书舍人。长于散文，为"唐宋八大家"之一。

⑤ 龆耋：音 tiáo dié，儿童和老人。

⑥ 熙皞：（皞音 hào）光明兴盛，宽广自得貌。

司马头陀精相宅，　河东原不及河西。

县城在河西，多山。河东平衍，有膏腴田数百顷。相传故县本在河东，今其地尚有庙，名故县庙，至宋开宝中，拟筑新城，有司马头陀者，不知何许人，精堪舆①术，谓河东不如河西，因置今城。

廿年生长县城隈，　十景才游八景来。
著屐一生能几緉②，　兴公枉自赋天台。

宜黄十景者：凤冈耸汉、狮石回澜、卓岭朝曦、斧泉夜月、梅峰积雪、桃洞舒霞、百花拥塔、二水绕城、贯虹渔唱、卷雪樵歌。予未至梅峰，卷雪（桥名）今亦圮废矣。

岧峣③云际见军峰，　一到秋澄便荡胸。
千叠万重山作浪，　中央秀出碧芙蓉。

军峰距县城百余里，为一县众山之冠，高可三十里，正对予斋。若中秋澄景清，则岧峣一碧，高插天汉，它时则在云雾中矣。

凤冈高耸北城暗，　识得庐山面目真。
唤作鸡笼无不可，　中宵原有听鸡人。

凤凰山在县城北，旧名鸡笼山，亭亭独立兀奡④，雄尊于近城诸山中，昂昂然如野鹤之在鸡群矣！予宜山读书斋正在此山之麓。予旧有记。

长房鞭石竟成狮，　敬则当年不敢骑。
欲养神威留搏象，　山中何必问狐狸。

城之东北二里许，有山名狮石，其下为潭，盖吾乡奇胜也。面目口耳皆

① 堪舆：看风水。
② 緉：古代计算鞋的量名，有如今天的“双”。
③ 岧峣：音 tiáo ráo，山高峻貌。
④ 奡：音 ào，通“傲”。傲慢。

具，望之若蹲踞慑物之状。有路自狮口出，呀而大开。山顶皆童①，无狐狸獐兔之属。予旧亦有记。

七层宝塔六层花，　面面瞿陁②对紫霞。
曾向最高层上望，　青天何处有云遮。

百花塔在城之东南三里许。

卓望峰高插翠旻③，　朝看日出大如轮。
山中夜听天鸡叫，　一缕霞烟锦样新。

卓望峰乃近城山之高者，夜看日出大如车轮。

红阑三百九十桥④用白乐天句，廿四扬州明月宵⑤。
不及五桥花影密，　莺啼燕语奏琴箫。

城之东门外有五桥。五桥者，迤南为通济桥，次为塔船桥，次为贯虹桥，稍北为丰乐桥，次为瓠子桥。春和景明，花香鸟韵，游人至此，襟怀别开矣。

斧泉新汲水花抛，　两口联成吕字泡。
未必谷帘⑥称第一，　请君亲到县城坳。

---

① 童：无草木。

② 瞿陁：瞿，音 qú，瞿昙氏的省称（佛祖的姓，又译乔达摩）。陁，音 tuó，同陀。“瞿陁”，同“佛陀”，这里指佛像。

③ 翠旻：（旻音 mín）青天。

④ 红阑三百九十桥：指扬州红桥。句中数字系泛指桥长。

⑤ 廿四扬州明月宵：指扬州美丽的月明之夜。句中数字亦为泛指，犹言其多。

⑥ 谷帘：谷帘泉，在庐山汉阳峰下，茶圣陆羽评为天下第一泉。

斧泉，即玉井，在县城南。其上为邹提刑公极①城南别墅故迹。其水汲时即起两泡，一大一小如吕字形。其水一斛比他水重三四斤，以之烹茶甚甘美。虽盛夏蝇蚋不近，经宿不生尘滓，相传为吕洞宾仙迹。予旧有诗记之。

锦屏风障绿丝萦，　花柳年年细织成。
一到洞门都入眼，　今朝真在镜中行。

洞石在北城外二里许，山腋有洞如门，直穿山背，相传为吕洞宾持杖所穿。予旧有诗记之。

赌墅楸枰②石未移，　回龙洞口暗难窥。
不知几度樵柯烂，　却费仙人两局棋。

洞石之口有方石，上有界道如棋枰，相传吕洞宾至城南别墅后，遂与邹提刑公对弈于此，此石乃其局也。又昔时宝积寺有高僧，失其名号，善棋，无与敌者。一日，有俊士来与对弈，容貌甚都雅，所谈亦非世俗事。僧疑其非凡，因询其乡贯，则曰徽州纸商。僧亦从徽州挂锡于此，念乡中无此人。他日，俟其去，迹之，则见登山后小径，化为黄龙，从石孔中蜿蜒而入，因名其处为回龙洞。

名山石室径全荒，　两字高标翰墨香。
不信临川王介甫③，　此中也有读书堂。

出洞石左折行五十步，遂得一岩，在山之半，呀而虚其中，有石室方广三亩许。相传王介甫未遇时，读书于此，至今尚名荆公读书堂。虽未敢遽信，然亦故乡老父传闻如此。山额镌“清理”二字，书法甚端劲。

---

① 邹提刑公极：即邹极，字适中，号一翁，又号赤松，北宋宜黄人。治平四年（1067年）进士，初为泰和县主簿，后为永新县令。曾积极参与王安石变法，后因政见不合遭贬。再次起用后，于元祐初年任提点江南西路刑狱，审案不畏强权，秉公执法，声震朝野。

② 楸枰：棋盘。

③ 王介甫：即王安石，字介甫，晚号半山，小字獾郎，封荆国公，世人又称王荆公。江西抚州人，北宋杰出政治家、思想家、文学家。

青莲诗句①望中收，　二水中分白鹭洲。用李白诗句
好似洪都章贡水，　到城齐并赣江流。

宜水出仙乡，黄水出崇乡，二水双流至城南沙洲而合，此县名所由昉②也。

曹溪春水自潺湲，　此日谁参马祖禅。
老衲畏寒偏袒坐，　至今犹自望衣传。

曹溪有曹山寺，即马祖挂锡处。今寺荒圮已久，众僧逃散，惟一老僧冻饿而已。

石砻③高高两字镌，　绝径春发豆苗鲜。
猿连百臂终难到，　多恐飞来石壁佃。

石砻在城西南二十里，旁有寺，今亦圮废矣。上有柏太守谦所书“石砻”二字，大经丈余，镌于半壁。砻上有豆标数茎，风雨不坏，至春则发，豆苗青葱可爱。其高数百丈，盖人迹不到之处，相传为马祖手植，非人力也。

佛地精岩著马柳④，　龙泉古寺众僧忙。
清风夜送檐铃语，　昨日衙官替戾冈⑤。

龙泉寺在城北凤皇山下，颇著幽胜，近日为官长传舍矣。

---

① 青莲诗句：指李白《登金陵凤凰台》中的“三山半落青天外，二水中分白鹭洲”。

② 昉：音 fǎng，开始。

③ 砻：音 gǒng，水边石。

④ 著马柳：停靠着大的马车。著，音 zhuó，“着”的本字。柳，其意之一原为古代装饰棺车的帷盖，后演变为大车的通称。“马柳”，又疑为“马枊（音 áng，系马的柱子）”之误，待考。

⑤ 替戾冈：羯族语“出”的意思，后作为“出”的隐语。典出《晋书·佛图澄传》石勒（羯人）将攻刘曜，问佛图澄的故事。

凤皇山北碧云闲，　　瓠子桥南绿水环。
十里桃花三里杏，　　看春游到华家湾。

由瓠子桥至华家湾，一路桃杏花甚多，红腮绿颊，倒影如画，真所谓锦绣窟也。

北华山下绿成洼，　　狮子林边得径斜。
踱过贯虹桥畔路，　　春风春雨看桃花。

北华山在城南门外里许，旧名禾廪石。十余年前，好事者屋其顶以居佛，盖城南之胜地也。狮子林在大北关外，贯虹桥在大东门外，舟车商贩络绎之处。诸处皆多桃树，开时一片如赪霞①也。

上石流同下石流，　　丁家洲接百花洲。
捉鱼看我翻觔斗，　　自幼生来便学泅。

上石、中石、下石皆潭名。三潭相连，中多嘉鱼。丁家洲在通济门外，百花洲在河东，以塔得名。居人皆善泅水，以手捉鱼，一日可致数十斤。

三乡四十五名都，　　制字从山高下殊。
山上有云山下水，　　山山都入辋川图。

三乡者，崇乡、仙乡、岱乡也。其字皆从山。崇乡山最高，故山在上；仙乡次之，故山与人齐；岱乡山最少，故山在下。山皆秀异，有云烟花木之胜。富家巨室各就其幽丽处为书室别业，以供游人临眺之所。度山起楼，因地为林，葱蔚弥望，如入画图。每舟行目遇，触岫引襟，排崎延赏，武陵得路，稍深忘疲矣。三乡共四十五都，县境广袤各二百余里。岱乡，一名待贤乡。

万家村落只棠阴，　　四代朱陈②留至今。

---

① 赪霞：（赪音 chēng）红霞。

② 朱陈：古村名。白居易《朱陈村》诗：“徐州古丰县，有村曰朱陈……一村唯两姓，世世为婚姻。”后世用为联姻的代称。

孝悌[①]若成清献里[②]，廉泉让水[③]自深深。

棠阴，镇名，在县之南三十里，户万五千有奇，一县村落无有盛于此者。村中惟吴、罗、符三姓，自宋以来，世为婚姻，如朱陈也。旧俗称健讼，今闻彬彬多礼让之风矣。

神冈峡石人文盛，　只有应洪两姓多。
聚处更无他族逼，　由来此里号鸣珂[④]。

神冈、峡石亦二村名，又在棠阴之南。峡石距城四十里，洪氏居之，今介亭编修所居地也。神冈距城百里，应氏居，今兵部主事退思先生所居地也。二公皆与予同官京师，聚族而居，人文最盛，父子兄弟科甲蝉联，为吾县名里焉。

尚书居是郑公乡，　故宅难留绿野堂[⑤]。
若准争墩荆国[⑥]例，　谭坊应改姓邹坊。

谭坊，在县之北二十里，亦村名也。明兵部尚书谭襄敏公纶[⑦]居此，故姓其地焉。今村中皆邹姓，计不下五千户，而襄敏子孙竟不能有其故宅，为

---

① 孝悌：儒家伦理思想，强调善事父母、兄长。

② 清献里：清士贤者的乡里。

③ 廉泉让水：南朝宋时，梁州范柏年谒见明帝，明帝说到广州的贪泉，就问柏年："卿州复有此水否?"柏年曰："梁州惟有文川、武乡、廉泉、让水。"又问："卿宅在何处?"曰："臣所居廉、让之间。"见《南史·胡谐之传》。范语暗示自己清廉谦让之意。后以"廉泉让水"比喻风土醇美。

④ 鸣珂：即"鸣珂里"，珂，马勒上的装饰品，谓高官贵人车马出入喧闹之地。典出《新唐书·张嘉贞传》。

⑤ 绿野堂：唐裴度的别墅。旧址在河南洛阳，有花木万株，中起凉台暑馆。这里借比谭纶之宅。

⑥ 荆国：指王安石，他曾被封为荆国公。王安石二次罢相后住在今南京，所作《咏谢公墩》诗有"公去我来墩属我，不应墩姓尚随公"之句，谢公墩因东晋谢安常登临而得名。

⑦ 谭襄敏公纶：即谭纶。字子理，明江西宜黄人。嘉靖进士，初任浙江台州知府，练兵御倭。后官至兵部尚书，主持兵事三十年，与戚继光共事齐名，号称"谭戚"。有《谭襄敏遗集》。"襄敏"是他的谥号。

可慨也。又予宜山书院在城中，亦襄敏别业，一县山水之胜无逾此者。今楼阁园池皆仍其旧，而石阑花甃及苍松古柏皆数百年物，惟中堂埤①土而崇之耳。予旧有记。三十年前我家盖得之于罗叟，然已三易其主矣。

近市何曾染俗尘，　莺飞草长惜余春。
城西尚有桃源洞，　当日提刑要避秦。

城西有桃源洞，乃宋提刑邹极致仕②后结庐于此。盖当日与王介甫论新法不合，乃与其友涂叟相约早退，为闲居之计。因名所居为“桃源”，言避介甫如避秦也。予旧亦有记。

城如罣网③依山立，　屋似停舟傍水分。
好笑县中成两界，　南门花木北门云。

城中富家巨室多居南门，而北门则擅山水烟云之胜矣。

堂皇虚敞撤门窗，　雁齿层基叠石矼④。
四角短檐天井窄，　阶心恰放变鱼缸。

人家屋宇，多构卧室，连房复道，曲折幽通，故天井极窄，盖以地基狭隘故也。堂厅皆不设门窗，而台基甚高，石级有多至八九层者。阶心多置大瓷缸，养各种金鱼。金鱼谓之“变鱼”，以其一日能变五色也。

火洞炒成灶额黔，　烟冲添个出厨檐。
叉薪须傍墙隅积，　仔细掀翻酒醋坛。

灶前多织竹，涂泥成壁，谓之“灶额”。亦有添突者，谓之“烟冲”。酒醋坛皆傍灶边，以其煖也。

---

① 埤：埤音 pí，增益，加。
② 致仕：交还官职，即辞官。
③ 罣网：“罣”，同“挂”，挂的异体字。“罣网”，即“挂网”。
④ 石矼：石桥。矼，音 gāng。

山溪水涨入沟渠，　市上乘船看簎[1]鱼。
灶突不黔君勿笑，　仙人原自爱楼居。

每年四五月之间，大雨时行，山溪水涨，市上深至丈余，人家男女皆寝食于楼上。

乐家著述等身齐，　三箧亡书识者谁？
除是陈迁今再世，　一朝读尽蒋山[2]碑。

宋乐侍郎[3]史著述最富，其书目见于志乘者：《广孝传》五十卷，《总仙记》一百四十一卷，《广孝新书》五十卷，《上清文苑》四十卷，《贡举故事》二十卷，《登科记》三十卷，《题解》二十卷，《唐登科文选》五十卷，《孝悌录》二十卷，《续唐卓异记》三卷，《总记传》百三十卷，《坐知天下记》四十卷，《商颜杂录》二十卷，《诸仙传》二十五卷，《宋齐邱文传》十三卷，《杏园集》十卷，《李白别集》十卷，《神仙宫殿窟宅记》十卷，皆逸。其存者，惟《太平寰宇记》二百卷，内又佚去十一卷。今南昌万氏所刻补其阙，别为一册，附于后。又侍郎裔孙临川孝廉钧，近得《杨妃外传》二卷，刻梓行于世。前年，万载辛敬堂博士购得钞本《广卓异记》二十卷于市肆中。古墨遗香，人间秘宝，予亟借钞一部，尚未刊行于世。凡为书二十二部、一千一百四卷，自古文人著述之富无逾此者。侍郎子黄目，字公理，所著有《学海搜奇录》四十卷，《圣朝郡国志》二十卷，《文类杂编》数卷，皆逸。

又宋时邑人陈迁，字德升，年十六游金陵，谒王荆公。知其能博学强记，因令与陆农师遍阅《蒋山碑》，无虑数十。及归，录不遗一字。荆公与农师皆大惊。病留蒋山，与勇禅师契合，勇赠偈曰："胡儿孙子太惺惺，爱弄千年鬼眼睛。不见宰官贪说法，时时来我岭头行。"即弃儒学禅，作《传灯录》。

长庚犹记入怀时，　五色珠光照陆离。
谁似乐家好儿子，　老椿齐放四琼枝。

乐子正侍郎实居崇乡之霍源，今其地多张氏矣。侍郎诞夕，母梦异人授

---

① 簎：音 zé，又读 cè，刺。

② 蒋山：即南京市东北的钟山。三国时孙权因避祖父钟讳，以东汉末秣陵尉蒋子文葬此而改名。

③ 乐侍郎：参见第 204 页注③。

五色珠而生。子黄裳、黄中、黄目、黄庭，四人皆先后登进士。

杨妃外传至今存，　搜索遗书费讨论。
欲补先人仙洞集，　乐家今日有诗孙。

吾友乐莲裳孝廉，风雅士也，方在童卯即以能诗得名，当世曾刻侍郎《杨妃外传》二卷。盖侍郎后裔后移寓临川耳，而吾邑乐氏子孙竟无达者。

三间洛诵草堂墟，　曾伴诚斋与雁湖。
北事罪言久放失，　即今谁识李书厨。

李郛，字子经，仙乡查浦人。观书过目成诵，博闻强记，人因目为“书厨”。为文援引浩博，不能就有司程度，试贤良不遇，退而著书自乐。所居有堂名“洛诵”。尝著《北事罪言》二十篇，讥切时政。有文集数十万言。周平园、杨诚斋、谢艮斋、何月湖、陆放翁皆引为上客。李雁湖跋其文云：“博学疆记，文甚高，予来临川，恨识之晚”云云。又有《纬文琐语》，杨诚斋为之跋，刻于巴陵，今俱亡矣。又雁湖注荆公诗，引其语云：“友人宜黄李郛云介甫《读墨》诗，终篇皆如散文，但押韵耳。”见本书六卷。

杜陵笺传论初桄①，　谁溯姑川有两黄。
不分裴家名父子②，　史书分注独流芳。

黄希，字梦得，号师心，岱乡姑川人，博学能诗。乾道二年登进士第，官终永新令。尝作“春风堂”于县治。杨诚斋为之记曰：“梦得之学，奄有古今。”晚年作诗慕少陵句法，有《补注杜诗》本，搜剔隐微，皆前人所未到，未及成而卒。子鹤复增益之，重定年谱，名曰《黄氏补注杜诗》。今杜集各本注中所称“鹤曰”者是也。鹤字叔似，号牧隐，有集名《北窗寓言》，

---

① 杜陵笺传论初桄：“杜陵”，指杜甫。“笺（音 jiān）传”为注解阐释之意。“桄”（音 guàng），原义为车、船、梯、床上的横木。这句的意思是：选择初始的别人没用过的材料来注释杜甫的作品。

② 裴家名父子：指南朝宋时史学家裴松之父子。裴松之，字世期，河东闻喜（今属山西）人。他受宋文帝命注《三国志》，博采群书一百四十余种，以补缺、备异、惩妄、论辨等为宗旨，开创了作注的新例。其子骃也以注史著称。

今佚。予在家时，闻其稿尚存邑人黄某翁家，未及访求，今来京十载犹悒悒①也。

子野才堪介甫师，　鹿冈书院鹿冈陲。
荒凉四代拿云馆，　不见东方像赞碑。

杜子野，崇乡鹿冈人，熙宁六年特奏名。王荆公尝师事之。及荆公作相，子野见之于邸第。公问所欲，子野都无言，但指壁间颜鲁公所书《东方朔像赞碑》石刻。公曰："此墨本何足贵，顾此石在德州，可致也。"于是辇至临川，并以金送诸其家。子野受碑而反其金。碑后为城中涂院判所得，至明又归于柿林谭氏，最后又归合陂黄司令，创"琴乐堂"以居之，后毁于寇。子野所居有鹿冈书院，在今崇乡四都，中有"拿云馆"，即王荆公受业处也。

义庄犹在说苏州，　乐氏遗田尽不留。
叹息赞皇空作记，　平泉草木几春秋。

宋时，乐家父子并显于朝，乃尽以所得赐赍②置义田数千亩，以赡其宗族之贫乏者。今徒有"乐侍郎义庄"之名，而田无半亩存者，遂令苏州范氏③独有，千古为可慨也。

一群年少口唔咿，　画壁都矜幼妇词。
请看溪边短命鬼，　也来评论道园诗。

相传虞伯生④未遇时，流寓宜黄，冬日倚楼吟诗，有"五更鼓角吹残雪"之句。忽隔溪一童子揖而言曰："角可吹，鼓亦可吹耶?"亟招之，已失所在，盖诗鬼也。乡人呼少年殇者为"短命鬼"。

吴公鲠直振朝纲，　不作王家老侍郎。

---

① 悒悒：心中郁结不舒。

② 所得赐赍：（赍音 jī）皇帝恩赐和别人赠送的财物。

③ 苏州范氏：指北宋范仲淹在其原籍苏州吴县捐田地创立的范氏义庄，虽然朝代更迭，历经战乱，但一直到清朝依然运作良好。

④ 虞伯生：即虞集，参见第 53 页注⑤。

六草三真经劫火，　一缣①何处问流芳。

吴余庆，字彦积，棠阴人。能诗文，善书法。永乐六年以秀才荐，累官至右通政兼知制诰直秘阁。为人尚志节。王振②用事时，因会饮风指③，欲以为侍郎，不答。侍郎王佑促之拜，余庆曰："乐为朝廷参议，不作王家侍郎。"数月，振果败。评书者称其楷如美女簪花，草如瑞云飞空、流水赴壑，然流传绝少。所著有《斯白流芳集》。今其子孙繁衍称巨族焉。

勋名第一谭司马④，　此日惟传养马洲。
奏疏一编遗泽在，　年年杜宇⑤哭松楸⑥。

养马洲在谭坊，明兵部尚书谭襄敏公纶归时养马于此，故名。墓在崇乡二都，今子孙式微矣。所著有《奏议》数十卷，今存言兵事为多。司马与胡宗宪、唐顺之、俞大猷、戚继光同以武功先后显于嘉靖、隆庆、万历之间。平倭寇，守边防，诸公皆自以为不及其勋名。出处具见《明史·本传》。戚武襄⑦，盖公所保举者也。公时为兵备道，见武襄而异之，称其体貌不逾中人，而其才可将十万，以荐于朝。今此疏尚存明《名臣奏疏》中，武襄作《纪效新书》亦多援引公论。余又尝于《武备志》及《筹海图编》所载公崇论闳议不少，而《县志》独遗，以是为恨。予尝欲采辑宜黄先贤遗事，凡各家所著史集，自侍郎以来至于司马，有遗文逸事即汇而存之，名曰《宜黄献征录》。自愧闻见黯陋⑧，故有志未逮，他日仍当续而成之。今谭氏子孙尚留司马《点将图》横卷及铜像一尊，体姿丰硕而首微左顾，亦异征也。

---

① 缣：音 jiān，绢帛，这里借指书画作品。

② 王振：明宦官。山西蔚县（今河北蔚县）人，儒生，宣宗时自宫，由伴读升至司礼太监，英宗即位后，勾结内外官僚，擅作威福，明宦官专权自此始。

③ 风指：旨意、意图。

④ 谭司马：即谭纶。

⑤ 杜宇：杜鹃鸟。古蜀国帝杜宇（周代末年，在蜀始称帝。）让位于其相开明，其魂化为鹃鸟，后因称杜鹃鸟为"杜宇"。

⑥ 松楸：墓地多植松树和楸树，因借指坟墓。

⑦ 戚武襄：明代抗倭名将、军事家戚继光。戚虽与谭纶齐名，但地位比谭低。

⑧ 闻见黯陋：（黯音 yǎn，覆盖，包括之意）见闻不广。

双池老去翰林稀，　谁破天荒侍紫闱[①]。
一自黄洪壬戌[②]后，　年来五凤竟齐飞。

吾乡自壬戌科以前，翰林惟少詹余双池前辈一人。自黄定轩、洪介亭两先生，壬戌同榜为庶吉士，而予及黄东坞、罗砚佣三科相继入馆。十年之中九进士、五翰林，亦吾乡盛事也。

壁上双松舞墨螭[③]，　凤冈春晓亦多姿。
目中直欲无荆浩[④]，　晓谷前身是画师。

熊晖，字晓谷，居县城南，自幼善画，后游京师。尚书富阳董文恪公闻其名，延为记室，水墨丹青，山水人物，一时称妙。今京师邸馆唯存《双松怪石》及《凤冈春晓》二图。双松图自跋云："学洪谷子笔法"；凤冈图盖画吾邑水山烟云之胜也。尚书有跋。

棋称国手古来难，　并世罗符各据坛。
却笑东坡盖代手，　何来局外作旁观。

罗向高、符必粲俱棠阴人，善弈，称第一手。

二仙同日望浮邱，　药鼎丹罏[⑤]最上头。
去后令威城郭在，　何妨化鹤暂归游。

昔传王、郭二仙师事浮邱先生。一日，忽失师所在，遂往江南诸名胜望气求之。由玉笥适丹霞不见，乃登宜黄邑治前山，势极峭拔，凭高卓望，见巴陵、华盖二山灵光烛天。径至华盖，则浮邱在焉。晋元康三年，师弟同日飞升，后人因名王、郭二仙所望之山为卓望山。上尚有仙坛遗迹及药鼎丹灶

---

① 紫闱：皇宫。

② 壬戌：此处指清嘉庆七年（1802 年）。

③ 螭：音 chī，古代传说中像蛟龙一样的动物（头上无角）。

④ 荆浩：五代后梁画家。字浩然，沁水（今属山西）人。擅画山水，中国山水画中全景构图及皴法和水晕墨章的表现技法实始于浩。存世《匡庐图》，相传为他所作。

⑤ 罏：音 lú，小口大腹陶器。

存焉。

妙常仙观碧云寒，　记得陈家下玉棺。
昨遇青骡游蜀岭，　寄书孙子养泥丸[①]。

陈高功，名云布，字宣威，蜀人。唐开元中除校书郎，以言事切直，罢归。广德二年，再入为殿中侍御史，明年托疾归。著羽衣服，遍游名山，因遇化人授以飞符斩祟、驱龙致雨之法，至宜黄之妙常观，乐其山川幽胜，遂止焉。尝诵《度人经》，有碧衣女童俯听，双鹤飞来，回翔林际，庭前放生池有龙游其中。高功常叱龙致雨。唐封为普济护国妙应大师，年一百二十二岁，沐浴而逝。其子万匡奉棺以葬，至半山有声隐然，棺开寸许，惟存冠履。时邑中有贾人在蜀邂逅高功，附书回家，万匡发之，果父真迹，皆言养生之术。验贾人相遇之时，正葬之日也。一门四世俱成仙。道观有曾文定公诗及唐碑碣存焉。

刮目金锟[②]去疾难，盒中谁赐决明丸。
多[③]君更食安期枣，不数飞仙九转丹。

欧阳钟，字完宇，居县城南。六岁出疹痘，因患目疾甚殆。忽有一道人径入庭，抚之曰："是儿目疾，予为疗之。"就地上随手取一小石，向目数过，则双眸炯炯矣。众方骇异，而道人已挥尘而出，迹之不知所往。后应秋试至南昌，又遇道人，与之坐谈且寝，谓钟曰："汝大病将至。"遂于袖中取一丸药，置几上而去。未几，背疾忽作，遂归问前药丸，则其书童不知，弃之久矣。方悔恨间，而道人已至舟前，曰："我已知前药为竖子掷去。"更与之药，疾遂愈。后十余年，有乡人将自闽中归，遇一道人问曰："汝知欧阳钟否？"曰："是吾邻也。"道人曰："为我致书一函，且语之曰：'此向年医汝背疾之道人寄来者。'"及归，钟发视之，得枣二枚，内书数行，钟秘而不言，数日无疾而逝。

让能都放马驹骖，　贝叶昙花太极岩。

① 泥丸：道家谓上丹田，在两眉间。这里借指人的身体。
② 锟：音 bī，古时医生用以治疗眼病的器械。
③ 多：犹"只"，在这里作语助词。

此日曹宗[1]溯初祖，一灯无尽大庄严。

马祖结庵处，实在崇乡石碧之下。石碧突起百余丈，横跨两崖如桥。顶最高处，重开一罅，为马祖法窟，谭襄敏公题曰："太极岩"。岭上有浮屠，下有潺湲亭，旁有义泉寺、神运仓、滴油岩、磨盘石诸胜迹。按：《稽古略》载：马祖自建阳佛迹岭迁临川。缘唐高祖武德八年，复以宜黄并入崇仁，故但举郡名耳，其实即今之宜黄崇乡石碧也。

惠藏本是牧牛师[2]，不射黄獐不射麋。
露地白牛[3]缰锁断，问师何处觅牛骑[4]。

石碧惠藏禅师，逸其姓，少时好弋猎。唐明皇时，马祖结庵于石碧。师一日逐鹿自庵前过，马祖迎之。师问："曾见鹿否?"祖曰："汝是何人?"以"猎者"对。祖问："汝解射否?"曰："解!"祖曰："汝一箭射几个?"曰："一箭一个。"祖曰："若然，非解射也!"师问："和尚解射否?"祖亦以"解"对。师又问曰："一箭射几个?"祖曰："一箭一群。"师曰："彼此是命，岂宜多射!"祖曰："汝既知此，何不自射。"师曰："无下手处。"祖曰："这汉旷劫无明烦恼，今日顿息。"师悟，即弃猎具，截发投祖出家。一日在厨力作，祖问："何事?"对以"牧牛"。祖曰："作么生牧?"师曰："一回入草，便把鼻孔拽来。"祖曰："子真牧牛师也。"师后传祖法，尝以弓

---

① 曹宗：即佛教曹洞宗。开创者是良介、本寂师徒二人。良介于唐大中十三年（859年）来到江西宜丰洞山，传播"睹影顿悟"的禅宗新法，四方徒众纷纷前来学法。他的弟子本寂在洞山学法数年后，来到宜黄曹山，弘扬师法，使宗风大举。由于良介住洞山，本寂住曹山，禅林中便把师徒二人创立、弘扬的新禅宗称为"曹洞"宗。

② 惠藏本是牧牛师：惠藏，唐代禅宗僧人，江西宜黄人。少为猎者，后投马祖道一出家。本诗原按所引即是他与马祖之间一段有名的"公案"（禅宗称前辈祖师的言行范例，主要是机锋接引的记录）。其中"一箭射一个"，射的是猎物，"一箭射一群"，射的是众生的迷障。"自射"是"自救"，即将清静的本心从迷惑和烦恼中超脱出来。"牧牛"是譬喻心事的修练，有"十牛图"譬喻修心的十个阶段。惠藏深悟马祖之道，懂得"拽牛鼻孔"，不让牛跑掉，因称"牧牛师"。

③ 露地白牛：禅宗用语，指立于空地上的大白牛车。譬喻众生心性本来清净，未曾染污。

④ 觅牛骑：寻找自身的佛性。禅宗有"骑牛觅牛"之说。

箭接机。有问道者，见其张弓挟矢，辄惧而走。惟三平和尚披胸示之，师乃掷弓，授以道要。

曹山传得洞山衣，　要识千丝共一机。
贝叶香留荷玉观，　善男今日尚皈依。

曹山元证禅师，法名本寂，生泉州莆田黄氏。少业儒，年十九岁往福州灵石出家，二十五登戒。谒洞山，洞山问：“阇黎①名甚么?”对曰：“本寂。”曰：“向上更道?”师曰：“不道。”曰：“为甚么不道?”师曰：“不名本寂。”洞山深器之。自此入室，盘桓数载，乃辞洞山。洞山问：“什么处去?”师曰：“不变异处去。”洞山曰：“不变异岂有去处耶?”师曰：“去亦不变异。”遂去。止于抚州宜黄之曹山。时洪州钟氏②屡请不起，但写《大梅和尚③山居颂》一首答之。天复辛酉④季夏，师问寺僧今是何月日。对曰，六月十五日。师曰：“曹山一生行脚到处，只管九十日为一夏。”诘朝⑤告寂，寿六十有二，僧腊⑥三十有七。门人奉其骨竖塔，敕赐师号为元证大师，塔曰福圆。此县志所载云尔。然予考《稽古略》引《传灯录》云：师辞洞山后，直趋曹溪，礼六祖塔，回吉水。众向师名，请开法。师志慕六祖，遂名山曰曹。寻值贼乱，乃之宜黄，有信士王若一舍“何王观”，请师住持。师更名何王观为“荷玉观”。由是法席大兴，学者云萃。据此，则似曹山在吉水，此《传灯录》之误也。予寻绎文义，“名山曰曹”云云，当指宜黄之曹山，而言在“之宜黄”之下，《传灯录》误倒其文耳。然县志不载王若一舍观及师更名事，为疏漏矣。又志于“宝积寺”下注云：本名荷玉观，是荷玉观后又更名宝积寺矣。又云唐光化二年置，祥符元年改今名。据此则师在曹山仅三年，而此寺先已名“何王观”，亦不得光化二年置也。又志载：寺有

---

① 阇黎：（阇音 shé）梵语音译词，佛教称谓。义为轨范师，即教授弟子，纠正弟子行为、为其轨范的导师的称呼。

② 洪州钟氏：指唐代南平王钟传，参见第59页注④。

③ 大梅和尚：即唐代僧人法常禅师，俗姓郑，湖北人。幼年在玉泉寺（今湖北当阳）出家，后到马祖道一处参学，深悟马祖“即心是佛”之论，后到大梅山隐居潜修。有马祖称他“梅子熟了”的公案。

④ 天复辛酉：“天复”唐昭宗（李晔）年号。“辛酉”，天复元年（910年）。

⑤ 诘朝：（音 jié zhāo）早晨，也指明晨、明日。

⑥ 僧腊：指受戒后至圆寂之间的年数。

贝叶经，乃师结庵时携来者。其叶似蒲而泽，其字皆梵书，不可识，其墨年深而常光彩。又有罗汉笠，宋崇宁二年八月，尝有胡僧群至，山上人迫而观之，皆不知所往，但存僧笠，其制甚异。二物俱于元至正甲辰失之。寺之外又有卓锡泉、雨花岩、回龙洞、问津亭、显圣岩诸圣迹，今尚存焉。

千潭印月月轮明，　月自当空水自清。
更就夹山求转语，　月轮非向月轮生。

黄山①月轮和尚，许姓，福州福唐人。年十五，诣黄蘖山寺投观禅师禀教。乃圆戒品，遂游方外，闻夹山名，乃往叩之。夹山问师："名什么?"师曰："名月轮。"夹山作一圆相，曰："何似这个?"师曰："和尚恁么诸方大有人不肯在。"曰："贫道只恁么阇黎作么生。"师曰："还见月轮么?"曰："阇黎恁么道此间大有人不肯诸方。"师乃服膺参讯，入室受印，依夹山七年方辞，往抚州卜龙济山隐居。元侣云集，师遂演夹山奥旨，名闻诸方。后至宜黄，乐栖黄山，谓诸徒曰："吾居此山颇谐素志矣。"住黄山十三载，学者来无虚日。后唐同光三年十二月二十一日有微恙，二十六日午时趺化②，寿七十有二，僧腊五十有三。明年塔于院之西北隅。

家酿新开竹叶春，　肥鹅嫩鸭请比邻。
生僧③一日团年酒，　难捉樱厨卧瓮人④。

春日，亲戚朋友轮流宴会，谓之"团年酒"。虽其至亲亦故为逃避若不肯去者。而其主人必身自邀客，乃至于搜帏索帐，必欲其去然后已。其后，卒举家而行也。

元宵只有月灯球，　蟾影曾经七宝修。

---

① 黄山：黄山在江西宜黄县城南四十里，因山四面皆黄茅而得名。

② 趺化：（趺音 fū）结跏趺坐（佛教修禅者的坐法，即两足交叉置于左右股上）而死。

③ 生僧：似应为"生憎"，讨厌之意。这里当是反语。

④ 难捉樱厨卧瓮人："樱厨"即"樱笋厨"，这里借指鲜美年宴席。"瓮"陶制盛器，可以用来盛酒。"卧瓮"即"倒瓮"这里意为倒酒。整句意思是"难于搜寻来赴酒宴的人"。

疑是萧郎[1]来下界，玉箫吹作凤皇游。

元夕，人家及街市不悬灯彩，但笙歌而已。

棠阴四日闹盘灯， 孝子坊前到未曾。
卵壳晶球缠火树， 夜光珠缀绣花缯。

元夕，惟棠阴有盘灯，凡十三、十四、十五、十六四日。其灯盛以彩盘，以数人舁[2]之而行，火树生花，星球夺月，孩耋聚观，鼓腹嬉游，太平景象，观乡而知。孝子坊在棠阴中街，明万历中为邑人罗潮立。潮字信甫，居棠阴，为县庠生，事母至孝，母终，哀毁骨立。尝梦母云端与语，而孺慕愈切。翌日，图像悬于庭前，潮每见必涕泣而拜。庐墓三年，未尝至家。后虽归，然每至除夕必至墓所，悲号达旦不瞑，终其身如一日。有司以闻，诏立孝子坊旌之。子良振，天启辛酉科举人，任永新县教谕，父讣至，即徒跣奔归居丧，如其父，亦以孝行称。

敛衷深深拜坐隅， 哄堂敲甑迸杉箍。
争看绣闼[3]无双女，请到琼宵第七姑。

元夕，妇女三五成群问紫姑神[4]，谓之"七姑娘娘。"其法：以帕蒙甑盖，置之堂中，而妇女拜于堂下，若甑盖动，则以为神降矣。或家中有新郎、新妇，则妇女出其不意，以木甑蒙其头而敲之，若甑箍迸断者，以为宜男，哄堂大笑以为乐。凡箍木器，多用小杉条，甚坚牢。

祭田议减学田增， 更有公田隶县黉[5]。

---

① 萧郎：指萧史，他能吹箫引凤。参见第25页注⑥。

② 舁：音yú，抬。

③ 绣闼：原意为宫中小门，这里指神龛。

④ 紫姑神：中国古代神话中的厕神。本为人妾，为大妇所嫉，正月十五日夜被杀于厕中，上帝怜悯，命为厕神。旧俗每于元宵在厕中祀之，并迎以"扶乩"。

⑤ 黉：音hóng，古时学校。

三月祠堂多胙肉①，　分甘犹得馈弥②甥。

吾邑聚族而居，其祖父之富者，则于子孙产业之外，必别分田以为祭田、学田。祭田以备清明祭祖扫墓之用；学田以助读书膏火之赀。其子孙有入府县学者，则以学田畀之，奖其勤也。若不能别立学田，而子孙入学，则分祭田以与之，故子弟益多奋勉者。又学宫之中，各家量其力之大小施田数亩、数十亩不等，以为义田，今闻逾万亩矣。若遇试事，则童子、秀才、举人皆得分线，以为试费。由童子而上，以次递加，有一定之例，不得逾越，此亦吾县中义举也。县中祠堂最多，虽寒门小族亦必立祠以祭其祖先。大姓有多至二三十处者。祭时，惟入府县学者始得与于执事之列，其白衣若年过七十亦得与于祭，敬老也。若其姓无秀才，则论监生。一祖一祭。祭必有胙肉，三五斤不等。举人而上，亦以次递加，故大姓往往有祭至月余者。既得胙肉，则亲戚相馈送，虽姑姊妹女子子亦得沾馂余③焉。

纸陌飞灰散夕烟，　麦䴬④搓饼小如钱。
樵童三五成群立，　伫看儿孙拜墓前。

清明扫墓，则先用粗面小饼数百枚，至期携至墓道，散墓旁。大小邻故、樵童牧竖往往三五成群而至。

蒲龙艾虎⑤挂窗前，　竞渡今年胜往年。
几部笙歌闻沸水，　彩灯齐斗夜龙船。

竞渡，近日多以夜。灯彩夺月，笙歌沸水，亦大观也。

早稻登场已浃旬⑥，　家家六月要尝新。

---

① 胙肉：（胙音 zuò）祭祀用的肉。
② 弥：遍及。
③ 馂余：（馂音 jùn）所余的食物。
④ 䴬：音 kuàng，同䵃，大麦，或另指麦麸
⑤ 蒲龙艾虎：蒲龙：菖蒲的叶，狭长似剑成束挂于门上，戏称为龙。艾虎，艾草做成的虎，都是民间端午节挂在门上的辟邪之物。
⑥ 浃旬：犹周旬，即十天。

出荒最是农民喜，　也向溪流洗甑尘。

尝新必以六月早谷熟，谓之“出荒”。

昨宵瓜果列中庭，　乞巧争看得巧曾。

为庆鹊桥牛女会，　翦罗新制四门灯。

城中分四门，门各有庙。七夕之期，则各门耆老议悬灯彩，谓之“中元会”。庙中庭悬一巨灯，备极工巧，而回廊曲榭，各缀小灯百余，街市及人家亦各结灯为球，通衢广陌，烂如白昼，无遮之会，不夜之城，不是过也。每日昼时，则先以面为馒头数百，内用糖饴及粳米为馅，一枚可一斤，一人自楼窗随手掷之，其下观者争以器具、手足承接，得者以为神喜，不得者以为神怒，至有争夺斗殴者。人家夕时，各买鲜果梨桔菱芡之属及鱼肉酒肴，以为家宴。街市衢弄，妇女儿童之聚观者，踵相接也。门各三日而期各不同。予家在北门，则以八、九、十三日。故吾乡元夕无灯，而七夕有灯也。

茱萸①遍插弟兄齐，　相约登高上翠微②。

郭恕③从今添画本，　满空都放纸鸢飞。

重九登高，儿童争放纸鸢以为乐，盖无处无之。

大小年分大小除，　一年能作两年无。

今宵守岁难留住，　前日为何又送姑。

除夕前一日谓之小年，除夕谓之大年，盖取加年之意也。腊月廿五日，谓之送姑节，问之长老皆不得其解。既而思之，盖吾乡之俗，凡已嫁之女而归宁父母家者，必不令其过年，至是日必送之夫家。既或无夫家及与夫家离绝者，亦必舍之别馆。故儿童于是日满屋唱云：“东又东，西又西，只鹅坛酒送姑归。”后即以名此日而相习不知也。

---

① 茱萸：植物名。有浓烈香味，可入药。古代风俗，夏历九月九日重阳节，佩茱萸囊以去邪辟恶。王维诗：“遥知兄弟登高处，遍插茱萸少一人。”

② 翠微：本指青翠的山气，这里指青山。

③ 郭恕：即郭忠恕，字恕之，五代宋初画家、文字学家。擅山水，尤精界画。存世的《雪霁江行图》，传为其所作。

祖宗惟有子孙亲，　拜跪堂前尽孝禋①。
可笑年年到除夕，　翻邀道士祭家神。

除夕祭祖先，人家争邀道士同祭。候之通衢，道士一出即要而劫之，至于裂袖毁襟亦所不顾。至家，道士跪堂上，而子孙反列拜堂下，不知何故，最为陋俗。近日搢绅②之家亦不然也。

少年都晓易筋经③，　拔距翘关④事事能。
饱我老拳遭毒手，　吾师不让少林僧。

吾乡少年习拳，勇者甚多，而僧家尤精。

近来后进非先进，　大布之衣大帛冠。
记得当时仲夫子，　狐裘却作缊袍⑤看。

吾乡风气仆僿⑥，乡先辈虽素封⑦之家，仅恃棉裘卒岁，布表布里，无衣裘帛者。闻今日渐事华缛矣，此亦风气之一变也。

两人抬轿布帘遮，　月夜梳妆共摸瓜。
不及阿郎兜子快，　满身松影照还家。

夏月，妇人之有身者，辄相约月夜为摸瓜之戏。三五成群至人家菜圃，合眼摸瓜，随意数之，数得单者生男，数得双者生女，以是为卜。而不逞之

---

① 禋：音 yīn，祭祀。

② 搢绅：亦作“缙绅”、“荐绅”，官宦的代称。

③ 易筋经：一种传统的强筋壮力的锻炼方法。以特定姿势（共有十二势）结合调心调息以加强人体筋骨和脏腑的功能。

④ 拔距翘关：“拔距”，跳跃运动，以跳高、远为目标；“翘关”古代武试科目名。翘，上举之意。《新唐书·选举志》上：“翘关长丈七尺，径三寸半，凡十举后，手持关距，出处无过一尺。”

⑤ 缊袍：用乱麻或旧绵作絮的袍子。

⑥ 仆僿：自谦到不诚恳。

⑦ 素封：无官爵封邑而富同封君的人。

徒，或肆轻薄。十余年前曾致阴讼，今此风息矣。妇女出入俱用两人轿，布帘隔之。若男女往远道则用兜子。兜子者，以大竹两竿横于肩上，中悬木板竹片，络而盛之，尤为轻便。衣冠之士，则亦用轿而稍不同。

生女生男理本齐，　缇萦[①]原不是男儿。
谁邀邺令西门豹[②]，　来听呱呱泣水时。

乡俗旧多溺女，盖缘争嫁赀之厚薄也。近日，搢绅先生家喻户晓，亦庶几稍息矣。

八庚竟可通吴语，　一傅终难变楚咻[③]。
喉舌两音须记取，　木中听雉穷中牛。

乡音最称难晓，而读八庚一韵与苏州多通；喉舌两音 尤多讹误。

梯田峻岭水无忧，　近水洲田旱有收。
一岁农民庆三熟，　谁人同我乐郊游。

吾乡山田与水田均，故水旱俱无忧。虽遇荒岁，而截长补短，亦可冀什得五六。其田皆种稻，有早收、晚收之异。早收六月，晚收九月。肥田又有一岁两熟者。至筑场纳稼之后，则又种各种豆麦及荸荠、姜芋之类，是之为三熟。一县之中，农民为多，其壮者固尽力于田亩，而未及岁者亦令樵牧以自给。盖家无游民，野无旷土，真乐国矣。

雨旸[④]翻欲佞泥神，　饥岁贫人仰富人。

---

① 缇萦：（音 tí yíng）即淳于缇萦。女，西汉人。其父太仓令，为人所告下狱，她上书请作官婢以赎父刑。旧时把她作为宣传孝道的榜样。

② 西门豹：战国魏国人。西门氏，名豹。魏文侯时任邺令，曾破除当地“河伯娶妇”的迷信。

③ 一傅终难变楚咻：典出《孟子·滕文公下》：“一齐人傅之，众楚人咻之。”“傅”，指师傅教导；“咻”，指吵闹干扰。是说楚国人在本国的语言环境中学齐国话，即使有一个很好的齐国师傅，也难学成。

④ 雨旸：（旸音 yáng）雨天和晴天。

族米才完堡米又，　救荒良策洽亲邻。

若遇水旱遍灾，则其地之富家各自出谷，减价平粜，恤族曰“族米”，恤邻曰“堡米”，至出荒而止。出荒者，六月早收也。然非甚荒之岁，则亦无容此举矣，故往往十年不概见也。

回文叵匝[①]成仙手，　卍[②]字牵连译佛胸。
雪纬冰丝中妇职，　背灯无语向灯缝。

夏布之细者，光似雪华，薄如蝉翼，虽宽里大衫，卷之不盈一掬。此富家自用，不鬻之估客。亦有织成回文卍字者，此则妇女以为衣服，而不能织鸟兽、虫鱼、花卉之文。外间虽亦有细者，而非其至也。

缉苎难成夏布衫，　丝丝抽出赛春蚕。
可怜同巷相从日，　辛苦盘来两竹篮。

县中无地不种苎，妇人无人不缉苎。苎有青白二种，青者入水，漂之亦成白色。其法：择苎之长者，去其粗皮，先以凉水浸一夕，然后以两指对擘成丝，缉而成之，盛以竹篮，其短者绞以为绳索，勤者一夜以满一竹篮为度。贫者省灯油，多妯娌姑嫂相聚。《汉书·食货志》所云：“妇人同巷相从夜，织一月得四十五日者”，予盖亲见之矣。故吾乡夏布多而精，每岁二、三月间必有山西贾人至县贩买夏布，一年贸易亦可得银四十余万两也。

竹器精工胜棘猴[③]，　剥青刨白费雕锼[④]。

---

① 回文叵匝：指一种回环往复的线性图案。叵匝（音 kē zā），环绕周遍。

② 卍：同“卐”。卐音 wàn，古代的一种符咒、护符或宗教标志。武则天长寿二年（693 年）制定此字读为“万”，意为“吉祥万物之所集”。大乘佛教认为它是释迦牟尼胸部所现的瑞相。小乘佛教认为此相不限于胸部。在佛经和佛寺中亦写作卐。

③ 棘猴：战国时有人请为燕王在棘刺的尖端刻猴，企图骗取优厚的俸禄，燕王发觉其虚妄，乃杀之。事见《韩非子》。这里用棘猴比喻高超的竹器加工工艺。

④ 雕锼：（锼音 sōu）雕刻。

应家几代传孙子，　秘法单方不可求。

神冈应氏某家者，织竹器最精。制竹之法，先斫青竹，用清水浸一日一夕，乃剥去竹外青皮，又刨去竹中白皮，惟中间一层青黄色者可用。其织簟席，能为鸟兽、虫鱼、花卉之形，极工巧、坚致；又制文具什物，亦工妙异常。予曾见一织字屏风，俱以竹为之，甚薄，而字之点画波磔[①]之处竟如摹榻，其妙如此。然应氏止以教其子孙，而不以教他人，故吾乡亦极为难得。他人虽效为之，而亦不能工也。

驱蚊制就罾篙帐，　捉鼠装成霹雳笼。
不畏幺麽[②]夜相嬲[③]，檐前铁马又丁东。

罾篙帐，其形如罾，尤便于行装。霹雳笼者，以竹木为之，旁开四门而悬其机于小木板，置饵其上，鼠蹈之，即四门皆闭，又谓之霹雳雷。书室檐前多悬铁马。

迟禾几日要登仓，　晒谷先开碌碡场。
竹帚扫前苕[④]帚后，　料应不是眼前光。

晚稻谓之迟禾。谚云："姨婆扫地眼前光"，言不洁也。

堵簟还同没齿杷，　篾箩堆向竹篱笆。
董莨秕稗[⑤]今年少，　斛面量来不甚差。

堵簟，削竹为之，织成如簟，以其大如墙一堵，故名。堵簟乃晒谷。没齿杷，以木为之，如杷无齿，所以翻谷者。凡挑谷皆以篾箩，其形如筐而大，一器可容三斛。谷之实者，虽经暴晒，亦不甚消耗，此则灌溉之功也。

---

① 磔：音 zhé，汉字书法的捺笔。

② 幺麽：（麽音 mǒ）微小。这里指蚊虫。

③ 嬲：音 niǎo，纠缠；戏弄。

④ 苕：苇花制成的扫帚。

⑤ 董郎秕稗："董莨"，许慎《说文》："禾粟之穗，生而不成者谓之董莨"。"秕"，中空或不饱满的谷粒。"稗"，稻田的主要杂草。

粳炊白玉宾朋宴，　稻熟红莲妇孺忙。
一日三餐贫富共，　故园风味菜根香。

家中多食红米，其白米用以宴客。红者如丹砂，白者如玉粒。一日三顿，辰巳之间谓之朝饭，未申之间谓之昼饭，酉戌之间谓之夜饭，贫富皆同。惟荒岁及贫不能自活者，朝饭始更粥也。

农家乐事在冬初，　只恐田东索旧租。
屋后灰箩量荏菽[①]，　门前米斛卖慈姑。

田主谓之田东。佃夫至冬日，每以田中所种之豆换人家柴灰，以为明春粪田之用。而临川之来吾县者最多，以其田土尤宜于灰也。慈姑似荸荠，而味尤美，价亦甚贱。

一年辛苦奈饥何，　我有肥田不种禾。
今岁种烟钱满屋，　种蓝[②]尤比种烟多。

仙乡农家择肥田种烟草及靛花，以其出息倍于种谷也。虽各乡有厉禁，而利之所在，趋之若骛。每岁仍计田中所出之数籴谷以还，田东亦不能谁何也。

冬来便欲倾家酿，　小浸真同玉练槌。
妙得坡公真一法[③]，　曲生三德少人知。

冬日家家酿酒，其法：惟用米、曲、水三物以为酒材，以下水之多少，辨酒之厚薄，名曰“水酒”。有三料酒、双料酒、头酒、二酒、三酒。其最醇者曰“小浸酒”，其法：于下水之时，一斗米只用一斗水。味极辛香，易醉人，然不生病。留一年则为冬酒，味微甘。又有七层酒：其初一层，下水

① 荏菽：音 rěn shū，豆子。
② 蓝：指堪作染料“靛蓝”的植物。
③ 坡公真一法：苏东坡被贬海南时，自己制曲用糯米酿酒的方法。他将由此而得之酒称为“真一酒”，写有《真一酒诗》和《真一酒歌》，还在书信中向朋友介绍此酒的酿法。

如小浸法。至第二层则不用水，即以第一层酒酿之。如是以至七层，则酽①如胶饴，清如潭影，才注于瓶，即甘香触鼻。虽善饮者，过三爵②即颓然矣。此富家所以待上客，不常有也。予尝谓：吾乡酒有三德：一不伤人，二价直贱，三可多饮成欢。尝欲颂之，而未果也。

带叶截来筒韭嫩，　攀藤寻出石菇香。
吾家别有嘉蔬种，　鲑菜何人说庾郎③。

筒韭者，韭将出土即以竹筒盖之，则韭短而肥；石菇生于石壁，极香脆，味在诸菇上，最不易得。土人多攀藤附葛取之，往往有坠崖死者，而亦不恤也。

两角红菱藏玉玦，　空心白面束银丝。
晚来俱用鹅汤煮，　剩汁还添豆腐皮。

菱皆两角而大，红皮白实，甘脆异常。面之，抽成丝者曰“索面”。神冈出空心面，其细如发，中灌以脂膏，人家或以当饭。未成豆腐之浆，冷即起皮，谓之豆腐皮，以皱而薄者为佳。

绿根青蔓秀蔬畦，　瓮菜农皇竟未知。
外节已同通节竹，　空心应胜拔心葹。

瓮菜者，叶似竹而短厚，茎亦似竹，空心有节，蔓生，其根如笋鞭，缘畦旁出，味清脆甘香，乃夏蔬中之最佳者。五六月间，人家顿顿食之。有子瓮、水瓮二种。子瓮者，其根已老，则就茎节间结子，小如黑麻。至明岁则以子种之，既生茎叶，皆青色；水瓮者，以灰渍旧本而窖之，至明岁则仍以旧本种之畦中，则其根旁出，别生嫩枝以为菜，茎叶青而紫，味美于子瓮。然《本草》及《蔬谱》俱不载，未知何故也。

---

① 酽：音 yàn，汁味浓厚。

② 爵：音 jué，古代酒器。

③ 鲑菜何人说庾郎：鲑，音 xié，鱼类菜肴的总称。典出《南史·庾杲之传》，说庾郎清贫自业，食唯有三种不同的韭菜。任昉戏之曰：“谁谓庾郎贫，食鲑尝有二十七种。”按韭与九同音，三乘九，故戏称二十七。

清泉瀹[①]釜晨烹蓣[②]，冻雨飞蓑晚摘萁[③]。
沙钵爬开姜手白，灶煤染出蒜须缁[④]。

吾乡芋最多而贱，一斤才五六文，九、十月间家家以为食料。大者谓之芋头，小者谓之芋子。又有萁菜，甘香嫩滑，与菘菜并为冬日嘉蔬，然菘菜不能及也。八、九月即有之，而霜降后尤美，真如东坡所云："味含土膏，气饱风露"者矣。他处未闻有此。予考《唐韵》，萁音"姬"，以为类蕨，可食。又引马融《广成颂》"茈萁芸葙"之句，而亦未载出于何处。今吾乡呼作"其"音，茎诚似蕨，而叶如葵，未知是否。冬日人家多买姜，以沙窖之，虽留数月亦鲜而不腐。姜芽谓之姜手，以其如五指也。又乡人称妇人之善持家者谓之"老姜手"，言其辣也。凡葱、蒜、韭、薤之细根谓之须。灶尘谓之灶煤。

冬笋斑斑已露尖，雪花霜液渍锹镵。
家家自有筼筜谷[⑤]，莫笑清贫太守馋。

冬笋甚贱，一斤才十余文。即或腾贵，亦无过二、三十者，以处处皆竹也。

豆腐端宜配豉盐，沉香酽酱要徐添。
尽教一夜熬成乳，灶妾毋容歇火杴[⑥]。

豆腐在处有之，然吾乡最佳，以他处用煤而吾乡用柴炭故也。豆豉乃土产，即许氏[⑦]所云配盐幽菽者是。煮豆腐法，以久熬为佳，将熟，然后以脂膏葱酱徐徐添之，愈久愈妙。故谚云"豆腐无巧，只要火饱。"

---

① 瀹：音 yuè，以汤煮物。

② 蓣：音 yù，即薯蓣，指"山药"或"山芋"，这里指后者。

③ 萁：音 qí，豆茎。

④ 缁：音 zī，黑色。

⑤ 筼筜谷：竹山。

⑥ 杴：音 xiān，掘土或铲物的工具。似"锹"。"火杴"，大灶烧火时用来拨火、铲火的工具。

⑦ 许氏：当指东汉许慎，著有《说文解字》。

隔年霜酿四斤梨，　细织棕𦊷[1]缚树枝。
雪藕冰桃难比并，　东邻咯血要求医。

八、九月间，以棕丝缚梨于树枝，使之不落，至明年二、三月间取下，其大三倍于他梨。有重至四五斤者，味亦甘松异常，医家以为治咯血之妙药也。

药草香薷旧有名，　扁根侧出细抽茎。
乡人不及江南贾，　解识仙人石上生。

城西有仙人石，亦以吕洞宾而得名。石上产香薷草甚佳。闻往时，乡中某孝廉至京会试，遇江南一贾人，以重价托购求仙人石上香薷草一斤。其人漫以他处所产者应之，贾人熟视曰："君勿欺我，此虽宜黄所产，而非生于仙人石上者。"问何以别之，贾人曰："仙人石上香薷，乃缘石而生，故根扁而横出；此根圆而直出，乃石上戴土所生，故知其非也。"于是悦服。

山花自发无人种，　砌草丛生有仆芟[2]。
大木百围梁栋器，　满山森秀剥皮杉。

山中多杉木，盖人家自种以为屋材。有植至数千株者，亦可以致富也。树多无皮，谓之剥皮杉，其小枝以为篱，其皮以为凉棚，盖吾乡之杉如北地之柳耳。

重冠角脑雪毛丝，　难得朱翁十相齐。
日暮满园呼喌喌[3]，　篱边细数泰和鸡。

泰和鸡，白毛乌骨，乡人甚珍之，而具十相者尤难得。十相者：一丝毛，谓满身白毛如雪丝也；二角脑，谓头上凸起如角也；三绿耳，谓两耳皆绿，色如翡翠也；四毛脚，谓两脚胫趾皆有毛也；五六趾，谓趾有六也；六

---

① 𦊷：音 lú，马棕。
② 芟：音 shān，删除杂草。
③ 喌喌：（喌音 zhōu）呼鸡声。

短胫，谓胫短如凫，腹毳①拂地也；七重冠，谓头有两冠相并也；八乌舌；九乌肉；十乌骨。一身皆黑，惟毛白也。以其出于泰和县，故谓之“泰和鸡”。

山羊香脆土羊肥，　褐兔胸脢②白兔皮。
梨落忽闻池水响，　更弯�弩射香狸。

冬日猎者入山，往往得野羊，乡人谓之山羊。其状如鹿而小，味极甘香，且无膻气，不知是何种类，他处盖未见。土羊者，人家所养以为厨料，毛虽具五色而褐者为多，味逊于山羊，但肥耳。野兔皆褐色，肉极肥嫩，在处有之，不甚贵重。白兔乃家兔，不以佐烹调，但死，则取其皮毛以为笔材耳。其他禽兽之类，不能名者尚多。香狸好食梨。有二种，一名猪香狸，一名狗香狸，皆以形别，而味相似，甘香无比，难得，乡人以为珍品。予少时读书宜山，一日乘凉池榭，夜深闻梨落水响，知树有香狸，即以连弩射而得之，盖即昔人所谓牛尾狸、果子狸之属。

瓷盘蒸出鹧鸪香，　下箸惟教一脔尝。
鹄③胖鸮④羹黄雀炙，　径须归泛菊花觞⑤。

野禽惟鹧鸪最肥而香，野鸡、野鸭之类，皆寻常食料耳。故谚云：“天上飞禽鹧鸪，地下走兽香狸。”盖言禽兽中惟此二物最美也。九、十月间有之。

青铜三百谋新馔，　一支豚蹄二母鸡。
早识长安居不易，　应从陶令赋归兮。

吾乡食物甚贱，盖其价如此，比并京师，不啻五倍矣。

---

① 毳：音 cuì，鸟兽的细毛。
② 脢：音 méi，背脊肉。
③ 鹄：音 hú，天鹅。
④ 鸮：音 xiāo，猫头鹰。
⑤ 觞：音 shāng，古代盛酒器。

蔡谟可笑蟛蜞误①，　谢客犹思蛎蛤②鲜。
若准鳆③鱼同论价，　石蛤④真直数千钱。

夏日石蛤最多，味甚甘滑，形似蛙而脚短，背黑，腹白，皮肉俱嫩。神冈又有一种土蛤，脚有毛，大于石蛤，而皮肉稍粗涩，为不及矣。石蛤生于石中，土蛤生于土中，其实一类也。予考《本草》：田父，一名蛤。李时珍曰："大虾蟆，一名蛤。"据此，则竟以石蛤为虾蟆矣。然其形与虾蟆绝不类：虾蟆脚长而背青；石蛤脚短而背黑，味亦绝不相似，其不得混为一朋矣。吾乡以为珍品，而自古食单见遗，亦可惜也。

咸鱼斟酌下晶盐，　石压层层带水腌。
识得里湖鳞鬣⑤黑，　外湖鳞白血腥粘。

咸鱼者，刳大鱼腹，实之以盐，以重石压，令皮肉紧凑，使不腐烂，冬日以为家常肴馔。出湖广者佳，有里湖、外湖之分，乡人别之，云：出里湖者，鳞鬣俱黑，味甚香美；外湖则白而腥矣。嘉庆八年，予自湖南之贵州，乡人有指予所谓里、外湖者曰："此即吾乡咸鱼所出也。"予视之，盖里湖水深而肥，外湖水浅而清耳。江西瑞洪湖亦有之，则尤腥矣。

紫鬣朱鬐满瓮香，　擩⑥盐糁曲渍成浆。
堆盘赛似红虬脯，　多恐虞悰未得尝。

红鱼腌法亦如咸鱼，但加之以曲，且带浆水耳。其赤如血，冬日待客，在处有之，以火炙之尤美。小者谓之鱼鲊，夏日所食；大者谓之红鱼，冬日所食，有重至数十百斤者。

---

① 蔡谟可笑蟛蜞误："蟛蜞"，同"彭蜞"，亦称螃蜞，甲壳纲，方蟹科动物，当为蟹的一种。《晋书·蔡谟传》："谟初渡江，见彭蜞，大喜曰：'蟹有八足，加以二螯'，令烹之。即食吐下委顿，方知非蟹。""委顿"：狼狈。

② 蛎蛤：牡蛎和蛤蜊，均为海产。

③ 鳆：即鲍鱼。鳆，音 fù。

④ 蛤：音 lún，又读 lì，亦称石鸡。

⑤ 鬣：音 liè，鱼颌旁的小鬐。鬐，音 qí，指鱼脊。

⑥ 擩：音 ruì，调拌；揉和。

斑鸠绕舍寻花鸽，　白蚁生庭畏竹鸡。
更看邻翁贪酿蜜，　蜂房韬面扫干泥。

鸽之毛色不一，而白者为多，其驳者名花鸽。少年喜事者每以鸽眼别其高下，有一只直数千钱者，云：鸽眼大而清，则能见烟霄外物，虽百里外，亦可致书还家而无遗失。予家往时亦曾养鸽至二百余只，实未尝亲试之也。斑鸠亦鸽类，然视之为鸽奴矣。吾乡多山，春夏之交，大雨时行，柱础间沾润湿气，多生白蚁，故养竹鸡，盖白蚁闻竹鸡声即化为水也。蜜蜂须待其自至，往往有东家无故移至西家者，至则其家以为吉征，去则其家以为凶兆。既至，则刳木为甬以居之，上凿数十孔如莲房，以为蜂采花出入之地。酿蜜一年，有春秋二熟，然须日日扫甬中干泥，令洁净，否则蜜污蔑不堪食矣。其扫之时，必伺其出，然后以帕蒙首及两手，扫帚扫之，盖畏蜂尾螫也。

青蝰黑螔①穴林洼，　一一呼来不用拿。
凭仗吾师罗汉法，　诘朝先捉棒槌蛇。

蛇种类最多。有所谓菜花、剑脊二种，则人家或以为医药食物，不甚伤人，即伤人亦不甚毒。最毒者，则青竹、雄鸡、棒槌三种也。青竹蛇者，色青如竹，以手擘其口而斯之，亦直裂至尾如竹也。喜倒悬竹杪，身与竹同色，人多误受其伤。谚云：“青竹蛇儿口，黄蜂尾上针，两般犹未毒，最毒妇人心，”亦可知矣。雄鸡蛇者，头有冠，身有翅，如雄鸡，能横飞，不四五步而坠。棒槌蛇者，形如捣衣杵而短，尾大与头等。人受此三种蛇咬伤者，即就口咬处坟起如瘤，过一日即遍身皆肿，不可救矣。棒槌蛇尤毒中之毒者，伤人即瘖②。又有狗矢蛇，形蟠如狗矢，毒与三种等，夏月茂林丰草间无处无之。此数种亦就予所见者言之耳，其他无名者尚多也。乡人有学罗汉法者，能捉蛇，蛇见之即不敢动。欲学其法者，必先设坛拜师，然后授之，否则不验。其法有寻蛇而捉、遇蛇乃捉及终身不见蛇三种。寻蛇而捉者，蛇虽不至亦必搜求；遇蛇而捉者，不遇亦不求也；终身不见蛇者，则自此永无见蛇之日。师遂登坛，则先问弟子欲学何种，即各以己意对。师即授

① 青蝰黑螔：蝰（音 kuí），即蝰蛇，亦称“圆斑蝰”，一种毒蛇。螔（音 yì）神蛇名。

② 瘖：音 yīn，不能言语。

以法。他日行之，其验如神。予曾亲见其捉蛇，则先以手屈伸作势，谓之“诀”：一拳紧握，令五指甲皆不见者，曰“泰山诀”；伸食指中指者，曰“剑诀”。捉蛇之时，畏人呼其本名。蛇至，先以“泰山诀”之，便不能动，次加以“剑诀”，则首垂若断，其时虽以婴儿弄之亦不为害矣。又能呼蛇、放蛇。如有人被蛇咬伤者，则必先问其受伤之地。径至其处，作蛇声呼之，便有无数大小蛇蜿蜒而至。其人一一问：“汝咬此人否?”若非，蛇即摇头，其人曰：“去”，即去。若是，蛇即垂首不敢动，其人曰“住”，即住。乃盛清水一盂，洗其人蛇所咬伤之口，而令蛇吮其水。其人肿消一寸，则蛇身肿加一寸；未几肿尽消，而蛇腹膨脝①而死矣。乡人居近林木者，习学几遍，故谚云：“不信法，但看捉蛇；不信药，但看吃巴。”巴，谓巴豆②也。此事固不著之古典，而言之他乡人，则亦诧为异事，乃仅于吾乡耳，而目之亦可怪也。

学记曾文万口传，　黉宫③今日有碑镌。
谁知七百余年后，　来结苏斋翰墨缘。

昨岁，洪介亭前辈求翁覃溪先生书曾文定公《宜黄学记》，拟刻石立于学宫。

当时志乘真荒陋，　旧日诗文太寂寥。
却喜如今多博物，　儿童解读楚辞招。

闻往时乡人有不识《离骚》为何书者，今多博物君子矣。

六宜岩岫富烟云，　小小园林向所欣。
十载莼鲈京国梦，　北山今恐有移文④。

---

① 膨脝：腹膨大貌。

② 巴豆：常绿灌木或小乔木，种子入药，性热。功能破积、逐水，但有大毒，宜慎用。

③ 黉宫：即学宫，学校。

④ 北山今恐有移文：南齐孔稚圭的骈文名作《北山移文》，对假隐士真官迷先隐后仕的现象做了深刻揭露。作者在这里表达自己思乡却无法改变现状的无奈。

宜山，乃予少时读书之处，一名六宜山，谓宜山、宜水、宜风、宜月、宜花、宜雪也。本明谭襄敏公别业，擅林泉花鸟之胜，盖一县幽丽奇处也。今留京十年，空劳梦思矣。

不从桑郦[1]乞余灵，独辟蚕丛胜五丁[2]。
好共童谣十七首，谱来人籁与君听。

丙寅，予在京师，作《宜黄童谣》十七首。

（《逊敏堂丛书》清咸丰元年刻本）

南丰[3]竹枝词

（清）揭垂佩[4]

序：吾邑人多商于外，率十余年不返乡里，代商妇作此，以志感怨云。

南楼望见南台[5]春，西楼望见西台[6]津。
南台云气西台雨，云雨茫茫愁杀人。

---

① 桑郦：指桑钦、郦道元。桑钦，字君长，汉时河南洛阳人，所著《水经》系古代重要地理著作。郦道元是北魏人，官至御史中尉，关右大使，为注《水经》所作《水经注》为我国又一部重要地理巨著。

② 五丁：五个力士。传说秦惠王欲伐蜀而不知道路，于是造五只石牛，以金置尾下，扬言能屡屎金。蜀王负力信以为真，令五丁将石牛拉回国，为秦开辟了通蜀的道路。

③ 南丰：县名。在江西省东部、抚河上游，邻接福建省。县人民政府驻琴城镇。三国吴置县（在广昌县境，唐移治今址）。以蜜桔著称。

④ 揭垂佩：清代南丰人。屡应乡试不遇。嘉庆时，后人辑其诗为《虞亭诗集》。

⑤ 南台：即“南台塔寺”，南丰“琴台八景”之一，在城南盱（音xū）江南岸。

⑥ 西台：南丰城西有西岱山，亦名西台山，凿石为瓮，上架梵刹，下临金潭，为登眺最胜处。

自从郎去少欢情，　喜鹊不来屋上鸣。
思郎泪似盱江[①]雨，　日日漫天不肯晴。

郎意恰如蔓湖[②]浅，　妾情一似梅潭[③]深。
相思新调何处谱，　欲借独孤台[④]上琴。

（《南丰县志》清同治十年刊本）

虎溪[⑤]竹枝词

（清）刘士俊[⑥]

湖东马鬣荐春[⑦]还，　更上溪南碧树湾。
鶗鴂[⑧]声多狮子岭，　杜鹃花发凤皇山。

---

① 盱江：抚河的上游。流经广昌、南丰、南城、金溪，过抚州后便称为抚河。在南丰，盱江纵贯县境中部，是该县主要河流。

② 蔓湖：即蔓翠湖，在南丰城东门外。城西翠台石下水，及城中各处沟水，均由此入盱江。

③ 梅潭：在南丰城北十多公里，盱水所经。

④ 独孤台：在南丰县城西门马退石，唐邑宰独孤汜尝月夜抱琴，同昆弟登临赋诗。其弟独孤及有“超遥望平川”之句，故又名超遥台、琴台，亦名鼊坡。

⑤ 虎溪：地名。在江西抚州市临川区湖南乡流坊村，为本诗作者的故乡。

⑥ 刘士俊：字俨若，号欧村，又号一湖。清乾隆时江西临川人，以布衣走吴楚滇黔间，所至贵显争礼之，晚归虎溪卒。有《欧村集》。

⑦ 马鬣荐春：春天放马。

⑧ 鶗鴂：音 tí jué，又作鹈鴂，即“杜鹃”、“子规”。

粳稻收残豆荚香，家家社酒①沥糟床。
红牙绰板②长腰鼓，一曲吴歈③赛社王。
（《续修四库全书·江西诗征》）

竹枝词

（清）曾衮④

南岸桃花北岸红，东家杨柳西家风。
墙头少女鞦韆上，墙外冶郎双眼中。
（《续修四库全书·江西诗征》）

黎川⑤竹枝词

（清）邓错式⑥

杨林洲畔杨花白，柳市南头柳色青。

---

① 社酒：秋天收获后为祭祀土地之神而酿的酒，祭祀之后归乡族邻里畅饮。

② 红牙绰板：“绰（音 chuò）板”，即“拍板”，红牙绰板亦称红牙拍板、红牙板，参见第 10 页注⑧。

③ 歈：音 yú，歌。

④ 曾衮：字补之，清乾隆时江西南丰人。著有《圭峰诗钞》。衮，音 gǔn。

⑤ 黎川：县名。在江西省东部，抚河支流黎滩河上游，邻接福建省。县人民政府驻日峰镇。为抚州市辖区。

⑥ 邓错式：清代新城（今黎川）人。康熙五十三年（1714 年）举人。著有《晓白堂诗草》。

杨白柳青花落尽，　好风还在赤溪亭[①]。

（《新城县志》清同治九年刊本）

盱江竹枝词

赵惟熙[②]

盱江江头三两家，　盱江女儿坐浣纱。
见人不语掉头去，　避入一丛红杏花。

罗衫团扇暂徘徊，　小户临街两扇开。
妾看人行郎看妾，　大家都趁晚凉来。

宝髻盘云压素馨，　翩翩小凤乍舒翎。
昆山旧部新翻曲[③]，　来伴嫦娥彻夜听。

贪著歌场未即行，　已闻隔巷有鸡鸣。
匆匆分手各归去，　满地月华如水明。

（《宦游诗草》民国初年铅印本）

① 赤溪亭：指赤溪岸边的“风月”亭，为宋儒李觏（音 gòu）读书处。位于黎川城南头帽山麓。

② 赵惟熙：字盖臣，四川宜宾人，著有《宦游诗草》，余不详。

③ 昆山旧部新翻曲：在老昆腔（亦称昆曲、昆剧）基础上改造而成的新曲。

［赣南地区］

赣州[①]竹枝词

（清）周令树[②]

赣州城外赣水漩， 竹屋家家傍岸悬。
江水涨时高百尺， 开窗平看往来船。

酒坛山上赶春风[③]， 春树春花绿又红。
上水下水多少客， 一年半在小船中。

八境高台[④]雪色开， 窄袖红颜马上来。
管弦夜夜闻深院， 却道征人尚未回。

板屋山姑梦里惊， 随郎养豖望彭亨[⑤]。

---

① 赣州：在江西省南部，章、贡两水在此交汇为赣江（参见241页注①），为江西省省辖市之一。京九铁路经过境内。此处指今赣州市辖区，东晋为南康郡治，隋为虔州治，南宋以后为赣州州、路、府治。

② 周令树：河南延津人，太原府同知，余不详。

③ 酒坛山上赶春风：这里所说之“山”无考。从整诗内容看，似指赣江边的储山，参见第241页注④。

④ 八境高台：即“八镜台”。在赣州市章、贡二水合流处的古城墙上。始建于北宋嘉祐年间（1056–1063），共三层高二十八米，斗拱飞檐，溢彩鎏金，蔚为壮观。登台四望，赣州八景一览无余，故名八镜台。

⑤ 望彭亨：盼猪长肥。

自言曾在将军帐，　　羞说当年初破城。

（《赣县志》清乾隆二十一年刊本）

赣江[①]竹枝词

（清）杨方立[②]

八境台前春水生，　　涌金门[③]外万舟横。
江楼矗矗斜阳里，　　十里轻风打缆声。

三月储潭[④]水似银，　乱鸦飞处落帆频。
危滩十八[⑤]前头近，　伐鼓纵金赛水神。

（《赣县志》清乾隆二十一年刊本）

---

① 赣江：江西省最大河流。东源贡水出武夷山，西源章水出大庾岭，在赣州汇合后称赣江，曲折北流，经吉安、樟树、丰城、到南昌以下分为十数支，主流在星子县蛟塘东入鄱阳湖，长744公里。

② 杨方立：字念中，一字中甫。号白存，江西瑞金人，官鸿胪寺卿，著有《默堂诗集》。

③ 涌金门：赣州古城墙的五座城门之一，位于城东北贡水之滨，外有涌金门码头，是赣州主要港口。

④ 储潭：赣江上一处水文情况复杂的地段，距赣州城约十公里，旁有储山。古时在赣江上放排行船，必须在储潭抛锚登岸，前往储山下的储君庙烧香叩头，祈求平安。

⑤ 危滩十八：赣江自储潭以下万安以上，横切赣中山脉，形成河道上礁石密布、水流湍急的十八滩。给航行造成极大困难，经常发生舟沉人亡事故。现在险滩均已排除。

灯戏[①]竹枝词

（清）沈大中[②]

历乱山桃开满城，　春风吹鬓动綦巾。
擂茶[③]笑约南邻去，　灯戏城中处处新。

琵琶斜拨月琴张，　月下争看窈窕娘。
何必踏歌怜媚子[④]，　广南[⑤]新按采茶腔。

（《长宁县[⑥]志》清光绪二十五年刊本）

---

① 灯戏：赣南一带盛行的采茶灯、采茶戏等民间歌舞、戏曲。

② 沈大中：江阴举人，乾隆十三年《长宁县志》协修。其父为长宁县令。

③ 擂茶：赣南客家人招待贵客的上等饮品，具有独特的风味。制法是：将生米、茶叶、生姜、芝麻、花生等用水浸泡后，放进陶质的擂钵，用油茶木或山楂木制成的擂槌将其碾成糊状，再加入适量的盐、韭菜等，最后兑上温水在锅中煮沸而成。饮用时还要配以茶点。

④ 媚子：本意为所宠爱的人，这里指喜欢的灯戏演员。

⑤ 广南：指今广东、广西一带地方。宋开宝中置岭南转运使，亦称广南路。端拱（太宗年号）后分为广南东路、广南西路。东路治广州（今广州市），简称广东；西路治桂州（今桂林），简称广西。

⑥ 长宁县：此长宁县为江西寻乌县。明置名长宁，1914 年改寻邬县，1957 年改寻乌县。为赣州市下辖县。

信丰[1]竹枝词

（清）黄　裳[2]

郭外春山似画屏，　原头晴日走娉婷[3]。
东郊西陌无桑柘，　少妇凝妆爱踏青。

艾叶榴花贴翠翘[4]，　女儿葛细赛鲛绡[5]。
出城趁看龙船好，　半走东桥半北桥。

谷熟家家保吉祥，　祈神端的要矜庄。
七姑拜了月姑拜，　又看阿郎拜九皇[6]。

看看岁暮了年华，　人在江南不忆家。
倚户望欢欢不见，　门前晴日晒梅花。

（《信丰县志续编》清道光四年刊本）

---

① 信丰：县名。在江西省南部，贡水支流桃江流贯，邻接广东省。京九铁路经过境内。县人民政府驻嘉定镇。为赣州市下辖县。

② 黄裳：信丰人。岁贡。乾隆五十年封赠文林郎，著有《呕哑金非吹集》。

③ 娉婷：指美女。

④ 翠翘：古时女子的一种首饰，形状像翠鸟的长羽。

⑤ 鲛绡：（鲛音 jiāo）传说中鲛人所织的绡，一名龙纱，质薄而名贵。

⑥ 九皇：传说远古的帝王。共有九人，神农氏是九皇之末。

南安[1]竹枝词

（清）陈文瑞[2]

戈沉戟折断烽烟，　岭上人家似茧悬。
左右楚南闽粤界，　水楼山堞太平年。

芸苔花谢亩东西，　高下秧田碧毯齐。
却羡此邦农事早，　社前[3]健妇把锄犁。

典来田骨买田皮[4]，女获男挑打稻时。
趁早关门听虎啸，　一牛觳觫老兼羸[5]。

前月芭菇[6]户户收，牛车又碾蔗浆流。

---

① 南安：即今赣州市下辖之大余县。北宋淳化元年（990 年）分虔州置南安军，治大庾（今江西大余）。辖今江西章水、上犹江流域。元至元中升为路，明初改为府。1912 年废。此外，江西信丰县历史上曾称南安县。从这组竹枝词内容所涉及的地域来看应为前者。

② 陈文瑞：见第 85 页注③。

③ 社前：社日之前。古时春秋两次祭祀土神的日子。一般在立春、立秋后第五个戊日，称为春社和秋社。这里是指春社。“戊”是天干的第五位，古人用为五的代称。因此春社即在立春后的第二十五天。

④ 典来田骨买田皮：明清时期赣中赣南不少地区盛行土地永佃制，按其制，土地所有权称“田骨”，使用权称“田皮”，二者相分离，都可以典当或买卖。

⑤ 一牛觳觫老兼羸：“觳觫”音 nú sù，恐惧颤抖貌。“羸”音 léi，瘦；弱。

⑥ 芭菇：同“巴菰”，即烟草。

烧残松火甘饴熟，　也是农家大有秋。

长生药饵肯虚抛，　妄祝真同鬼物交。
下得嫦娥烟外嶂，　水南桥市卖仙茅①。

九家巫觋②一家医，　起死还凭视鬼师。
莫忘岁时勤拜祷，　八厘酒酹七姑祠。

入城端为赛神忙，　赤脚凌波粉面妆。
赢得汗盐生背上，　笠檐斜著向斜阳。

淫哇小唱数营前，　妆点风流美少年。
长日演来三脚戏，　采茶歌到试茶天。

科名衰盛占山角③，　食货低昂视米洲④。
麋鹿性情猿狖力⑤，　些儿龃龉⑥握戈矛。

---

① 下得嫦娥烟外嶂，水南桥市卖仙茅：大余县城南二十五里有“嫦娥嶂”，峰峦俊秀，开散如帐幙。旧传葛洪炼丹其上，遗有丹液，因而多产仙茅。“水南桥市”，在大余县城南的章江上。

② 巫觋：（觋音 xí）古代称女巫为巫，男巫为觋，合称巫觋。

③ 占山角：寻找“风水”好的地方。

④ 视米洲：看田地收成的好坏。

⑤ 麋鹿性情猿狖力：“麋鹿”，又称“四不像”，鹿科动物，性温驯。“猿狖”，音 yòu，泛指猿猴。

⑥ 龃龉：音 jǔ yǔ，上下齿不相配合。比喻意见不合，不融洽。

采山钓水[①]近全虚，　风味还夸抱石鱼[②]。
荷叶香清包肉酢，　竞呼小婢饷邻居。

分无不解著相思，　八尺松床纸被[③]宜。
才到绸缪[④]惊踏破，　半宵恶睡有骄儿。

呼姑唤妇拾山茶[⑤]，　子落山溪树着花。
福主案前乞高价[⑥]，　灯膏[⑦]先向榨房赊。

槟榔大嚼口唇红，　消积兼论辟瘴功。
佛手正黄仙掌绿，　蜜林檎熟又秋风。

燠多寒少如南越，　晴雨晨昏数变来。
真个山中无历日，　春桃秋菊一冬开。

---

① 采山钓水：指山珍海味。

② 抱石鱼：山溪中一种喜欢趴在石头上的小鱼，又称石伏，味道鲜美。产于赣南，福建山溪中。

③ 纸被：古时用藤纤维纸制成的一种被子。宋刘子翚（音 huī）有《吕居仁惠建昌纸被》诗，叙纸被原料来源及制作过程。

④ 绸缪：音 chóu móu，情意缠绵。

⑤ 山茶：油茶籽。

⑥ 福主案前乞高价：求神保祐茶籽能卖到高价。

⑦ 灯膏：点灯的油。

茶坪坳接竹山坳， 横水危桥接近郊。
除却檐端飞瓦雀， 更无鸟借一枝巢。

崇义①城中无鸟。

文英营②在万山中， 暮打围③归火炬红。
生取锦鸡白鹇去， 长官酣卧士争功。

（《瘦松柏斋外集》清道光三年刻本）

① 崇义：县名。在江西省西南部、章水支流上犹江上游，邻接湖南、广东两省。县人民政府驻横水镇。

② 文英营：清南安府崇义县驻军，设把总一员，总兵力约二百多人。

③ 打围：打猎。

[综合]

江中[1]杂兴十首

（明）苏　祐[2]

彭泽城边望小孤，　大孤相送到鄱阳。
因怜游女怀交甫[3]，　转忆英皇赋郢都[4]。

涛声晴压九江城[5]，　司马琵琶哀怨生[6]。
去国怀乡秋色里，　芦花枫叶总关情。

---

① 江中：此处指长江、鄱阳湖水域。涉及赣北九江湖口、星子、赣东北鄱阳等地区。

② 苏祐：字允吉，濮州（今河南濮阳市）人。嘉靖进士，曾任江西提学副使，累官至兵部尚书。诗粗犷奔放，有《谷原诗集》行世。

③ 交甫：指神话中人物郑交甫。故事梗概是：郑交甫在汉臯台下遇到二位女子，向她们请要身上的佩物，二女解下佩物交给郑交甫。他怀揣女佩很高兴地离开，但只走了十步，佩物就不见了，回头看二女，也不见了。

④ 英皇赋郢都："英皇"，人名，女英和娥皇的合称。她们是帝尧之女，帝舜之妃，聪明仁贞。"郢都"，春秋楚国都，故址在今湖北荆州市江陵区西北。

⑤ 九江城：今江西省九江市，在江西北部长江南岸。参见第118页注①。

⑥ 司马琵琶哀怨生：白居易在长诗《琵琶行》中所表现出的情感。

缥缈青鞋几寸长①，　左通溟渤右潇湘②。
乘流欲换红尘履，　先上扶桑③看太阳。

南康城下落星洲④，　海日才生势欲浮。
定养蚌胎腾宝气，　常横鳌背⑤砥江流。

左蠡湖中战日悬，　真龙百万拥楼船⑥。
射蛟汉武亲横弩⑦，　渡海文皇自控弦⑧。

庙食千年报骏功，　精灵常聚月明中。
清秋凉夜天如水，　白马金戈气似虹。

---

① 缥缈青鞋几寸长：从远处看到的鞋山景象。鞋山，在湖口县城附近鄱阳湖上，因状如鞋而得名。

② 左通溟渤右潇湘：东面可通大海，西面可通湘江。

③ 扶桑：神木名，传说日出其下。

④ 南康城下落星洲："南康"，古军、路、府名，治今江西星子县城，在庐山东南麓鄱阳湖畔。"落星洲"在今星子县南鄱阳湖中，中有"落星石"，传为天外来物。

⑤ 鳌背：指落星石露在水面的部分，像鳌鱼的脊背。

⑥ 左蠡湖中战日悬，真龙百万拥楼船：元末朱元璋与陈友谅曾多次大战鄱阳湖。"左蠡"，鄱阳湖的别称。

⑦ 射蛟汉武亲横弩：《汉书·武帝纪》："（元封）五年冬，行南巡狩，自寻阳浮江，亲射蛟江中，获之。""蛟"，古代传说能发大水的动物，或指水中有鳞甲，能害人的动物。"寻阳"，"浔阳"的古称，指今江西九江。

⑧ 渡海文皇："文皇"，指唐太宗。贞观中，太宗亲率六军渡海伐高丽，因称渡海文皇。

白露横江鹤自还，　扁舟夜泊钓鱼湾。
世人倘有君平术①，　应识仙槎牛女②间。

霜清水落湖势平，　鸥汀凫渚纷相迎。
待我乘闲跨黄鹤，　还来江上看潮生。

月明浮水浸江船，　羽服仙人坐沓然。
月色江声未萧索，　游心方在太初前。

渔翁爱唱竹枝词，　常向烟波理钓丝。
昨日回船入江口，　却愁城市有人知。

（《四库全书存目丛书·谷原诗集》）

① 君平术：汉高士严遵，字“君平”，隐居不仕，卖卜于成都，《汉书·王贡两龚鲍传序》中说，他卖卜“裁日阅数人，得百钱足自养，则闭肆下帘而授《老子》”，在当时就非常有名气，后世因将“君平”为善卜者的代称。

② 仙槎牛女：“仙槎”，神话中能往来于海上和天河之间的竹木筏。传说汉张骞出使大夏，走到黄河尽头后带回一块大石，严君平看后说：“去年八月，客星侵犯牛郎星、织女星，难道是这块石头吗?”参见晋张华《博物志》卷三。“牛女”，指牛郎、织女二星。

西江[①]竹枝词

（清）陈文瑞[②]

升平人物大江西，　翼轸衡庐[③]费考稽。
闻得輶轩[④]风遍采，　方言里语那教齐。

冲疲繁简[⑤]各分区，　秀杰惇庞想大都。
地有肥墝人乐业，　十三郡治一州符[⑥]。

七年枕木[⑦]豫章身，　看到干霄几十春。
堪笑榕阴遮数亩，　只供灶下爨[⑧]夫薪。
豫章初生为枕，七年乃为豫章。

雄封旧数灌婴城，　隔浦青峰阁[⑨]对横。

---

① 西江：见第76页注①。

② 陈文瑞：见第85页注③。

③ 翼轸衡庐：王勃《滕王阁序》说江西“星分翼轸，地接衡庐”。指江西在翼、轸二个星宿的分野之内。衡、庐，是指衡山和庐山。

④ 輶轩：轻车。常为古代使臣所乘坐，后因称使臣为“輶轩”。

⑤ 冲疲繁简：清代前期把全国州县分为繁、简两类，以便根据具体情况选用官吏。雍正年间，金鉷任广西布政使，上书请分冲、繁、疲、难四类，许督抚量才奏请。朝廷从之，并推行全国。此处将前后两种分法混谈。

⑥ 十三郡治一州符：指江西省在清乾隆十九年（1754年）之后，下分为十三府和一个直隶州。

⑦ 枕木：樟一类的树木。

⑧ 爨：音cuàn，烧火煮饭。

⑨ 阁：指滕王阁。

立懦廉顽名教在[1]，解谈孺子与云卿[2]。

南浦[3]风烟旧邈[4]然，送行情绪绿波舡。
九仙[5]抱骨人何在，枉向名山觅洞天。

几舡摇去几舡还，朝拜真仙赴此间。
才信旌阳罢官后，为民忧乐不曾闲。

画江羽扇擘风过[6]，铁树开花蜃蹴波。
最好临轩写唐韵，仙家眷属墨香多。

桃花春水鸟交交，青踏三村草渐苞。
西竺[7]遥遥划子渡，几人沉醉剩空匏[8]。

香烧安息布帘遮，排子轿夫官路哗。
相约明晨买双桨，晴光初放藕湖花。

---

① 立懦廉顽名教在：指澹台灭明在江西传播儒家学说。参见第7页注④。

② 孺子与云卿：徐稚（字孺子）与苏云卿。参见第11页注⑤和注④。

③ 南浦：古地名。在南昌西南广润门外，往来泊舟之所。王勃诗“画栋朝飞南浦云”即此。旧有南浦亭。

④ 邈：音 miǎo，远。

⑤ 九仙：诸仙人。九指多数。后来道家立了九种仙人的名目，叫上仙、高仙、大仙、玄仙、天仙、真仙、神仙、灵仙、至仙。

⑥ 画江羽扇擘风过：指仙人吴猛将弟子回豫章，以手中白扇画江，江水横流，遂成陆路的传说。

⑦ 西竺：指“西竺庵”。旧址在南昌抚河桥西南三村。旧名毗盧寺，明天启三年建。

⑧ 匏：音 páo，葫芦的一种，果实老后可制成酒器。

百花洲拥万红妆，　柳荫楼台入夏凉。
茉莉满园滋晓露，　帘衣人影水风香。

历尽三墩历九洲，　尖尖杨子塔[1]光浮。
低回更看绳金塔[2]，　隐约进贤[3]南陌头。

秋风虾蟹上芦帘，　小叙螺墩酒兴添。
果有丽情风便助[4]，　怜才都督阁中阎[5]。

旱龙舡鼓闹官街，　爆竹挨家一桁排。
转瞬中元[6]夸鬼节，　小巫事了老僧来。

晶莹日射白沙城[7]，　时有风吹簌簌声。
宰相神仙前日谶，　女墙高下一时平。

钟楼谁打按更钟，　彻夜羇魂[8]恼阿侬。
生怕钟声敲不断，　嘻嘻出出在心胸。

---

① 杨子塔：在南昌城北赣江之中有扬子洲，旧有龙华塔。
② 绳金塔：在南昌市西湖区绳金街东侧，原古城进贤门外。
③ 进贤：南昌古城进贤门。
④ 果有丽情风便助：指王勃“时来风送滕王阁”的故事。
⑤ 阁中阎：指举办滕王阁盛会的洪州都督兼刺使阎伯玙。
⑥ 中元：中元节，夏历七月十五日。
⑦ 白沙城：参见第10页注③。
⑧ 羇魂：（羇音jī）客居者的鬼魂。

三冬和煖半春寒，　风土难凭节气看。
休怪郭公啼太早，　萧萧谷雨送春残。

布谷一名郭公，维扬①以端午鸣，淝淮②以六月鸣，南昌以谷雨鸣，气候不同也。

石堰泥塘坚筑时，　怕他风水雨相持。
北风南决南风北，　奔走江滨补漏迟。

金石台分宰相生，　墨龙池影黑云横。
余波常润临川笔③，　九十九井浏其青④。

抚州有“金石台分宰相出”之语，应晏殊、王安石。

汗牛充栋浒湾书⑤，　帝虎差讹况鲁鱼⑥。

---

① 维扬：旧扬州及扬州府的别称。

② 淝淮：淝水及淮河。

③ 余波常润临川笔：典出王勃《滕王阁序》中的“邺水朱华，光照临川之笔”。“邺水朱华”讲的是曹植《公宴诗》，“临川之笔”指的是谢灵运。谢曾任临川内史，其诗源于曹植。王勃这两句话是用曹植影响了谢灵运来比喻晏殊、王安石等人也必将影响到后人。晏殊，字同叔，北宋临川人，景德中赐同进士出身，庆历中官至宰相。北宋著名词人。

④ 九十九井浏其青：“九十九井”，在临川东南七里，俗传周迪与其夫人相约：一夜之间，你织一百缣（双丝的淡黄色绢），我就开一百口井。到四更时，夫人已织好百缣，她便学鸡叫来捉弄丈夫，引得群鸡皆和。周迪这时只挖了九十九口井，听到鸡叫，只好停止。自此就有了“九十九井”。这里用这个典故，是借“九十九”来极言水井之多。“浏”，水深而清澈貌。“青”，这里指黑色。这句戏指众多深而清澈的井水都被晏、王的笔墨染黑了，言他们的影响之大。

⑤ 汗牛充栋浒湾书：江西金溪县浒湾镇历史上刻书业非常发达，刻字印书的工人最多时达一千多人，各种刻书作坊有六十多家，有“籍著中华”的美誉。

⑥ 帝虎差讹况鲁鱼：语出成语“鲁鱼帝虎”。马总《意林》引《抱朴子》：“谚云：书三写，鱼成鲁，帝成虎。”后因谓传写谬误为“鲁鱼帝虎”。

新刻时文标利试，　多刊小说傲虞初[①]。

郁郁盱江地结灵，　麻菇山外从(去声)姑青[②]。
神功泉[③]酿谁知味，　鸟爪亲携访蔡经[④]。

麻姑酒取神功泉酿成。

下舟顺溜上舟难，　无数沙滩与石滩。
盱水爬沙[⑤]费人力，　行装桴竹过惊湍。

由来地以古人传，　到处佳山付佛缘。
只有鹅湖[⑥]好粱稻，　乡人闲话宋时贤[⑦]。

不儒不丐大人占，　卖卜桥亭且退潜。
长饿燕台心事了，　免随降表姓名签[⑧]。

---

① 虞初：西汉小说家。

② 麻菇山外从姑青：麻菇山，今称麻姑山，在江西南城县城西南20华里处，因麻姑仙女的神话而闻名。从姑山在城南10多华里盱江东岸。

③ 神功泉：在麻姑山上。宋杨万里有记："……上有金龙潭，又上数百步，有桥架石涧上，石罅有泉侧出，极甘冽，以酿酒尤佳，名神功。"

④ 鸟爪亲携访蔡经：葛洪《神仙传》，麻姑于"东汉桓帝时应王方平之召，降于蔡经家"。她的手指像鸟爪，蔡经见后曾想："背大痒时，得此爪以爬背，当佳。"

⑤ 盱水爬沙：（盱音 gàn）晚上涉水拉纤。

⑥ 鹅湖：江西铅山县有鹅湖山、鹅湖寺、鹅湖书院。

⑦ 宋时贤：当指南宋"鹅湖之会"的参加者。参见第161页注⑦。

⑧ 免随降表姓名签：这首诗是写宋代爱国名臣谢枋得。谢枋得，弋阳人，字居直，号叠山，曾任江东提刑、江西招谕使。宋亡时，他在家乡组织抗元，兵败乃改名换姓，卖卜建阳过着逃亡生活。后被元廷胁迫至燕京，仍坚不受聘，绝食而死。南昌叠山路即取自此人之号。

纳川[①]东角判官身， 能死封疆即土神。
近仰森严崇庙祀， 依稀记得姓程人。

饶郡程养全，元壬辰进士，官至铅山判，元季兵乱，多国事，临危遗笔有曰："当庙食乎纳川之东"。河口有判官庙，适当其地。土人呼为刺官庙，又讹姓杨。

致身廊庙握钧衡， 时值边陲苦用兵。
万卷填胸一言错， 票传何况作人名。

崇祯相国郑以伟[②]，见《明史》本传。

石笋当门积翠岩[③]， 神斧鬼凿逞镌镵。
上缘蚁穴下蛇窟， 铅矿玲珑虚际嵌。

积翠岩俗呼观音石，南唐开铅厂于此。

临桥斩马[④]倚楼看， 忠敏侨栖稍便安。

---

① 纳川：即纳口，在铅山县河口镇附近南岸冲积平畈上，宋时发展为镇，明代河口镇发展后衰落。

② 郑以伟：字子器，上饶人。明万历二十九年进士，累官至礼部尚书，兼东阁大学士，晋太子少保。他修洁自好，书过目不忘，文章奥博。虽富于万卷，有时却窘于数行，曾将章疏中"何况"二字误以为人名，闹出笑话。累乞休，不准，后卒于官，赠太子太保，谥文恪。

③ 积翠岩：在铅山县永平镇西三里，一名七宝山。山洞石壁上有石如佛指，因名观音石。下有平坑，石窍中涌泉浸铁成铜，南唐于此置铜场，宋建隆三年亦在此置铜场，后废。今建有江西铜业公司永平铜矿。铅山也出铅，但开采量不及铜多。

④ 临桥斩马：铅山县永平镇东南二十里有斩马桥，相传宋陈同甫访辛弃疾在此斩马为盟。或曰马到此不前行，斩之。辛弃疾（1140－1207），字幼安，号稼轩，今山东济南人。一生坚决主张抗金，但屡遭打击，曾长期落职闲居于江西上饶、铅山一带，是著名的爱国词人。陈亮（1143－1194）字同甫，号龙川，今浙江永康人，也是一位著名的爱国词人，与辛弃疾志同道合，意气相投，友谊极笃。

分水关前走神鹿，　述离雨驿宿车盘①。

陈同甫访辛稼轩斩马处，又车盘神鹿出必风雨。

搏波全力九狮蹲②，　威振阳侯气概尊。

走石碑文今在否，　好从捲续问天孙。

走石说、捲续石，见《太平寰宇记》。

溪山深秀浴红鹅③，　七二灵峰巩北多④。

鬼谷洞⑤前圭挺矗，　仙人城⑥近市人过。

颓垣败瓦一杯亭⑦，　人在东皋望眼青。

碧水绕濠莲世界，　环山无数揖南屏。

---

① 分水关、车盘寨：“分水关”在铅山古县城永平镇东南八十里，与福建交界，为闽楚要冲。“车盘寨”在分水关西约二十里，为关内要隘。旧传寨有神鹿，色黑，每出风雨随之。宋在车盘寨设巡司，明设驿丞，清顺治裁。

② 九狮蹲：参见第158页注③。

③ 溪山深秀浴红鹅：指铅山县鹅湖山。相传东晋人龚氏居山蓄鹅（参见第161页注⑦），有诗文称为“红鹅”。如邑人叶尚琏诗就有“在昔有红鹅，隐居慑前哲”之句。

④ 七二灵峰巩北多：指上饶市西北七十多里的灵山。古称广信府之镇山，道书第三十三福地，山有七十二峰，风光绮丽。

⑤ 鬼谷洞：在贵溪市南部冷水镇，相传鬼谷子在此授徒。鬼谷子，传为战国时楚国人，隐于鬼谷，因以自号。长于养性持身和纵横捭阖之术。后被道教视为仙人。

⑥ 仙人城：江西仙人城有多处。其一，弋阳县南四十里有仙人城山，相传古仙脱骨于此，唐顾况有“弋阳溪中望仙人城”诗。其二，余干县东南二百里有城，皆峭壁危石，亭亭千仞，自古呼为仙人城。其三，乐平县东南六十里有石城山，一名仙人城，中有会仙洞。此词何指，不得而知。

⑦ 一杯亭：在上饶东南南屏山。宋赵汝愚为郡守，有惠政于民，郡人建祠设像为之祝寿，赵汝愚因设酒请客于亭中，命人撤去自己的像，戏名曰一杯亭，取“且尽生前一杯酒”之意。

一杯亭，赵汝愚曾饮客于此。东皋，陆羽品泉处。

葛家丹鼎踞山巅[1]，险陟崎岖欲上天。
多费半宵宜樜[2]力，起来述梦倩人圆[3]。

横山瓦缶辱泥涂，黄土砖成骨相粗。
却喜了无烟火气，插花开罢长根株。

兴安山中，土人往往得瓶，最宜插花。

视鬼驱魔往事空，虎龙形势上清宫[4]。
都功大印阳平治，几代儿孙继祖风。

张天师印“阳平治都功”五字。

不经伯益[5]烈山焚，山怪俞儿[6]土怪羵[7]。
异类涵淹雄薮泽，瓯闽隔断万重云。

封禁山有不经见之物，人莫知名。

---

① 葛家丹鼎踞山巅：指西山葛仙坛，即葛洪修炼处。葛洪，东晋道教理论家、医学家、炼丹术家。字稚川，自号抱朴子，丹阳句容（今属江苏）人。清同治《新建县志》说他“晋咸和间辟为散骑常侍不就，求为句漏令。世传其取丹砂修炼，得道成仙。”

② 宜樜：（樜音 shè），善梦神。

③ 起来述梦倩人圆：指南昌西山中的梦山，上有罕王庙，祈梦多应。

④ 上清宫：在江西贵溪市龙虎山上清镇，为道教正一道著名道观。东汉张道陵（张天师）后裔居此。

⑤ 伯益：一作伯翳、柏翳，亦称大费。古代嬴姓各族的祖先，东夷族领袖。相传善于畜牧和狩猎，被舜任为虞，掌管草木鸟兽，供应鲜食。又掌火，烈山泽而焚，禽兽逃匿。

⑥ 俞儿：登山之神，长足善走。

⑦ 羵：音 fén，羵羊，传说的山中怪羊。

低洼水性爱疏通，信水[1]西行达瑞洪。
更有南流下虔岭[2]，此邦不定是朝东。

王府[3]天空夜月明，芝阳[4]秋静读书声。
扁舟谁惯浮梁去，买得山茶又远行。

香山诗："前月浮梁买茶去。"

獐头鼠目强求官，那识当场措手难。
纸墨安排将响搨[5]，雷轰荐福古碑残[6]。

浮碧云皴没骨画，左蠡涛涤剥皮山[7]。
回思芝瑞兴人望，凤阁鸾坡[8]挂齿间。

剥皮山，见《赵耘菘诗集》。

---

① 信水：即信江，一称上饶江。在江西省东部。源出玉山县怀玉山，西流到鹰潭折向西北，下游分两支：西支由余干县瑞洪附近入鄱阳湖。

② 南流下虔岭：指赣州寻乌、定南等县的河流，南流至广东汇为东江。

③ 王府：参见第141页注⑥。

④ 芝阳：指鄱阳县芝山。

⑤ 响搨：原意是用双钩填墨，复制纸上墨本的方法。这里应该是指以湿纸紧覆在碑刻上，用墨打拓碑上的文字而得到碑刻墨本的方法。

⑥ 雷轰荐福古碑残：古饶州荐福寺前有李北海撰文、欧阳询书写的荐福碑。宋范仲淹在饶州为官，曾遇一穷秀才，上京赶考无路费，范非常同情，想让人去拓荐福碑上的字，送给秀才变卖作盘缠。不料正要拓片时，天上雷电交加，一声惊雷将荐福碑击毁。

⑦ 左蠡涛涤剥皮山："左蠡"，鄱阳湖的别称。"剥皮山"，据赵翼《剥皮山》诗序，系鄱阳湖旁一沙山，"不生草木，如物之去皮而无毛者"，"相传明太祖追陈友谅至此，友谅忽不见，得逸去。明祖怒山之庇奸，故褫其皮云。"具体为何山，无考。

⑧ 凤阁鸾坡："凤阁"，唐代中书省的别称。"鸾坡"，翰林院的别称。

识山止水[1]纪鄱阳，　节义文章溯沠长。
汉代番君[2]英烈远，　舟人指点说康郎[3]。

鄱湖空阔绕康山，　一战功成万旅闲[4]。
三十五人名姓在，　莫嫌生未列朝班。

“生未列朝班”，查初白⑤句。

湖水浊泥山水清，　山水入湖如镜平。
试看湖心上山月，　江南江北一轮明。

百犬人家共一牢[6]，　表闾曾荷县官褒。
李唐赵宋相承下，　世世同兹井臼操[7]。

唐僖宗时，陈兢家已六世同居，至兢又七百余人。

交遍平畴远近风，　怀新苗长亩南东。

---

① 止水：寓江万里事迹，参见第142页注①。

② 番君：吴芮的称号。吴芮，曾为鄱阳县令，故号番君。秦末农民起义，芮亦举兵，随诸侯入关，项羽封他为衡山王，后归刘邦。汉立，高祖徙之为长沙王。

③ 康郎：即康郎山，在江西余干县西北鄱阳湖中，今称康山。相传有康姓居此，故名。也称抗浪山，谓能与风涛相抗，讹为康郎。明初朱元璋率舟师救南昌，与陈有谅战于此。

④ 一战功成万旅闲：康山之战，朱元璋大败陈友谅，奠定了明朝基业。于是在康山建忠臣庙，纪念在此牺牲的将士。

⑤ 查初白：指查慎行。

⑥ 百犬人家共一牢：江西德安车桥镇义门村陈氏，自唐开元十九年（731年）建庄，至明万历三十一年（1603年）分析，历时三百三十二年，先后累受唐、宋两朝数位帝王的亲笔敕赐旌表。有“三千余口文章第，五百年来孝义家”的美誉。

⑦ 井臼操：井臼，打水和舂米，指操持家务劳动。

烟村暧暧扶疏树，　著个先生五柳中①。

虾蟆陵②是旧儿家，　流落湓江老髩华③。
拼湿青衫司马泪④，　便教亭子属琵琶⑤。

女儿港⑥边朝树桅，　老爷庙下浪喧豗⑦。
餐罢倏过殷羡浦⑧，　不知书带几函来。

软波硬浪两弯环，　晨夕巡查扼此关⑨。
坐守验舡风又急，　滞人行迹怅鞋山。

---

① 著个先生五柳中："先生"，指陶渊明，自号五柳先生，后归隐江西星子县栗里村（今温泉镇附近）柴桑桥畔，宅前有五棵柳树环绕，因称"五柳居"。本首诗的前两句，由陶诗"平畴高远风，良苗亦怀新"演绎而来。

② 虾蟆陵：（虾音 há）古地名，在今西安市东南。白居易《琵琶行》："自言本是京城女，家在虾蟆陵下住。"

③ 湓江老髩华："湓江"，在江西省九江市，一名龙开河。"髩（同鬓）华"，鬓发已白。

④ 拼湿青衫司马泪：指白居易《琵琶行》："座中泣下谁最多？江州司马青衫湿。"

⑤ 便教亭子属琵琶：参见第 119 页注②。

⑥ 女儿港：在九江市西，参见第 119 页注⑤。

⑦ 老爷庙下浪喧豗："老爷庙"，在江西都昌县多宝乡鄱阳湖东岸，明太祖朱元璋敕建，名"定江王庙"，祀救驾有功的鄱阳湖"黿"将军，百姓称为"老爷庙"。"浪喧豗（音 huī）"，湖浪发出的轰响声。

⑧ 殷羡浦：即投书渚。参见第 67 页注②。

⑨ 晨夕巡查扼此关：指九江海关姑塘分关。遗址在九江市东 20 公里鄱阳湖边，与鞋山相对峙。古时岭南诸路货运大多经此入长江。清雍正二年（1724 年）设立，民国二十七年（1938 年）关闭。

水际烟鬟大小孤[①]，　云中五老对香炉[②]。
匡家兄弟居来久[③]，　面目真能认得无[④]？

太虚观中甘苦笋，　归宗寺里淡盐齑[⑤]。
遍寻石耳[⑥]扪悬壁，钗斛盈筐一路提。

蜕鹿[⑦]不知何处去，空留洞口野苹肥。
外间争羡丛林[⑧]大，几许身淄炭妇衣。

---

① 水际烟鬟大小孤：指大、小孤山。参见第 119 页注③。

② 云中五老对香炉：指庐山的五老峰和香炉峰。

③ 匡家兄弟：传说古时有匡裕兄弟七人隐居庐山（当时称敷浅原）求仙学道，周威烈王慕他们的才学，派使者前去请他们出山做官辅助朝廷。但当使者到达此山时，匡家兄弟已成仙而去，“唯庐独存”。从此，人们便称此山为“庐山”或“匡山”、“匡庐”。

④ 面目真能认得无：从苏轼《题西林壁》诗句“不识庐山真面目”演绎而来。

⑤ 太虚观中甘苦笋，归宗寺里淡盐齑：太虚观即简寂观，在庐山东南金鸡峰下，刘宋大明五年（461 年）由道士陆修静创建。相传陆在观附近植苦竹一片，春笋初出，其味甘美，因有“甜苦笋”之称，为观中佳肴。距简寂观只有十多里的归宗寺，所造咸菜其味反淡，因有“简寂观前甜苦笋，归宗寺里淡咸齑”之说。

⑥ 石耳：生长在悬崖石壁上的地衣类植物，外观与木耳有些相似，可供食用，亦供入药，为庐山特产。

⑦ 蜕鹿：指庐山白鹿洞李渤所养的白鹿。

⑧ 丛林：佛教僧众聚居的寺院。这里借指白鹿洞书院。

青莲海上钓金鳌，也为悬流首惯搔[①]。
西涧往来中允犊[②]，倾心六一赋山高[③]。

望湖亭[④]望水云深，大舶危樯万斛任。
拍手齐呼川楚米，早平望岁老农心。

碧落山高凤鸟飞，灵芝亭记字依稀。

① 青莲海上钓金鳌，也为悬流首惯搔："青莲"，指唐诗人李白（号青莲居士）。"金鳌"，传说中的海上金色大龟。李白《登高丘而望远海》诗有"六鳌骨已霜，三山流安在"句，用的就是巨人海上钓六鳌的典故。"悬流"，指庐山瀑布。李白写有多首望庐山瀑布诗。见多识广的李白也为庐山瀑布所叹服。

② 西涧往来中允犊："中允"，官名，这里指刘涣。刘涣，字凝之，宋筠州（今江西高安）人，天圣八年（1030年）登进士，官颍上令。因"高节不能容于世，年四十挂冠归庐山"，隐居在南康（今星子县）落星湾。他常骑着黄牛到庐山游玩，在山南宝峰西涧盖有茅屋，自号"西涧居士"。他因皇帝"泛恩"（其子恕官至秘书丞），由太子中允三升为屯田员外郎，年八十五而卒。

③ 倾心六一赋山高："六一"，指北宋文坛领袖欧阳修（今江西吉安人，字永叔，自号醉翁，晚号六一居士，官至副宰相）。皇祐五年（1053年），他从南京送母归葬故里后，在返回职所途中登游庐山，专程到星子拜访老友刘涣，写下了《庐山高——赠同年刘中允归南康》这首著名诗篇。明代王守仁手书了这首诗，后被人镌刻于庐山"九十九盘"古道旁的石壁上，并在其旁建了一座"庐山高"石坊。

④ 望湖亭：在永修吴城镇。参见第94页注②。

城西尚剩东轩在，　一笑桥头盼客归。

苏子由①购东轩民城。一笑桥是送东坡南迁分手处。

应姓城隍幸姓龙，　知他特授或斜封②。
如何双珓③随人意，　占卜端疑龟筮从④。

应智项、幸南容⑤，《高安县志》作幸潭，南容五世孙。

鼓楼冈僻产金苗，　污纳奸藏矿务招。
自古不贪真是宝，　者番封禁祸机消。

见近日邸报⑥。

浙淮东粤远盐赍，　设卡分疆划界齐。

---

① 苏子由：即苏辙。字子由，号颍滨遗老，宋眉州眉山（今属四川）人，嘉祐进士，官至尚书右丞、门下侍郎。与父洵、兄轼合称“三苏”，都被列入“唐宋八大家”，有《栾城集》。这首竹枝词是写他元丰初年因忤王安石被谪监筠州（治高安）酒税之后，在高安的活动。

② 特授或斜封：“特授”，指超越常规授予某项官职。“斜封”，谓非朝廷正命封授官爵。

③ 双珓：（珓音 jiào）迷信者用以占吉凶之具。用蚌壳或似蚌壳的竹、木两片，掷于地，观其俯仰，以占吉凶。

④ 占卜端疑龟筮从：“龟筮”，卜与筮。古时卜用龟甲，筮用蓍草，以占吉凶。

⑤ 应智项、幸南容：应智项，一说为高安人，隋末萧铣、林士弘乱，他屯兵华林山保障一方。武德五年（622 年）归唐，被任命为靖州刺史，功德及民，民爱之如父母。一说为九江人，徙居靖州，生为刺史，殁为城隍神。按清康熙《西江志》：“靖州即今瑞州府”治高安。幸南容，高安人，唐贞元中进士，屡迁国子祭酒，德行浮于乡，有文名。

⑥ 邸报：（邸音 dǐ）也称“邸抄”，中国古代报纸的通称。是朝廷传知朝政和臣僚了解朝廷政情的工具。主要登载皇帝谕旨，臣僚奏章和朝廷动态等方面的内容。

偏是米州黄蘗[①]畔，　略知盐味号盐溪[②]。

备尝草木辨酸碱，　樟树街头放药镶。
料有宋清[③]贾区坐，　颇知鹊缓[④]胜巫咸。
《离骚》“巫咸将夕降”注：“巫咸，古神巫，殷中宗时降下。”

三十三尖玉笥峰[⑤]，　秦人觅得便潜踪。
临江亭子梭飞去，　去逐丰城两剑龙[⑥]。

安分袁京[⑦]乐隐居，　钤冈[⑧]气焰有盈虚。

---

① 米州黄蘗：“米州”，原名“靖州”，统高安、望蔡、宜丰、阳乐、华阳五县，唐武德七年（624 年），因当地盛产香米，奏改州名为米州，其年又改米州为筠州。“黄蘗（音 bò）”，地名，在宜丰县西一百里，今为“黄檗”。

② 盐溪：在古新昌（今宜丰）县西太和门外，一名若耶溪，上有盐洲。

③ 宋清：唐长安卖药人。贫民买药，常不收钱。当时人说：“人有义声，卖药宋清。”

④ 鹊缓：“鹊”，即扁鹊，战国时名医。“缓”，春秋时秦国的良医。

⑤ 玉笥峰：（笥，音 sì）在今峡江县城西四公里，道书第十七洞天，第八福地，旧名群玉，汉武帝南巡至此，天忽降玉笥（音 sì，方形竹器）于山，故名。汉梅福、晋葛洪、郭桂伦等历代道教名流皆学道于此。现已辟为玉笥山风景名胜区。

⑥ 临江亭子梭飞去，去逐丰城两剑龙：参见第 91 页注①。

⑦ 袁京：晋代高士，隐居在袁州（今宜春市）府城东北五里的袁山。

⑧ 钤冈：山名。在分宜县袁水南岸二里，新泽水出于右，长寿水出于左，夹于山末，故曰钤（音 qián，管束、关锁）。现在这一带已辟为钤阳湖景区，为仙女湖风景名胜区的一部分。

伊谁曾为声名误，　一个登龙一坠驴。

湛贲擢第，彭伉闻之失声坠驴[①]。

肥墝[②]丰歉判田庄，　稊[③]米何堪比太仓。

最是人前说声势，　小鸡耸待大鸡昂。

章贡迴环白鹭洲，　石阳城堞市烟浮。

天工默示人间字，　文水文山[④]现吉州。

香水萍根漾蔚蓝，　囫囵瓜实少人谙[⑤]。

那知剖食偏如蜜，　大抵能留舌本甘。

事了公家快阁登[⑥]，　青原修黛手堪凭[⑦]。

---

① 湛贲擢第，彭伉闻之失声坠驴：这是流传在宜春的一个动人故事。湛初为州里的小官，其妻与彭伉之妻是姊妹。彭伉擢进士第，亲族都来祝贺，席间在座的都是名士，作为女婿的湛贲却被安排在后阁独自用饭。妻子数落他说："男子不自振励，困辱如此！"贲因此感愤力学，一举登进士上第。彭伉听说湛贲高中时，正骑驴过赤板桥，惊得堕落在地。

② 墝：音 qiāo，土地坚硬而瘠薄。

③ 稊：音 tí，一种形如稗的小草，果实如小米。

④ 文水文山："文水"即"文江"。赣江吉安段的别名，参见第 195 页注⑤。"文山"，在今吉安市吉州区富田乡文天祥故里。

⑤ 囫囵瓜实少人谙：这首诗是指"萍实"的传说。楚昭王渡江，江中有物大如斗，圆而赤，直触王舟，舟人取之，王大怪之，遍问群臣莫能识。王使骋于鲁，问于孔子。孔子曰："此所谓萍实者也，可剖而食之，吉祥也，唯霸者为能获焉。"使者返，王遂食之大美。童谣说萍实"剖而食之甜如蜜"。因这个传说，萍乡还有"萍实桥"、"萍实里"、"香水渡"（楚昭王渡江处）等地名。

⑥ 快阁：在泰和县东南，前临赣江，旧名慈氏阁，宋黄庭坚有诗。

⑦ 青原修黛：指青原山。在吉安市东南十五里，风景秀丽多姿。有青原古寺、七祖佛塔等唐代建筑和宋代文天祥遗墨"青原山"石刻。

鳞之而攫泷冈表，　许大丰碑也上升[1]。

聂都山近郁孤台，　两派雄涛赣郭开[2]。
十八滩[3]过莫惶恐，　滩师[4]指引万安[5]来。
章水源出聂都。

兰蕙山茶[6]影亦佳，　南方草木一编排。
吏胥望断倾盆雨，　白浪储潭放树簰[7]。

黄公滩去战空坑，　叹惜勤王竟折兵[8]。
雷雨门前池水涸，　归龙不忘旧神京。

---

① 鳞之而攫泷冈表，许大丰碑也上升：据清道光《吉安府志》记载：欧阳修守青州时，自为《泷冈阡表》，刻石以归，舟泊庐山，夜梦神人借碑入水，明日风浪大作，舟欲裂，修悟梦中语，投碑于湖。黄庭坚作《檄龙文》于泷冈沙溪欧阳修父母墓前，适见灵龟负碑出，上有龙爪点痕迹。取置附近西阳宫，覆以亭。后宫被火，独碑亭无恙。

② 聂都山近郁孤台，两派雄涛赣郭开：发源于崇义县聂都山的章水，与发源于福建长汀县新乐山的贡水，在赣州城北汇合为赣江。“郁孤台”，赣州古台名，在今赣州市北贺兰山顶，下临章水。“赣郭”，指赣州城。

③ 十八滩：指赣江十八滩，参见第241页注⑤。

④ 滩师：引领舟船安全通过十八滩的向导。犹如今日之“引航员”。

⑤ 万安：在江西省中部偏南，赣江纵贯，唐置万安镇，宋改万安县。辖于赣州。

⑥ 兰蕙山茶：兰花和山茶花。

⑦ 白浪储潭放树簰：“储潭”，见第241页注④。“簰”，音pái，大筏。

⑧ 叹惜勤王竟王折兵：这首诗是写南宋文天祥勤王抗元，失败被俘，矢志不降之事。文天祥，字履善，一字宋瑞，号文山，江西吉水人。理宗宝祐四年（1256年）进士第一。他积极抗元。后晋升为左丞相，仍以都督出江西，与元兵战于江西赣州、福建汀州间。后在空坑为元兵所败，次年被俘，始终不屈，最终被害。“黄公滩”，在万安县南门外。“空坑”，在永丰县南部。

杨曾赖谢①擅专家，　赣郡堪舆久不差。
夫己氏书聊勦说②，　水朝龙穴更分沙③。

山从炎峤接南安④，　陡拔梅关⑤百十盘。
转过云封沿古寺，　雁回人远挂林端。

岭有额，曰“雁回人远”。半山有亭，有云封寺。

曲江风度古祠堂⑥，　凭槛看人日日忙。
太守得参丞相座，　人称东海继前张。

挂角楼有“看人忙”额，张太守弼⑦号东海，南安名宦。

---

① 杨、曾、赖、谢：指杨筠松、曾文迪、赖大有、谢子逸，四人都是古代江西堪舆（即“风水”）名人。杨筠松，唐僖宗朝国师，官至金紫光禄大夫，掌灵台地理事。黄巢之乱时来虔州（今赣州），以地理术授曾文迪、刘江东，卒葬于都。曾文迪是于都人，著有《八分歌》行于世。赖、谢情况不详。

② 夫己氏书聊勦说：“夫己氏”，犹言某甲、某乙、那个人，不明指其人。“勦”，“剿”的异体字。“勦说”，抄袭别人的言论。

③ 水朝龙穴更分沙：“水朝”、“龙穴”、“分沙”均为堪舆学术语。

④ 山从炎峤接南安：“炎峤”，指大庾岭。“炎”，古代称南方为“炎天”，“峤”，指五岭，大庾岭在南方，为五岭之一，故有“炎峤”之称。“南安”，参见第244页注①。

⑤ 梅关：在江西大余县与广东南雄市之间梅岭上，是古代中原地区同东南沿海之间的交通枢纽。始建于秦代，唐代开通驿道，宋代建筑关楼，名为“梅关”。

⑥ 曲江风度古祠堂：指曲江祠。唐开元间，张九龄奉诏开凿大庾岭梅关驿道，在克服无数艰难险阻，开通这条重要道路之后，当地人为他立祠祭祀，他是广东曲江人，因称“曲江祠”。

⑦ 张弼：字汝弼，华亭（今上海松江）人。明成化进士，授兵部主事，进员外郎，迁南安知府，有惠政于民。县志说他“重修岑路，易甃以石，二十里悉为荡平，故塑像于曲江祠，以配文献”。张九龄累官至中书令，乃一代名相，谥文献，因称张弼配祀文献为“太守得参丞相座”。

牡丹亭即绿阴亭，　　妆点风流度曲伶[①]。
乡隘依然岩壑秀，　　劝农官有字名铭[②]。

铭为宋度宗制并书。

嫦娥绿嶂挺仙茅[③]，　卓锡泉清记打包[④]。
佳日邀谁参玉版[⑤]，　料他铁汉惯充庖[⑥]。

铁汉楼为刘元城建。

地界炎荒毒雾深，　　七姑祠宇祀偏淫。

---

① 牡丹亭即绿阴亭，妆点风流度曲伶："牡丹亭"，指传奇剧本《牡丹亭》（一名《还魂记》）。此剧为明汤显祖作。写南安太守杜宝之女杜丽娘梦中和书生柳梦梅相爱，醒后感伤致死。三年后柳至南安养病，发现丽娘自画像，深为爱慕，丽娘感而复生，两人终得结为夫妇。南安府有绿阴亭，宋至道间知军李夸庚建，亭侧有池，竹树森列，为一大胜处。

② 劝农官有字名铭：铭文在旧南康县治仪门内，南宋咸淳六年（1270年）度宗制并书刻于石。其字为："莅事必公，抚民必惠，迩者有训，亦既切至咨尔。令长守以勿坠，宣联实意，斯为恺悌。"

③ 嫦娥绿嶂挺仙茅：参见第245页注①。

④ 卓锡泉清记打包："卓"，直立。"锡"，锡杖，僧人外出所用。相传唐禅宗六祖慧能自湖北黄梅受衣钵到曹溪受到五百僧人的追夺，至大庾岭，慧能以锡卓石，石下随即泉涌，清冷甘美，众僧见此，都骇而退走。后此泉就称为卓锡泉。泉右有展衣坪、盛钵石。

⑤ 参玉版："玉版"，笋的别称。"参玉版"，即吃笋，典出宋惠《冷斋夜话·东坡作偈戏慈云长老》："（苏轼）尝要刘器之同参玉版和尚……至廉泉寺，烧笋而食，器之觉味胜，问此笋何名，东坡曰：'即玉版也。此老师善说法，要能令人得禅悦之味'。于是器之乃悟其戏。"宋杨万里《记张定叟煮笋经》："菘羔楮鸡浪得名，不如来参玉版僧。"

⑥ 料他铁汉惯充庖：这是一句戏语，指的是铁汉楼。彭韶记云："元城先生以绍圣中谪知南安军，道改提举洪州玉隆观，本军居住。遂奉母、夫人来寓宝界院，未一年复徙岭南，濒危数四，东坡叹曰："真铁汉也！"成化戊戌东海张弼来为守，暇考图志，撤而新之，题曰铁汉，盖用东坡语也。

山畲[1]倾倒三鳌酒，搏虎方夸七纵擒。

畲读近赊，见《明史》，又邝湛若[2]赤雅作畲。

薄寒天欲酿霜微，便报琼英六出飞。

桃李花秾[3]冬腊里，白头罕见雪霏霏。

予在大庾，亲见微阴薄霜，便以瑞雪申报。

金精山[4]落万山中，又剖州符建置雄。

颇耐郁蒸闽粤煖，一年三瘴[5]暮朝风。

青草、黄茅、生米，每年三瘴。

运[6]低愁说选江西，人事原难物我齐。

试向中田看茂植，麦头昂处黍头低。

---

① 山畲：（畲音 shē），指住在山区的畲族人。

② 邝湛若：名邝露，明朝人。著有《赤雅》一书，记今广西部分少数民族制度、风俗、山川、物产，颇有特色。

③ 秾：音 nóng，繁盛艳丽貌。

④ 金精山：在宁都县西十里，峰头皆石，望如阵云，为县西镇山，道家第三十五福地。相传汉女张丽英年十五入山得道，自称“金星之精，降治此山”，言讫升仙而去。山遂以此名。清代农民起义曾据此山，镇压后，宁都县升为州。

⑤ 瘴：瘴气。指南方山林间湿热蒸郁致人疾病之气。

⑥ 运：这里指命运。

书本携登学究门，　未几张盖拥高轩。
惯听人道西江派，　文武今才两状元。

文戴衢亨，武汪道诚①。

排年里正奉公多②，　国课输将土养禾。
岁事方忙农事毕，　族邻还往俗雍和③。

资才稍足避佥丁④，　总为河淮⑤不惯经。
辛苦十年叨庇藾，　督漕使者坐粮厅。

---

① 戴衢亨、汪道诚：戴衢亨，字荷之，号莲士，吉安人。乾隆三十六年（1771年）十七岁即中乡举，五年后召试赐内阁中书军机章京行走。乾隆四十三年（1778年）进士及第。此后累官至体仁阁大学士等职，嘉庆十六年（1811年）卒。汪道诚，字勉旃，号砺轩，乐平人。嘉庆十四年（1809年）武状元，任御前头等侍卫。道光时先后出任浙江及云南提督，封建威将军。有《六合长矛阵》、《抬枪演炮图说》等军事著作。同治四年（1865年）逝世。

② 排年里正奉公多：明代初年在州县基层推行里甲制度，又为三大徭役之一。以邻近的一百十户为一里，从中推丁多田多的十户轮流充当里长，余一百户分十甲，每甲十户，轮流充当甲首。每年由里长一人率领十甲甲首应役。值役的称“当年”，轮次的称“排年”。十年轮流一遍，期满后按各户人丁和田地增减重新编排。清沿明制。

③ 雍和：融洽，和睦。

④ 佥丁：“佥”同“签”。“佥丁”，即由朝廷或官府下令征集或指派服徭役的人。

⑤ 河淮：大运河和淮河。

松柴烈焰土坯烧，　白地青花又淡描。
仿古翻新夸样好，　官哥何许况宣窑①。

嫩竹分梢沤满槽，　连宵烂煮捣成膏。
掀帘片片云蓝薄，　卖向通都纸价高。

旗枪嫩绿展将齐，　到处�蓝雨后携。
好(去声)事人生山谷后，争谈双井压江西②。

蛇虺③侵淫湿气降(户江切)，滋生腐草及枯桩。
漫夸厚味如香蕈④，　认作宜人益寿坢⑤。

土人中蓏⑥毒，以为味甚甜美。

① 官哥何许况宣窑："官哥"，官窑和哥窑。"官窑"，宋代著名瓷窑之一，北宋大观、政和间宫廷自建瓷窑烧造瓷器，故称。南渡后又于杭州别建新窑。另明清景德镇御窑厂所烧瓷器亦称官窑瓷，此处当指前者。"哥窑"，宋代著名瓷窑之一。参见第49页注⑥。"宣窑"，即"宣德窑"。明宣德中，朝廷派官员在景德镇专督工匠造瓷、选料、制样、画器、题款，无一不精，所造瓷皆为有特色的精品。

② 争谈双井压江西："双井"，指双井茶。产于宋黄庭坚（号山谷道人）的故乡修水县杭口乡双井村，当时有"草茶第一"之誉。

③ 蛇虺：（虺音 huǐ）毒蛇、毒虫。

④ 蕈：音 xùn，伞菌一类的植物，无毒的可供食用，如香菇、蘑菇等。

⑤ 坢：音 bāng，古指土中所产"如小儿，掌无指，食之多力"的"土精"。大约是今称"人参"、"何首乌"之类的药材。

⑥ 蓏：音 luǒ，瓜类植物的果实，在木曰果，在地曰蓏。

烟草相思刻不忘，　醒眠辟秽暗生香。
泰西[①]鸦片偷关卖，　灯榻横陈客对尝。

多收十斛富田翁，　恩爱全无易妇风。
可叹饔飧[②]或难继，　女为养媳子奚僮[③]。

肯剜心头肉补疮，　忍教云断合欢床。
牵衣顿足西邻哭，　妇别翁姑子别娘。

椎牛[④]那及逮亲存，　养志才酬罔极[⑤]恩。
三载长斋三日忏，　偏邀释道解烦冤。

偷穿古穴破长眠，　先世遗骸福利田。
盗葬占山风渐改，　官人仁泽及黄泉。

纵横田澮一陂流[⑥]，　水足才无甚旱忧。
眼热他家禾穗好，　隔村争圳[⑦]起戈矛。

---

① 泰西：犹言极西，旧时用以称西方国家，一般指欧美各国。

② 饔飧：音 yōng sūn，早餐和晚餐。

③ 养媳、奚僮："养媳"，即童养媳。"奚僮"，奴仆。

④ 椎牛：杀牛。

⑤ 罔极：古时指父母对子女的恩德，以为深厚无穷。

⑥ 纵横田澮一陂流："澮"字待考。"陂"（音 bēi），指池塘，亦指堤岸。此句是指有一座池塘或水库灌溉田亩。

⑦ 圳：田间水沟。

墝墝埆埆龙骨声①，　轮转筒车水逆行。
旱时车入涝车出，　早晚四围香稻粳。

地碓冲舂日计佣，　拦溪水碓石横纵。
阿谁庑下劳筋惯，　变却姓名来凭舂②。

不用晨昏两曜明，　呱呱坠地可怜生。
杜陵大厦香山被③，　端许推恩共育婴。

近南地暖北多寒④，　三月东风未尽阑。
夏涨欲来蛟蜃起，　家家身上怯衣单。

倏看白练隔山飞，　顷刻城乡浸半扉。
近向湖滨问消长，　不曾容易壑中归。

水推沙塞剩虚粮⑤，　珍重求官细丈量。
暗祝社公拜田祖，　免遗家累是农庆。

---

① 墝墝埆埆龙骨声：“墝（音 qiāo）埆（音 què）”，险要的地方。“龙骨”，即水车，又叫翻车与下句“筒车”均为将低处水运往高处的农具。

② 凭舂：充当舂碓的佣工。

③ 杜陵大厦香山被：杜甫所说的大厦和白居易所说的被子。杜甫自称“杜陵布衣”，在《茅屋为秋风所破歌》诗中有“安得广厦千万间，大庇天下寒士俱欢颜”句。白居易自号“香山居士”，在《新制布裘》诗中有“安得万里裘，盖裹周四垠”句。

④ 近南地暖北多寒：这首诗讲江西南北温差大，气候多变。

⑤ 水推沙塞剩虚粮：农田遭水灾没有收成。

蟲蟲[①]热气旱天蒸，　螟蠖东阡又比塍[②]。
秉畀仿将炎火势，　遍村锣鼓草龙灯[③]。

欺压比邻购屋居，　尚嫌长物未充闾。
几年凶讼难完结，　渐觉床头积累虚。

种花端喜种金银[④]，　种牡丹夸富贵身。
抛却桑麻问家计，　几曾知享太平春。

不信张华博物编[⑤]，　水浇然石便生烟[⑥]。
想如石矿成灰后，　略染寒流死复然。

天生石髓[⑦]付先炊，　用等乌薪却省赀。

---

① 蟲蟲：灼热貌。蟲，音 chóng。

② 螟蠖东阡又比塍："螟"，蛀食稻心的害虫。"蠖"，应为"蝖"（音 juàn），即金龟子的幼虫。"螟蠖"，泛指害虫。"阡、塍"都是田间的道路。

③ 秉畀仿将炎火势，遍村锣鼓草龙灯："秉"，稻把；"畀"（音 bì）给予，交付与；"仿"，模拟。用一把稻草模拟成烧火驱虫的样子，同时遍村玩起了用稻草扎成的龙灯，希望驱走害虫。

④ 金银：指金银花，学名"忍冬"，花初白后黄，黄白相映，故名金银花。花和茎均可入药。

⑤ 张华博物编："张华"，西晋大臣、文学家。著有《博物志》。多取材于古书，分类记载异境奇物及古代琐闻杂事，也宣扬神仙方术。其中关于我国西北地区石油和天然气的记载，颇有资料价值。原书已佚，今本由后人辑成。

⑥ 水浇然石便生烟："然"，"燃"的本字。"然石"，当指生石灰，与水反应会放出大量的热。郦道元《水经注·赣水》篇中讲江西建成县出燃石。

⑦ 石髓：此石髓是指一种可以作燃料的物质，按诗中所述性状，疑为石油。但江西何处产此物质，待考。

未必穿山有鳞甲，　怜他九曲入珠丝。

左持浊酒右持螯[①]，　冷炙残羹强自豪。
一种野人风致好，　河豚上市买蒌蒿[②]。

市瓜择大[③]雪桃尖，　沙果葡萄味许兼。
那信食单佳境在，　寒浆嚼蔗[④]倒餐甜。

鱼龙曼衍赛神[⑤]时，　鼓吹喧阗彩仗随。
也得三傩[⑥]先世意，　漫言风俗等儿嬉。

弹弦卖唱都庐撞[⑦]，　多半邻封[⑧]逐此邦。
还有逃荒好身手，　生涯花鼓凤阳腔[⑨]。

---

① 螯：甲壳动物第一对变形的步足。末端两歧，开合如钳。蟹就有这样的螯，这里即泛指蟹。

② 河豚、蒌蒿："河豚"，鱼的一种，有气囊，能吸气膨胀。肉鲜美，唯肝脏、生殖腺及血液含有毒素，须经处理，方可食用。"蒌蒿"，水草名，也称"白蒿"，味美。苏东坡《惠崇春江晚景》诗之一："蒌蒿满地芦芽短，正是河豚欲上时。"

③ 市瓜择大：谓买瓜挑大的。

④ 寒浆嚼蔗倒餐甜："寒浆"，草名，即酸浆，清时京师人以充茗饮，谓可涤烦热，故名寒浆，其味微酸，故又名酸浆。

⑤ 赛神：见第 87 页注⑧。

⑥ 傩：腊月驱除疫鬼的仪式。

⑦ 庐撞："庐"，房子。"撞"，闯。这句意思是，闯到别人门前或房子里卖唱。

⑧ 邻封：邻近的省、县。

⑨ 生涯花鼓凤阳腔：凤阳花鼓是始于安徽凤阳的民间曲调，初行于明代。后南方一些逃荒者，在卖唱乞讨时也用此曲调。

物价低昂心倒颠，　通街除陌[①]市行钱。
近来海船[②]殊多诈，　百十银钱中灌铅。

梁武帝诏禁陌钱，时多用九陌钱，限百日改足陌。

萍乡池沤中田麻，　江州船贩攀枝花[③]。
女余布易男余粟，　勤理绩筐勤纺车。

学数谈星各隐占，　偏旁字折减还添。
心驰商贾工农外，　且设君平[④]卜肆帘。

豫楚滇黔粤陕川，　山眠水宿动经年。
总因地窄民贫甚，　安土虽知不重迁[⑤]。

漫说玉山[⑥]无玉剖，　近闻梅岭[⑦]有梅探。
舟车经过数千里，　东北浙西西粤南。

---

① 陌：音 mò，钱一百文。“除陌钱”，指银钱交换可打折扣，“九陌”，即以九十文当一百文。

② 海船：航海的大船。这里借指随船而来的外国商人。

③ 江州船贩攀枝花：“江州”，见第 118 页注①。“攀枝花”，木棉花的别称。木棉有二，一为落叶乔木，结实长椭圆形，中有白棉，可供茵褥。一为草本或灌木，结实如桃，中有白棉，可供纺织。江州所产为后者，通称棉花，产量为江西之冠。

④ 君平：参见第 250 页注①。

⑤ 安土虽知不重迁：由成语“安土重迁”变化而来。中国民俗本来是安于故土，不愿轻易迁居异地，但由于“地窄民贫”，只好离开故土，迁移到当时地广人稀的江西来。

⑥ 玉山：县名。在江西省东部，信江上游，邻接浙江省，浙赣铁路横贯。县人民政府驻冰溪镇。唐置县。

⑦ 梅岭：此梅岭在大余县，参见第 268 页注⑤。

山歌秧歌牛马骑，　渔歌棹歌河之麋[①]。
城市吹葱野击壤，　渐近自然歌竹枝。

东坡诗："口吹葱叶送迎翁。"

（《瘦松柏斋外集》）

鄱湖[②]竹枝词

（清）蔡孔炘[③]

扬帆直指落星湾[④]，　白浪无风也似山。
向晚舟人齐笑语，　而今始泊九江关[⑤]。

蓑衣箬笠下中流，　家住白萍洲外洲。
数尾肥鱼新钓起，　儿孙吹火荻芦秋。

洲民居住少农田，　十户九家学棹船。
日日溪头人过渡，　归来换酒有余钱。

---

① 河之麋：犹"河之湄"。"麋"为假借字。典出《诗·小雅·巧言》："居河之麋"。

② 鄱湖：指鄱阳湖。这组竹枝词涉及了鄱阳湖沿岸的星子、九江、湖口、余干多个地方。

③ 蔡孔炘：湖口人，嘉庆间曾协修《湖口县志》。晚年中举（道光十四年）未仕而卒。著有《乡党考略》、《纪学纪要》。

④ 落星湾：星子县城附近一处鄱阳湖湾，中有"落星墩"故名。

⑤ 九江关：指九江海关姑塘分关。地在九江城东鄱阳湖畔。

康郎山[1]际暮云平，鄱水风恬望眼明。
好是土人沿岸住，至今犹自说韩成[2]。

（《湖口县志》清同治十三年刊本）

① 康郎山：即康山，在江西余干县西北部鄱阳湖中。余干县在江西东北部，信江下游，西滨鄱阳湖，出银鱼。

② 韩成：即韩晟，朱元璋部将。一次朱元璋在鄱阳湖被陈友谅军团团围住，万分危急时，他主动请求换上朱元璋衣服，抱印投湖而死，骗过陈军，使朱元璋脱险。明朝建立，朱元璋追封韩晟为“江神”，敕立庙祀之。

现当代江西竹枝词

［南昌市］

南昌[①]竹枝词

（1997年12月）

胡迎建[②]

国营改制有高招， 股份筹资兼并潮。
困境多年无铁碗， 纷纷下岗亦时髦。

沿街摊点密如毛， 小品琳琅质不高。
镇日难谋蜗角[③]利， 只愁买者渐寥寥。

商场林立未称豪， 折价跳楼竞促销。

---

① 南昌：市名。在江西省北部，赣江下游、京九铁路线上。江西省省会。辖五区四县，人口420万（市辖区154万，1996年）。南昌是全国历史文化名城，也是人民军队的诞生地，享有“八一军旗升起的地方”和“英雄城”的美誉。关于“南昌”命名的由来目前有两说，一说“以南昌山（西山）得名”；一说为“昌大南疆”之意，待考。

② 胡迎建：笔名湖星，字建之，斋号泊如。1953年1月出生于江西星子县南康镇，祖籍都昌。唐宋文学暨古籍整理专业硕士。现为江西省古籍整理规划办公室研究员、副主任（正处级），并任江西省诗词学会副会长、秘书长、《江西诗词》主编。著有《近代江西诗话》、《民国旧体诗史稿》（国家九五社科基金项目）、《独上高楼·陈寅恪》、《江西山水旅游诗话》、《胡迎建序跋集》、《江姓史话》、《一代宗师陈三立》、《画家应用宝典》、《雁鸣集》等，诗集有《帆影集》、《湖星集》。现在从事研究课题“陈三立与同光体诗派”（2006年国家社科项目）。

③ 蜗角：蜗牛角。比喻极其微小。

营业员多来客少，　可怜老板也心焦。

佩红飘翠竞招邀，　满面春风窈窕娇。
已改当年翻白眼，　殷勤劝客解钱包。

霓虹灯炫小车嘈，　春色满楼价自高。
大款掷金来买笑，　原来泡脚屋藏娇。

印刷装帧档次高，　年年书价上扶摇。
伶俜[①]我亦来光顾，　羞涩囊中不足掏。

（《湖星诗集》）

南昌新竹枝词

胡迎建

青山湖湖滨公园[②]

青山湖畔并无山，　三二高楼耸巨观。
一自清淤修整后，　香樟如盖覆栏干。

积年污水竟澄清，　尾闾[③]经营化绿阴。
莺自遐方[④]栖此乐，　逗来情侣入林深。

---

① 伶俜：孤单。

② 青山湖湖滨公园：青山湖位于南昌城区东北角，水域面积4600亩，环湖建有三个公园。湖滨公园是其中之一，面积25 000平方米，位于南京东路与青山湖之间一个长380米、宽58米的湖滨之地，是一个高品位的休闲娱乐区。

③ 尾闾：古代传说中海水所归之处。此言湖水相汇的水湾。

④ 遐方：远方。

南昌胜利路新修步行街[①]

百年老店换新装，　接栋连楼焕彩光。
况有街旁休息椅，　不妨老少任徜徉。

唐宫庭茶

峨髻金翘珠络缨，　步随宫乐舞轻盈。
忽然覆手为云雨，　擎水晶杯漾玉莹。

女职学校茶艺队表演古代茶艺。

宋市井茶

茶店悬灯响素筝，　茶姑劝客待茶烹。
还凭活火旗枪斗，　品茗何妨又一更。

社科院高知楼

食有鱼兮出有车，　新楼耸峙待安居。
请看竹翠花明处，　砥砺人材为国储。

（《湖星诗集》）

① 胜利路新修步行街：胜利路是南昌主要街道之一，2001 年 9 月 1 日开始改造为集休闲、购物、观光为一体的高品位商业步行街。全长 960 米（中山路口至叠山路口），铺装花岗岩地面，重新绿化，并设置灯光、电话亭、音响、监控等公共设施，总投资 2800 万元。2002 年 1 月 20 日正式开通。

洪城[1]竹枝词

孙　樵[2]

杨柳楼头灯火妍，　卡拉 OK 韵缠绵。
书斋一角临街口，　夜半歌声到枕边。

歌会归来气不平，　斯文扫地太无情。
毫端珠玉三千斛，　未抵秋娘一两声。

（《江西诗词》1993 年第四期）

谷雨竹枝词

（1987 年）

孙　樵

一

赣抚平原鱼米乡，　桑麻千里接鄱阳；
春来增种一犁土，　秋后多收万颗粮。

二

细雨斜风三月头，　春耕春播闹田畴；

---

① 洪城：即南昌。南昌古称豫章，隋开皇九年（589 年）因洪崖所在，改豫章郡为洪州，后世因有“洪都”、“洪城”之称。

② 孙樵：安徽人，1926 年生，曾任南昌二中校长。现已过世。

儿童也解争朝夕，　散学归来又放牛。

三

村姑含笑采新茶，　田父讴歌种豆瓜；
白发老翁闲不住，　河边张网捉鱼虾。

四

五口承包十亩田，　又兼副业小渔船；
昔年老是超支户，　今日腰缠大叠钱。

五

小憩桥头卖酒家，　偶逢野老话桑麻；
鱼肥粮足牛羊壮，　不用担心“割尾巴”[①]。

（《江西诗词》1987 年第三期）

竹 枝 词 ·车站歪风掠影

王大飞[②]

票　贩

庞大经营不挂名，　购销机智但逡巡[③]。

---

① 割尾巴：改革开放前，极“左”思潮泛滥时视农村副业为“资本主义”，一经发现，即行禁止，称“割资本主义尾巴”。

② 王大飞：南昌火车站工人，现已退休。

③ 逡巡：迟疑徘徊，欲行又止。形容票贩为规避打击而表现出的行为。

只缘惯使分红术[1]，法纪能容处处神。

扒 手

候车客满乱纷纷，鬼祟嚣张出没频。
案发旁观皆袖手，扬长而去迹难寻。

黑 票

京闽沪穗远车难，客子凝愁踯躅间[2]。
便有好心人让票，价钱公道[3]只加番。

（《江西诗词》1993年第四期）

竹枝词·戏题某贪官入狱

胡纪西[4]

盛气凌人显赫时，勾搭大款竟胡为。
蹲穿狱底终难悔，弄巧夺妻又靠谁。

注：1. 原中共安义县委书记某某与某大款合谋指使同伙用吉普车撞原县委书记胡某致腰膝重伤，旋又雇杀手暗杀县委副书记万某。
2. 该贪官之妻乃原下属某人之妻，设法夺之。

（《江西诗词》2000年总第五十二期）[5]

① 分红术：对行贿的讽语。
② 客子凝愁踯躅间：买不到车票者的着急样子。
③ 公道：对票价加番的讽语。
④ 胡纪西：江西安义县人，1932年6月出生。退休前在安义县计生委工作。中华诗词学会、江西诗词学会会员，安义县文峰诗社副社长。
⑤ 这首竹枝词从《江西诗词》录入本书时，按原作者要求有所修改。

[景德镇市]

竹枝词二首

詹起泽①

一

金秋桂子吐芬芳，　新纪开元喜气扬。
爆竹声声传宇内，　老年书画又登场。

二

自知纸上欠功夫，　日日琢磨无捷途。
年迈休辞勤学艺，　此身所幸在瓷都。

（《皓首吟——江西老年诗词选》）

① 詹起泽：江西婺源县人，1931 年 4 月生。曾任景德镇市委办公室主任、市统计局副局长等职。现为景德镇市老年书画协会理事、市诗词学会会员。

［萍乡市］

竹枝词

陈　菲[①]

武功[②]杜鹃满山垅，　犹似天边浮彩虹。
谁家伢仔吹横笛，　溪边妹子脸绯红。

（《萍乡山水诗词选》）

竹枝词·重游长潭[③]

刘　均[④]

杨柳三月长潭风，　迎面桃花笑醉翁。
当年木屋今何在？　唯见新楼细雨中。

---

① 陈菲：江西萍乡人，曾任萍乡市总工会副主席、萍乡市文化局副局长、调研员。中国民间文艺家协会会员、江西省作家协会会员、文艺学会会员。著作有散文集《清苔绿韵》、诗集《田心流韵》。

② 武功：指武功山。位于萍乡市东南部与安福县西南部边界上，罗霄山脉北端，横亘200余公里，峰峦重叠，雄伟高峻，资源丰富，风光秀美，现已辟为风景区。

③ 长潭：地名。在萍乡南郊萍水河边。

④ 刘均：祖籍河北保定，出生于萍乡。退休前任萍乡矿业集团建安总公司宣传科科长。江西省诗词学会会员，萍乡市诗词学会理事，萍乡市美术家协会理事，萍乡市国画研究会秘书长。

水碧蕉肥两岸苔，　山花只作旧时开。
萍南城外长潭渡，　一溪烟霭故人来。

（《萍乡山水诗词选》）

知青[①]竹枝词

刘　均

挖田埂

锄遍畴坵冬未晚，　埂堤曲似九回肠。
荷锄小试平衡理，　皆笑知青魔气郎。

谷雨打笋

谷雨时节新笋长，　竹林内外去来忙。
烟熏日晒香依旧，　此乐他年未易忘。

舂房

舂舍青青蔽竹篁，　筒车长叹伴夕阳。
糠除米熟方外乐，　悠悠准记晚风扬。

---

① 知青：知识青年的简称。这里指“文化大革命”中从城镇参加上山下乡的66届、67届、68届三届初中、高中学生。

摘箬叶[1]

箬叶天中日日新，　深山老岭城里人。
都晓知青无所有，　采得此物见娘亲。

种南瓜

叶瘦花稀蔓近凹，　笑看瓜孙躲蓬蒿。
棚架不知何处觅，　去年雪后当柴烧。

双抢

白云深处早禾黄，　山里人家处处忙。
衣湿力尽谁知热，　幼叟同惜夏日长。

（《楚萍竹枝词》作家出版社2005年12月版）

竹枝词

习祖志[2]

一

山上层层工地房，　午间烟火禁严防。
女人手巧织鞭炮，　男儿力壮好装箱。

① 箬叶：箬竹（禾本科）的叶子，可以裹粽。
② 习祖志：江西上栗县人，1926年生，中专毕业，余不详。

二

惊蛰初开赴浦东，　成双结队去打工。
一年赚回三两万，　喜逢造化运来红。

三

山上林中鸟聚窝，　人间女子对亲哥。
风送新娘欢笑语，　高朋满座起笙歌。

（《楚萍竹枝词》）

竹　枝　词

王定增①

一

一弯明月挂新城，　千亩良田漫飞尘。
园区圈地歪牌子，　村民失业好伤心。

二

爆竹似雷震耳聋，　毛雨如丝烦绪生。
团年饭菜冰凉等，　只盼儿女脚步声。

① 王定增：江西芦溪县人，1944 年生，高中毕业，长期从事教育工作。曾任小学校长、书记等职。该组竹枝词原有十二首，这里选录十首。

三

玉女峰[1]前哥开山，袁河[2]岸边妹摆摊。
山高水长情意好， 手机传情山水间。

四

金鹰[3]未醒花香溢，广场朦胧笑语飞。
太极神拳惊宿鸟， 翩翩扇舞闹晨曦。

五

昔日灯前思恋人， 手写情书泪满巾。
今朝手机通天下， 隔山隔水难隔音。

六

哥哥深圳去打工， 家中老母挂在心。
三年带回新媳妇， 左邻右舍都吃惊。

七

一号文件[4]好精神，补农增收利脱贫。
种田免税人心顺， 喜看中华满园春。

---

① 玉女峰：在萍乡市芦溪县城东南约5公里处，风光秀丽，有“玉女披衣”的美丽传说。

② 袁河：即袁水，芦溪县主要河流，发源于南部山区，上流称芦水，过芦溪县城后东北向流入宜春县境。

③ 金鹰：指芦溪县城金鹰广场。

④ 一号文件：指中央每年年初关于农村工作的文件。

八

武功峰高风景丽，　袁水河深鲫鱼肥。
古城崛起展新貌，　故乡水好醉心扉。

九

奶奶今年七十六，　耳聪目明把书读。
电脑上网玩游戏，　手抖心欢写幸福。

十

月色溶溶晚风凉，　悠闲漫步袁水旁。
遥看花街徐娘舞，　近听居室麻将狂。

（《楚萍竹枝词》）

竹　枝　词

朱焕龙[①]

一

萍草青青萍水清，　萍乡老表最精明。
北面正造工业带，　东面又筑安源城。

二

武功风景四时新，　故乡山水长精神。

① 朱焕龙：萍乡市湘东区人，1966年生。大学本科毕业，现在中共萍乡市委办公室工作。萍乡市诗词学会会员。该组竹枝词原有八首，这里选录五首。

欢歌曲曲采茶女，　铜锣阵阵赞春人。

三

明月湖[①]水深又深，　暖风吹绉一池春。
哥立船头勤划桨，　妹坐船尾采青萍。

四

广寒寨[②]下广寒松，　菩萨坳[③]上起青龙。
岁寒不改凌云志，　不负丹青写意功。

五

西门桥外金鳌洲[④]，　鳌头北望水南流。
书声激越涛声劲，　不到长江不肯休。

（《楚萍竹枝词》）

---

① 明月湖：水库名。在芦溪县南坑镇东南方。
② 广寒寨：在萍乡市湘东区南部与湖南省交界处。
③ 菩萨坳：地名，在湘东区广寒寨。
④ 金鳌洲：见第 166 页注③。

竹枝词

刘优彪[1]

三月里来好春光，　姑娘上山采茶忙。
轻拈新芽纵情唱，　歌满山坡茶满筐。

鹧鸪晓啼晴好天，　农夫早起整菜田。
勤劳播撒希望种，　栽得春风绿满园。

现代农民也变洋，　姑娘小伙尽西装。
家中余有粮千担，　点击荧屏找市场。

（《楚萍竹枝词》）

竹枝词

刘萍高[2]

一

柴靠青山菜靠园，　南山竹子靠发鞭。

---

① 刘优彪：江西芦溪县人，1952年生，大专文化。芦溪县南坑镇政府干部。萍乡市诗词学会会员、南坑镇诗社理事。

② 刘萍高：江西萍乡人，1950年生。大专文化，退养前任萍乡市制冰厂厂长。萍乡市音乐文学学会会长，萍乡市诗词学会常务理事，副主编。江西省诗词学会会员，江西省音乐文学学会会员，中国诗歌研究会会员。

鳏寡老人靠政府，　燕子作窠靠屋檐。

二

青山绿水浪花飘，　船上渔郎把橹摇。
河边妹把情歌唱，　引得鲤鱼浪里跳。

跳，萍乡方言中读阳平声。

三

打只山歌进了冲，　冲里青竹几万根？
几多杉树坡上长？　几多妹儿[1]想后生？

四

正月乡村舞狮龙，　关公太子伴先锋[2]。
萍河一片圆圆月，　迎得傩神祀祖宗。

五

满山红叶草凝霜，　阵阵清风雁两行。
牛背牧童临水畔，　一支短笛送斜阳。

六

茶子开花白莲莲，　今年花谢等明年。
等到明年寒露早，　哥接妹儿进房门。

（《楚萍竹枝词》）

---

① 妹儿：萍乡方言，犹“妹子”。
② 关公太子伴先锋：傩舞中的几个角色。

小石源[1]竹枝词

李汝启[2]

一

雾起山庄画阁新，　烟笼竹子影娉婷。
任人舞榭歌台醉，　我自依窗听雨声。

二

篱边茶吐嫩芽尖，　谷雨摘来炒锅边。
香成不肯一人享，　电话邀人煮活泉。

三

蝉噪日长知夏深，　无聊鸡犬卧蕉阴。
午睡最怕来电话，　欲向邯郸梦难寻。

四

晚风习习月当空，　小镇街灯彻作明。
忽有车飞如电掣，　便疑河汉坠流星。

---

① 小石源：上栗县城南面约 2.5 公里处的一个小山冲。

② 李汝启：萍乡上栗县人，1964 年生，大专文化，民盟成员，曾任上栗县中医院副院长。现为栗江医院院长。中华诗词学会会员，江西省诗词学会理事，萍乡市诗词学会副会长。作品有诗集《小石源集》。该组竹枝词原有三十八首，这里选录十六首。

五

峪深半里自一家，　两三池子环菜洼。
别处秋来花事少，　我山九月满桐花。

六

青韭黄瓜手自栽，　荷篮持勺灌园来。
觑将四顾无人后，　羞折菜花插向头。

来，萍乡方言拼音作 lóu，与“楼”字同音。

七

北坳地阴多长蒜，　南山地爽好生薯。
岸上才栽茄半亩，　水边新种芋三区。

薯，这里读平声，萍乡上栗方言读音。

八

斜雨侵扉醒梦眠，　倚栏困眼看轻烟。
阶尘不染风常扫，　窗砚童稚水自添。

九

独自凭栏看落绯，　天边万变海云飞。
霞红绝类情人脸，　月瘦纤如小妹眉。

十

家山五月祭屈翁，　角黍龙舟处处同。
却恐隔洋无此俗，　QQ 先问节一声。

十一

行向乱山凉气多，　曲溪看尽路盘陀。
儿童砸栗寻砖块，　村妇争坪晒亚禾。

亚禾：晚稻。系萍乡方言。

十二

补胎恰遇雨风急，　正好偷闲读手机。
妙句会来忽叫好，　车医惊起路人疑。

十三

小妹下班我上班，　参商异地隔两端。
明明客地天方晚，　反复劝人吃早餐。

十四

加班有事不由身，　网上约时怕误人。
却恐尾生痴抱柱，　先期电话报郎君。

古代有尾生者（估计是最小，故名尾），约人不至，逢涨水，抱柱而死。

十五

下班无事早回家，　不觉天边日影斜。
卧读《阅微》才两页，爸呼地旱要浇瓜。

《阅微》：指清代纪晓岚著《阅微草堂笔记》一书。

十六

住山除鸟就多花，　种罢豆苗种地瓜。

城内友朋思野菜，　先来电话叫烧茶。

（《楚萍竹枝词》）

竹　枝　词

杨树瑶①

一

通衢大道两情迷，　勾肩搭背脸相依。
路边行人相讥笑，　饱汉不知饿汉饥。

二

亲人远行问归期，　笑指榴梢打哑谜。
似火榴花早红过，　天涯游子不见归。

三

千言万语妹叮咛，　莫像草鞋一时新。
四月桃花红不久，　山中松柏万年青。

四

羞愧难当敬一杯，　夫君外出几时归？
路边野花不可采，　家中自有一枝梅。

（《楚萍竹枝词》）

① 杨树瑶：江西萍乡人，1919 年生，大学毕业，在萍乡长期从事教育工作。萍乡市诗词学会会员。

竹　枝　词

苏锦笃①

一

居城常忆老家楼，　背靠青山径通幽。
溪水潺潺流不断，　更闻四季鸟声稠。

二

哼曲采茶上北坡，　忽闻身后起吆喝。
听声知是情哥到，　脸泛红潮羞唱歌。

萍乡方言中吆喝的“喝”读平声，而不是读去声。这里是用萍乡方言声调压平声韵了。

三

原是同村放牛娃，　久别重逢两鬓花。
畅叙当年山里乐，　更欣向晚景如霞。

（《楚萍竹枝词》）

① 苏锦笃：江西省芦溪县人，1937年生，萍乡市诗词学会常务理事，原芦溪县南坑中学校长。原南溪诗社社长。

竹枝词

罗辉琴[1]

瘦竹粼粼叶带尖，　新笋痴心欲上天。
虚心却不谙世事，　春风讯问乱发言。

轻烟细雨闹清明，　村姑提篮绕田塍。
采回新艾镶糯米，　蒸得米古[2]香满笼。

（《楚萍竹枝词》）

芦溪[3]竹枝词

姚茂初[4]

一

玉女峰前雾满天，　禅师台[5]下柳含烟。
春来欲作闲游处，　一路机声到耳边。

---

① 罗辉琴：江西芦溪县人，1955 年生，中专毕业，芦溪县南坑镇政府干部，南坑诗社社员。

② 米古：萍乡方言，指米粑。

③ 芦溪：县名。在萍乡市东部，袁水上游，为萍乡市属县。浙赣铁路纵贯境北。县人民政府驻芦溪镇。

④ 姚茂初：萍乡市湘东区人，1937 年生，大专文化，原芦溪县政协文史办主任。中华诗词学会会员，江西省诗词学会理事，萍乡市诗词学会顾问，《萍乡当代诗词选》、《萍乡山水诗词选》、《萍乡歌谣》主编。

⑤ 禅师台：芦溪县东有禅台山，亦称禅师台。

二

春树临溪拥翠幽，　雏鹅稚犊两无愁。
潭田日影斜偏后，　便有清风起绿洲。

三

袁江一带绕吴山①，　树影波光两慕闲。
向晚鸭群犹恋水，　不知秋意满江南。

四

禅师台上翠凝烟，　新殿初浮太士莲。
一劫红尘三十载，　重来我亦作神仙。

五

芦溪市上宗濂桥②，　麻石垒成两丈高。
四十年中闲少顾，　老来偏爱赏春潮。

六

郊外平冈抱蔗棚，　春聆燕语夏聆莺。
河干小店喧哗甚，　争说晨间卖菜经。

---

① 吴山：泛指芦溪一带的山。当地属“吴头楚尾”，故有此称。

② 宗濂桥：宋周敦颐人称濂溪先生，曾任萍乡县监税，此桥因此而名。古桥位置在芦溪县城人民路集市，已拆建为现代桥梁。

七

圣冈山[1]上圣冈祠，泥塑木雕石兽危。
野草凄迷台空寂，乱鸦斜日怨旧碑。

八

国道横斜连古城，秦砖汉瓦已蒸腾。
垅上楼台着新意，桃源本自无晋声。

九

兴文塔[2]下盼兴文，万户千门酒溢樽。
袁水悄然东去也，尚留塔影伴萝荪。

十

兔仔岭[3]前草离离，断魂春雨泣子规。
无情最是此别苦，伤心千古在芦溪。

（《楚萍竹枝词》）

---

① 圣冈山：在芦溪县城西北1公里，上有圣冈寺，祀汉将甘卓。
② 兴文塔：在芦溪县宣风镇东茶垣村袁河旁，始建于清道光年间。
③ 兔仔岭：芦溪城东地名。作者夫人在此遇车祸而亡，此诗为悼念之作。

竹　枝　词

倪建纯[1]

一

农家小院酒飘香，　桃李芬芳蜜蜂忙。
江南一夜春风醉，　燕子呢喃绕画梁。

二

日照茶园径幽香，　村姑携篓采茶忙。
纤纤素手摘嫩叶，　鸟语歌声绕山岗。

（《楚萍竹枝词》）

竹　枝　词

黄洪余[2]

一

青松岭上绕浮云，　三载打工急省亲。
栋栋新楼遮望眼，　因循宽道进家门。

---

① 倪建纯：江西芦溪县人，1955年生，高中毕业。芦溪县南坑镇政府干部。

② 黄洪余：江西上栗县人，1936年生，大专毕业，曾任中共上栗县委党校副校长兼讲师。萍乡市诗词学会会员。江西省诗词学会会员，中国楹联学会会员。

二

劈山曾忆造梯田，　抗旱保苗年复年。
今日农科生态美，　粮丰果硕百花妍。

三

风吹残雨滴檐前，　灯下夫妻笑靥甜。
关掉荧屏同入梦，　明朝早起好耕田。

（《楚萍竹枝词》）

蔗棚村[①]言情竹枝词

童福生[②]

一

太阳出来三丈高，　晒得塘里鲤鱼跳。
塘里鱼游惊动水，　郎唱山歌惊动娇。

二

铜打灯盏锡打托，　听你妹仔会唱歌。
借你金口银嗓子，　唱个阳雀伴雁鹅。

---

① 蔗棚村：地名。在芦溪镇北 1 公里。

② 童福生：江西芦溪县芦溪镇蔗棚村村民，1942 年生，以种菜为业。他只读过一年书，但喜欢自编民歌，有指什么唱什么的本领，凭记忆能唱出几十首民歌。有十首竹枝词在北京文华图书编印中心编印的《新千家诗》上发表。现为芦溪镇濂溪诗社社员。该组竹枝词原有二十八首，这里选录十首。

三

唱支山歌把妹听，　看你知情不知情？
点灯还要双灯草，　唱歌又要妹接声。

四

不唱山歌冷清清，　唱起山歌姐骂人。
哪知山歌不搭姐，　不搭姐来唱不成。

五

高山砍柴勒棚多，　小妹头上糠头多。
心想留哥吃餐饭，　筛子关门眼珠多。

勒棚：荆棘丛。糠头：谷粒碾米后脱落下来的谷壳。筛子：用竹篾编织成的带有许多小孔的大圆盘，是一种用来分离米与谷粒的器具。

六

高山高岭高齐天，　望到哥家出火烟。
晓得何日哥家去，　冷水导饭也津甜。

七

河水筒车叫连连，　机子打水养干田。
好田不要机子水，　好妹不要郎咯钱。

咯：的。系萍乡方言。

八

天上落雨地下滑，　池中鱼儿摇尾巴。

哪天得鱼来下酒？ 哪天得妹来当家？

九

枫树叶子三只角， 双双阳雀来做窝。
阳雀架窝来生蛋， 情妹做鞋送情哥。

十

小小园地一扇墙， 苦瓜丝瓜种两旁。
郎吃苦瓜苦想姐， 姐吃丝瓜思想郎。

“思”与“丝”谐音。

（《楚萍竹枝词》）

竹　枝　词

童耀远①

江山依旧忆英雄， 山口崖②中浩气存。
杀放身殉名不朽， 忠魂长系武功峰。

萍水悠悠入海流， 广场丰碑纪功酬。
新城景色风光好， 鸟语花香岁月稠。

（《楚萍竹枝词》）

---

① 童耀远：江西芦溪县人，1916年生，湖南高等农业专科学校毕业，黄埔军校第十七期毕业。曾历任中小学教师、校长。江西省诗词学会会员、萍乡诗词学会名誉理事，南溪诗社副社长。著作有《拓尧集》，编著《实用对联写作与联选》，合著《南溪四皓诗联集》等。该组竹枝词原有五首，这里选录二首。

② 山口崖：在芦溪县上埠镇东约2公里，秋收起义总指挥卢得铭牺牲地，现有他的陵园。

竹枝词

曾明星①

柑子树

门前柑树早年栽，　硕果丰收笑眼开。
今日叶黄枝更老，　鸟儿飞去不回来。

钓鱼

鸡鸣早起沐霞光，　老友同行赴水塘。
烈日当头谁怕苦？　上钩草鲤共分尝。

荒田

大片农田青草茂，　几年荒废冒栽秧。
只因圈地兴房产，　多少农家要买粮？

冒：没有，系萍乡方言。

风水迷信

风水先生总吃香，　造坟起屋选山场。
他言若是真有用，　早已自家出帝王。

吃香：意为生意兴旺、红火。

① 曾明星：江西芦溪县人，1923年生，字纪纯。解放前任教师，1949年参加革命，历任中共萍乡县大安区委、芦溪区委书记，现为副县级退休干部。江西诗词学会会员、萍乡诗词学会会员。著有《诗歌丛集》和《三光晚集》。

（《楚萍竹枝词》）

竹枝歌一组

曾建开①

扯小笋

对面林中小笋多，　裤筒高挽过溪河。
农家姐妹频频采，　日午归家笋满箩。

呼唤

阿妹山坡初采茶，　阿哥山脚捕鱼虾。
声声呼唤山回应，　逗笑山边几树花。

村嫂

田头几架自行车，　插秧村嫂打哈哈，
互比郎君谁懂爱，　诙谐风趣笑掉牙。

① 曾建开：江西芦溪县人，1953年生，字广拓。大专文化，现在芦溪县芦溪镇政府工作。萍乡市诗词学会副会长，江西省诗词学会理事，中华诗词学会会员。著有《波影行云集》、《绿风紫雨》等诗集，主编有《楚萍竹枝词》、《岁月流痕》、《四季心河》、《采芹集》、《流星划过天穹》等书。

盼

清早田间妹插秧，　鹊桥心思驾“牛”郎。
秧苗织出方巾绿，　盼到秋收共举觞。

这首诗第二句中的“牛”指机耕工具；“驾”与“嫁”谐音。

采　菱

南山烟霭北山云，　湖面澄波起皱纹。
万朵红荷似侬面，　轻衫只怕雨纷纷。

末句即“只怕无情（晴）”之意。

农村夜校

结对成双趁月来，　灯光明亮校门开。
种田种果需科技，　更喜阿哥上讲台。

（《楚萍竹枝词》）

竹枝新咏[①]

曾建开

清　溪　边

携盆提桶到清溪，　娘带娃儿学洗衣。
家富须知劳动美，　今天不用洗衣机。

---

① 该组竹枝词原有九首，这里选录六首。

农妻

妻子田头乐抛秧， 稻种优良饭更香。
朝朝夜校勤攻读， 科技兴农不让郎。

学车

娃儿八岁学骑车， 立踩颠颠车摆斜。
小径人来又人往， 心慌撞上竹篱笆。

家庭种养

新养甲鱼三口塘， 两排砖舍饲猪羊。
夫妻赶市摩托响， 碾碎桃林一径霜。

打工电话

半晌春犁只手扶， 靓妻高喊告田夫：
打工电话铃声响， 汇款回家是小姑。

村姑

村姑摩的好新妍， 送子如风上幼园。
路过银行车稍住， 春风满面喜存钱。

（《楚萍竹枝词》）

竹枝词一组

曾建开

一

园中韭菜四时青，　割去苗苗又发新。
情长心头难割舍，　抽刀断水水仍行。

二

六月日头十月霜，　一时火热一时凉。
若非爱恨都经过，　哪有心花彻骨香？

三

妹捡田岸哥掌犁，　阿哥点豆妹糊泥。
妹割猪草哥碾米，　双双赶集买花衣。

四

风风火火后生强，　婷婷袅袅俏姑娘。
天上少有单飞燕，　几对情人不成双？

五

深山鸟语鸟知音，　阿哥关爱妹知情。
耍灯要打当面鼓，　捅破心窗话讲清。

六

深圳三年去打工，　长了见识经得风。
拐回一只川妹子，　喜联辉映满堂红。

拐：萍乡方言中本意为“蒙骗”。这句中说“拐回”，具有逗趣的意味。

（《楚萍竹枝词》）

竹　枝　词

谭其生[1]

一

三月犁沟靠右开，　翻飞细浪待秧栽。
弓身蚯蚓爬坯外，　诱得鸭群跟脚来。

二

三月黄花灿然开，　蜜蜂鼓翅慕香来。
弄花素女迷人处，　授粉提纯乡土才。

三

三月蛙鸣水泱泱，　新潮妹仔备嫁妆。
三机八件都不要，　只需良种下鱼塘。

---

① 谭其生：江西芦溪县人，1954 年生，大专毕业，芦溪县南坑镇政府干部。萍乡市诗词学会理事，南溪诗社副社长。

四

三月儿郎打工忙，　情缘绾结在异乡。
告知父母开心事，　元旦回家闹洞房。

（《楚萍竹枝词》）

竹　枝　词

黎敬芳[①]

一

大屏山[②]上白霜皑，青山脚下黄菊开。
秋花耐寒如妹意，　郎意比菊更能捱。

二

鸭婆岭[③]上鸟空啼，满山茶花独自迷。
茶花十月开仍旧，　郎君心事无定期。

三

村里建立文化宫，　男女老少乐融融。
科技书报知识广，　低头阅读雀无声。

---

① 黎敬芳：江西萍乡市湘东区人，1945年生，大专毕业，萍乡市湘东区经贸委主任科员。中华诗词学会会员，江西省诗词学会会员，萍乡市诗词学会理事，萍乡市书法协会会员，湘东区书法协会理事。著有《坪洲诗草》。该组竹枝词原有十八首，这里选录十首。

② 大屏山：在湘东区西部，与湖南省交界处。

③ 鸭婆岭：山名。在湘东区西部，与太屏山相邻。

四

谁家母猪已发情？　山哥手机响不停。
公猪拖拉机上坐，　如今配种也轻松。

五

百弯十坳小山村，　小伙姑娘聚一群。
西装领带衣着美，　原本都是作田人。

六

柴米油盐酱醋茶，　养猪养鸡又养鸭。
果园大到三百亩，　都赞婆娘会当家。

七

农民重负历数朝，　而今全部免田徭。
万家歌声唱圆月，　田野新绿荡春潮。

八

门前一棵樱桃树，　是我妹仔亲手栽。
凡鸟不敢轻易落，　只有等到凤凰来。

九

唱支山歌进一冲，　如今外面刮洋风。
妹仔打工升经理，　网上恋爱也结婚。

十

山高路陡累邮差， 汗流满面时时揩。
山里人家忙农事， 打工儿女寄钱来。

(《楚萍竹枝词》)

竹枝词六首

龙成前[1]

打 铁

抡起铁锤十几斤，汗巴流水暴青筋。
自古打铁要趁热，何惧火星炭烟熏？

汗巴流水：芦溪方言，汗流浃背的意思。

霉豆腐

八角红椒细细研，豆腐沾粉入味全。
香油掺进存半月，暴辣酸甜馋神仙。

采茶女

清明催艳谷雨花，一队村姑艳若霞。
颀问妹几去哪里？笑声串串喊采茶。

颀：芦溪方言，“我”的意思；妹几：芦溪方言，妹子的意思。

---

① 龙成前：1965年生，江西芦溪县人。江西省诗词学会会员，萍乡市诗词学会理事，从事文化工作22年，现在芦溪县文化广播电视局工作。作品散见于《江西诗词》、《萍乡诗词》等省市报刊书籍，辑有《闲庭秋雨集》。

忆儿时吃艾米古

嫩青香艾摘田塍，水煮揉掺糯粉蒸。
斗滚津甜又烫手，吃完米古再跳绳。

斗滚：芦溪方言，趁热的意思。津甜，很甜的意思。

撕纸表演

半张红纸展高台，不用剪刀用手裁。
只听一阵唰唰响，鲜活公鸡跳出来。

耍缩龙

锣鼓喧天爆竹浓，大人伢妹死命冲。
老俵争问跑咋个？汉里切看耍缩龙。

死命冲：萍乡方言，拼命跑的意思。

汉里切看：萍乡方言，我们去看的意思。

[九江市]

江州[①]竹枝词

刘文约[②]

甘棠湖[③]水海样清，　南门湖水镜样平。
只能照见情人眼，　难照情人一片心。

离休李老傍湖居，　日日开门百事无。
钓得白鲦[④]三两串，　不须更羡武昌鱼[⑤]。

夕阳西下晚风前，　湖水盈盈欲浸天。
出浴谁家双姊妹，　有人错认并蒂莲。

亭名烟水水中央，　尽日湖光漾碧窗。

---

① 江州：即江西省九江市（参见第118页注①）。

② 刘文约：又作文乐（1918－1997），字立修，号任庵，江西湖口人。新中国成立前曾在江西省建设厅、上海旧粮食紧急购储会工作。新中国成立后一直在粮食部门任职，1979年退休。晚年应邀加入江州诗社，并担任湖口石钟山诗社顾问。所写诗、词、联已由其晚辈结集为《任庵存稿》出版。

③ 甘棠湖：在九江市中心，原名景星湖，唐李渤在湖中筑堤后，邑人为感其德，改名为甘棠湖。现在有的人习惯将堤西称为甘棠湖，堤东称为南门湖。

④ 白鲦：（鲦，本音 tiáo，九江方言读作 liāo）即鳘（音 cān）鱼。体侧扁，可长达16厘米，银白色，中国各地淡水均产，为小型经济鱼类之一。

⑤ 武昌鱼：即团头鲂，亦称鳊鱼。体高而侧扁，长达40厘米。肉味美，脂肪丰富，为上等食用鱼类。

何处阿婆头似雪，　也随娇女看周郎①。

宋时片瓦不曾留，　今日重修见壮猷。
喜看浔阳江水上，　果然天下有名楼②。

一巷逶迤高复低，　芳名千载尽人知。
当时多少王侯第，　不及乔家小女儿③。

门外长江浪似山，　未闻井底起波澜。
只因经过王侯手④，便作千年古董看。

地当楚尾与吴头，　山自青青水自流。
游客欲穷千里目，　扶栏争上锁江楼⑤。

庐山云雾日氤氲，　特产名茶举世珍⑥，
谷雨买来娱好客，　一杯分得四时春。

---

① 周郎：指三国吴大将周瑜。甘棠湖中烟水亭相传为周瑜点将台。

② 名楼：指九江浔阳楼。因《水浒传》中描写宋江在楼中醉题反诗而闻名天下。

③ 乔家小女儿：指周瑜的夫人小乔。今日九江市内有督府巷，相传巷内曾有周瑜都督府，府后紧靠柴桑路（即本词开头所说的“一巷”）有小乔梳妆台，至“文革”中才被毁。

④ 只因经过王侯手：九江浪井传为西汉名将灌婴所凿，江涛汹涌，井中有浪，因名浪井。后年久湮塞。东汉孙权经此，自标浪井故地，命人凿之，适得故处碑铭：“颍阴侯所开，三百年当塞，塞不满百年，又为应运者所开。”孙权见了非常高兴，以为祥瑞，改名瑞井。

⑤ 锁江楼：位于市北滨江大道中段（参见第332页第二首“塔影锁江”诗原注）。

⑥ 特产名茶举世珍：指“庐山云雾”茶，为我国名茶之一。

桂花茶饼[1]动京华， 工艺高超第一家。
《新旧唐书》忘记载，当年曾受贵妃夸。

男婚女嫁喜筵开， 贺客盈门共举杯。
陈酿封缸[2]能助兴， 不须破费觅茅台。

浔庐[3]雅洁广延宾，野味家肴次第陈。
听得“一声雷”[4]响后，座中口角尽生春。

柳阴深处笑声柔， 租得湖船任荡游。
水秀山明风物美， 江州今日赛杭州。

（《任庵存稿》）

① 桂花茶饼：九江传统茶点。饼馅用茶油、芝麻、桂花等原料做成，特点是酥脆香甜，苏东坡曾题诗赞曰：“小饼如嚼月，中有酥与饴”。

② 陈酿封缸：指九江传统历史名酒“陈年封缸酒”。属中国甜黄酒类型，呈琥珀色，晶莹透亮，香气浓郁，甜醇爽口。

③ 浔庐：九江“浔庐餐厅”的简称。遗址在市中心烟水亭畔，为20世纪六七十年代九江著名国营餐厅。后因修建烟水亭广场被拆除。

④ 一声雷：菜肴名。在炸成金黄的米锅巴上，趁热倒上蘑菇、海参、肉丝等什锦羹汤，锅巴会发出一声亮响，戏称“一声雷”。

咏花木竹枝词三首

熊汉川[1]

荞　麦

碧叶殷枝露笑容，　纤腰起舞戏金风。
花如白雪无寒意，　垂老身犹一色红。

山　棕

挺立危岩信自强，　铮铮铁骨异群芳。
任凭人当摇钱树，　割肉抽筋誓不降。

月　季　花

也属名花也易栽，　前花方盛后花催。
不因冷热风情减，　照样清新月月开。

---

① 熊汉川，1931 年生，江西德安县人。曾任中共江西省委党校讲师、瑞昌县人民政府县长，离休。现为中华诗词学会、江西省作家协会会员、江西省诗词学会、楹联学会理事、九江市诗词联学会副会长兼《匡庐诗词》编辑。九江市老同志大学《浔阳晚霞》主编。著作有《百花吟》、《汉川闲吟》、《往事随笔》等集。

咏动物竹枝词二首

熊汉川

黄鼠狼

洞穴横穿可善哉， 勇擒害鼠展奇才。
劝君恩莫将仇报， 切忌谋皮上大街。

赞黄牛

一任人间谷满囤， 论功从未索毫分。
但祈百姓全温饱， 宁饮清泉嚼草根。

杂咏竹枝词六首

熊汉川

自嘲

笑我风尘惯远驰， 平生家事少操之。
而今归退锅台转， 不煮焦来便是稀。

观放风筝

迎风昂首傲苍穹， 万里晴空飘彩虹。
何事怎能天上舞？ 只缘一线表奇功。

嘲某君作报告

问君何必语无穷，　絮絮叨叨不看钟。
弄得满堂人欲睡，　一场盛会马拉松。

笑公公着西装

公公对镜试西装，　旧貌新姿可大方。
玉带[①]添容身健美，　时髦不逊少年郎。

赞女邮递员

纤纤少女出华宫，　一路轻车快似风。
万户登临为底事？　满怀甘苦效飞鸿。

笑某老打麻将

休言麻将不风流，　潇洒豪华满眼收。
七对自摸清一色，　翻番滚滚占鳌头。

① 玉带：指领带。

石门涧[①]竹枝词六首

凌凤章[②]

石门涧铁索桥

架凌深壑不染尘，　探胜寻幽作要津。
身入石门第一景，　颠簸摇曳乐游人。

该桥位于石门涧园门口处，乃进入景区必经之桥。

杜　宣　亭

悬崖绝壁建华亭，　叠翠溪流景色新。
碑刻铭文赞故里，　匡山不负赤子情。

杜宣（1914－2004年）九江市庐山区莲花镇人。自青年时期外出求学到参加革命，一直在外地工作。新中国成立后历任作协上海分会书记、上海戏协主席、上海市人大常委等职。是当代著名作家、戏剧家、诗人。1998年为石门涧题书“江山胜迹”，1999年做摩崖石刻，2001年建杜宣亭。

高空滑索

束带悬索越空行，　万种风情脚下横。

---

① 石门涧：在庐山西部。天池、铁船二峰相对如门，谷深涧幽，风光秀丽，为庐山著名景点之一。

② 凌凤章：江西彭泽县人，1935年生。长期在地方政府部门工作，退休前任九江市人民政府地方志办公室主任，九江市地方志编委会副主任，《九江市志》主编。现为江州诗词联学会常务理事。

哥来妹往同比翼， 山高水远不离分。

滑索位于宝珠峰至卧龙岭之间，总长度400余米，谷底落差100米左右。这是由国家技术监督总局指定专业公司设计承建，并派国家级技术专家赴现场检查验收，经审定合格由总局发证的。坐袋是用于航空滑翔的设备。

爱神石

曾经世上幸福人， 妇随夫唱度光阴。
岂料娇妻阳寿短， 虔诚化石做爱神。

石在象鼻潭边，高4.7米，宽4.2米，厚4.9米。传说很早很早以前，一对青年男女，追求婚姻自主，逃到这里过着安静的生活，岂料女子早逝，男子因失去爱妻，终日伤心落泪，饮食不思，天长日久，变成了化石。

观天石

貌不惊人身不高， 石门涧里领风骚。
游人倚我观天界， 百态千姿眼中浮。

又称“卧石观仙”。游人仰躺在这块石头上，两眼望天，还可用双手握空拳做望远镜状，仰观天空，各种奇妙景象会展现在你眼前。

龙虎情壁画

龙争虎斗历无情， 画上双雄两相亲。
兽王温顺龙颜喜， 恰似鸳鸯结伴行。

在“铁壁仙境”园区的一处路边，有个8米长、2米多深、2米左右高的半月形石洞，洞底一龙一虎图形神气活现，李四光发现这一景观称是“世界珍品，无价之宝。”1996年庐山申报世界遗产，专家们定名为“龙虎争胜”。1997年当代书法家高占祥为之题字，他说：“龙是中国人传人，虎是华夏吉祥物。文革斗了十年，斗得够苦的咯！龙虎本有情，不要再斗了。”欣然写下“龙虎情”和“龙虎”套书。

九江[1]竹枝词

孔翔云[2]

五月端阳粽飘香，龙舟竞渡闹浔阳。
甘棠湖上鼓声急，赛过周郎练军忙。

九江古称浔阳，今仍有浔阳区。市内甘棠湖由里、外两湖组成，湖周十余里，面积千余亩，是端午竞龙舟的好处去。20世纪90年代曾举办“屈原杯”国际龙舟赛，是时九江万人空巷。湖中有“烟水亭”，相传为三国周瑜点将台。

甘棠湖上卧长堤，匡庐青黛入眼底。
思贤桥上哥垂钓，思贤桥下妹捣衣。

甘棠湖长堤为唐代江州刺史李渤所修，以利交通兼蓄水势。后人感其德，称为“李公堤”，堤上石桥称为“思贤桥”。著名画家丰子恺有画作“一片捣衣声”，即画此处之景。

春放鱼苗冬令肥，甘棠湖上渔歌飞。
梆声响处鱼惊跃，一网围来十万尾。

晨练太极木兰扇，昼听越剧黄梅调。

---

① 九江：市名。在江西省北部、长江南岸，邻接湖北省。辖浔阳、庐山二区及瑞昌市和九江、彭泽、湖口、都昌、星子、永修、德安、武宁、修水九县。晋以后为江州治，明清为九江府治。

② 孔翔云：1941年生，江西九江市人。曾在九江日报社、中共九江市委宣传部、九江市台办工作，退休前系九江市台办副主任。现为中国摄影家协会、中国老摄影家协会、中国新闻摄影学会会员，九江市摄影家协会名誉主席。

入夜莫往湖滨逛，　幽会情人知多少！

烟水亭附近湖滨公园乃九江一道风景线。自清晨至午夜，人潮接人潮。电视台为此举办专题讨论会，有褒有贬，莫衷一是，而此景仍旧。

一从灌婴凿浪井[①]，“浪井涛声”传至今。
未闻井浪君莫讶，　谪仙有诗堪作证。

“浪井涛声”为江州十景之一。李白诗曰：“浪动灌婴井，浔阳江上风”。然近代以来，江岸变迁，井底不再与江相通，人们只有从李白诗中来体会浪井当年的风采。井旁有李白诗碑。

濂溪古树傲江州，　文革梦断不复留。
尔今庐墓复旧观，　古树却待百年后！

“濂溪古树”为江州十景之一。“文革”浩劫中，“红卫兵”将濂溪墓[②]炸毁，古树则被当时的公社领导下令砍伐殆尽，用作建房、打家具之材，令人痛心疾首！

七十二条棋盘巷，　七十二行四海人。
百年沧桑铸西园，　历史街区旧城影。

---

① 灌婴、浪井：“灌婴”，参见第42页注④。“浪井”，在长江岸边西园之中的一口水井，传为灌婴驻军九江时所凿，井底有隙与江通，江中涌浪，井内则有涛声，令人称奇。

② 濂溪墓：北宋哲学家周敦颐墓，位于九江市十里铺栗树岭。周敦颐，字茂叔，道州营道（今湖南道县）人，因筑室庐山北麓小溪上，命名为“濂溪书堂”，后人遂称为濂溪先生。他的著作《太极图说》、《通书》等，提出了一个简单而有系统的宇宙构成论，成为宋明理学的基础，他本人被公认为理学的创始人。

西园①，九江有名的历史街区。内有十多幢有百年左右历史的古建筑、名人故居和迷宫般的巷道，本可建设成为九江旧城缩影式的历史街区，但在近年的开发中都被当做垃圾清除了，惜哉！

西园名里号鸿轩②，　纪念徐氏两先贤，
子鸿杀身成大义，　伯轩启后有遗篇。

徐秀钧（字子鸿）、徐宝璜（字伯轩）两人都是西园走出的名人。徐秀钧，辛亥革命先烈，1913年在九江英勇就义。徐宝璜，中国“新闻教育的第一位大师”，所著《新闻学》为中国首部新闻理论著作。

海轮吊塔集装箱，　外贸码头装卸忙。
司马重游送客处，　喜泪再度湿青衫。

九江外贸码头原有“古琵琶亭”，相传为唐江州司马白居易送客处。20世纪80年代建设外贸码头，将琵琶亭东迁到白水湖今处。

彩车长龙蚌壳精，　元宵浔城处处灯。
焰火腾空城如昼，　照见阿妹把哥亲。

古道清溪香炉峰，　司马草堂在其中。
湮没千年今又现，　宏伦父子建奇功。

白居易草堂在庐山北香炉峰下，已湮没千年。近年有崔宏伦者，率子侄

① 西园：位于九江市区中心，东起庚亮北路，南至大中路，西至环城路，北至滨江路，总面积0.5平方公里。晚清以前，这里为官署所在地，清末民初已成为九江城区内最大的住宅区，至本世纪初拆除前，境内有五个居民委员会，住有一千五百多户，四千八百多人。七十二条路巷里弄，承载着丰富的历史文化遗产，是其最显著的特征。现已开发为信华商业广场。

② 鸿轩里：原位于西园西北角，巷内有徐宝璜故居、清真寺后门等重要建筑。

以愚公精神，举全家财力和人力，历数年之久，大至于原址葺草堂，建园林，已渐成规模。知者皆服其志。

龙开市河几千秋，　一朝填作大马路。
倏忽十年新官来，　重开故道泛轻舟。

龙开河发源于瑞昌青湓山，在市区注入长江，因称市河。1997年前后市区河道被填，改从西边赛城湖闸入江。填成的马路称“龙开河”路，两旁高楼已鳞次栉比。2006年，又另寻早已淤塞废弃的龙开河故道进行疏通，并挖掘六百多米长的暗河，将甘棠湖与八里湖沟通，形成了一条新的水道。

塔影锁江六百秋，　浔阳沧桑塔身留。
欣逢盛世葺倾痍，　重起楼台铸新牛。

锁江楼建于明代，有宝塔、楼阁和四只铁牛。后遭强烈地震，楼和牛沉入江中。塔在抗日战争中遭侵浔日军舰炮轰击，中弹多发而未倒。20世纪初对宝塔进行了纠倾的重大工程。重铸的两只大铁牛在附近滨江公园中。

浔阳江畔浔阳楼，　江轮桥影一望收。
宋江醉诗犹在壁，　四海宾客争相睹。

《水浒传》：宋江在浔阳楼醉题反诗，梁山英雄大闹江州。浔阳楼因此闻名遐迩。

千古一曲琵琶行，　白公行后今人行。
翻作春江花月夜，　唱尽浔阳魅力城。

2004年九江申报中央电视台举办的魅力城市评比成功，电视片主题曲便是由《琵琶行》逐渐演变成的春江花月夜，着实令九江人陶醉和自豪。

七级古塔矗云天，　双阳古桥卧碧涟。
能仁古寺休问古，　雨滴石穿知何年！

能仁寺建于南朝梁武帝年间（503年-528年），寺内大胜塔建于唐代大历年间（766年-779年），雨穿石则不知为何年物。

醉石[①]岩下广厦盈，　渊明故里起新城。
时人但爱温泉水，　栗里苍松几人寻？

“栗里苍松”为江州十景之一，在星子县温泉镇栗里村，村中有柴桑桥，为陶渊明故里。近旁原有温泉疗养院，以治疗为主，现已开发成休闲为主的现代温泉，游人趋之若鹜。

“金阙前开二峰长”[②]，谷深涧幽梯百丈。
慧远弘祖履痕在，　不尽游人接踵来。

庐山西麓有绝胜之地曰石门涧，李白诗句“金阙前开二峰长”即写此。远公有《游石门》诗及序；徐弘祖在石门涧选择最难攀登的百丈梯登庐山。过去因路途艰险，一般人难以深入。近数年有王盛伦者，以古稀之年，集资倾力开发，修路连景，渐成大观，游者蜂至。

三十高贤旧游地，　千尊玉佛新殿銮。
石门峰高禅意深，　梵音缭绕情人园。

“三十高贤”：晋隆安四年（400年）与慧远同游石门涧者共有三十多人。“千尊玉佛”：近年由熊峰居士斥巨资从缅甸定制而来，像一座庄严的佛山，令人叹为观止。“情人园”：石门涧中的新景区。

石门涧口岳园踪，　居岭山麓岳母家。
岳家闹市今何在？　村童口中满江红！

---

① 醉石：在星子县温泉镇虎爪崖下的醒泉涧中，石高七尺、长宽一丈有余，呈不规则四方体，上面镌有朱熹所题“归去来馆”四个大字，及宋、元、明各代题刻多幅，其中郭波澄诗“渊明醉此石，石亦醉渊明……未有当日醉，尘梦几时醒”最为有趣。

② 金阙前开二峰长：李白《庐山谣寄卢侍御虚舟》诗中的一句。

石门洞口近年发现“岳氏名园”①、“牡丹亭”、“石门蒙井”等古石刻，证实岳飞当年的确在这一带居住过，岳母墓在二十多里外的居岭山麓，宋高宗赐葬于此。唯岳家市据说在今赛阳镇“里路三桥”②一带，惜尚未得遗迹。

时过冬至家家忙，　腌鱼腌肉灌香肠。
任你超市样样有，　腊货还觉自家香。

九江市民有腌制腊货的习惯，每到九天，庭院里巷凉晒的腊货琳琅满目，是为一景。

米粉皮子萝卜馅，　麻油喷香呵呵辣。
老伯去台数十载，　回来犹呼萝卜粑。

萝卜粑，九江旧时一种风味小吃，城中有多家专卖小店，亦有小贩用蒸笼担着沿街叫卖。唯近年来售者寥寥。

（《浔阳晚报》2006 年 11 月 3 日 B7 版）

竹　枝　词

（1998 年秋）

尹隆俊③

一

当年粒米似珍珠，　此日粮关过也无？

---

① 岳氏名园：古石刻。四个斗大的楷书，落款为南宋“淳祐七年（1247 年）”当在岳飞被害百年之后。据记载，“岳氏名园”原有房屋五百多间，水磨房五所，足见其规模之大。

② 里路三桥：九江西南赛阳镇在九江至南昌古驿道上，该段古驿道有三座重要石桥，相距共约一华里，因称“里路三桥”，旧为赛阳最热闹的地方。

③ 尹隆俊：1930 年 1 月生，江西都昌县人。曾任九江日报社党组书记、总编辑，中国地市报研究会理事、九江市记者协会主席、九江市诗词学会常务理事。著作有新闻通讯集《赣北红旗》（第二集）。

寄语庙堂卿相[①]辈，　民生大事莫糊涂。

二

从来民以食为天，　圣哲谆谆劝力田[②]，
改革休忘农立国，　愿无一户断炊烟。

三

科技政策好兴农，　塞北江南处处同。
十亿农民俱饱暖，　神州何事不春风。

九江随笔杂咏竹枝词

凌家溁[③]

过白水湖[④]

琵琶亭[⑤]畔尝芳菲，　一片江干绿正肥。
白水园中多妙趣，　楼台画阁乐群儿。

---

① 庙堂卿相：指国家相关高层领导人。

② 力田：泛指农业生产。

③ 凌家溁：江西九江县人，1927年生。1956年中国科学院中南分院副博士研究生。长期从事教育工作，1990年退休。现任江西外贸学院顾问。中华诗词学会、北京诗词学会、江西诗词学会会员，九江诗词联学会理事，九江县陶渊明诗词学会顾问，先后发表诗词500多首。

④ 白水湖：在九江城东长江之畔，长江大桥引桥在其上凌空而过。湖西岸有白水湖公园。

⑤ 琵琶亭：九江胜迹之一。始于唐代，为纪念诗人白居易而建。原亭在九江城西《琵琶行》诗所写“浔阳江头夜送客”处，久废。现亭在九江城东长江大桥东侧，为九江市人民政府1988年重修。

湖滨公园[①]游

一湖碧水泛青波，　画舫轻舟四面歌。
堤畔园中民众乐，　丝纭檀板唱乡傩。

长堤[②]逸兴

闲情逸兴步长堤，　习习春风拂柳丝。
行过小桥湖水活，　三三两两钓竿垂。

其　二

漫步行歌诗兴吟，　花明柳翠满园春。
游湖赏景争朝夕，　画阁幽欢多玉人。

《唱响九江》歌赛[③]

仙姿风韵看群芳，　燕舞莺歌引兴长。
敢信江州春永驻，　拼将热血化宫商[④]。

① 湖滨公园：九江城区甘棠湖周围建有多个公园，这里指烟水亭一带。
② 长堤：指甘棠湖上的李公堤，即民间所谓“小坝”。
③ 《唱响九江》歌赛：指九江电视台于2005年举办的《唱响九江》电视歌曲大奖赛。
④ 宫商：我国古代五声音阶（宫、商、角、徵、羽）中的第一、二两个音级，这里借用为音乐的总称。

其　二

万民齐唱九江潮，　娓娓歌声震九霄。
花月春江舟唱晚，　江湖魅力更添娇。

其　三

匡庐峙立大江边，　百媚崇生百景添。
九派涛声花月夜，　千峰簇簇笏朝天。

其　四

澎蠡波光百鸟栖，　风帆远影白云齐。
落霞返照湖山美，　上下天光看彩霓。

夜游广场[1]

极光[2]倒影正摇红，　对对双双舞乐中。
钟鼓铿锵人欲醉，　万民同乐太平风。

旅　游　城

南来北往旅游城，　胜日和谐接贵宾。
问柳寻花添美梦，　同居同乐话乡情。

① 广场：从诗中所写内容来看，应为九江市中心的烟水亭广场。
② 极光：原指出现在高纬度高空的辉煌瑰丽的彩色光象，这里借以形容烟水亭广场美丽的光色。

接侨胞

别墅高楼翡翠厅，　咖啡牛奶饷佳宾。
眼花缭乱全华席，　美酒香膏叙旧情。

归侨乐叙

华夏同侪[①]志气高，　神州直上览云霄。
创新拼搏峥嵘日，　国泰民安乐舜尧。

同侨胞诚谒铁佛寺[②]禅师

佛殿巍巍耀碧霞，　梵宫紫禁拜袈裟。
炉烟袅袅飘天外，　高祷神祇逐恶邪。

闲居竹枝词

张旭明[③]

一

何事消磨日与时，闲情付与竹枝词。
自写自吟还自爱，任人笑俗笑书痴。

---

① 同侪：（侪音 chái）原意为同辈，这里指同胞。

② 铁佛寺：始建于唐代，为九江著名古寺之一。位于庐山西北麓莲花洞登山步道西侧，距九江市区十四公里。现有殿堂楼阁一百七十多间，庄严雄伟，金碧辉煌，为 1989 年后妙乐禅师重修。

③ 张旭明：江西瑞昌人，生于 1935 年。曾先后担任《瑞昌报》副总编、《九江日报》主编、《瑞昌县志》及《瑞昌续志》主编。

二

永福桥[①]边是旧家，欲觅墙头绿树遮。
记起林荫最深处，春光伴我看兰花。

三

清晨漫步绿树丛，百鸟欢欣阵阵鸣。
边走边歌神气爽，便引诗情涌上心。

四

东风吹暖艳阳天，一路繁华景物添。
我欲看花花看我，人花相赏笑声喧。

五

何必逢秋悲寂寥，秋高气爽胜春朝。
棉田朵朵白如雪，瓜果累累稻花香。

六

水光山色碧悠悠，乡村秀美不胜收。
眷眷乡情常入梦，明年还拟再来游。

① 永福桥：单孔石桥，在瑞昌市流庄、夏畈两乡交界处，年代失考。今因公路建设，古桥已不存。

赤湖[①]竹枝词

朱汉回[②]

渔　歌

瀼北[③]秋来爽气多，　赤湖风动泛银波。
沿堤钓竿忙跳舞，　放眼渔舟发棹歌。

围　垦

赤湖任我巧安排，　绣条金龙水上来[④]。
垦出新园栽绿果，　山洪从此不成灾。

移民新村

千栋红楼栉十村[⑤]，　村庄岸貌应时新。

---

① 赤湖：位于瑞昌市东北角，南岸距市区约七公里，湖东北为九江县境。沿湖周长百余里，常水期水面面积约68.9平方公里，湖汊众多，水质丰美，为瑞昌最大渔场。

② 朱汉回：瑞昌市码头镇人。1937年9月生，退休干部。曾先后任《瑞昌县志》、《瑞昌县续志》、《瑞昌市志》主编。

③ 瀼北：瀼溪以北，亦即瑞昌市境之北。

④ 绣条金龙水上来：指修建赤湖沿湖圩堤。新编《瑞昌县志》："从1966年开始兴建，先小围，逐步发展到联围，至1979年冬，先后建成圩堤12座，围垦面积16690亩。"

⑤ 千栋红楼栉十村：栉（音zhì），梳子。楼房像梳齿般密密排列成一个又一个村庄。

新施甘澍[1]田园润，润出丰盈惠庶民。

新编竹枝词九首

易绍舜[2]

姑娘不怕步行难，竹叶型鞋尖又尖。
七寸高跟如笔管，挺胸翘臀入时鲜。

车小人肥群接群，竹林湖畔醉薰薰。
珍馐一席钱多少，价值员工三月薪。

姑娘欢聚小庭园，对月持针乞巧[3]穿。
我看天姝[4]机已绌，人间机巧更周全。

故人伤春悲落花，我言花落不须嗟。
假如桃李花常艳，那有香甜果与瓜。

阳春三月柳丝斜，阵阵清风扫落花。
童子不知怜惜意，戏将残瓦煮香茶。

---

① 甘澍：（澍音 shù）甘霖灌注。

② 易绍舜：江西瑞昌人，1933 年 10 月出生。曾任瑞昌市政协副主席。现为瑞昌诗词学会会长。江西诗词学会、九江诗词联学会理事。

③ 乞巧：旧时民间风俗。传说农历七月七日夜天上牛郎织女相会，妇女于当晚穿针，向织女乞求智巧，谓之“乞巧”。

④ 天姝：天上的仙女。这里指织女。

柳丝榆荚共争妍，　柳有柔情榆有钱。
无赖苍松风口立，　献身华夏骨头坚。

练功时下甚嚣尘，　百病包医假作真。
人世几回伤往事，　迷仙迷佛堕迷津。

朝辞南义上和平①，　一段乘车一段行。
面对高山重抖擞，　躬身拾级入云深。

跃上青山②眼界空，　匡庐不过小虬龙。
长江修水双飘带，　浩荡鄱湖酒一盅。

武宁③竹枝词选

吴世发④

一、薄膜育秧

东风呼啸满天霜，　薄膜支田育早秧。

---

① 南义、和平：都是瑞昌地名。南义在瑞昌市西南部，距市区约五十公里。和平在南义镇北部，相距约十五公里。

② 青山：青山位于瑞昌西南部，主峰海拔921.2米，为瑞昌之脊，与东南的庐山对峙，俗有姊妹之称。自古以来就是避暑和道教的胜地。

③ 武宁：县名。在江西省九江市西部，修水中游，邻接湖北省，为九江市属县。县人民政府驻新宁镇。

④ 吴世发：武宁船滩乡人，1922年生，现已过世。高中物理教师，九江市物理学会一、二届理事，中华诗词学会会员、武宁诗词联学会常务理事，有诗作发表于《全国诗社诗友作品选萃》等诗刊诗集中。简介和诗作收入《中华诗词学会人名辞典》。

待到村头布谷叫，　秧分陇亩绿成行。

二、清明采茶

俏妇时装破晓行，　茶山飞出对歌声。
“宁红”[①]抢价售中外，那顾清明雾湿襟。

三、土产情深

云锁高山竹树凉，　花菇板笋溢清香。
住棚夜夜狼嗥过，　犹道年年胜种粮。

四、诗坛奋进

柳岱辽峰峙秀川[②]，漫将灵气郁时贤。
泱泱诗国千旗动，　华夏风骚谁领先？

（《当代武宁人诗词选》）

① 宁红：茶叶名。武宁、修水等县所产的一种工夫红茶。汤色红艳明亮，香气鲜爽馥郁，口感甘醇浓厚，为茶中佳品，自古在国际市场上享有盛名。

② 柳岱辽峰峙秀川：“柳”，指柳山，在武宁县西南四十里，孤峰秀拔；“辽”，指辽山，在武宁县西七十里，雄踞上游，为邑巨镇。

永修[①]竹枝词四首

何竞新[②]

小卖店

城乡服务若长河，　吃喝穿修网点多。
调节市场微着眼，　资金周转快如梭。

小吃店

公路旁边一小姑，　农忙乍过转司厨。
善调南北山珍味，　食后留香口觉酥。

小货郎

推车挑担走农庄，　补缺拾遗各有方。
联络城乡当使者，　流通商品作桥梁。

---

① 永修：县名。在江西省九江市南部、修水下游、鄱阳湖西岸。京九铁路纵贯，县人民政府驻涂家埠镇。

② 何竞新：男，江西永修县人，1927 年生，先后在中共永修县委、永修县人民政府担任领导工作，1985 年离职休养。从 1987 年开始，任永修县建昌诗社社长达十五年之久，现为该社名誉社长兼编审，1988 年加入“中华诗词学会”。江西省诗词学会会员、九江市诗词联学会原理事、编委。著作有诗集《三溪田人诗草》上中集、《写诗填词入门》等。诗、词、联在全国、省、市、县多次获奖。

大汛过鄱阳湖

一片汪洋水接天，　沙山羞露小头尖。
楼船浪拍摇篮坐，　五老①迎宾笑客颠。

鄱湖竹枝词

黄英华②

日出鄱湖万顷光，　渔郎家在水中央。
随风播下金丝网，　一网鱼虾一网粮。

波光闪闪晚风疏，　日落匡山月上初。
阿妹生炉翻素手，　一瓢湖水煮湖鱼。

大雾迷天隐石钟③，　披蓑戴笠老渔翁。
不辞辛苦为生计，　不怕潇潇雨打篷。

红霞一抹罩渔娘，　袅袅炊烟阵阵香。
对坐船头观彩电，　三杯淡酒味悠长。

---

① 五老：指庐山五老峰。

② 黄英华：男，1969 年 9 月生，江西湖口人。中华诗词学会、江西省诗词学会、九江市诗词联学会会员，湖南岳麓诗社社员，湖口《石钟山诗词》编委。著有《三栀堂集》。曾获“咏赞江西崛起”诗词大赛一等奖、辽宁彰武白鹅节全国咏鹅诗词大赛一等奖等多项奖。

③ 石钟：指湖口石钟山。

休渔时节打工忙，　暂系扁舟傍石塘[①]。
多种经营多活路，　资源珍惜富源长。

（以上第一、二、四首载《江西诗词》2005年第二期）

竹枝词六首

（1988年9月1日）

董　晋[②]

贿赂贪占

双木平衡两手撑，　踏天转体羽毛轻。
猴头犹竖人尤竖，　岂让猢狲独倒行。

官倒私倒

暴风积雨复翻云，　出手黄铜转手金。
一夜高楼平地起，　红灯绿酒总迷心。

一字千金

学校年来变市摊，　师生买卖视平凡。
无名杂费增收入，　两个学期翻两番。

---

① 石塘：原在湖口县上石钟山下，为帆船避风良港。

② 董晋：名海蕴，号百岁学人。江西都昌人，1931年生。大专文化，历任区中心学校校长、县文协主席。中国作家协会会员、国际华文诗画学会名誉顾问。著作有《湖山剪影》、《云岩寻梦》、《魂牵梦绕唱湖山》、《庐山传奇》等。

快速热恋

春来遍地溢香丛，　蝶扰蜂追西复东。
最易动摇湖畔柳，　斜风一刮便依从。

摩托谈爱

长街短巷响雷霆，　摩托飞来吓煞人。
越快姑娘抱越紧，　演他绝技乱她魂。

时髦录相

西洋裸体最时髦，　不著衣裳艺术高。
少女少男增见识，　先生封建莫来瞧。

（《魂牵梦绕唱湖山》）

警惕日本军国主义复活（竹枝词）

——为纪念抗日胜利60周年而作

董 晋

冤魂血泪

百年日寇侵华史，　千万黎民受祸殃。
单诉南京屠杀案，　冤魂血泪涌汪洋。

凶手赖账

南京屠戮敌凶残，　丧尽天良野兽般。
杀我同胞三十万，　至今赖账血斑斑。

儿时亲历

犹忆儿时亲见真，　沦陷区里惨乡亲。
奸淫烧杀寻常事，　血海深仇痛我心。

家乡沦陷3年，苦难童年如昨。

抗日胜利

抗日烽烟起四方，　军民携手战疆场。
侵华鬼子惊弓鸟，　草木皆兵敌投降。

篡改为扩张

居心叵测隐魔图，　篡改侵华青史书。
日寇心肝豺野性，　钓鱼岛上计锱铢[①]。

这是为什么

小泉首相苦搜肠，　妄把罪魁当国殇[②]。
神社年年参拜热，　弘扬战犯太荒唐。

国际呼声

签名运动涌波涛，　正义呼声震九霄。
誓阻东洋谋“常任”[③]，切希联大莫轻佻！

（《魂牵梦绕唱湖山》）

---

① 锱铢：锱、铢都是古代很小的重量单位。喻轻微、细小。
② 国殇：为国牺牲的人。
③ 常任：指联合国常任理事国。

彭蠡竹枝词

（2001年10月26日）

邵天柱[①]

乘晚摇舟蠡水东，　鄱湖万顷月朦胧。
不闻人语波光碎，　又是鱼儿跃上篷。

秋来彭蠡玉轮斜，　船火如萤乱水涯。
浪动心知鱼上网，　明朝上市换钱花。

（《一了斋吟草》作家出版社2004年版）

① 邵天柱：江西都昌人，1948年生，原都昌县志办公室主任，副研究员。出版有《一了斋吟草》等600多万字，《中国苏区辞典》、《都昌县志》等多部书籍主编。

[鹰潭市]

竹枝词

熊念慈[1]

清清溪水水长流， 浴罢溪边缓梳头。
情觉檀郎[2]身后看， 水映桃面不知羞。

（《鹰潭诗词》第三辑）

游龙虎山[3]三清山[4]竹枝词

张旭明[5]

一

仙水仙山仙径开， 游人如织乐开怀。

---

① 熊念慈：江西南昌人，1943 年生。江西诗词学会理事，鹰潭诗社副社长，贵溪诗社社长。

② 檀郎：参见第 66 页注①。

③ 龙虎山：位于江西省鹰潭市西南部二十多公里处的贵溪市境内，是中国道教发祥地，国家级风景名胜区，总面积三百二十余平方公里。源远流长的“道教文化”、独具特色的“碧水丹山”和千古之谜“古崖墓群”，构成了龙虎山自然和人文景观的“三绝”。

④ 三清山：位于江西省东北部，雄峙于德兴、玉山两县交界的怀玉山中部，总面积二百二十九余平方公里，是一个集自然景观与人文景观为一体的游览胜地，为国家级风景名胜区。

⑤ 张旭明：见第 338 页注③。

人人都说仙山好，　几人为拜道陵[①]来。

二

悬岩洞内把棺埋，　表演而今为钱来。
游人只道稀奇乐，　古谜千年谁解开。

三

索道高悬胆欲寒，　登临时刻尚徘徊。
仰望乘人皆笑貌，　今朝有兴何惧哉。

四

索道登山已开怀，　下山扶杖踩石阶。
陡级八千山谷绕，　步步声声喘气来。

① 道陵：即张道陵，道教龙虎山天师府（上清宫）第一代张天师。

［赣州市］

新农村竹枝词

饶运振[①]

华夏频吹改革风，　田园处处换新容。
依山傍水新村美，　百鸟欢歌秀画中。

新村岁岁宅增加，　门面装修尽耀华。
燕入厅堂巢欲筑，　却愁无处寄泥巴。

层楼各设卫生间，　粪化阴池不入田。
煮饭多烧煤气电，　天天小灶少生烟。

公路通村绕翠微，　穿梭摩托疾如飞。
山村从此天涯近，　远走他乡当日归。

电视频头架屋巅，　家家锅口[②]尽朝天。
在家能晓全球事，　万里风云现眼前。

---

① 饶运振：江西会昌人，1952年6月出生。大专文化，会昌县永隆林场财务科长。中华诗词学会会员、江西省诗词学会会员，会昌县诗词学会常务副会长兼秘书长，《岚山诗词》责任编辑。有近400首诗词在各级报刊发表，著作有《林间诗词集》。

② 锅口：指卫星电视接收大线。

山头铁塔耸高空，　电信微波远近通。
男子打工千里外，　娇妻照刮枕头风。

农闲少妇换新姿，　服饰人人尽入时。
超市徘徊选何物？　美容霜与海飞丝。

全凭科技种田园，　五谷盈仓户户欢。
更喜如今农税免，　青山深处是桃源。

（《岚山诗词》）

琴水[①]竹枝词

刘化尧[②]

阿妹晚归着彩霞，　轻骑急止傍篱笆。
三声鸣笛暗传语，　今晚邀哥上网吧。

（《江西诗词》2003 年第二期）

---

① 琴水：即琴江，江西石城县主要河流。

② 刘化尧：江西兴国人，1940 年 1 月出生。江西师范大学 1964 年毕业，长期从事教育工作，原石城中学校长。中华诗词学会会员，有 200 余首诗词在各级报刊发表。

竹　枝　词

廖龙森[1]

今年五月下旬，石城县屏山镇[2]附近发生百年不遇的特大洪水。

江河狭窄雨倾盆，　亿万资财付水门。
屋毁人伤妻子散，　可怜弱小失天伦。

托福新风好运开，　多方赈济不徘徊。
筹粮拨款饥荒渡，　重建家园幸福来。

（《江西诗词》1994年第三期）

---

① 廖龙森：江西寻乌人，1932年8月出生。国家退休干部（曾在省农业厅、水电部13局等处工作）。中华诗词学会会员，江西省诗词学会、赣南诗词学会理事，寻乌县诗词学会会长。著作有《龙庐吟草》集。

② 石城县屏山镇：石城县，在江西省东南部、梅江支流琴江上游，邻接福建省，县人民政府驻琴江镇。屏山镇在琴江镇南二十三公里处，琴江在镇南流过。

［上饶市］

竹枝词·刺贪官

熊耘涛[①]

余　小　平[②]

高官何事竟悬梁？　朝野一时费评章。
财色犹言三代表，　损阴折寿命该殇。

刘　方　仁[③]

此子说来不命差，　总师选拔沐恩华。
黑猫白猫成硕鼠，　不学文化尽学邪。

---

① 熊耘涛：号田翁，江西余江人，1940 年 7 月出生。退休前任横峰县科协主席。中华诗词学会会员、中华诗词文化研究所研究员、华夏诗联书画院院士。著作有《田翁诗草》等。

② 余小平：原樟树市市长、上饶市委书记兼市长，因严重违纪、腐化堕落，在即将被查处前自杀身亡。

③ 刘方仁：原江西省委副书记、贵州省委书记，因受贿等罪，被判重刑。

胡 长 清[1]

斯人谦孝本有声， 一笔好字每换金。
好色贪财心不足， 砍头还问第几名？

（《江西诗词》2004 年第一期）

① 胡长清：原江西省副省长，因受贿等罪，被处以极刑。

[宜春市]

药都[1]新竹枝词

罗年农[2]

药交会

(一)

阁山阁水[3]毓樟邦， 什九同仁仨老乡。
岁岁金秋药都会， 满城药酒和风香。

(二)

黄精虎杖白头翁， 续断回乡路路通。
生地重楼寻熟地， 车前扶子遇川兄[4]。

---

① 药都：指江西樟树市。樟树药业始于汉晋，有1800多年的历史，是我国药材的重要集散地，素有“药不到樟树不齐，药不过樟树不灵”之誉，被誉为“中国国药之都”。

② 罗年农：江西樟树人，1945年3月出生，江西大学中文系毕业。退休前在宜春、樟树等地党政机关工作。撰有《滩溪诗稿》。

③ 阁山阁水：（阁音 hé）“阁山”，即“阁皂山”，在樟树市区东南二十多公里，群山环抱，雨水丰沛，百药丛生，是天然的药材宝库。“阁水”，发源于阁皂山，向北经樟树东部流入丰城市。

④ 这首诗所写“黄精”、“虎杖”、“白头翁”、“续断”、“回乡（香）”、“路路通”、“生地”、“重楼”、“熟地”、“车前”、“扶（附）子”、“川兄（芎）”等都是中药材。

（三）

药摊药档药潮流，　窄了长街矮了楼。
千百彩球撑不住，　急标名药挤云头。

夜　市

（一）

半天紫雾半江红[①]，　灯火无边走卧龙[②]。
依路地摊依路灶，　药香清处酒香浓。

（二）

一路酒家间舞厅，　线车[③]簇拥轿车停。
香风落叶疑歌醉，　晓雾红灯拟舞声。

（三）

十里霓虹映大街，　大街多是酒招牌。
笑声如火喇叭碎[④]，　又见扶人下玉阶。

（《清江新咏》第十五期）

---

① 半江红：夜市在赣江边，灯光映红了半个江面。
② 卧龙：指赣江上的大桥。
③ 线车：自行车（樟树方言）。
④ 喇叭碎：断续的汽车喇叭声。

瓜山[1]竹枝词

黄梦明[2]

日月飞梭东复西，　瓜藤织就大青衣。
新修宝塔身披翠，　浴汗争攀致富梯。

千年赤秃作僧尼[3]，　借得春风竞走犁。
苦干巧添科技助，　满山下蛋铁公鸡[4]。

（《江西诗词》1996年增刊）

靖安竹枝词六首

插秧女

李和全[5]

晓树笼烟鸟唱歌，　村姑陌上正栽禾。
婵娟收拾娇羞态，　巧手如梭织绿罗。

---

① 瓜山：泛指作者家乡种瓜的山。

② 黄梦明：江西樟树人，1946年生，樟树市临江镇医院医生。著作有诗集《舒卷集》。

③ 千年赤秃作僧尼：形容荒山未长树木。

④ 满山下蛋铁公鸡：过去没有出产的荒山，如今已瓜果满山。

⑤ 李和全：字芳山，1928年生，现已过世。靖安县烟竹乡腾峰村人，新中国成立前曾任小学校长，新中国成立后在家务农。靖安诗社社员。有诗作在多种报刊发表。

青溪春色

沈一良[1]

绿满青溪景色新，　香随流水绕芳邻。
山花迷蝶莺啼柳，　两岸田园别有春。

插秧女

沈一良

插秧姐妹貌如花，　一路春风笑语哗。
巧手弄梭添画意，　田间织出绿窗纱。

农家女

舒信铨[2]

农村女子顶呱呱，　才了蚕桑又绩麻。
姑嫂栽禾如织锦，　归来还戴杜鹃花。

---

① 沈一良：字北轩，号白云居士，1933 年生，靖安县人。曾任公社宣传委员、粮站负责人等职。中华诗词学会、江西诗词学会会员，靖安诗社社员，作品入选《李杜杯诗词大赛作品选》，著有《林泉杂咏》。

② 舒信铨：（1922－1993）靖安县高湖镇人，曾任小学校长，新中国成立后务农。江西诗词学会会员，靖安诗社第二届理事，高湖诗社社长兼《高湖诗词》主编。合著有《双溪谷松诗词选》。

农 家 乐

林纲杰①

农夫早起五更天，　四季辛勤乐种田。
养活人民千万万，　从无名利我沾边。

种 香 菇

况书清②

竹棚一片搭田畴，　才了桑麻又种菇。
政策归心民自乐，　农家击壤庆丰收。

（《诗词之乡十年撷英》1998年5月）

---

① 林纲杰：1962年生，靖安县磜都镇人，农民，初小文化，云台诗社社员。

② 况书清：1966年生，靖安县官庄乡箬坪村人，大专文化，原任官庄乡文化站站长，武装部副部长，官庄诗社常务副社长。现任高湖镇武装部部长。

[吉安市]

浒冈[1]竹枝词

龚希健[2]

缕缕灰云碧岭间，　鞭牛声里雨如烟。
农忙哪顾衣衫湿，　拔得秧苗好插田。

嫩苗扎好叶儿齐，　送去田头水带泥。
节奏均匀扁担唱，　招来乳燕逐高低。

阔野茫茫连碧天，　青针密密绣春田。
飞来白鹭停何处？　万顷春波不见边。

霞染西山倚夕阳，　层层碧岭映红妆。
清风轻拂涟漪荡，　笑脸盈盈浸满塘。

（《楚萍竹枝词》）

① 浒冈：地名。吉安市河东有浒冈村。

② 龚希健：祖籍南昌，出生吉安，1948年生，大学毕业，吉安白鹭洲中学高级教师。原吉安市政协委员。庐陵诗词学会副会长、《庐陵诗词》副主编。该组竹枝词原有七首，这里选录四首。

玉笥山[1]竹枝词[2]

龚希健

洞洞相连穴穴通，　绣帘银殿讶龙宫。
幽光浅照琉璃冷，　六石香泉响磬钟。

怪石奇峰玉涧边，　仙泉清澈净涓涓。
当溪一饮甘如醴，　不必费君沽酒钱。

风裳水佩不施膏，　单跨山门宋韵娇[3]。
回步村姑相问讯，　自言家住百花桥。

狮子青峰状覆箱，　赣中仙迹事悠扬。
至今来看乘龙地，　铁瓦重檐似汉唐。

琅牙青玉立亭亭，　八石连环价倍增。
簪菊登高重九日，　请君更上第三层。

---

① 玉笥山：见第265页注⑤。
② 该组竹枝词原有六首，这里选录五首。
③ 宋韵娇：作者自谓为指美丽的宋代建筑风格。

山乡竹枝词

王义钫[1]

叮咚泉水板桥西，　架有葡萄树有梨。
唤醒小农经济梦，　山窝窝里万鸡啼。

（《楚萍竹枝词》）

茶乡竹枝词

王义钫

谷雨新茶满店香，　座无虚席笑声扬。
陆羽灶边茶客乐，　昆腔正唱“满庭芳”[2]。

山有仙汤好煮茶，　茶乡儿女竞风华。
华笺流布阳春韵，　韵到平常百姓家。

茶动南山叶叶香，　市场论价漫商量。
谁家小妹机前坐，　轻点鼠标销远洋。

---

① 王义钫：江西吉安县人，1939年生，原吉安地区教研室主任。中华诗词学会会员、江西诗词学会理事、吉安庐陵诗词学会副会长。

② 满庭芳：曲牌名。

大山深处一旗红，　朗朗书声上九重。
致富不忘先重教，　接班看重学龄童。

（《楚萍竹枝词》）①

① 从《楚萍竹枝词》一书收录以上《茶乡竹枝词》入本书时，原作者作了一些修改。